AF304119

Johannes Maria Stangl hat weder als Kind auf der Schreibmaschine seiner Eltern getippt noch in der Grundschule seinen ersten Roman verfasst. Als Spätberufener brachte er irgendwann 2015 die ersten Zeilen aufs Papier. Er schreibt hauptsächlich Kriminalromane, hat aber auch ein Herz für Mystery und Horror und unternimmt regelmäßige Ausflüge in diese Genres.

EISKALTES BLUT

JOHANNES MARIA STANGL

Überarbeitete Neuausgabe Februar 2022

© 2022 dp Verlag, ein Imprint der dp DIGITAL PUBLISHERS GmbH

Made in Stuttgart with ♥
Alle Rechte vorbehalten

Eiskaltes Blut

ISBN 978-3-98637-553-9
E-Book-ISBN 978-3-98637-502-7
Hörbuch-ISBN 978-3-98637-503-4

Copyright © 2021, dp Verlag
Dies ist eine überarbeitete Neuausgabe des bereits 2021 bei dp Verlag erschienenen Titels Eiskaltes Blut (ISBN: 978-3-96817-540-9).

Covergestaltung: Buchgewand
Umschlaggestaltung: ARTC.ore Design
Unter Verwendung von Abbildungen von
depositphotos.com: © stillfx
shutterstock.com: © Realstock
stock.adobe.com: © Mustafa Kurnaz, © Bruno Passigatti,
© Iakov Kalinin, © jakkapan

Lektorat: Daniela Höhne
Satz: dp DIGITAL PUBLISHERS GmbH
Druck und Bindung: Books on Demand GmbH, Norderstedt

Das Werk darf – auch teilweise – nur mit
Genehmigung des Verlages wiedergegeben werden.

Sämtliche Personen und Ereignisse dieses Werks sind frei erfunden. Etwaige Ähnlichkeiten mit real existierenden Personen, ob lebend oder tot, wären rein zufällig.

Prolog

Wäre Zlatan Dynkin in den letzten Momenten seiner Existenz keine Kugel, sondern sein gesamtes Leben durch den Kopf geschossen – es wäre kein schöner Film gewesen. Seit seiner Geburt in das perspektivlose Grau der Volksrepublik Bulgarien hatte er einen brutalen Kampf geführt, in dem nur die Stärksten überlebten. Früh hatte er begonnen, Drogen zu nehmen und später gedealt. Haftstrafen und Scheidungen wechselten sich ab und am Ende blieb nur der Hass auf seine Umwelt und seine verkorkste Existenz. Ein solches Leben hatte kein Happy End verdient und so starb er – aus mehreren Schusswunden blutend – auf dem nassen Asphalt eines Autobahnrastplatzes. Ein Tod, der sein gesamtes Leben in nur einer Sekunde zusammenfasste.

Sein Bruder Yuri bekam etwas mehr Zeit zum Rekapitulieren. Aber es waren nur die belanglosen Details der letzten Stunden, die ihm durch den Kopf gingen, während er angeschossen vom Fahrersitz seines BMWs rutschte.

Er atmete flach, fast unmerklich. Nur die aufschäumenden und platzenden Blutblasen in seinen Mundwinkeln zeigten, dass er noch unter den Lebenden weilte.

Yuris Blick wurde trüb. Wie waren sie hierhergekommen? Richtig. Langsam fiel es ihm wieder ein. In seinem Kopf hörte er die blecherne Stimme des Navigationsgeräts und den Regen, der als Vorbote eines Unwetters auf die Straße prasselte. Sein Bruder und er hatten sich gestritten, wie so oft. In erster Linie waren sie Geschäftspartner gewesen, dann Brüder. Sie hatten sich gestritten, weil sie spät dran waren. Genau. Das Unwetter hatte sie zu Beginn der Reise aufgehalten, den Verkehr beinahe lahmgelegt und ihnen wertvolle Zeit geraubt. Sie kamen viel zu langsam voran, Zlatan wurde ungeduldig und ungehalten. Immer wieder hatte er ihn aufgefordert, schneller zu fahren. *In unserem Metier kann man sich keine Verspätungen erlauben*, hatte er gesagt. Yuri schaffte es tatsächlich, einen Großteil der Zeit wieder aufzuholen, und so kamen sie nur ein paar Minuten zu spät an ihrem Ziel an. Der Rastplatz lag still da und war bis auf einen einzigen Lkw mit polnischem Nummernschild leer. Der ideale Ort für die Übergabe. Sie waren allein gewesen. Anscheinend kämpfte ihr Geschäftspartner mit demselben Problem und war noch später dran als sie.

Zlatan hatte vor dem Auto gestanden und geraucht, als diese Frau auftauchte. Yuris Lider flatterten. *Da war diese Frau.* Dieselbe Frau, die gerade über seinen Bruder gebeugt neben dem Auto stand. Sie war aus dem Lkw gekommen. Er hatte es genau gesehen. Er hatte sie beobachtet, als sie unbeholfen das Führerhaus verließ und in hochhackigen Schuhen die Leiter herunterkletterte. Ihm war klar, was für ein Typ Frau am Abend aus dem Führerhaus eines Lkws kletterte, und mit jedem Schritt, den sie auf ihr Auto zu trippelte, wurde es immer deutlicher. Kurzer Jeansrock, tief ausgeschnittenes Top, platinblonde Haare. Man hätte ihr *billige russische Nutte* auf die Stirn tätowieren können. Das Top war eng und ziemlich sicher vom Discounter. Es betonte auf unvorteilhafte Art ihre Speckrollen. Die Haare wirkten spröde, irgendwie künstlich. Ihr dümmlicher Gesichtsausdruck rundete das Gesamtbild ab. Yuri kannte diese Art von Frauen. Für ein paar Euro oder eine Tüte Crack waren sie zu allem bereit.

Aber was konnte man auf einem abgelegenen Autobahnrastplatz schon anderes erwarten? Zlatan hatte eine abwehrende Handbewegung gemacht oder hatte er sie herbeigewunken? Yuris Erinnerungen verschwammen. Blut tropfte aus seinem Mund, auf seinen Anzug, den Fahrersitz und die Armaturen. Auf jeden Fall hatte die Glut von Zlatans letzter Zigarette einen Bogen durch die einsetzende Dunkelheit gezogen. Wie ein kleiner Komet am Nachthimmel. Unbeirrt von Zlatans Gesten hatte die Frau ihren Weg fortgesetzt. Erst kurz vor dem Auto war sie stehen geblieben. Dann fiel der erste Schuss. Yuri schloss die Augen, er hatte keine Kraft mehr. Das war nun also sein Ende. Er hatte versagt, dabei hatte er seiner Mutter doch versprochen, auf seinen kleinen Bruder aufzupassen.

Im Bruchteil einer Sekunde hatte die Frau eine kleine Pistole mit Schalldämpfer aus einem Holster an ihrem Rücken gerissen. Ihre rehbraunen Augen waren starr und gnadenlos. Ohne zu zögern, hatte sie abgedrückt. Zwei Kugeln trafen Zlatan jeweils in die Brust und in den Kopf. Auf dem weißen Hemd zeichneten sich rote Flecken ab, während er schlaff auf den nassen Asphalt sank und mit dem Rücken an die Beifahrertür gelehnt liegen blieb. Drei Kugeln durchschlugen das Seitenfenster des Wagens und ein Hagel aus Glassplittern ergoss sich in den Innenraum. Die Projektile trafen Yuri in die Seite, während er noch unter Schmerzen versuchte, seine Waffe zu ziehen, aber inmitten der Bewegung erschlaffte.

Der Spuk hatte nur wenige Sekunden gedauert, niemand hatte sie beobachtet oder etwas gehört – da war sie sich sicher. Die Fahrzeuge auf der Autobahn rauschten unentwegt an dem Rastplatz vorbei, als wäre nichts geschehen. Sie durfte sich von der trügerischen Ruhe nicht täuschen lassen. Jederzeit konnte ein Wagen auf den Rastplatz fahren. Ein quengelndes Kind, das dringend aufs Klo musste, konnte ihre Mission zum Scheitern bringen.

Mit einem sanften Tritt gegen Zlatans Schulter kippte dieser zur Seite. Der war definitiv tot. Die Frau umrundete das Auto und öffnete langsam die Fahrertür. Yuris voluminöser Körper klappte aus dem Auto und der Oberkörper kam in einer bizarren Haltung kurz über dem Asphalt wieder zur Ruhe. Blutige Blasen bildeten sich in seinen Mundwinkeln. Die Frau hob erneut ihre Waffe und drückte ein letztes Mal ab. Die Kugel durchschlug Yuris Kopf. Blut und Hirn verteilten sich in einem feinen Sprühnebel auf dem kalten Asphalt. Sie steckte die Waffe wieder in ihr improvisiertes Holster, zog hellblaue Latexhandschuhe aus einer der Rocktaschen und aus einer anderen einen transparenten Müllsack. Schnell, aber gründlich tastete sie Yuris toten Körper ab. Sie nahm ihm Portemonnaie, Handy und Pistole ab, sowie den Goldschmuck, den er trug. Hastig stopfte sie alles in den Müllsack. Anschließend lief sie um den Wagen und packte auch Zlatans Papiere, Handy und Schmuck hinzu. Ein letzter Griff und ihr Auftrag war beendet. Die Aktentasche lag genau dort, wo es der Informant gesagt hatte.

Sogar durch die Handschuhe konnte sie die raue Oberfläche des Leders spüren. Sie presste die Tasche an sich und atmete tief durch. Mit einer schnellen Bewegung ließ sie den Verschluss aufschnappen und griff hinein. Sie musste sich davon überzeugen, dass die Ware vorhanden war. Nach einer hastigen Suche, die ihr wie eine Ewigkeit vorkam, zog sie ein in Papier eingeschlagenes Fläschchen aus einem der Fächer. Es war da. Ihr Plan hatte funktioniert. Ein Lächeln huschte über ihr Gesicht. Die unschuldigen Grübchen, die sich auf ihren Wangen ausbildeten, standen im krassen Gegensatz zu dem, was sie gerade getan hatte.

Die Frau zog einen Autoschlüssel aus ihrer Rocktasche und drückte auf das Entriegelungssymbol. Auf einem Feldweg hinter dem Klohäuschen flackerten rote Lichter auf. Im selben Moment startete der Motor des Lkws. Die Scheinwerfer der Zugmaschine erwachten zum Leben und ließen bizarre Schatten über die Szenerie tanzen. Die Frau zog sich ihre Pumps aus und lief barfuß über den nassen Asphalt. Auf halbem Weg zum Auto riss sie sich die Perücke vom Kopf. Ihre kastanienbraunen Haare waren zu einem biederen, kurzen Pferdeschwanz gebunden. Am Auto angekommen, entledigte sie sich des Restes ihrer Verkleidung. Sie streifte den Rock ab und zog sich eine enge dunkle Röhrenjeans an, dazu schwarze Stiefel. Das Top mit den eingenähten Speckfalten wich einem eleganten Rollkragenpullover. Sie verstaute alles im Kofferraum des Kleinwagens und verließ kurz nach dem Lkw ebenfalls den Rastplatz.

Kapitel 1

Die Schmerzen begleiteten Malte Kramer nun seit Jahren, kein Tag verging ohne sie. Eine furchtbare Routine, an die er sich nie gewöhnt hatte. Wie ein Wanderzirkus war er durch das halbe Land gezogen, von Spezialist zu Spezialist, von Schulmedizinern zu Schamanen. Doch keiner konnte ihm helfen. Operationen, Krankengymnastik, Aromatherapie – er hatte alles probiert. Nichts half und nun hatte er resigniert. Er hatte sich damit abgefunden, nie wieder normal laufen zu können. Sein aktueller Hausarzt, den er aufgrund der räumlichen Nähe aufsuchte, verschrieb ihm regelmäßig starke Schmerzmittel, die in der Lage waren, seine Existenz erträglicher zu gestalten. Die Pillen betäubten zwar die Schmerzen, aber sie betäubten auch ihn, ließen seinen Geist in einem trüben Nebel zurück. Der weiße Blister mit den Filmtabletten, vor drei Tagen aus der Apotheke geholt, lag auf der Lehne seines Sofas. Fast leer.

Sein Bein schmerzte wie jeden Morgen. Sein Knie war fast ganz steif und das Gefühl in seinem Fuß ließ von Tag zu Tag mehr nach. Lange würde es nicht mehr dauern, bevor er endgültig ein nutzloser Krüppel sein würde. Er richtete sich langsam auf und streifte die Decke ab. Er besaß kein Bett, nur ein Sofa, auf dem er schlief, aß und einen Großteil der Zeit totschlug, die er in seinem persönlichen Gefängnis absitzen musste. In seiner erbärmlichen Einzimmerwohnung war für ein Bett kein Platz.

Reflexartig griff er nach der Pillenpackung und der Wasserflasche, die auf dem Boden stand. Seit einer gefühlten Ewigkeit begann er so seine Tage. Doch heute nicht. Heute würde er das Ticket in den Nebel nicht lösen, nicht lösen können. Er musste etwas erledigen. In der letzten Nacht hatte er kaum und vor allem schlecht geschlafen. Er war lange unterwegs gewesen, rastlos durch die Stadt gehumpelt, hatte die Orte besucht, an denen damals alles begonnen hatte. In ihm tobte ein Wirrwarr von Gefühlen. Er war wütend, verzweifelt, traurig, aber auch ängstlich. Sekündlich wechselten die Gemütszustände und setzten seiner Psyche zu. Er hatte Angst um seine Zukunft, deren Aussicht immer düsterer wurde, ohne den Anflug eines Lichtes am Horizont. Doch ein Gefühl stach aus diesem tosenden Gewirr heraus. *Schuld.* Er fühlte sich schuldig. All die Jahre hatte er sich in Selbstmitleid gebadet. Hatte aus Scham und Angst geschwiegen. Wäre er an die Öffentlichkeit getreten, wäre wahrscheinlich alles anders geworden. Er hatte vorgehabt, sie alle ans Messer zu liefern. Als er im Krankenhaus gelegen hatte, kurz nach der ersten Operation, waren sie gekommen. Erzählten ihm, dass sie wüssten, wo seine Eltern lebten, wie seine Neffen hießen und wo sie zur Schule gingen. Sie hatten ihm mit keinem Wort gedroht. Dennoch war die Botschaft klar – und dann war da noch das Geld. Zuckerbrot und Peitsche, mit dieser Kombination hatten sie ihn lange ruhig gehalten. Er hatte es sich in dieser Kuschermentalität über die Jahre gemütlich gemacht. Er hatte immer zu viel zu verlieren, als dass er einen seiner Pläne jemals umgesetzt hätte. Bis jetzt.

Er ließ die Wasserflasche zu Boden gleiten, wo sie mit einem dumpfen Geräusch auf dem dunklen Teppichboden zum Stehen kam. Nein. Jetzt nicht. Er warf den Blister neben die Flasche. Er brauchte einen klaren Kopf. Es gab so viel zu erledigen. So lange hatte er das ignoriert, was ihm passiert war. So lange hatte er gezögert, aber nun war er gezwungen, etwas zu tun. Es gab keine Ausflüchte, keine Ausreden und keinen Aufschub mehr. Die Ereignisse der letzten Tage hatten den Anstoß gegeben, diesen alles verändernden Schritt endlich zu wagen. Er hatte nichts mehr zu verlieren. Er konnte und wollte mit dieser Schuld nicht weiterleben. Was die Mischung aus Wut, Hass und Verzweiflung, die seit diesem verdammten Tag in ihm gor, nie geschafft hatte, schaffte nun endlich der Wunsch nach Sühne. Er würde die Schatten der Vergangenheit angreifen und endgültig zu vernichten wissen. Sie hatten ihm einen geliebten Menschen genommen. Yannick war mehr als nur ein Freund gewesen. Sie würden ihrem gerechten Schicksal nicht entgehen können. Egal, was es ihn kosten würde. So lange hatten sie ihn gequält, doch bald würde er davon erlöst werden.

Er wuchtete sich mit den Armen nach oben, belastete sein gesundes Bein mit seinem gesamten Gewicht und humpelte in Richtung Bad. Es war jeden Tag dasselbe grausame Ritual. Die erste halbe Stunde des Tages konnte er kaum laufen. Erst nachdem er eine Weile gehumpelt war, erlaubten sein Körper und die Pillen ihm, einigermaßen normal zu laufen. Doch die Zeitspanne, bis die Verbesserung einsetzte, wurde von Tag zu Tag länger, der Verfall nagte an ihm. Er hasste es. Früher hatte er normal gehen, rennen, springen, tanzen können, einfach alles. Bis zu diesem verdammten Tag. Es hatte der erfolgreichste Tag in seinem bisherigen Leben werden sollen, er wurde zu dem Tag, an dem er in die Bedeutungslosigkeit geschleudert wurde.

Er drehte den Wasserhahn auf und wusch sich das Gesicht mit kaltem Wasser. Die Wasserspritzer perlten von seinen knochigen Wangen ab und tropften in das versiffte Waschbecken. Sie bahnten sich den Weg durch Bartstoppel und Seifenreste in den Abfluss und verschwanden. Sollten doch die Nachmieter diesen Saustall in Ordnung bringen. Er würde es sicher nicht mehr tun. Der Wecker klingelte erneut und signalisierte ihm, dass er sich beeilen musste.

Es war Viertel nach acht und er hatte heute viel vor. Er zog sich die Jeans an, die er kurz vor Sonnenaufgang achtlos in der Mitte seines Zimmers auf den Boden geworfen hatte, kramte ein frisches Shirt aus dem Schrank und zog seine Schuhe an. Die braunen Halbschuhe waren eine Spezialanfertigung gewesen und mit das Letzte, das die Krankenkasse bezahlt hatte.

Das Erste, was auf seiner Liste stand, war simpel und im Vergleich zu den anderen Aktivitäten legal: Er musste Vorräte einkaufen. In der letzten Nacht hatte er sich für einen Plan entschieden. Über die Jahre hatte er sich dutzende gemacht. Nun war es also soweit, er würde einen von ihnen in die Tat umsetzen. Wenn alles so klappte, wie er es sich vorstellte, würde er nach seinem ersten Schachzug keine Zeit mehr haben, um sich mit solch banalen Sachen zu befassen.

Am Eingang des Supermarktes griff er sich einen Einkaufswagen und mischte sich unter die Hausfrauen und Rentner, die schon früh am Morgen durch die Gänge schlichen und für das Mittagessen einkauften. Während in den Einkaufswagen der anderen Kunden frisches Gemüse, frisches Obst oder Fleisch landete, humpelte der einsame Mann an all diesen Regalen vorbei und steuerte zielsicher zu den Konserven und Fertiggerichten. Ravioli, Tütensuppen, abgepacktes Brot, Cracker und vieles mehr landeten in seinem Einkaufswagen. Dazu kamen Wasser in Plastikflaschen und ein paar Softdrinks. Ein seltsames Gefühl beschlich ihn bei jedem Produkt, das er in den Einkaufswagen legte. Würde er es wirklich durchziehen? Alles würde sich ändern. Er könnte im Gefängnis landen, wenn es nicht funktionierte. Noch könnte er umdrehen und sein Leben weiterleben. Aber war er nicht ohnehin schon in einem Gefängnis? Er schüttelte die Zweifel ab. Der Einkauf war schnell erledigt. Essen und Trinken für zwei Personen für sieben Tage. Er verstaute alles im Kofferraum und auf der Rückbank seines Autos. Der erste Schritt war getan. Obwohl er nur einkaufen war, fühlte er sich wie nach einem Fallschirmsprung.

Es hatte begonnen.

Der nächste Punkt auf seiner imaginären Checkliste sah vor, das Versteck vorzubereiten. Hier verließ er den Pfad der Legalität.

Er hatte die Gartenlaube am Rand der Schrebergartensiedlung zwischen den Bahngleisen und dem Zentralfriedhof schon vor Monaten besucht. Die kleine braun-grüne Wellblechhütte gehörte seiner ehemaligen Nachbarin. Die alte Frau hatte nach dem Tod ihres Mannes allein in der Wohnung im Stockwerk über ihm gewohnt und ihn in regelmäßigen Abständen um Hilfe gebeten. Er half ihr, so gut er es mit seinem Bein konnte, mit den Einkäufen oder erledigte kleine Aufgaben im Haushalt. Die alte Dame stellte einen seiner wenigen sozialen Kontakte dar. Den Kontakt zu seiner Familie war schon lange abgebrochen. Nur mit seiner Halbschwester Steffi stand er noch sporadisch in Verbindung. Was aus reiner Höflichkeit begonnen hatte, entwickelte sich, im Nachhinein betrachtet, unbewusst zu einer Symbiose, die seine Pläne erst möglich machte. Sie hatte ihm von dem Schrebergarten erzählt, dass er ihrem Mann gehöre und dass sie seit dessen Tod nicht mehr dort gewesen war und auch nicht vorhatte, es noch einmal zu tun. Sie beschwerte sich oft und laut drüber, dass ihre Kinder sich nie bei ihr meldeten und erst dann kommen würden, wenn es ums Erbe ging. Die alte Frau hatte ihm den Schlüssel zu der Anlage gegeben, zusammen mit der Bitte, ein paar persönliche Gegenstände zu holen. Das hatte er zwar getan, den Schlüssel aber nicht wieder abgegeben. Vor einem halben Jahr war bei der freundlichen alten Dame eine Altersdemenz diagnostiziert worden. Im Verlauf der Krankheit baute sie schnell ab und vor wenigen Wochen war sie dann zum Pflegefall geworden und in ein Altenheim gekommen.

Über die Parzelle und den Schlüssel verlor niemand ein Wort und so konnte er sicher sein, dass, solange die alte Dame lebte, niemand ein gesteigertes Interesse an der Hütte in der Schrebergartensiedlung zeigen würde. Erst mit ihrem Tod würden die plündernden Horden – wie sie ihre Kinder selbst genannt hatte – feststellen, dass es dieses Grundstück noch gab. Bis dahin musste er fertig sein. Bis dahin *würde* er fertig sein.

Die Schrebergartensiedlung war perfekt als Operationsbasis geeignet. Sie lag von den Wohnvierteln rundherum abgeschieden und trotzdem gut mit dem Auto zu erreichen. Genauso, wie es sich der gestresste Kurzurlauber wünschte. Rechts die kaum genutzten Bahngleise, links der Hauptfriedhof, die ruhigsten Nachbarn, die man sich vorstellen konnte. Hier im Herzen der Mittelschicht wirkte Westheim friedlich, fast schon wie eine Idylle aus einem Heimatroman. Erst wenn man herauszoomte, erkannte man, dass es nur ein weißer Fleck auf einer schwarzen Weste war.

Er fuhr mit seinem Wagen so nah wie möglich an das Tor der Siedlung. Aus der asphaltierten Straße wurde zuerst ein geschotterter Weg, der nach kurzer Zeit in einer Wiese auslief und vor einem kleinen, grünen Tor endete. *Schrebergartensiedlung Kolmannsmoos* war in krummen weißen Buchstaben auf die Tür gepinselt worden. Viele der Hütten waren schon winterfest gemacht worden und die Besitzer ließen sich nicht mehr so oft blicken. Neben dem Tor legte ein großer Haufen Sperrmüll Zeugnis von den Aufräumaktionen der Bewohner ab. Kaputte Tische, Plastikstühle und Müllsäcke warteten auf ihr Schicksal. Ein kleiner gelber

Spielzeugbagger war achtlos auf den Haufen geworfen worden.

Malte Kramer besaß zwar den Schlüssel für das Tor und die Hütte, dennoch blieb er lieber ungesehen. Er wollte nicht, dass die anderen Gärtner Fragen stellten, auf die er vielleicht keine Antworten geben konnte. Er stieg aus, schloss das Eingangstor der Anlage auf und sondierte die Lage. Die Schrebergartenanlage war auf den ersten Blick menschenleer. Die Hütte der alten Frau lag fast am Ende des schlauchartigen Grundstücks. Er packte den Einkauf in mehrere Tüten und lief los. Obwohl er so viel wie möglich auf einmal schleppte, musste er dreimal gehen. Rechts und links von dem kleinen Weg zweigten die Grundstücke ab. Was manche Menschen hier für einen Aufwand trieben, war schon enorm. Englischer Rasen, Teiche, einer der Bewohner hatte sogar eine Outdoor-Miniatureisenbahnstrecke im Garten. Im Vergleich zu den Hütten der Nachbarn sah die Hütte der alten Dame klein und schäbig aus. Schon vor dem Tod ihres Mannes war hier wohl nicht mal mehr das Nötigste gemacht worden. Der Rasen überwuchert von Unkraut und Moos. Die dunkelblaue Farbe des Gartentors blätterte an vielen Stellen ab.

Er schloss die Tür zur Hütte auf und trat ein; es roch muffig. Seit Monaten war hier nicht mehr gelüftet worden. Es war dunkel und staubig. Er zog die Vorhänge auf und öffnete das Fenster. Die Sonne warf ihr warmes Licht auf die spartanische Inneneinrichtung. Die letzten Ausläufer des goldenen Herbstes trotzten dem anrückenden Winter. Lange würden sie ihm nicht mehr die Stirn bieten können. Eine Eckbank, ein Tisch und ein paar Stühle in der einen Ecke, ein Sofa und ein paar leere Regale in der anderen, mehr beinhaltete seine neue Heimat nicht. In einem kleinen Anbau hinter der Hütte befand sich ein Bad, nicht mehr als ein Klo und ein Waschbecken für die Katzenwäsche.

Er verstaute die Vorräte und seine Sporttasche mit den Gebrauchsgütern in der kleinen Gartenlaube und begann, sich einzurichten. Der Einkauf wanderte in die leeren Regale, die er in einem Anflug von Häuslichkeit vom Staub befreit hatte. Er bereitete eine Isomatte, einen Schlafsack sowie einen kleinen Stromgenerator für sich und seine Schwester vor, bevor er die Fenster wieder schloss und die Vorhänge zuzog. Er wollte einer eventuellen Entdeckung durch Licht oder Bewegung vorbeugen. Niemand sollte bemerken, dass die Hütte wieder bewohnt war. Er schaute auf die Uhr. Kurz nach elf. Es wurde Zeit, die nächsten Punkte der Liste abzuarbeiten.

Kapitel 2

Jahrhunderttalent stirbt in Flammenhölle.

Die großen, weißen Buchstaben füllten das gesamte obere Drittel der Montagsausgabe des Westheimer Kuriers aus. Unter der Schlagzeile war das Foto eines jungen Mannes abgedruckt; das offizielle Spielerfoto der laufenden Saison. Die Arme hinter dem Rücken verschränkt, die Haare nach oben gegelt, ein schüchternes Lächeln auf den Lippen. Es unterschied sich nur in zwei Punkten von dem Sammelbild Nummer 138 aus dem Panini-Album: Es war von der Redaktion des Kuriers mit einem Schwarz-Weiß-Filter und Trauerflor bearbeitet worden. Neben dem Bild des Toten war ein Foto des Unfallorts abgedruckt. Der Sportwagen, in dem Yannick Lutzendorf verunglückt war, stand quer zur Fahrbahn, die Front des Autos war durch den Aufprall gegen einen Baum stark deformiert worden. Flammen loderten aus dem Motorraum und der Fahrerkabine und zerrissen die nächtliche Szenerie. Feuerwehrleute versuchten die Flammen einzudämmen. Der Schein der Blaulichter spiegelte sich in den Löschwasserpfützen auf dem Asphalt.

Gusenberg las den Text unter dem Foto:

Am späten Freitagabend gegen 23:00 Uhr ist es auf der Umgehungsstraße B 589 bei Westheim unter bisher nicht geklärten Umständen zu einem tödlichen Unfall gekommen. Der 21-jährige Fußballer Yannick Lutzendorf, Spieler des SFC Westheim, ist mit seinem Auto von der regennassen Fahrbahn abgekommen und ge-

gen einen Baum geprallt. Der Wagen fing sofort Feuer. Die eintreffenden Rettungskräfte konnten den jungen Sportler nur noch tot aus dem Fahrzeug bergen. Lesen Sie alle Details und Reaktionen auf den Seiten 4-6.

Gusenberg betrachtete das brennende Auto. Immer wieder beeindruckend, wie schnell doch der Kurier vor Ort war und wie ausführlich er bei einer so dürftigen Faktenlage berichtete. Viele Bilder, wenig Text: ein typischer Kurier-Bericht. Eigentlich sollte es ihn nicht mehr wundern. Nicht mehr, seit er erlebt hatte, was mit Paul Esch passiert war. Er blätterte auf die erwähnten Seiten. Hauptsächlich große Farbbilder des Wracks. Von allen Seiten, brennend und gelöscht. Ein Überblick über das kurze Leben des Fahrers. Seine großen Triumphe, ein Foto von der Pokalfeier im letzten Jahr. Unter dem metaphorischen Foto eines leeren Spinds war eine Reihe von Tweets und Kommentaren der Lokalprominenz abgedruckt.

Der Ermittler ließ die Zeitung sinken, faltete sie in der Mitte zusammen und warf sie verächtlich auf seinen Schreibtisch. Die meisten Kollegen hatten dieselbe Meinung zum Kurier wie er. Für deren Sensationsreporter war kein Manöver zu billig und keine Täuschung zu verwerflich, um als Erster die großen Themen zu bekommen. Auch dieses Mal hatten sie ganze Arbeit geleistet. Yannicks Leiche war noch nicht kalt, da war der Artikel schon geschrieben und über den Äther geschickt.

Er stand auf und lief zum Getränkeautomaten am Ende des Flurs. Gusenberg zählte eine Handvoll Münzen ab und wählte den Orangensaft aus. Als er den Strohhalm in den Karton stieß, war er zum ersten Mal seit Langem froh, bei der Mordkommission zu arbeiten. Er wollte sicher nicht mit den Kollegen tauschen, die Yannicks Tod untersuchten. Der Fokus der lokalen Medien war ihnen sicher und die überregionalen Zeitungen und Fernsehsender würden nicht lange auf sich warten lassen. Wie die Geier würden sie über der Stadt kreisen. Karrierefördernd würde diese Geschichte nicht werden. Er zog am Strohhalm und lief gemächlich in sein Büro zurück. Neben der Zeitung lag nur noch eine Akte auf seinem Schreibtisch. Im Moment war es überraschend ruhig in Westheim. Seine Kollegen und er arbeiteten parallel an zwei Fällen. Maryanne und er hatten einen Raubmord in der Nordstadt auf den Tisch bekommen. Die Spurenlage war bisher dünn, aber Gusenberg war sich sicher, dass er den oder die Täter bekommen würde. Am Ende bekam er sie alle. Für die einen war das die pure Arroganz, die da aus ihm sprach. Für ihn waren es nackte Tatsachen, die rational und logisch auf Fakten basierten. Einen Mord zu begehen, war für die meisten Menschen eine einmalige Sache. So etwas konnte man nicht üben, es gab keine Generalprobe. Häufig geschahen die Taten spontan und damit vogelwild in der Durchführung, aber auch die geplanten Morde zeugten oft von einem fehlenden forensischen Sachverstand. Für den Täter gab es immer nur eine Chance, damit davonzukommen. Für ihn und seine Kollegen jedoch war es Routine – sie hatten die Übung, den Sachverstand und die Ausrüstung. Es war ein ungleicher Kampf. Im letzten Jahr hatte seine Aufklärungsquote bei 99,7 Prozent bei den bearbeiteten Tötungsdelikten gelegen. Eine Statistik, auf die sich der Bürgermeister und der Polizeipräsident beriefen, wenn der schlechte Zustand der Polizei diskutiert wurde. Zumindest Gusenbergs Abteilung hielt, was sie versprach. Die Sitte, das Drogendezernat, selbst die Kollegen, die sich mit Schwarzarbeit und illegalen Einwanderern befassten, waren über das Maximum belastet. Immer wieder platzten Ermittlungen oder Gerichtsverhandlungen aufgrund von Fehlern und Versäumnissen.

Gusenberg setzte sich an seinen Schreibtisch und griff sich den Raubmord. Das Opfer, Frank Jung, war in seinem Auto erstochen worden. Der Angreifer hatte eine ziemliche Sauerei veranstaltet. Über ein Dutzend Stiche in die Brust und in den Bauch. Gusenberg betrachtete die Aufnahmen. Irgendwas war in dieser Nacht gehörig schiefgegangen, sowohl das Opfer als auch der Täter hatten sich den Abend sicher anders vorgestellt. Er überflog das Vorstrafenregister des Opfers. Vor seinem inneren Auge bildeten sich Franks Leben und sein Charakter ab. Er war ein kleines Licht. Vorstrafen wegen Drogendelikten, Hehlerei und Körperverletzung. Trotzdem hatte er in neununddreißig Jahren nur einmal gesessen. Im Jahr 1997, weil er im Alkohol- und Drogenrausch seine Freundin verprügelt hatte. Respekt, bis zu diesem Abend hatte er sich erfolgreich durch sein verkorkstes Leben gewuselt. Gusenberg konnte in den Unterlagen weder eine aktuelle Adresse noch eine Notfallnummer, einen Verwandten oder eine Kontaktperson finden. Keiner würde Frank Jung vermissen. Ein weiterer Niemand, der für immer verschwand. Der Ermittler verteilte Fotos, Formblätter und Notizzettel auf dem Schreibtisch. Die Bestandsliste des Autos las sich wie das Angebot eines Ramschladens. Anscheinend hatte Jung in dem alten Passat gewohnt, beziehungsweise gehaust. Schlafsack, Kissen, Nahrungsmittel, dreitausend Euro in kleinen, abgegriffenen Scheinen. Gusenberg stutzte. Das war wie in so einem billigen Fernsehquiz. Was passt hier nicht in die Reihe – rufen Sie jetzt an, wir ziehen Ihnen auch ganz sicher nicht das Geld aus der Tasche. Er blätterte zum Bericht der Spurensicherung und der Forensik. Der Sachbearbeiter hatte ein Wort auf dem Bogen zweifach unterstrichen und eingekreist. Er blätterte zurück und prüfte den Fundort des Wagens und der Leiche. Ein letzter Blick auf die Bestandsliste des Wagens – der Fall war klar. Er musste den Täter nur noch einsacken. Der Ermittler wollte gerade zum Telefon greifen, um einen Gefallen einzufordern, als sich die Bürotür öffnete und seine Kollegin eintrat.

„Morgen, du bist spät dran, ich habe mir schon Sorgen gemacht. Ist etwas mit deinen Kindern?", fragte Gusenberg seine sonst stets pünktliche Kollegin.

„Nein, die beiden Racker sind gesund und munter, ich wurde von der Chefetage aufgehalten, Frau Weber persönlich wollte mich sprechen. Aber anscheinend hast du die Wartezeit sinnvoll überbrückt."

Sie deutete auf die Ausgabe des Kuriers, die auf Gusenbergs Schreibtisch lag. „Seit wann kaufst du dir dieses Schundblatt?" Maryanne schaute ihren Kollegen fragend an.

„Das", der Ermittler deutete auf die Zeitung, „habe nicht ich gekauft, sondern einer meiner Nachbarn. Er ist im Urlaub, hat aber sein Zeitungsabo nicht abbestellt. Nun helfe ich ihm, das Altpapier rauszubringen. Jeden Tag ein bisschen."

„Du stiehlst deinem Nachbarn die Zeitung?" Maryanne zog verschwörerisch die Bürotür zu. Die Dartscheibe schlug sanft gegen die mit Löchern übersäte Innenseite der Tür.

„Quatsch, ich stehle doch nicht. Ich nehme mir nur für die nächsten zwei Wochen jeden Morgen seine Zeitung aus dem Briefkasten, sonst quillt der innerhalb kürzester Zeit über und hat keinen Platz mehr für die wichtige Post."

„Du stiehlst sie ihm aus dem Briefkasten", warf Maryanne halb ernst, halb belustigt ein.

„Egal." Gusenberg zuckte mit den Schultern. „Offensichtlich gibt es kein Verb in der deutschen Sprache für diesen speziellen Fall von Eigentumsübertragung."

„Ist ja schon gut." Maryanne winkte ab. „Aber es ist gut, dass du dich schon in unseren neuen Fall eingelesen hast."

„Eingelesen?" Gusenberg klang beleidigt. „Ich habe schon eine heiße Spur. Ich wollte gerade Hugo anrufen, um die letzten Infos zu bekommen."

Maryanne war überrascht. „Was hat Hugo mit dem Unfall zu tun? Waren Drogen im Spiel?"

„Unfall? Es war Mord!"

Für einen Moment schwiegen beide, bevor Gusenberg begriff, was seine Kollegin mit dem *neuen Fall* gemeint hatte.

„Nein!" Der Ermittler lehnte sich theatralisch im Stuhl zurück. „Das ist nicht dein Ernst? Unser neuer Fall? Der Unfalltod von Lutzendorf? Das fällt doch gar nicht in unseren Aufgabenbereich! Haben die von der Verkehrssicherheit alle Urlaub oder müssen die ihre Pylonen zählen? Bitte sag mir, dass das ein Witz ist! Wir haben doch schon einen Fall zu klären." Ihm war seine morgendliche Schadenfreude, die er beim Lesen der Zeitung empfunden hatte, noch gut im Gedächtnis. So müsste Karma funktionieren, wenn man denn dran glaubte.

„Die Chefin will, dass alles nach Vorschrift und mit dem besten Personal gemacht wird. Immerhin handelt es sich bei dem Toten um eine Person des öffentlichen Interesses." Person des öffentlichen Interesses – was für ein ekliges Bürokratendeutsch. Genauso wurde in der Etage des Reviers gesprochen, die nun endgültig den Kontakt zur Realität verloren hatte. Gusenberg schwieg und ließ seine Kollegin fortfahren.

„Es soll kein mediales Fiasko werden wie die Sache vor zwei Monaten mit Paul." Gusenberg erinnerte sich gut. Im Fall eines Doppelmords an zwei Drogendealern hatte der Beamte, der die Untersuchungen geleitet hatte, nach einer Reihe von Ermittlungsmisserfolgen und Fehlern seinen Hut nehmen müssen. Der Kurier hatte einen vernichtenden Artikel verfasst und der leitende Beamte anschließend den Redakteur verprügelt. Obwohl er Paul Esch weder gemocht noch für besonders kompetent gehalten hatte, tat er Gusenberg ein bisschen leid – bis jetzt.

„Sehe ich das richtig?" Gusenberg sprach betont langsam, als würde er versuchen, einen komplexen Sachverhalt wiederzugeben. „Nur, weil Esch es nicht geschafft hat, seine Ermittlungen anständig zu führen, muss ich jetzt draußen im Regen rumhampeln und Verkehrspolizist spielen?"

„Hör auf zu jammern!" Maryanne unterbrach ihn ungewohnt barsch. Gusenberg hatte zu tief in der frischen Wunde herumgestochert. „Und nur, dass das klar ist, Paul ist ein guter Ermittler. Er hatte einfach nur Pech!" Mit einer energischen Handbewegung bedeutete sie ihm, dass die Diskussion beendet war. „Können wir uns nun wie die Profis, die wir sind, um die Angelegenheit kümmern? Der Wagen des Toten steht unten bei der Spurensicherung und die Leiche ist in der Gerichtsmedizin."

„Dann muss es ja sein, ich habe keine Wahl. Auch wenn es nervig wird, so wie es aussieht, ist es ja schnell erledigt." Der Ermittler warf das leere Trinkpäckchen in den Papierkorb und stand auf. „Schauen wir erst einmal, was Brandt für uns hat."

Brandts Büro besaß die Größe einer Abstellkammer, trug zum Ausgleich jedoch einen riesigen Titel vor sich her: Zentrum für kommissionsübergreifende Ermittlungen. Hier liefen alle Fälle, Akten und Informationen zusammen, auf die mehrere Abteilungen im Haus gleichzeitig angewiesen waren. Deshalb und weil das Büro über keine Lüftung verfügte, stand Brandts Tür immer offen. Als die Ermittler eintrafen, thronte der Herzkönig von Akten eingerahmt über seinen DIN A4 großen Untertanen. Die Gemeinsamkeiten zwischen der Spielkarte und dem Beamten beliefen sich nicht nur auf Äußerlichkeiten, auch Brandts herzlicher Charakter wurde durch sein Skatblattpendant hervorragend porträtiert. Heute jedoch hatte Brandts gute Laune schon um acht Uhr morgens Feierabend gemacht. Seine Begrüßung kam nicht über ein gemaultes: „Moin", hinaus und er ohne Umschweife auf den Punkt. „Den Unfall haben die Kollegen von Wagen 19 aufgenommen, alles streng nach Vorschrift." Er nahm die Fallakte *Lutzendorf* und breitete den Inhalt aus.

„Wir haben den vorläufigen Unfallbericht samt Skizzen des Ortes und des mutmaßlichen Hergangs, sowie den Bericht der Forensik. Das Gutachten der Rechtsmedizin steht noch aus", fasste Brandt zusammen.

„Zeugen gibt es keine?", fragte Maryanne, die durch den Stapel Bilder auf dem Tisch blätterte.

Brandt schüttelte den Kopf. „Keine direkten Zeugen. Ein Taxifahrer war ein paar Minuten später am Unfallort, er war es auch, der den Notruf abgesetzt hat. Der Anruf ging um 23:04 Uhr bei der Rettungsleitstelle ein. Seiner Aussage nach brannte der Wagen zu diesem Zeitpunkt schon lichterloh."

Maryanne seufzte. „Das ist mau."

Gusenberg nahm sich eines der Fotos des Unfallwagens. Er war von der Spurensicherung auf einer olivgrünen Plane aufgebahrt worden. Das Feuer hatte das künstliche Fleisch vom Aluskelett gefressen. Um den Wagen war das gesamte Arsenal der Spurensicherung verteilt. Für den unbedarften Betrachter musste es wirken, als wolle jemand den Wagen restaurieren. Auf den zweiten Blick wurde selbst Menschen, die nichts von Autos verstanden – wie Gusenberg – klar, dass nichts mehr zu retten war.

Der ehemals schwarze Lack des Autos war einer weiß-grauen Patina gewichen, der Innenraum ausgebrannt, die Kunststoffarmaturen zu formlosen Klumpen zusammengeschmort und die Karosserie durch die Hitze vollkommen verzogen. Der arme Junge hatte keine Chance gehabt, diesem Inferno zu entgehen. Dem Ermittler fiel das Foto in der Zeitung wieder ein. Die Flammen mussten mindesten drei Meter in den Nachthimmel geragt haben. Gusenberg ertappte sich bei dem Gedanken, dass er dem jungen Fahrer einen schnellen, schmerzfreien Tod beim Aufprall wünschte. Der Tod war niemals sanft, egal wie oft *friedlich entschlafen* in den Todesanzeigen geschrieben stand. Trotzdem gab es bessere Arten abzutreten, als lebendig in seinem Auto zu verbrennen, vielleicht noch bei vollem Bewusstsein, eingeklemmt und ohne eine Chance, sich zu befreien.

„Aus irgendeinem Grund ist der Junge ohne zu bremsen gegen den Baum gefahren." Nüchtern fasste Maryanne die bisherigen Erkenntnisse in einem Satz zusammen.

„Alkohol, Ablenkung oder Suizid?" Gusenbergs Worte hingen halb als Aussage, halb als Frage in der Luft des Büros.

„Obwohl ich von einem Fall weiß, wo ein Mädchen auf diese Art Suizid begangen hat, halte ich die anderen beiden Möglichkeiten für wahrscheinlicher", sagte Maryanne im selben abwägenden Tonfall.

„Deine Meinung teilen nicht alle." Brandt rief die Internetseite des Kuriers auf. Gusenberg und Maryanne scharten sich um Brandt. „Ernsthaft?!", platzte es aus Gusenberg heraus. „Wurde Yannick in den Tod gemobbt?", las er die Schlagzeile laut vor. „Seit wann ist der Artikel online?", fragte der Ermittler. „Und viel wichtiger: Wer hat das geschrieben?"

Brandt scrollte ans Ende des Artikels.

„Da!" Maryannes Finger schnellte nach vorn und hinterließ einen Fettfleck auf dem Kürzel des Autors. „Ich wusste es! Verdammt, dieses dämliche Arschloch!"

Brandts Blick wanderte fragend zwischen Maryanne und Gusenberg hin und her.

„ML steht für Moritz Lankau. – Der Verfasser dieses Artikels hat auch den Artikel über Esch verfasst", klärte Gusenberg seinen Kollegen auf. In Brandts Büro breitete sich eine unangenehme Stille aus, die sich zu gleichen Teilen aus Unsicherheit, Unwissenheit und Wut zusammensetzte. Kurz bevor die Stille unerträglich wurde, ergriff Gusenberg erneut das Wort. „Hast du den Artikel gelesen, Peer?"

Brandt nickte. „Wenig bis null Substanz. Lankau schreibt, dass der Redaktion Informationen über Drohbriefe und verbale Attacken auf Yannick Lutzendorf vorlägen. Diese Informationen kommen aus Yannicks engstem Kreis, aber wer es ist, wird nicht gesagt."

„Das war ja klar." Maryanne hatte sich wieder gefangen und war sichtlich bemüht, einen sachlichen Ton anzuschlagen. „Wir brauchen diese Quelle. Wenn es Drohungen gegeben hat, müssen wir der Sache nachgehen."

„Lankau wird sie dir nicht nennen", warf Gusenberg ein. „Zumindest nicht, ohne einen richterlichen Beschluss oder einen dreckigen Deal. Du kennst ihn, wahrscheinlich ist es nur wieder heiße Luft."

„Das werden wir ja sehen." Maryanne ließ es sich nicht nehmen, selbst in der Redaktion des Kuriers anzurufen. Eine junge Frau stellte sie nach einem Moment in der Warteschleife zu Lankau durch. Dieser ging erst nach einem dutzend Mal Klingeln an den Apparat. Gusenberg war sich sicher, dass die Rezeptionistin Maryanne angekündigt hatte und Lankau sie mit Absicht so lange wie möglich warten ließ, um sie zu provozieren. Diese Art von Psychospielchen kannte Gusenberg zu gut.

„Maryanne Schröder von der Polizei Westheim am Apparat, spreche ich mit Moritz Lankau?"

Gusenberg schaltete den Lautsprecher des Festnetztelefons ein.

„Gut, dass ich Sie erreiche, Herr Lankau, ich rufe wegen des kürzlich online gestellten Artikels an, dessen Verfasser Sie sind.“

Lankaus Stimme klang verzerrt und wie aus weiter Ferne aus dem Lautsprecher. „Ich wusste gar nicht, dass sich die Polizei für das Kürbisfest der Kleingärtner in Kolmannsmoos interessiert.“

Maryanne ignorierte den spöttischen Unterton. Ihr eigener wurde schärfer. „Ich beziehe mich auf Ihren Artikel zum mutmaßlichen Freitod des Yannick Lutzendorf, oder haben Sie den Artikel nicht geschrieben?“

„Doch, doch, den habe ich verfasst. Was wollen Sie wissen?“ Lankau gab sich bewusst kooperativ unkooperativ wie ein Ritter hoch zu Ross, der sich nicht mit dem Pöbel abgeben wollte.

„In dem Artikel schreiben Sie wörtlich“, Maryanne nahm einen Notizzettel vom Schreibtisch.

Die Identität der Quelle ist der Redaktion bekannt. Sein Name wurde zu seinem Schutz geändert.

Maryanne ließ den Zettel sinken.

„Ja.“ Lankaus kurze Bestätigung war das telefonische Pendant zu einem teilnahmslosen Nicken.

„Sollten Ihnen wirklich“, Gusenberg fügte gedanklich ein *was ich nicht glaube, du fetter Aufschneider* hinzu, „solche Informationen vorliegen, müssen Sie sie uns unverzüglich zugänglich machen.“ Eine Pause entstand.

„Muss ich nicht.“

Was hatten sie erwartet? Es musste ihnen doch vorher klar gewesen sein, dass Lankau seine Quelle nicht verraten würde, vor allem nicht Maryanne. Jetzt konnte er sie am Ring durch die Manege führen. Gusenberg stand auf.

„Wenn Sie uns den Namen der Quelle nicht geben, werde ich einen Richter finden, der die Freigabe erzwingt." Maryanne hatte keine Lust mehr auf Lankau und dessen Spielchen.

Lankau lachte. „Da können Sie lange suchen und das wissen Sie so gut wie ich. Kein Richter wird gegen mich vorgehen. Schon mal etwas von Pressefreiheit gehört? Erst wird ein unschuldiger Reporter von einem Polizisten attackiert, dann versucht seine Kollegin Druck auf ihn auszuüben." Lankau klang nun anders, bedrohlich. Jedes Wort kam einem Wirkungstreffer gleich. „Wenn ich mich noch einmal über Sie oder Ihren klugscheißenden Kollegen beschwere, können Sie stempeln gehen."

„Drohen Sie mir etwa?" Maryanne war schockiert.

„Ich drohe Ihnen nicht, Frau Schröder. Ich sage nur, dass Ihnen Ihr Kollege ein mahnendes Vorbild sein sollte."

„Hören Sie mir jetzt genau zu", Maryanne kochte. In diesem Moment beugte Gusenberg sich nach vorn und beendete das Gespräch mit einem Druck auf den roten Knopf, bevor Maryanne etwas sagen konnte, das sie am Ende bereuen würde.

Achtlos schleuderte sie den Hörer auf die Gabel.

„Ich bezweifle, dass an dieser ganzen Sache was dran ist", sagte Gusenberg.

„Und wenn doch? Was machen wir dann?", fragte Maryanne.

„Dann werden wir die Sache aufklären. Was Lankau rausfinden kann, können auch wir rausfinden. Wir sollten uns erst mal einen Überblick verschaffen und unsere weiteren Schritte planen. Peer, wenn noch was bekannt wird, sag uns Bescheid." Peer nickte und klopfte Maryanne zum Abschied aufmunternd auf die Schulter.

„Irgendwann hänge ich diesem Lankau was an. Egal ob Falschparken oder Kinderpornos, ich werde ihm das Grinsen aus seiner Visage wischen", Maryanne seufzte und ließ sich auf ihren Bürostuhl fallen. Sie nahm das gerahmte Foto ihrer beiden Kinder und strich sanft über das Glas. Es faszinierte Gusenberg jedes Mal aufs Neue, wie sehr sich ihre Lebensrealitäten unterschieden. Obwohl Maryanne und er fast gleich alt waren, hatten sie zwei vollkommen verschiedene Leben gelebt. Als er nach der Uni seine erste richtige Wohnung bezogen hatte, war Maryanne schon verheiratet und hatte Kinder in diese Welt gesetzt.

***

Nach einer knappen Stunde und ein paar weiteren Anrufen ruhigerer Natur waren zwei Dinge klar. Erstens: Die Überprüfung der Handydaten und der Social-Media-Kanäle ergab nichts. Keine Aktivitäten. Kein Anruf, keine SMS, keine WhatsApp-Nachricht, keine Ablenkung – nichts. Zweitens: Der Junge hatte Glück gehabt. Wenn man es denn so nennen mochte. Gusenberg hatte den vorläufigen Autopsiebericht durchgeblättert. Von dem lächelnden jungen Mann mit den hochgegelten Haaren war nichts geblieben. Die Reste der Gesichtshaut spannten sich rot, braun und schwarz über einen haar- und augenlosen Schädel. Ein Teil der Kleidung war mit Kinn, Hals und Oberkörper verschmolzen, genau wie die goldene Uhr, die sich in das Fleisch des Handgelenks gefressen hatte. Der Ermittler legte das Foto falsch herum in die Akte zurück. Die Schnelltests für Drogen und Alkohol waren ebenso negativ ausgefallen wie der für Kohlenstoffmonoxid. Der Aufprall gegen den Baum hatte ihn getötet. Bevor das Feuer seinen Körper verzehrte. „Wenigstens hast du nicht gelitten." Gusenberg sprach so leise, dass seine Kollegin ihn nicht hören konnte. Sein Finger fuhr über das abschließende Formblatt. In der Spalte *Todesursache* stand in Dr. Roomens schön geschwungener Schreibschrift: Innere Blutungen aufgrund eines stumpfen Traumas im Brustbereich.

Der Ermittler ging den bisher bekannten zeitlichen Ablauf der Todesnacht durch. Yannick und seine Freundin, Stefanie Kirchhoff, waren im Restaurant *Elephant* essen gewesen. Laut Aussage des Kellners waren sie bis halb elf dort. Die Stimmung war gut, die beiden wirkten glücklich und verliebt. Anschließend raste Yannick ungebremst in den Tod.

„Hast du Yannicks Freundin schon erreicht?", fragte Gusenberg.

„Nein, ihre Eltern wohnen nicht hier in der Gegend. Sie haben selbst kaum Kontakt zu ihr, sind jetzt aber auf dem Weg. Sie haben mir Stefanies Adresse gegeben. Sonst hat sie laut der Eltern keine Verwandtschaft in der Stadt." Maryanne klebte ein blaues Post-it in den Ordner. „Außerdem habe ich ein paar interessante Informationen von ihnen bekommen. Yannick und Stefanie waren seit der Schulzeit ein Paar. Als Yannick Profi wurde, sind sie gemeinsam nach Westheim gezogen."

Gusenberg stutzte. „Wieso war sie dann nicht mit im Auto?"

„Genau das habe ich mich auch gefragt, laut ihrer Mutter stand in Yannicks Vertrag, dass Spieler unter fünfundzwanzig nur bei ihren Eltern, allein oder in WGs mit anderen Spielern wohnen dürfen. Außerdem dürfen sie maximal zwanzig Minuten vom Trainingsgelände entfernt wohnen."

„Das sind harte Bedingungen. Ist das überhaupt legal?"

„Vielleicht war es doch der Druck."

„Wie meinst du das?“, fragte Gusenberg.

„Ich meine nicht, dass er bedroht wurde, vielleicht kam er mit dem Leistungsdruck nicht zurecht. Die Welt hat viel von ihm erwartet.“

„Und er war fast noch ein Kind“, ergänzte Gusenberg. „Ich glaube trotzdem nicht daran, dass er sich umgebracht hat.“ Gusenberg stand auf und griff sich noch einmal die Aussage des Kellners. *Wirkten sehr verliebt.* „Der Abend verlief harmonisch und dann bringt er sich um? Das kann ich nicht glauben. Wir fahren jetzt zu seiner Freundin und befragen sie. Wenn jemand über Yannicks emotionalen Zustand Bescheid weiß, dann sie.“

Kapitel 3

„Ich bin immer noch der Meinung, dass wir mit der gesamten Ermittlung unsere Zeit verschwenden. Es war ein Unfall und wir haben einen echten Mordfall auf dem Schreibtisch. Stefanie Kirchhoff ist offensichtlich nicht da.“

Gusenberg drückte die mit *Kirchhoff* beschriftete Klingel erneut. Er glaubte, aus dem Inneren des Hauses das leise Echo des Surrens zu hören. Niemand konnte diesem penetranten Geräusch auf Dauer widerstehen. Er drückte ein drittes Mal auf die Klingel. Wenn er der Anordnung der Namensschilder neben der Tür trauen konnte, wohnte Yannicks Freundin im ersten Stock, Apartment drei. Gusenberg schaute auf die Uhr. Mit der Fahrt durch die Stadt, dem Warten vor der Tür und dem unvermeidlichen Stau auf der Rückfahrt war der Tag schon fast gelaufen. Ohne, dass sich irgendetwas Handfestes ergeben hatte.

„Das klingt vielleicht pietätlos, aber wie kann es sein, dass der Unfalltod einer Person des öffentlichen Interesses für uns eine höhere Priorität hat als der Mord an einem Niemand? Nur weil diesen Frank Jung keiner vermisst, heißt es nicht, dass sich darum keiner kümmern muss.“ Gusenberg drückte ein viertes Mal die Klingel. Länger und fester, als es sich für einen normalen Besucher ziemte. Auf der Fahrt hierher hatte er Maryanne über seine Theorie im Fall *Frank Jung* in Kenntnis gesetzt. Zwar gab sie ihm bei den meisten Punkten recht, zweifelte aber daran, dass der Täter sich noch immer in Westheim aufhalten würde. Ein weiterer Grund, weshalb Gusenberg diese Ermittlung auf die Nerven ging. Am Ende würde der Mörder davonkommen, weil sie nichts Besseres zu tun hatten, als ein Phantom zu jagen und Imagepflege zu betreiben.

„Mir passt es auch nicht", schnaubte Maryanne. „Aber du weißt, wie Frau Weber ist, sie will–", sie hielt inne, als sich aus dem Inneren des Hauses schwere Schritte näherten. Die Haustür wurde geöffnet und eine junge Frau mit kastanienbraunen Haaren drängte sich an den Ermittlern vorbei. Von den Stiefeln bis zur eleganten Lederjacke war sie vollkommen in Schwarz gekleidet.

„Entschuldigen Sie bitte." Gusenberg zog seinen Polizeiausweis aus der Tasche und hielt ihn der jungen Frau hin. „Maryanne Schröder und Dr. Emil Gusenberg, Kripo Westheim. Wohnen Sie in diesem Haus?"

Die junge Frau wich einen Schritt zurück. „Äh, nein. Ich wollte jemanden besuchen."

„Dieser jemand ist nicht zufällig Stefanie Kirchhoff?", fragte Maryanne.

„Ja, woher wissen Sie das?"

„Nur eine Vermutung. Sie haben sie nicht angetroffen?" Gusenberg hatte einen Notizblock aus der Jackentasche gezogen und begann, sich Stichpunkte zu notieren.

„Nein, also ja. Stefanie ist nicht da. Die Haustür stand offen, als ich ankam, deshalb war ich kurz oben an ihrer Wohnung und habe geklopft. Aber sie war nicht da. Ich habe versucht, sie anzurufen, aber an ihr Handy geht sie auch nicht."

„In welchem Verhältnis stehen Sie zu Stefanie Kirchhoff, Frau …"

„Frau Kürschner, Sina Kürschner. Ich bin Stefanies beste Freundin."

„Wie lange kennen Sie Frau Kirchhoff schon?"

Sina überlegte kurz, bevor sie antwortete. „Seit sie nach Westheim gezogen ist, wir haben uns über Bekannte kennengelernt und uns sofort gut verstanden.“

„Wissen Sie, wo sich Stefanie jetzt aufhält?“

Die junge Frau legte die Stirn in Falten. „Nein und ich mache mir deswegen ehrlich gesagt Sorgen. Gerade in dieser schweren Zeit sollte sie nicht allein sein. Yannick war Stefanies Ein und Alles. Ich bin sofort hergekommen, als ich von dem Unfall gehört habe.“

„Können Sie uns die Beziehung von Yannick und Stefanie beschreiben?“ Gusenberg schlug eine neue Seite des Notizblocks auf.

„Wie meinen Sie das? Ich müsste jetzt eigentlich los.“

„Es dauert nicht mehr lange, es handelt sich nur um Routinefragen. Würden Sie sagen, die Beziehung der beiden war harmonisch?“, fragte Maryanne.

„Ja. Ich würde sagen, die beiden waren glücklich.“

„Gab es in letzter Zeit Streit?“

Wieder machte Sina eine kurze Pause, bevor sie antwortete. „Streit? Nicht, dass ich wüsste. Natürlich streiten Paare ab und zu, aber das ist doch normal, oder? Stefanie hat in den letzten Wochen immer öfter von Hochzeit geredet, das hätte sie sicher nicht, wenn sie nicht glücklich gewesen wäre.“

„Wie gut kannten Sie Yannick?“

„Ähm, nicht so gut wie Stefanie. Was sollen die ganzen Fragen? Ist irgendetwas mit Stefanie?“

„Nein, es ist alles in Ordnung. Wie schon gesagt, das ist reine Routine. Wir gehen nur einem Hinweis nach, dass Yannick von Unbekannten bedroht wurde. Da er nun zu Tode gekommen ist, müssen wir klären, ob es sich nicht doch um ein Verbrechen handelt.“

„Yannick wurde bedroht? Davon weiß ich nichts. Wenn es so gewesen wäre, hätte Stefanie es mir sicher erzählt. Wir haben über alles geredet. Glauben Sie etwa, die Drohungen haben etwas mit Yannicks Tod zu tun?“

„Wir können nichts ausschließen, aber ich kann Sie beruhigen, bei der bisherigen Faktenlage spricht alles dafür, dass es sich bei Yannicks Tod um einen tragischen Unfall handelt."

„Ich hoffe, dass sie recht haben. Der Verlust ist schlimm genug. Wenn Yannick einem Verbrechen zum Opfer gefallen wäre – Steffi würde sicher daran zerbrechen." Sina senkte den Blick.

Gusenberg glaubte, eine Träne im Augenwinkel der jungen Frau zu erkennen.

„Wenn sie keine weiteren Fragen mehr haben, ich müsste jetzt wirklich los." Sina wischte sich mit dem Handballen über die Augen.

„Nein, wir haben keine Fragen mehr. Vielen Dank für Ihre Zeit." Gusenberg steckte den Notizblock weg und zog eine Visitenkarte hervor. „Sollte Frau Kirchhoff sich bei Ihnen melden, sagen Sie ihr, dass wir sie gerne sprechen würden."

Sina überflog die Karte, bevor sie sie in einer der Hosentaschen verschwinden ließ. „Sobald ich etwas weiß, melde ich mich bei Ihnen." Mit einem letzten flüchtigen Lächeln setzte sich die junge Frau in Bewegung.

„Und was machen wir jetzt?", fragte Gusenberg, nachdem Sina aus ihrem Blickfeld verschwunden war.

Maryanne schaute auf die Uhr. „Warten? Hast du heute noch was vor? Ein paar Minuten sollten wir noch bleiben. Sollte Stefanie Kirchhoff die Aussage ihrer besten Freundin bestätigen, sehe ich keinen Grund, warum wir nicht spätestens morgen einen Abschlussbericht schreiben könnten."

„Dann warten wir. Ohne dich komme ich ja nicht ins Büro zurück."

Die Minuten verstrichen langsam und ereignislos. Weder Stefanie, noch ein anderer Bewohner ließen sich blicken und so brachen die Ermittler ihre fruchtlose Mission endgültig ab.

„Lassen wir ihr eine Nachricht da und beenden das hier. Wenn wir jetzt aufbrechen, kommen wir wenigstens nicht in den Berufsverkehr und können heute vielleicht noch irgendetwas Sinnvolles tun."

Maryanne schaute auf die Uhr. „Könnte knapp werden." Sie warf eine Visitenkarte mit Bitte um Rückruf in den Briefkasten, dann machten sie sich auf den Rückweg zum Präsidium.

„Was hältst du von der ganzen Sache?", fragte Maryanne, nachdem sie schon ein ganzes Stück des Weges hinter sich gebracht hatten.

„Was soll ich davon halten? Ob es verdächtig ist? Yannick ist tot und seine Freundin verschwunden, unter anderen Vorzeichen wäre sie die Tatverdächtige Nummer eins." Gusenberg kratzte sich nachdenklich am Kinn. „So ist es nur eine irrationale Situation, wahrscheinlich mit einem profanen Ende."

„Dass weder ihre Eltern noch beste Freundin wissen, wo sie sich aufhält, ist seltsam. Selbst wenn Stefanie nicht das beste Verhältnis zu ihren Eltern haben sollte, ihrer besten Freundin würde sie doch sagen, wo sie hingeht", warf Maryanne ein.

„Wenn diese Sina Kürschner überhaupt Stefanies beste Freundin ist. Vielleicht nimmt sie sich wichtiger, als sie ist. Ich würde darauf wetten, dass Stefanie sich spätestens morgen bei uns meldet."

„Du weißt, dass ich nicht wette, Emil."

„Deswegen habe ich es auch nicht vorgeschlagen. Es ist aber auch besser für dich, ich würde gewinnen." Gusenberg grinste.

***

Brandt passte die beiden Ermittler auf halbem Weg in ihr Büro ab. Er hatte ein ungläubiges Lächeln auf den Lippen. „Ihr werdet nicht glauben, was soeben passiert!"

„Stefanie Kirchhoff hat sich gemeldet?", fragte Gusenberg und warf Maryanne einen vielsagenden Blick zu.

„Wer? Nein, der Artikel vom Kurier ist offline!"

„Ernsthaft?"

„Ja, ich weiß aber nicht warum. Ich habe die Entwicklung über den Tag verfolgt. Vor einer Stunde hatte der Beitrag über zweihundert Kommentare und es ging hoch her. Viele haben nach Beweisen verlangt, andere haben sich wegen der Pietätlosigkeit beschwert. Ein Teil der Kommentare wurde wohl wieder gelöscht, ich habe nicht alles gelesen. Dachte aber, dass es euch interessiert."

„Danke für die Information", sagte Maryanne sichtlich amüsiert. „Da ist ihnen wohl das heiße Eisen um die Ohren geflogen. Geschieht diesem Lankau recht. Hoffentlich bekommt er jetzt richtig Ärger. Danke, Peer."

***

Gusenberg stöhnte. Es gab nur eine Sache, die schlimmer war als Papierkram: unnötiger Papierkram.

„Ist es wirklich in Ordnung, dass ich dir den Bericht überlasse?", fragte Maryanne, während sie sich die Jacke anzog. „Ich habe fast ein schlechtes Gewissen."

„Es ist in Ordnung", sagte Gusenberg, der den Satz löschte, den er gerade erst getippt hatte. „Ich mache das schon. Ich sauge mir jetzt eine Seite Bericht aus den Fingern und schicke ihn Frau Weber, dann mache ich auch Feierabend. Mir ist übrigens gerade aufgefallen, dass immer noch kein offizielles Statement von Yannicks Arbeitgeber vorliegt, obwohl es in den Nachrichten kaum ein anderes Thema gibt. Auf unsere Anfrage haben sie nicht reagiert. Na ja, egal. Morgen kommt sicher etwas."

„Dann wünsche ich dir, dass auch du schnell in den Feierabend kommst." Maryanne griff sich ihre Tasche und verließ das Büro.

Kurze Zeit später lehnte sich Gusenberg in seinem Bürostuhl zurück. Er hatte es geschafft, er hatte die spärlichen Ermittlungsergebnisse des Tages auf eine Seite gestreckt.

Kapitel 4

Gusenberg heftete den überschaubaren Tagesbericht ab und schloss die Akte *Lutzendorf,* zumindest für heute. Denn im Gegensatz zu Maryanne konnte er nicht in den Feierabend gehen, er würde ein paar Überstunden machen müssen. Es gab einen letzten Punkt auf der Tagesordnung. Der Ermittler griff sich die Akte über den Mord in der Nordstadt und ging seine Notizen durch. Er notierte die Fakten auf einen separaten Zettel, faltete ihn fein säuberlich zusammen und steckte ihn in sein Notizbuch.

Die Digitaluhr am rechten unteren Bildschirmrand verriet Gusenberg, dass es kurz vor halb acht war. Er musste sich beeilen, wenn er nicht zu spät zu seiner Essensverabredung kommen wollte. Auch wenn diese ihn nicht erwartete, wollte er pünktlich sein. Seine erste Station war die U-Bahn-Haltestelle *Mittantor* in der Nähe des historischen Viehmarktes, der einzige Teil der Stadt, der während des Zweiten Weltkrieges nicht vollkommen zerstört worden war. Der Großteil der alten Fachwerkhäuser war niedergebrannt und nicht wiederaufgebaut worden. An ihrer Stelle standen nun Wohn- und Bürokomplexe, die in den Sechziger- und Siebzigerjahren gebaut worden waren und Westheims Stadtbild bis heute dominierten.

Mittantor war eine der wenigen Haltestellen, die auch nachts ein trügerisches Gefühl von Sicherheit vermittelten. Dort schauten sich die Leute nicht ständig ängstlich um oder erschraken, wenn sie laute Stimmen hörten. Das lag jedoch nicht an der Präsenz der Polizei oder anderen Sicherheitsvorkehrungen wie Kameras, sondern am Fehlen der offensichtlichen Gefahren, die im Stadtbild sonst so omnipräsent waren. Hier trieben sich keine Junkies, Penner oder Jugendbanden herum. Die Wände waren nicht mit Graffiti beschmiert und es stank nicht nach schalem Bier, Kotze oder Pisse. Hier ging es gesittet zu, fast schon spießig – keine fünfzehn Fahrminuten mit der U-Bahn später wurde man von der Realität eingeholt. Mit Westheim ging es seit Jahren bergab, die Kriminalitätsrate stieg so schnell, dass sie nur vom Anstieg der Straßenkinder, Obdachlosen und Drogentoten überholt wurde. Trotz allem kamen immer mehr Menschen in die Stadt, um hier ihr Glück zu suchen. Die 800.000-Einwohnermarke war erst neulich durch die Geburt eines kleinen Mädchens offiziell geknackt worden.

Gusenberg hielt Abstand zu den anderen Passagieren, die ungeduldig auf die U-Bahn warteten, die sie nach Hause bringen sollte. Der Ermittler war vollkommen in Gedanken versunken, als ein warmer Windstoß die Ankunft der U-Bahn verkündigte. Er stieg in die Linie 51. Endhaltestelle *Lilienheim am Weiler*. Lilienheim war einer der Stadtteile, der besonders stark unter der finanziellen Misswirtschaft und der aufkommenden Ghettoisierung gelitten hatte. Sozialwohnungsbauten prägten die Straßen, mehr als die Hälfte der Menschen bestritten mit Hartz IV ihren Lebensunterhalt. Während Stadtteile wie der Heidenpark mit Slogans wie *Das grüne Herz von Westheim* warben, würde ein ehrlicher Werbetexter Lilienheim mit *Trist und gefährlich – wohnen Sie am besten woanders* feilbieten. Lilienheim war nicht zu retten. Nicht von der aktuellen Stadtführung, nicht von Jesus und sicher nicht von der Herausforderin auf das Bürgermeisteramt – auch wenn die etwas anderes versprach.

Die U-Bahn kämpfte sich stoisch ihrem Ziel entgegen. Leute stiegen ein, Leute stiegen aus. An einer der vorbeifliegenden Stationen hatte jemand der Plakatversion der Herausforderin ein Hakenkreuz auf die Stirn gesprüht. Jede Haltestelle auf Gusenbergs Weg glich einer Sprosse, die ihn hinab in eine gefährliche Dunkelheit führte. Die Unterste trug den fast schon poetischen Namen *Am Weiler*.

Gusenberg war einer der wenigen Fahrgäste, die bis zur Endhaltestelle fuhren. Hierher kamen keine Tagespendler, die meisten hier hatten immer frei. Eine Gruppe Jugendlicher lungerte auf den Bänken der Haltestelle herum. Sie rauchten – wohl nicht nur Zigaretten – tranken Schnaps und spuckten auf den Boden. Was sollten sie auch sonst machen? Gusenberg verließ als Letzter den Waggon und lief, ohne den Jugendlichen, die nun laut Musik hörten, Beachtung zu schenken, zu einer Imbissbude auf der anderen Straßenseite. Eine Frau im mittleren Alter drehte gelangweilt ein paar Bratwürste auf dem Grill hin und her. Ein einzelner Gast lehnte gedankenverloren an einem klapprigen Stehtisch und vor ihm stand eine fast leere Flasche Bier.

„Eine Bratwurst und Pommes rot-weiß, bitte", sagte Gusenberg, während er ein paar Münzen aus seiner Hosentasche in die Hand zählte.

„Wie kannst du sowas nur essen? Du bist doch ein Doktor! Du solltest wissen, dass dieses alte, ranzige Fett dein Herz verkrustet. Vielleicht wird dich genau diese Wurst töten!"

Gusenberg nahm die Bratwurst und die Pommes entgegen und wandte sich seinem Gesprächspartner zu. „Ich bin nicht *so* ein Doktor und sag das lieber nicht so laut, sonst gibt dir Rita Hausverbot." Er ging zwei Schritte auf Hugo zu, stellte die Pappschale mit der Bratwurst und den Pommes auf dem Stehtisch ab. „Darf ich dich auf ein Bier einladen, Hugo? Ich habe leider keine vegetarischen Würstchen für dich dabei."

Gusenberg spießte eine Fritte auf und tunkte sie in den Ketchup.

Hugo nahm einen weiteren Schluck Bier, den letzten. Er stellte die Flasche ab und schob sie an den Rand des Tisches. „Bist du nur wegen der Pommes und der ranzigen Wurst durch die ganze Stadt gefahren?"

Gusenberg lächelte. Es lief immer gleich ab, wenn sie sich trafen. Es war eine Art Tanz, ein Ritual, dessen Ablauf über die Jahre durchchoreographiert worden war, schon damals als Gusenberg noch bei der Sitte gearbeitet hatte. Rhetorische Fragen, im Plauderton ein wenig Small Talk über Sport oder das Wetter. „Hast du gestern das Spiel gesehen? Heute ist es aber verdammt kalt für April", bevor es um die Fragen ging, die Gusenberg hergeführt hatten.

Die Pommesfee brachte zwei Bier, Kondenswasser spritzte auf den Tisch, als sie die Flaschen öffnete. Die beiden Männer schwiegen, bis sie wieder außer Hörweite war. Obwohl Gusenberg Hugo schon seit ein paar Jahren kannte, wusste er fast nichts über sein Gegenüber. Weder kannte er seinen Nachnamen, noch konnte er mit Sicherheit sagen, dass er wirklich Hugo hieß, oder ob das ein Spitzname war. Alles, was Gusenberg wusste, war, dass Hugo dunkle Sportsakkos und Rollkragenpullover liebte und wenig Geld für den Frisör ausgab. Hugos schulterlanges Haar und sein Musketierbart wirkten immer etwas fettig und ungepflegt. Es war nicht so, als könnte Gusenberg nicht mehr über ihn herausfinden. Menschen wie Hugo hatten keinen sauberen Lebenslauf, sie waren erst spät auf den richtigen Weg gekommen, manchmal aus eigenem Antrieb, ihren Kindern zuliebe oder, Gusenbergs Favorit, durch Gott. Ziemlich sicher hatte er im Gefängnis gesessen oder war vorbestraft. So oder so mussten Hugos Fingerabdrücke in der Datenbank sein. Er müsste nur die Bierflasche mitnehmen und würde alles Wichtige über seinen Informanten erfahren, er wollte es aber nicht. Es wäre ein unverzeihlicher Vertrauensbruch, der ihre Beziehung empfindlich stören oder sogar beenden würde. Hier, an diesem Stehtisch, war Gusenberg kein Polizist, der Hugos Schützlingen ans Leder wollte, hier war er nur ein Freund, der bei Pommes und Bier über die Arbeit schwatzte.

„Kennst du das Märchen von *Hans im Glück*?", fragte Gusenberg in einem freundlichen Plauderton. „Es ist eines der bekanntesten Märchen der Gebrüder Grimm."

„Meine Mutter hat mir nie Geschichten vorgelesen und die Kinder, mit denen ich arbeite, leben auch nicht in einer Märchenwelt. Hier gibt es nur *Hans auf Crack*." Hugo klang schroff, aber nicht abweisend. Gusenberg schwieg. Er hatte keine andere Reaktion von seinem Gegenüber erwartet.

„Worum geht es in diesem Märchen?", fragte Hugo nun freundlicher.

„Um einen jungen Mann, der mehr hat, als gut für ihn ist. Am Anfang hat er einen Klumpen Gold – woher er den auch immer hat." Gusenberg zuckte mit den Schultern. „Er tauscht das Gold gegen einen Klepper und den gegen ein kleineres Tier und das wiederum gegen eine Ente. Die Ente läuft dann weg oder so. Meine Kindheit ist schon über dreißig Jahre her." Gusenberg grinste, Hugo lachte. „Worauf ich hinaus will, ist, dass Hans keine Ahnung von dem hat, was er besitzt und deshalb am Ende alles verliert. Genauso einen Kerl suche ich. Einen jungen Mann, der mehr hat, als ihm guttut. Wahrscheinlich Crystal vielleicht auch Crack. Er verkauft einen Teil davon und wird dabei von den Dealern über den Tisch gezogen oder Schlimmeres. Er ist selbst Konsument, wahrscheinlich ständig high und aggressiv."

Hugo kratzte sich an seinem Kinnbart. „Wieso suchst du ihn? Du weißt, dass ich keines meiner Schäfchen ans Messer liefere."

„Er ist keines deiner Schäfchen. Ich rede nicht von einer 15-Jährigen, die von zu Hause weggelaufen ist, Hugo. Dieser Kerl hat einen Mann ermordet – Frank Jung, oben in der Nordstadt." Gusenbergs Lächeln war verschwunden. Seine Miene war ernst, versteinert.

„Es überrascht mich nicht, dass du diesen Vorfall meinst, habe dich deshalb hier erwartet, ich habe davon gehört. Es wird schlimmer. Wo früher ein Obdachloser war, sind es heute drei. Wo sich früher zwei Halbstarke geprügelt haben, wird heute einer der beiden abgestochen." Hugo ließ seinen Kopf sinken. „Man sollte diese verdammte Stadt bis auf die Grundmauern niederbrennen. Für jedes Kind, das ich retten kann, verliere ich drei an Drogen, Alkohol oder Gewalt. Sie werden Opfer oder Täter."

Gusenberg legte Hugo freundschaftlich die Hand auf die Schulter. „Jedes Kind, das du rettest, landet nicht auf meinem Schreibtisch – egal, ob als Täter oder Opfer. Lass dich nicht unterkriegen. Du tust das Richtige und mehr, als irgendjemand von dir verlangen kann."

„Was sollen wir schon tun, außer weiterkämpfen, Emil? Ich werde sehen, was ich über deinen Mann herausfinden kann." Schweigend tranken sie ihr Bier, jeder in seiner Welt, mit seiner ureigenen Verpflichtung gegenüber dieser Stadt, die ihre Heimat und ihr Schicksal war.

Kapitel 5

Endlich war der Tag vorbei. Gusenberg betrat seine Kneipe und warf die nach Frittenfett stinkende Jacke über die Lehne des Schreibtischstuhls. Er machte kein Licht, der fahle Schein der Straßenlaternen, der durch das große Fenster fiel, reichte zur Orientierung. Er genoss die Stille und den Frieden, die seiner Wohnung innewohnten. Der Ermittler hatte kaum etwas an der Einrichtung der alten Kneipe verändert, als er sie vor ein paar Jahren gekauft hatte, und so standen Schreibtisch, Bett und Sofa in einer Linie mit dem Tresen, der alten Zapfanlage und den drei verwaisten Hockern davor. Auf dem dunklen Holz des Tresens lag der Pizzakarton von gestern Abend, er hatte es wieder versäumt, für den Sonntag einzukaufen.

Für eine Kneipe stand bei der *Fuchsenfritzklause* kaum etwas auf der Speisekarte. Gestern war es Pizza, heute war es kalte Pizza von gestern. Der Ermittler lief hinter den Tresen, öffnete den Kühlschrank, schnappte sich ein Bier und setzte sich an die Bar. Die Pizza schmeckte immer noch gut, zusammen mit der Currywurst war sie ein vollwertiges Abendessen. Er stützte sich mit den Ellenbogen auf dem polierten Holz ab. Es war die Zeit gekommen, über die Ereignisse des Tages nachzudenken. Ein Ritual, das älter war als sein Job bei der Mordkommission. Gusenberg hatte schon unzählige einsame Abende so verbracht, war wieder und wieder die Hinweise und Indizien durchgegangen, um eine Lösung zu finden, oder wenigstens einen Anhaltspunkt. Oft hatte sich seine Ausdauer ausgezahlt und so mancher Mörder wurde ohne sein Wissen an diesem

Tresen überführt. Heute aber gab es nichts außer Bier und Pizza. Das letzte Stück, der letzte Schluck, dann war es Zeit fürs Bett, in sechs Stunden musste er wieder im Präsidium sein. Kurz nach dem Waschen lag Gusenberg in den Federn.

***

Er hätte schwören können, dass er noch keine fünf Minuten seine Augen geschlossen hatte, da klingelte der Wecker. Ein grausamer Ton, dröhnend und blechern. Der schlimmste, den das Handy hergab, alle anderen würde er überhören. Gusenberg rieb sich die Augen und richtete sich in seinem Bett auf. Wie so oft fühlte er sich müder als am Abend zuvor. Der Körper war matt, der Geist wach.

Sein erster Gang führte ihn in die Kühle des morgendlichen Westheims. Gusenberg zog den Bademantel etwas enger. Noch war sein Nachbar im Urlaub und ein Blick in den Kurier könnte nicht schaden. Der Ermittler rechnete fest damit, dass eine neue Ladung Schund in das Papier geklatscht worden war und er wollte wenigstens einen kleinen Wissensvorsprung haben, bevor es im Revier wieder losging. Er huschte die fünf Meter zum Haus nebenan und wurde für seine Mühen belohnt. Er schnappte sich den Kurier und machte sich auf den Weg zurück. Der Fall Lutzendorf war zwar immer noch auf der Titelseite, aber nicht mehr die Schlagzeile. Offenbar hatte sich ein Politiker in einen Sex-Skandal verwickeln lassen und damit die selbst ernannten Verkehrssicherheitsexperten aus den Schlagzeilen vertrieben. Gusenberg stoppte ungehalten vor seiner Haustür. Auch in seinem Postkasten neben der Tür steckte eine Zeitung. Irgendwann würde er den *Bitte keine Werbung*-Aufkleber auf den Briefkasten kleben, bis dahin musste er sich auch um dieses Stück Altpapier kümmern. Er zog die Zeitung heraus und stellte überrascht fest, dass es sich nicht wie erwartet um irgendeine kostenlose Werbung handelte, sondern um eine Ausgabe der *Sportwoche*.

Zum Saisonstart alle Teams im Check, so spannend war es noch nie, las Gusenberg auf dem Titelblatt. Die Zeitung war über sechs Wochen alt. Er ließ den Kurier fallen und blätterte durch die Sportzeitung. Laut Inhaltsangaben wurde zuerst der amtierende Meister vorgestellt, als zweiter und größter Rivale der SFC Westheim. Gusenberg blätterte zur angegebenen Seite. Historie, Stadion, Trainer – nichts Besonderes. Der Ermittler schlug die nächste Seite auf. Auf dem Mannschaftsfoto war eines der Gesichter mit einem schwarzen Stift künstlich unkenntlich gemacht worden. Er musste nicht die Bildunterschrift lesen, um zu wissen, wer das war. Erst auf den zweiten Blick fiel Gusenberg auf, dass auch der Trikotsponsor übermalt worden war. Anstelle des Schriftzugs einer Bank hatte dort jemand in akkuraten Druckbuchstaben ein Wort – MORD – notiert. Gusenberg starrte konzentriert auf das Foto. Dutzende Gedanken schossen ihm durch den Kopf, gruppierten sich zu vagen Theorien, zerfielen wieder in Fetzen und setzten sich neu zusammen.

Wer und warum? Etwa der Mörder selbst?

Auf diese Kernfragen kam er immer zurück, damit stand und fiel jede Überlegung. Vorerst gab es nichts Greifbares, nichts passte zusammen. Spekulationen brachten ihn nicht weiter. Er musste ins Revier, es mussten ein paar Fragen gestellt und vor allem beantwortet werden. Er machte einen schnellen Schritt zur Tür und hielt inne, als er aus dem Augenwinkel sah, dass sich ein graues Stück Papier aus dem der Zeitschrift löste und zu Boden glitt. Geistesgegenwärtig griff Gusenberg danach und fing es auf halben Weg.

„Was zur …" Das Stück Papier, das zwischen Zeigefinger und Daumen eingeklemmt war, flatterte im Wind der vorbeifahrenden Autos, fein säuberlich aus einer Tageszeitung ausgeschnitten. Der schwarze Rand der Todesanzeige war nicht beschädigt worden, doch auch hier hatte der Unbekannte eine Nachricht hinterlassen. *Wer zu viel weiß, stirbt! Niemand ist sicher!*, stand auf der Todesanzeige von Dr. Arthur Tampling.

Geliebter Ehemann, Vater und Großvater. Wir werden dich niemals vergessen.

Das schlecht aufgelöste Bild zeigte einen Mann mit hellen Haaren und Schnauzbart, der Gusenberg freundlich anlächelte. Der Mann war im Alter von achtundsechzig Jahren vor knapp vier Wochen verstorben. Gusenberg überflog den Rest, es waren keine Blumen erwünscht, sondern eine Spende für Kinder in Not, es gab keine Beerdigung nur eine Aussegnung. Weder kannte Gusenberg den Mann noch den Ort der Aussegnung, den der Unbekannten zweimal unterstrichen hatte.

Der Ermittler machte einen großen Schritt über den Kurier, der sich auf dem feuchten Teer zu wellen begann und ging in die Kneipe zurück. Sowohl die Sportwoche als auch die Todesanzeige landeten, aufgrund des Mangels an Beweismittelbeuteln, in einer Mülltüte. Auch wenn er bereits beide Beweisstücke kontaminiert hatte, folgte er soweit möglich dem Protokoll. Vielleicht konnte er so die Chance auf eine Spur bewahren.

***

„Wer, glaubst du, hat dir die Zeitung in den Briefkasten gesteckt?", fragte Maryanne, die Gusenbergs Ausführungen aufmerksam gefolgt war.

„Das hängt davon ab, ob es ein Tipp oder eine Drohung ist. Ich bin mir aber ziemlich sicher, dass es ein Hinweis sein soll. Irgendjemand da draußen weiß etwas, kann es uns aber nicht einfach so sagen. Wieso sonst sollten wir auf den Tod eines Mannes hingewiesen werden, der bisher keinen Bezug zu dem Fall hat?" Gusenberg lauschte seinen eigenen Worten.

Dem ersten Impuls folgend, hatte er den Toten in die Suchmaschine eingeben und sofort einen Treffer gelandet. „Dr. med. Arthur Tampling, Facharzt für Orthopädie, Unfallchirurgie und Sportmedizin", las er vom Bildschirm ab. „Ehemaliger Mannschaftsarzt von … Das kann kein Zufall sein. Bei dem einen Club stirbt ein Spieler, bei dem anderen der Arzt. Wissen wir schon, wie Dr. Tampling gestorben ist?"

„Nein, aber das finden wir sicher schnell raus."

Gusenberg griff zum Telefon. „Hallo, Peer. Emil hier. Du müsstest mir einen Gefallen tun. Kannst du mir alles, was du über einen Dr. Arthur Tampling hast, raussuchen? Besonderes Interesse habe ich an der Sterbeurkunde des Mannes."

Die weitere Suche förderte die schon bekannte Todesanzeige, einige Nachrufe, die Adresse der Praxis und eine Reihe geschäftlicher Telefonnummern zutage. „Auf den ersten Blick gibt es keine Verbindung zu unserem Fall. Dr. Arthur Tampling war anscheinend nur ein älterer Mann mit schwachem Herz. Und ja, ich weiß, was ich gestern gesagt habe, aber zum Glück kann man ja seine Meinung den neuen Gegebenheiten anpassen. Wir haben einen Fall."

Maryanne schmunzelte.

Zweimal kurz hintereinander gefolgt von einer Pause, dann noch ein Klopfen. So kündigte sich nur einer an: Brandt stand vor der Bürotür der Ermittler. Er hatte Gusenberg einmal erzählt, dass sein Klopfen dem Morsecode für den Buchstaben „B" nachempfunden war, aber der Ermittler hatte das seinem Kollegen nie wirklich geglaubt.

„Komm rein!", rief Maryanne und Brandt trat ein.

„Ich habe interessante Neuigkeiten." Er wedelte mit einer dünnen Mappe in der Hand. „Das ist alles, was es über Tampling zu finden gab, es ist nicht viel und auch nicht aussagekräftig." Brandt legte die Mappe vor Gusenberg auf den Schreibtisch.

„Das klingt nicht sonderlich gut. Wo sind denn die interessanten Neuigkeiten?" Gusenberg blätterte durch den dünnen Stapel Papier.

„Die Mappe meine ich auch nicht."

„Was dann?"

„Stefanie Kirchhoff ist gerade im Revier erschienen. Sie will eine Aussage machen."

Kapitel 6

Brandt hatte Stefanie Kirchhoff als „ein Häufchen Elend in Vernehmungszimmer C" angekündigt. *Eine treffende Beschreibung*, dachte Gusenberg, der die junge Frau von nebenan betrachtete. C war noch der gemütlichste der vier Räume, auch wenn er aussah wie ein seit Jahren verlassener Aufenthaltsraum einer seelenlosen Behörde. Die gräulichen Wände waren früher einmal weiß tapeziert gewesen, in einer der Ecken stand ein kleines Schränkchen mit einem Wasserkocher und Teetassen, unter dem schlichten Tisch lag ein Teppich, der durch die Tausenden unruhigen Füße stark verschlissen war. Stefanie Kirchhoff hatte die verschränkten Arme auf den Tisch gelegt und ihr Gesicht in einer der Armbeugen verborgen.

„Wir machen es wie immer?", fragte Gusenberg, dessen Blick nach wie vor auf die junge Frau gerichtet war.

„Ja." Maryanne kramte einen Zettel und einen Stift aus einer der Schubladen und atmete tief durch. „Ich bin gespannt, was sie uns zu sagen hat."

„Ich auch. Das mit der Zeitung sollten wir vorerst für uns behalten. Trotzdem wäre es interessant, ob sie diesen toten Arzt kannte."

Maryanne nickte und machte sich eine Notiz. „Dann fange ich mal an."

Stefanie Kirchhoff schreckte auf, als Maryanne an die Tür klopfte. Jetzt erst konnte Gusenberg das Gesicht der jungen Frau sehen. Stefanies Augen waren rot geweint, geschwollen und von dunklen Augenringen unterzogen, die Haare wild und ungezähmt. Sie wirkte dünn und zerbrechlich wie ein Kind. Trotzdem konnte Gusenberg ihre Schönheit erahnen. Jung, blond, schlank, attraktiv. Das klassische Modell *Spielerfrau* aus den Klatschspalten der Hochglanzmagazine. Gusenberg fragte sich, ob der jungen Frau die Schuhe passten, die sie trug, oder ob sie in einem anderen Leben nicht besser aufgehoben wäre. Scheu, aber ohne Chance zur Flucht starrte sie auf die sich langsam öffnende Tür. Maryanne trat ein, legte ihre Schreibutensilien auf dem Tisch ab und stützte sich mit beiden Armen auf der Lehne des Stuhls ab.

„Hallo, Stefanie, mein Name ist Maryanne Schröder. Ich leite … Ich bin mit dem Unfall von Yannick Lutzendorf betraut." Stefanies Augen füllten sich mit Tränen.

„Möchtest du etwas trinken?" Eine dicke Träne kullerte über Stefanies Wange. „Vielleicht einen Tee?"

Die junge Frau deutete ein Nicken an, Maryanne ging zu dem Schränkchen in die Ecke, schaltete den Wasserkocher an und legte je einen Beutel Früchtetee in zwei Tassen.

Gusenberg beobachtete, wie Stefanie an dem Tisch um ihre Fassung rang. Unbeholfen wischte sie sich die Tränen weg und strich sich mit fahrigen Bewegungen die Haare glatt, während das Brausen des Wasserkochers immer lauter wurde und die unheimliche Stille vertrieb.

Maryanne brachte Stefanie die Tasse, dann nahm sie auf dem Stuhl ihr gegenüber Platz. „Wie geht es dir, Stefanie?" Die junge Frau wich Maryannes Blick aus und starrte auf die dampfende Tasse, die vor ihr stand. „Du musst nicht mit mir reden, wenn du nicht willst, aber wenn du etwas über den Unfall weißt, solltest du es mir sagen."

Wie in Zeitlupe öffnete sich der Mund der jungen Frau, es war nicht mehr als ein Flüstern. „Sie können mich Steffi nennen, so nennen mich alle." Sie griff nach der Tasse, und umschloss das weiße Porzellan mit ihren Händen. Für einen kurzen Augenblick wirkte sie wie ein Schulmädchen, das krank zu Hause auf dem Sofa saß. Steffi zog die Hände zurück und sie war wieder in Vernehmungsraum C. Behutsam griff Maryanne nach der Hand der jungen Frau. Trotz der warmen Tasse war Steffis Hand kalt und klamm. Maryanne hatte schon Hunderte von Zeugen befragt, Aussagen aufgenommen und Verdächtige befragt. Sie hatte Stunde um Stunde die Mauern des Schweigens abgetragen, um an die Wahrheit zu gelangen, doch so etwas hatte sie noch nicht erlebt. Steffi, eine junge Frau in der Blüte ihres Lebens, war ein Wrack. Das war nicht nur Trauer, so viel war Maryanne klar. In der jungen Frau tobte weit mehr. War das Schuld? Wut? Angst? Was würde sich den Weg nach draußen bahnen?

„Kannst du mir sagen, wann du Yannick zum letzten Mal gesehen hast?"

Steffi schluchzte herzzerreißend, versuchte den Tränen mit ihrem Ärmel Herr zu werden, sah aber schnell ein, dass sie es nicht schaffte. Sie griff nach ihrer Designerhandtasche, die neben ihr auf dem Boden stand und stellte sie auf ihrem Schoß ab. Steffi nestelte an dem Reißverschluss herum, zog ihn nur einen Spaltbreit auf und stocherte mit zwei Fingern in der Öffnung herum. Maryanne beobachtete das seltsame Schauspiel und fragte sich, was die junge Frau da noch in ihrer Tasche mit sich herumtrug, das unbedingt darin gefangen bleiben musste. Endlich hatte Steffi die Packung Papiertaschentücher im Inneren ertastet und fischte sie mit den zwei Fingern heraus. Sie schloss die Tasche sofort wieder und stellte sie auf den Teppich unter dem Tisch.

Ein bisschen weiter weg als zuvor, dachte Maryanne und fragte noch einmal nach dem letzten Treffen der beiden. Dieses Mal hatte Steffi sich besser im Griff. Langsam und bedächtig begann sie zu sprechen, so als würde sie versuchen, sich an eine Geschichte aus einer lang vergangenen Zeit zu erinnern.

„Wir waren Essen. Also Yannick und ich. Wir waren im *Elephant*, das ist unser Lieblingsrestaurant. Dort haben wir gefeiert, als Yannick seinen ersten Profivertrag unterschrieben hat und dort hat er mir auch die guten Neuigkeiten erzählt." Steffi stockte. „Ich kann nicht glauben, dass ich ihn nie mehr wiedersehen werde." Sie begann zu weinen und Maryanne ließ sie. Der Tee hatte zu dampfen aufgehört, doch keine der beiden trank einen Schluck. „Wissen Sie, wir waren glücklich. Ich habe Yannick geliebt und er hat mich geliebt, ganz egal, was die anderen behaupten."

„Wer sollte etwas anderes behaupten?"

„Dieselben, die sagen, Yannick hätte sich umgebracht." Steffi brach ab und starrte zu Boden.

„Die bisherigen Ermittlungen konnten diesen Verdacht nicht bestätigen", sagte Maryanne ruhig. „Wo warst du die letzten beiden Tage?"

„Bei ... Bei ... Ich war bei einer Freundin", sagte Steffi zögerlich.

„Kannst du mir sagen, wie deine Freundin heißt?" Maryanne war froh, dass Steffi sich langsam öffnete, sie durfte jetzt keinen Fehler machen. „Ja, Daniela heißt sie. Daniela Weigand."

Maryanne machte sich eine Notiz. „Kennst du eine Sina Kürschner?"

Steffi legte die Stirn in Falten. „Nein. Wieso? Wer ist das? Hat die etwas mit Yannicks Tod zu tun?" Zum ersten Mal hatte Steffi einen Glanz in den Augen, der nicht von den Tränen kam.

„Nein. Wir glauben nicht, dass Sina Kürschner etwas mit Yannicks Tod zu tun hat. Die Frau könnte eine Zeugin sein. Es handelt sich hierbei um eine Routinefrage." Der Glanz in Steffis Augen erlosch, der kurze Energieschub war abgeklungen. „Es ist wichtig, dass wir möglichst viele Informationen über Yannick und sein Umfeld bekommen."

„Ich weiß nicht, was ich Ihnen sagen soll, es war alles wie immer."

Verzweiflung ergriff Steffi und sie begann wieder zu weinen. „Möchtest du eine Pause machen?" Maryanne tätschelte Steffis Hand, diese schüttelte den Kopf. „Nein. Ich möchte weitermachen. Haben Sie noch Fragen?"

„Ja, eine Frage hätte ich noch. Sagt dir der Name Arthur Tampling etwas?" Steffi überlegte kurz, dann schüttelte sie energisch den Kopf. Sie schnäuzte sich, setzte zum Sprechen an, verstummte aber wieder.

„Ich habe keine Fragen mehr", sagte Maryanne mehr zu sich als zu der jungen Frau.

Steffi schob die Tasse von sich weg und stand langsam auf. Inmitten der Bewegung hielt sie inne, verharrte ein paar Sekunden und ließ sich wieder auf den Stuhl sinken. Ihr Blick wanderte ziellos durch den Raum. Maryanne kannte dieses Verhalten, es entsprang dem unbändigen Wunsch, etwas zu beichten. Sie konnte sich kaum vorstellen, was für ein Kampf gerade in der zierlichen Frau tobte. Steffis Blick kam auf Maryanne zu ruhen. Ganz langsam öffnete sie den Mund, zuerst unhörbar, dann leise, aber klar zu verstehen, sagte Steffi: „Es war Mord." Mit jedem Wort wurde ihre Stimme kräftiger. „Yannick wurde ermordet und ich kann es beweisen."

Maryanne zuckte unwillkürlich, als das, was sie schon geahnt hatte, endlich ausgesprochen wurde. „Und mich werden sie auch holen, wenn sie herausfinden, dass ich mit Ihnen gesprochen habe. Aber das ist egal. Ich habe es verdient. Ich habe verdient, was sie mit mir tun werden, denn ich bin an allem schuld. Wegen mir wurde Yannick getötet. Ich verdiene das Leben nicht mehr." Die junge Frau war wie ausgewechselt, ihre Stimme fest und kalt. Sie war von einer seltsamen Spannung ergriffen.

„Sie können dir nichts tun, wir passen auf dich auf, Steffi."

„Sie können mich nicht schützen, niemand kann das. Sie bekommen immer, was sie wollen. Es ist mein Schicksal." Steffi griff nach ihrer Handtasche, öffnete den Reißverschluss vollständig und holte ein in Mitleidenschaft gezogenes Stück Papier heraus. Der Zettel war zerknüllt worden, um danach wieder glattgestrichen und sauber gefaltet zu werden. „Das ist der Beweis, dass ich die Wahrheit sage." Steffi schob Maryanne den Zettel hin. Als die Ermittlerin danach griff, schnellte Steffis Hand nach vorn und umschloss mit kaltschweißen Fingern Maryannes Handgelenk. Ihre Blicke trafen sich. „Sie müssen mir glauben. Ich sage die Wahrheit." Dann ließ sie Maryannes Hand los, legte ihre Hände in den Schoss und starrte abwesend auf den Boden. „Wer hat das geschrieben?" Maryanne las den computergeschriebenen Text. *Pass auf, wenn es dunkel wird*, stand da in fetten Buchstaben über das gesamte Blatt geschrieben.

„Ich weiß es nicht." Steffi seufzte. „Sie müssen wissen, dass Yannick nicht glücklich war. Wir waren glücklich, aber Yannick nicht. Es weht ein rauer Wind im Fußball, besonders beim SFC. In den letzten Jahren wurden große Summen investiert – auch in Yannick – und die Erwartungen sind hoch." Steffi stockte, rang mit sich, suchte nach den richtigen Worten, dann setzte sie ihren Monolog fort. „Der Zuschauer bekommt das alles nicht mit, ich aber schon, ich habe Yannick die ganzen Jahre begleitet, habe die Sorgen und Zweifel hautnah mitbekommen. Es wurde von Tag zu Tag schlimmer. Er hat sich verändert. Er wurde immer stiller, verschlossener, aggressiver. Ich wollte doch nur helfen! Ich wollte nur, dass es wieder so wird wie früher!" Ein weiterer Weinkrampf ergriff Steffi.

Maryanne stand auf, ging um den Tisch herum und legte ihr tröstend einen Arm auf die Schulter.

„Es tut mir so leid. Hätte ich ihn nicht dazu gedrängt, sich einen neuen Verein zu suchen, würde er jetzt noch leben." Steffi beugte sich vor und nahm den Drohbrief an sich. „Dieser Zettel steckte unter dem Scheibenwischer von Yannicks Auto. Er hat öfter welche bekommen, auch E-Mails oder Nachrichten auf Facebook und Twitter. Zu Hause oder am Trainingsplatz, egal wann und wo, aber er wollte nicht hören, er hat gesagt, dass das zum Geschäft gehört, dass sich das nicht ändern würde, wenn er zu einem anderen Verein geht. Überall gäbe es solche Typen, die Spieler beleidigen oder sie bedrohen, wenn sie nicht gut genug sind. Er hat mit der Vereinsführung geredet und die haben gesagt, dass er diese Spinner nicht ernst nehmen soll. Ich wollte doch nur, dass es aufhört."

„Und das wird es." Maryannes Tonfall war streng, aber gütig. „Wer auch immer die Drohungen verfasst hat, wir werden ihn finden und zur Rechenschaft ziehen." Die Ermittlerin setzte sich wieder. „Du hast gesagt, Yannick hätte mehrere dieser Drohungen erhalten, was wurde aus ihnen?"

„Yannick hat sie weggeworfen, als wären sie abgehakte Einkaufszettel. Er hat sie nicht ernst genommen."

„Du sagtest, er habe sich nicht wohlgefühlt."

„Ja, das lag jedoch nicht an den Drohbriefen. Es lag am Verein selbst. Er fühlte sich beobachtet und überwacht, egal wo. Im Training, zu Hause oder unterwegs. Er durfte nicht einmal bei mir übernachten. Alle da haben ständig Angst."

Der Wortschwall war versiegt und Steffi spielte geistesabwesend mit ihrer Halskette. Eine silberne Taube mit einem Rubin an der Stelle, wo sich das Herz des

Tieres befand. „Die hat mir Yannick zum Geburtstag geschenkt", sagte Steffi, als ihr Maryannes Blick auffiel. „Er hat den Anhänger extra für mich anfertigen lassen, weil ich weiße Tauben so gern mag."

„Das ist schön, so wird Yannick immer bei dir bleiben", sagte Maryanne und fluchte sofort in Gedanken darüber, dass sie Steffis Gefühlskarussell mit so einer klischeehaften Floskel wieder angestoßen hatte. Steffi ließ den Anhänger in ihrem Oberteil verschwinden. „Sie müssen wissen, dass Yannick ein sensibler Mensch war, er war rücksichtsvoll und einfühlsam. Er hat eigentlich nicht in diese raue Welt gepasst. Er war für den Konkurrenzkampf und den Leistungsdruck nicht gemacht." Steffi seufzte. „Das ist nun allen klar."

Maryanne machte eine weitere Notiz. Steffi griff sich ein neues Taschentuch, sie schnäuzte sich und wischte sich die Tränen von den Wangen.

„Du sagtest, dass Yannick überwacht wurde. Wie hast du das gemeint?"

„Ich weiß es nicht." Steffi zögerte. „Er hatte nur das Gefühl, überwacht zu werden. Die ganzen Regeln, die ganzen Vorschriften. Was darf er wann essen, die Schlafenszeiten, an die er sich halten muss, wo er wohnt oder wo er sich aufhält, einfach alles wurde kontrolliert. Mir kam es so vor, als wäre Yannicks gesamte Wohnung mit Kameras überwacht, um ihn immer genau im Auge zu behalten. Ich habe ihm gesagt, dass es so nicht weitergehen kann. Er war nicht mehr der, in den ich mich verliebt habe." Steffi griff sich an die Stelle an der Brust, hinter der sich der Anhänger verbarg.

„Unsere Beziehung hat darunter gelitten, wir hatten ständig Streit, er war so aggressiv, wie ich es noch nie bei ihm erlebt habe. Ich denke, das war auch der Grund, warum er sich trotz laufenden Vertrags für einen Wechsel entschieden hat. Er wollte einen neuen An-

fang. Yannick hat mich mit seiner Entscheidung überrascht, bei unserem Essen im *Elephant.*" Steffi stiegen
Tränen in die Augen. Maryanne versuchte ein paar
tröstende Worte zu formulieren, zweifelte jedoch daran, dass Steffi sie in ihrer Lage überhaupt wahrneh-
men würde.

„Er hatte eine extra Trainingseinheit absolviert, da er
für das Spiel am Samstag nicht im Kader stand", fuhr
Steffi fort. „Danach bekam ich seine Nachricht, dass er
abends mit mir essen gehen wollte. Ich freute mich darüber, er klang so glücklich wie schon lange nicht mehr.
Wir hatten einen schönen Abend, nach dem Essen erzählte er mir alles, er würde wechseln, er war schon vor
ein paar Wochen beim Medizincheck, in der Winter-
pause wäre er endlich frei gewesen. Es war eine Entscheidung für uns, für unsere Liebe und gegen das Geld,
deshalb haben sie Yannick umgebracht."

„Wer sind *sie*?", stellte Maryanne die alles entscheidende Frage.

Steffi zögerte. „Ich ... weiß es nicht. Aber es muss so
sein. Yannick würde sich nicht umbringen, er war
nicht depressiv. Er war auch ein guter Autofahrer. Er
hatte noch nie einen Unfall. Sie müssen mir glauben."

Gusenberg beobachtete, wie Stefanie und Maryanne
noch ein paar Augenblicke still dasaßen. Dann betrat
Brandt das Vernehmungszimmer und begleitete Stefanie hinaus, während Maryanne den Drohbrief in einen
Beweismittelbeutel steckte.

„Ich habe Peer gesagt, dass er Steffi zum Psychologen
bringen soll. Sie braucht definitiv professionelle Hilfe."
Maryanne lehnte sich neben der Tür gegen die Wand,
die immer noch volle, nun aber kalte Tasse Tee in der
Hand.

„Glaubst du ihr?", wollte Gusenberg wissen, den Blick auf den Stuhl gerichtet, auf dem Stefanie noch vor Kurzem gesessen hatte.

„Frag mich etwas Leichteres. Ich glaube ihr, dass sie Yannick geliebt hat, ich glaube ihr, dass sie um ihn trauert, aber der Rest? Ich weiß es nicht." Maryanne nahm den Teebeutel aus der Tasse und warf ihn in den Müll.

„Für mich klingt das alles nach einer verrückten Theorie zur Verdrängung einer unbequemen Wahrheit, wenn ..." Gusenberg machte eine Pause. „Ja, wenn ich diese angebliche beste Freundin heute Morgen nicht mit eigenen Augen gesehen hätte." Gusenberg ballte die Hand zu Faust. „Beste Freundin, die hat uns einfach verarscht. Ich hasse es, verarscht zu werden!"

„Ärgere dich nicht, Emil, ich habe ihr das auch abgenommen. Aber vielleicht hat Steffi recht und Yannick wurde wirklich bedroht, dann ist diese Sina unsere einzige Spur."

„Wenn, dann. Wir brauchen mehr als Vermutungen, wir brauchen Beweise. So haben wir nichts außer die Aussage der offensichtlich labilen Freundin des Toten und diesen Zettel, der wahrscheinlich kontaminierter ist als ein Bahnhofsklo. Das wird uns schneller um die Ohren gehauen, als wir schauen können."

„Wir sollten uns in Yannicks Wohnung umsehen. Wenn Steffi die Wahrheit gesagt hat, finden wir dort vielleicht mehr Drohbriefe und dann haben wir auch eine vernünftige Basis für unsere Ermittlungen."

„Du hast recht", Gusenberg schnappte sich den Beweismittelbeutel und las noch einmal den kurzen Text. „Da fehlt ein Komma. Na ja, ich bringe das in die Forensik, dann brechen wir zu Yannicks Wohnung auf. Wir treffen uns in einer knappen halben Stunde am Auto."

Kapitel 7

Steffi war erleichtert, als sie das Polizeipräsidium verließ. Sie hatte das Gespräch hinter sich gebracht, hatte ihren Teil der Aufgabe erledigt.

Ein schwermütiger innerer Friede füllte sie aus. Als die Autotür hinter Steffi zuschlug, verschwand der Frieden, die Schwermut aber blieb.

„Du warst lange da drin. Hat alles geklappt?"

Steffi ließ die Frage und deren Bedeutung kurz auf sich wirken, überlegte, was an der Situation gut war. Dann nuschelte sie ein leises „Ja" dahin. Maltes Kopf sank auf seine Brust, seine Hände, mit denen er sich wie ein Ertrinkender am Rettungsring festgekrallt hatte, glitten vom Lenkrad auf seine Knie. Ein tiefer Atemzug durchschnitt die Stille, die sich hinter ihm wieder schloss. Sichtlich entspannter und mit milder Stimme fuhr er fort: „Du hast das Richtige getan und du hast es gut gemacht." Malte legte seine Hand auf Steffis Unterarm, die Erinnerungen an ihre gemeinsame Zeit als Geschwister siegten über die Zweifel und die Abscheu, die sie bei der Berührung empfand und so ließ sie es geschehen. Es fühlte sich in gleichen Teilen falsch und richtig an, eine einzelne Berührung, die Geborgenheit und Liebe, aber auch Verrat und Hass bizarr in sich vereinte.

„Ich bringe dich jetzt in Sicherheit. Ich habe ein Versteck für uns gefunden, wo dich niemand finden kann. Nur ich weiß, dass du dort bist." Wieder durchströmte Steffi dieses Gefühlsgemisch, geborgen und verloren zugleich. Er fuhr los.

Steffi schwieg und starrte aus dem Fenster. Der umtriebige Alltag Westheims zog am Fenster vorbei. Kinder mit übergroßen Schulranzen tanzten auf dem Heimweg durch das erste Laub des Herbstes, frei und unbeschwert in ihrem kindlichen Wesen. Ein kleiner Junge führte ein noch kleineres Mädchen an der Hand über den Zebrastreifen vor ihrem wartenden Auto. Es waren Yannick und Steffi, ein Echo aus vergangenen, glücklichen Tagen. Ein fehlender Schneidezahn, blonde Zöpfchen und die neongelbe Büchertasche von Scout, die viel zu groß für so ein kleines Geschöpf war. Das kleine Mädchen kam ins Straucheln, als sie die Bordsteinkante erklomm. Sie griff nach dem Rucksack des Jungen und hielt sich daran fest, weder sie noch er stürzten. Das Mädchen lächelte, der Junge lächelte zurück.

„Es tut mir leid, dass ich jemals an dir gezweifelt habe, du hattest recht, was Yannick und mich betraf und ich hätte von Anfang an auf dich hören sollen." Steffi brachte es nicht übers Herz, Malte anzusehen. „Ich war blind und habe mich von dir abgewandt, einem der wenigen Menschen, die mir etwas bedeuten."

Malte legte seine Hand auf Steffis Knie. „Du bedeutest mir auch viel, Kleines. Es ist schon okay, ich kann eure Entscheidung verstehen. Auf der einen Seite lockt die ganz große Chance, auf der anderen Seite steht ein verbitterter Krüppel, der sie euch madig macht. Ich war naiv, weil ich glaubte, ihr würdet auf mich hören." Steffi wischte sich mit einer hastigen Handbewegung eine Träne aus dem Auge. „Nun ist der Albtraum vorbei, ich kümmere mich um dich, am Ende wird alles gut." Malte lächelte Steffi an und in diesem Moment spülte die aufkommende Geborgenheit alle negativen Gefühle fort. Den Rest der Fahrt verbrachten sie schweigend, jeder für sich gefangen in den Entscheidungen der Vergangenheit.

Malte parkte den Wagen einige Querstraßen von der Schrebergartensiedlung entfernt. Wie Diebe in der Nacht schlichen sie sich auf das Gelände, ein Blick nach links, ein Blick nach rechts, immer auf der Hut, bis sie sich den Blicken eventueller neugieriger Beobachter entzogen.

„Ich weiß, es ist nicht das *Adlon*, aber es muss vorerst reichen." Malte zog hinter Steffi die Tür der Laube zu. Ein leises Klacken verkündete Steffis erneute Gefangenschaft. „Ich habe versucht, es dir so gemütlich wie möglich zu machen."

Er zog eine Taschenlampe aus seinem Rucksack. Ihr helles Licht verbannte die allgegenwärtige Dunkelheit in die Ecken und entblößte die in der Luft tanzenden Staubflusen. „Du kannst hier auf der Luftmatratze schlafen, die ist bequemer als die Eckbank." Der Lichtkegel wanderte durch das Zwielicht und tauchte kurz jeden Bereich der Hütte in warmes gelbes Licht. „Der Kühlschrank funktioniert und ist voll. Ich hoffe, dir schmeckt, was ich eingekauft habe. Fühl dich hier wie zu Hause. Es gibt nur zwei Regeln."

Steffi zuckte zusammen.

„Erstens", Maltes Zeigefinger schoss nach oben, „lass das Licht aus, egal ob es draußen hell oder dunkel ist. Zweitens", sein Mittelfinger erhob sich ebenfalls, „geh nicht nach draußen und lass die Vorhänge geschlossen. Hast du das verstanden?"

Steffi nickte.

„Ich will dich in Sicherheit wissen." Malte wuchtete sich von der Eckbank nach oben und umarmte seine Schwester. Er presste seine Wange an ihre und flüsterte: „Egal was passiert, du musst hierbleiben, versprichst du mir das? Versprichst du es?", wiederholte er fordernd.

„Ich verspreche es dir", hauchte Steffi mehr, als sie es sagte.

Malte griff sich seinen Rucksack und drückte die Klinke herunter. „Eine Sache noch."

„Ja?" Steffi zuckte unter dem Tonfall zusammen, der nichts Gutes verhieß.

„Du musst mir dein Handy geben."

Eine Forderung wie Donnerhall. „Nein!", platzte es aus Steffi heraus. „Nein", wiederholte sie mechanisch, unwissend, mit welchem Argument sie es ihm verständlich machen sollte. Es gab doch so viele. Yannicks Vermächtnis, ihre gemeinsamen Bilder, Yannicks Sprachnachrichten, sein: „Ich liebe dich." Mit ihrem Smilie, den sie nur für ihre Chats benutzten. Ihre Erinnerungen und das Handy waren das Letzte, was ihre Leben mit der Gegenwart verband. In ihnen lebte Yannick weiter, die Erinnerung an ihren ersten Kuss hinter dem Einkaufszentrum. Sie hatten gemeinsam den Erdkundeunterricht geschwänzt. Die gemeinsamen gemalten Träume für ihre Zukunft in Westheim. Seine letzte Nachricht, sein letzter Liebesbeweis.

„Nein!" Lauter und energischer, mit aller Kraft, die sie noch aufbringen konnte.

„Steffi!" Malte ließ den Rucksack zu Boden gleiten. „Du musst."

„Traust du mir nicht?", fiel Steffi ihm ins Wort.

„Darum geht es nicht! Es geht nicht um Vertrauen, es geht um deine Sicherheit. Ich will nicht, dass sie dich finden. Ich will nicht, dass du auch stirbst!"

Steffi wich einen Schritt zurück, stieß gegen die Eckbank und sank darauf zusammen. Tränen brachen sich Bahn bei dem Gedanken, dass auch sie getötet werden könnte. Es war zu viel, als wäre Yannicks Tod nicht Schicksalsschlag genug. Sie hatte keine Kraft mehr, sie konnte weder aufstehen noch etwas dagegen sagen, als Kramer ihr den Träger der Handtasche von der Schulter wischte und ihr die Tasche mit sanfter Gewalt entwand. Verschwommen nahm sie wahr, wie er ihr Handy nahm, ohne ein weiteres Wort aus der Laube verschwand und Steffi in der Dunkelheit zurückließ.

Kapitel 8

„Ich weiß, das waren lange dreißig Minuten." Gusenberg keuchte. Er hatte sich beeilt. In Maryannes braunen Augen spiegelte sich der Missmut über seine ständige Unpünktlichkeit. „Aber du wirst gleich verstehen, warum ich etwas mehr Zeit gebraucht habe." Der Ermittler zog einen Zettel hervor, den er sorgfältig auseinanderfaltete und Maryanne hinhielt. „Wer ist das?"

Maryanne griff sich das Bild und musterte es eindringlich. Eine junge Frau mit Grübchen, Pony und Pferdeschwanz lächelte sie freundlich an. „Das ist Sina Kürschner."

„Ich war noch schnell bei unserem Phantombildzeichner. Damit wir für die nächste Befragung wenigstens etwas in der Hand haben. Noch mal lassen wir uns nicht verarschen."

„Clever." Maryanne wollte ihm das Phantombild zurückgeben, doch Gusenberg wehrte ab. „Behalte es, ich habe zwei ausdrucken lassen."

„Danke. Ich habe inzwischen Yannicks Adresse rausgesucht. Es wird nobel, ich hoffe, du hast eine Krawatte dabei."

„Daheim habe ich noch die Krawatte von meiner Abiturfeier. Wenn du willst, können wir sie holen." Gusenberg setzte sich auf den Beifahrersitz und warf einen Blick auf die Adresse auf dem Navigationsgerät. Maryanne hatte nicht übertrieben, es würde nobel werden. Selbst mit Krawatte wäre er nicht passend gekleidet.

***

Die Häuser am Heidenpark stammten aus einer anderen Epoche. Hier war die Zeit vor über hundert Jahren stehen geblieben. Herrschaftliche Stadtschlösser im historistischen Stil waren von großen, kunstvoll gestalteten Parkanlagen umschlossen. Die Straßen wurden von alten Eichen gesäumt und trotzdem war nirgendwo Laub zu entdecken. Nur die modernen Autos, die ihnen entgegenkamen, störten das Bild.

„Hier kann man es schon aushalten", spottete Maryanne, als sie ihren altersschwachen Dienstwagen durch die Straßen lenkte, an deren Rand sich ein Prachtbau an den nächsten reihte. Kunstvoll geschmiedete Tore gaben einen Vorgeschmack auf den Protz, der sich hinter ihnen verbarg. „Hier lebt man also, wenn man einen Ball besser in ein Tor treten kann als andere", sagte Maryanne nun ernster, ungewohnt bitter.

„Yannick war kein Stürmer, er war Verteidiger, er konnte also hier leben, weil er andere davon abhielt, den Ball ins Tor zu treten", korrigierte Gusenberg seine Kollegin.

Maryanne hob angriffslustig eine der akkurat gezupften Augenbrauen. „Es ist nicht so, dass ich Fußball nicht mag, meine Tochter spielt es ja auch und ich darf jedes zweite Wochenende mit, aber ich verstehe einfach nicht, wieso die Spieler so viel Geld verdienen müssen. Außerdem, hundert Millionen Euro für einen Spieler zu bezahlen, das sitzt irgendwo zwischen Spinnerei und Sklavenhandel", Maryanne setzte den Blinker und bog die Nebenstraße ein, die das Navi mit einem lila Pfeil markiert hatte. „Weißt du, wie viele Menschen in Westheim obdachlos sind oder sich mit Sozialhilfe und Pfandflaschen sammeln gerade so über Wasser halten?"

„Ich weiß, was du damit sagen willst, beides sind Symptome einer kranken Gesellschaft, die nur noch in den Extremen zu existieren scheint, aber bevor wir uns in einer Grundsatzdiskussion verstricken: Wir sind da." Gusenberg deutete auf ein, im Vergleich zu seinen Nachbarn, schlichtes Haus, das sich hinter einer hohen Backsteinmauer verschanzte.

Maryanne steuerte den Wagen auf die gepflasterte Auffahrt und stoppte vor einem mit Rosen beschlagenen Eisentor. Die Ermittler stiegen aus und Maryanne drückte die Klingel, die mit *Hausmeister* beschriftet war. Nach einer kurzen Pause flammte das grüne Licht der Gegensprechanlage auf und eine verrauschte Stimme fragte: „Hallo, wer da?"

„Maryanne Schröder und Dr. Emil Gusenberg, Kripo Westheim, wir würden gerne mit Ihnen sprechen." Das grüne Lämpchen erlosch, nach einer erneuten Pause setzte sich das Tor langsam in Bewegung und gab den Blick auf einen gekiesten Weg und eine große Parkanlage frei.

„Hier fehlt nur noch der Springbrunnen, dann ist Barbies Wochenendtraumhaus komplett", sagte Gusenberg, als sie die Einfahrt hinauffuhren.

Ein stämmiger, kleiner Mann mit Halbglatze und Brille empfing die Ermittler an der hölzernen Eingangstür. „Hallo." Er schüttelte Gusenberg die Hand. „Sie sind bestimmt wegen Yannick da, es steht ja in allen Zeitungen, furchtbar. Er war so jung und talentiert. Der beste Linksverteidiger, den wir seit Jahren hatten." Der Hausmeister schüttelte bedauernd den Kopf.

„Genau deshalb sind wir hier, wir müssen uns in seiner Wohnung umsehen", antwortete Gusenberg, schob schnell ein „reine Routine" hinterher und zeigte dem Hausmeister die richterliche Verfügung.

„Ich nehme an, dass Sie Schlüssel für alle Wohnungen in diesem Haus haben?", fragte Maryanne.

„Nicht nur für dieses Haus, ich bin der Haus- und Parkverwalter für mehr als ein halbes Dutzend Häuser hier im Viertel", sagte der Mann nicht ohne Stolz in seiner Stimme.

„Uns geht es nur um dieses Haus und auch nur um die Wohnung von Yannick Lutzendorf", unterbrach Maryanne den Wortschwall des Hausmeisters schroff.

„Jaja, folgen Sie mir, in der heutigen Zeit sind ja alle in Eile." Der Hausmeister ging weiter plappernd voraus. „In diesem Haus gibt es insgesamt drei Wohnungen. Die im Obergeschoss bewohnen meine Frau und ich. Die mittlere hat dem Jungen gehört und die untere gehört einem Geschäftsmann, der eigentlich nie da ist. Immer auf Dienstreise, immer fleißig. Tja, von nichts kommt nichts."

Gusenberg verdrehte die Augen, wie er solche Plattitüden hasste. Das Runde muss ins Eckige und das Spiel dauert neunzig Minuten. „Können Sie mir sagen wann zum letzten Mal das Altpapier abgeholt worden ist?", fragte Gusenberg mit einem Blick auf das Häuschen, das die Mülltonnen verbarg. „Ähhh. Vor ein oder zwei Wochen."

„Der Müll ist beschlagnahmt. Die Spurensicherung wird sich darum kümmern."

„Ähm, ja. Wenn Sie das wollen, dann, äh, machen wir es so. Also, bitte, kommen Sie mit, dann zeige ich Ihnen die Wohnung."

Gemeinsam folgten sie dem Hausmeister eine steinerne Treppe ins zweite Obergeschoss hinauf. „Hundertfünf Quadratmeter Altbau, beste Lage, erst vor ein paar Jahren komplett saniert, top Energiebilanz. Weit über den gesetzlichen Anforderungen." Der Hausmeister leierte die zur Wohnung gehörenden Fakten herunter, als wäre er ein Makler und die Ermittler ein interessiertes Pärchen. Am Treppenabsatz angekommen, zog der Hausmeister einen Schlüsselbund aus der Hosentasche, suchte schnell den richtigen Schlüssel heraus und griff zum Türknauf.

Schwach fiel Licht durch einen kleinen Spalt auf den Boden.

Die Tür war nur angelehnt.

Der Hausmeister zuckte verwundert zurück, die Ermittler verfielen in einstudierte Routine. Der Griff zur Hüfte, die Waffe gezogen und entsichert. Sie drängten sich an dem Hausmeister vorbei und öffneten die angelehnte Tür. In der Wohnung war es totenstill. Bei jedem Schritt, den sie machten, knarrte das Parkett. Vor Gusenberg und Maryanne erstreckte sich ein geräumiger Flur, der bis auf ein Designerregal vollkommen leer war. Keine Garderobe, nur zwei Paar verwaister Schuhe. Hier konnte sich niemand verstecken. Wer auch immer sich in der Wohnung aufhielt, saß in der Falle.

Die Ermittler schwärmten aus und sicherten die Räume, die rechts und links vom Flur abzweigten. Einen nach dem anderen. Küche, Wohnzimmer, Badezimmer – nichts. Sie zogen die Schlinge immer enger. Gusenberg atmete tief ein. Es war nur noch eine Tür übrig. Maryanne ging in Position, Gusenberg griff nach dem Türgriff. Schwungvoll stieß er die weißlackierte Holztür auf.

Schnelle Schritte hallten von den Wänden wider. Ein Knall ertönte, dann ein Schrei.

„Scheiße!"

Der Raum war leer.

In dem Moment, in dem die Ermittler begriffen, was passiert war, stürzte der Hausmeister hinter ihnen durch die Wohnungstür herein und zu Boden. Blut schoss aus seiner Nase und feine rote Sprenkel benetzten die weiße Wand und das Parkett.

Maryanne reagierte am schnellsten. Sie sprintete zur Wohnungstür, sprang mit der Eleganz einer Hürdenläuferin über den sich am Boden krümmenden Hausmeister und stürzte mit gezogener Waffe die Treppe hinunter. Auf halben Weg nach unten knallte die schwere Eingangstür ins Schloss, viel Vorsprung hatte der Flüchtende nicht. Maryanne bremste abrupt ab, stieß mit ganzer Kraft die Tür auf, trat ins Freie und rasterte mit geschultem Blick die Umgebung ab. Ihr Puls ging schnell, die Atmung stoßweise.

Der Vorplatz war leer. Der Weg hinunter zur Straße ebenfalls. Konnte der Einbrecher so schnell sein? Nein. Der Weg zur Straße war zu lang, als dass er ihn schon hinter sich gebracht haben könnte. Sie hätte ihn zumindest um die Ecke biegen sehen müssen. Wo war er?

„Verdammt!", Maryanne fluchte leise. Sie ließ ihren Blick über die weitläufige Parkanlage schweifen, die sich vor ihr auftat. Hier gab es wenige Verstecke und nur einen Ausgang. Die Mauer war hoch, glatt und von eisernen Dornen gekrönt.

Wenn der Einbrecher noch hier war, würde sie ihn finden.

Maryanne wog kurz ihr weiteres Vorgehen ab und entschied sich dafür, den Unbekannten in einem kleinen Laubhain zu suchen, der an der Ostseite des Hauses begann und so ausladend war, dass sein Ende von ihrer Position nicht zu sehen war. Sie konnte jetzt nicht auf Verstärkung warten.

Schnell wurde ihr klar, dass sie mit ihrem Bauchgefühl richtig gelegen hatte. Das akkurat gemähte Gras war von schweren Stiefeln zertrampelt worden, die Größe der Abdrücke und die Schrittlänge deuteten auf einen Mann hin. Die Waffe fest im Griff, leicht gebeugt und angespannt wie eine Raubkatze vor dem finalen Sprung, folgte sie auf leisen Sohlen der Fährte. Obwohl selbst die Bezeichnung Wäldchen eine maßlose Übertreibung gewesen wäre, boten die alten Bäume mit ihren dicken Stämmen genug Sichtschutz und Verstecke. Am Rand der Baumgruppe, wo das Gras erst in einen Flickenteppich aus einzelnen Büscheln und dann in blanke braune Erde überging, verloren sich die Fußspuren. Maryanne lauschte. Hörte sie Schritte? Das verräterische Rascheln von aufgescheuchten Blättern, die an tiefhängenden Ästen ihr Dasein fristeten?

Nichts.

Nichts, außer dem Verkehrslärm, der dumpf von der Straße zu ihr herüberschwappte. Maryanne schritt vorsichtig durch die Baumgruppe, bedacht auf jede Bewegung, fokussiert auf jeden möglichen Laut. Die wenigen Geräusche der Umgebung wurden von den Bäumen geschluckt. Der Wind verstummte genauso wie die Vögel, die diese alten Bäume vielleicht seit Generationen ihre Heimat nannten.

Im Bruchteil einer Sekunde wurde die angespannte Stille zerrissen. So laut, dass es Maryanne in den Ohren schmerzte. Die Ermittlerin fuhr herum. Der Lärm schwoll an, bevor das charakteristische Aufheulen eines Motorrads verkündete, dass der Gesuchte seiner Häscherin endgültig entkommen war.

Maryanne ließ die Pistole sinken, wenige Meter vor ihr, von Efeu eingerahmt, war ein unscheinbares, schwarzes Gatter in die Mauer eingelassen worden – es stand sperrangelweit offen.

Maryanne steckte die Pistole so energisch zurück ins Holster, dass es unter der geballten Wucht der Wut ächzte. Die Ermittlerin verharrte einen Moment, um sich zu sammeln, und begab sich dann durch das Tor. Der unscheinbare Hintereingang führte sie auf eine schmale Seitenstraße. Ein schwarzer SUV und ein roter Kleinwagen parkten circa dreißig Meter die Straße hinunter. Sie schritt diese in beide Richtungen ab, suchte nach Spuren, die der Einbrecher zurückgelassen hatte und blickte sich nach Zeugen um, konnte aber nichts entdecken. Erst als ein Krankenwagen geräuschvoll die Einfahrt zum Haus heraufrollte, beendete Maryanne die Rekonstruktion der Flucht des ungebetenen Gastes.

Gusenberg begleitete die Sanitäter, die den Hausmeister auf einer Trage nach unten trugen. Er hatte sich neben den Blessuren im Gesicht wohl auch einen Bruch des Unterarmes zugezogen, als er wie ein ausgeknockter Boxer auf die Bretter gegangen war.

„Er hat den Angreifer nicht genau gesehen. Es war wohl ein großer Mann, vielleicht mit Bart, vielleicht auch ohne. Das wundert mich nicht. Es ging alles zu schnell." Gusenberg hatte sich zu Maryanne gesellt, die auf dem ersten Treppenabsatz saß. Der Kies unter den Reifen des Rettungswagens knirschte, als er sich in Bewegung setzte und die beiden Ermittler allein zurückließ.

„Die Spurensicherung ist schon auf dem Weg", sagte Gusenberg und hielt seiner Kollegin auffordernd die ausgestreckte Hand hin. „Wir sollten uns ein Bild machen, bevor die uns im Weg rumstehen." Maryanne ergriff Gusenbergs Hand und stand auf.

Der erste Eindruck, der von dem karg möblierten Flur ausging, wurde vom Rest der Wohnung bestätigt. Die hohen lichtgefluteten Räume waren nur mit wenigen stilvollen, aber nichtssagenden Möbeln ausgestattet, die in ihnen verloren wirkten. Das Schlafzimmer bestand einzig aus einer Kommode, einem Spiegelschrank und einem Bett. Alles war sauber und ordentlich, als wäre Yannick erst vor Kurzem eingezogen und würde noch auf die Kisten mit seinen Habseligkeiten warten.

„Hier ist nichts", rief Maryanne ihrem Kollegen durch die offene Schlafzimmertür zu. „Nicht einmal Fotos von Freunden, seiner Familie oder Steffi." Ihre Stimme hallte unangenehm von den kahlen Wänden und der Decke wider.

„Hier ist es ähnlich, diese Wohnung ist eher ein Ausstellungsraum im Möbelhaus als ein Zuhause." Gusenberg öffnete die Kühlschranktür. „Ein Glas Marmelade und eine Tube Senf." Er zog das Gefrierfach auf. „Außerdem eine Packung gefrorene Erbsen." Der Ermittler schloss den Kühlschrank und ging ins Schlafzimmer. „Wie viele Einbrüche hast du in deiner Laufbahn bisher aufgenommen?"

Maryanne überlegte kurz. „Mindestens einen pro Woche, als ich noch auf Streife war. Im Winter hatten wir fast täglich einen zu bearbeiten."

„Bei wie vielen war die Wohnung in so einem Zustand?" Gusenberg machte eine ausladende Bewegung. „Hier wurden keine Schubladen durchwühlt und es stehen keine Schranktüren offen. Die Tür wurde ganz offensichtlich aufgeschlossen und nicht aufgebrochen."

„Ich weiß, was du meinst. Hier gibt es aber auch nichts, um Unordnung machen." Maryanne öffnete eine kleine Schatulle, die auf der Kommode stand. Sie enthielt eine Uhr, eine teure Uhr, in Silber und Blaumetallic. Ein stilistischer Windhund war auf das Ziffernblatt geprägt. „Mindestens vierstellig", murmelte Maryanne. Sie fuhr mit der Hand durch das Armband der Uhr. Diese rutschte ihr über den Latexhandschuh ein paar Zentimeter den Arm hinunter. „Was glaubst du? Wie viele Bücher, Nachhilfestunden, Schulausflüge könnte ich davon bezahlen? Vom Unterhalt ganz abgesehen. Wie viele Mahlzeiten für Bedürftige wären drin?" Sie drehte ihren Arm, um die Uhr von allen Seiten zu inspizieren, bevor sie sie zurück in die schwarzlackierte Schatulle packte. „Wir müssen herausfinden, was alles fehlt. Vielleicht sind die Wertsachen noch da, weil wir den Einbrecher gestört haben."

„Steffi wird uns da sicherlich helfen können." Gusenberg machte sich eine Notiz und unterstrich sie zweimal.

Auch die anderen Räume der Wohnung waren nicht durchwühlt worden. Alles war ordentlich, kalt und seelenlos. Der einzige Raum, der den Eindruck vermittelte, bewohnt zu sein, war das Wohnzimmer. Obwohl es genauso spartanisch eingerichtet war wie der Rest der Wohnung, wirkte es durch das einfallende Sonnenlicht und die mediterrane Wandfarbe freundlich und einladend. Gusenberg lief durch den Raum zum Fenster. Mit zwei Fingern schob er den Vorhang zur Seite und spähte in die Hofeinfahrt. Der uralte Bus der Spurensicherung quälte sich soeben den Kiesweg hinauf, die Hälfte hatte er schon geschafft.

„Hier muss er gestanden haben, als wir ankamen. Sonst wäre er uns direkt in die Arme gelaufen." Maryanne griff sich ein staubiges Buch aus dem Regal gegenüber des Fensters. *Der Graf von Monte Christo.* Ich bezweifle, dass er jemals eines dieser Bücher gelesen hat."

Gusenberg ließ den Vorhang los, der wie eine sanfte Brandung zurück an seinen Platz schwappte. „Wieso stand er hier?"

„Wie meinst du das?" Maryanne stellte das Buch zurück ins Regal.

„Wieso stand unser ungebetener Gast genau dann am Fenster, als wir zum Haus kamen?"

„Vielleicht hat er uns gehört?"

„Glaube ich nicht, der Bus der Spurensicherung macht mehr Lärm als ein Karnevalsumzug und ich habe ihn nur gesehen, aber nicht gehört. Wer auch immer das war, war hier, weil er es musste, weil er genau hier etwas gesucht und vielleicht gefunden hat." Gusenberg zog die einzige Schublade des Schreibtisches auf. Ein Block und ein Kugelschreiber des *Ritz Madrid.* Es wirkte nicht so, als wäre jemals mehr in der Schublade gewesen. Er schloss sie wieder und fuhr mit der Hand die Kante des Schreibtischs entlang. „Was wollte er? Was hat er mitgenommen?" Mit einem kräftigen Ruck zog Gusenberg den Tisch ein Stück über das ächzende Parkett vom Fenster weg.

„Ich weiß, was die Person wollte." Der Ermittler beugte sich über den Tisch und griff in den neu entstandenen Spalt zwischen Schreibtisch und Fensterbank. Ein kurzer Ruck, gefolgt von einem „Klack" und der Ermittler stand wieder gerade. Gusenberg strich sich den Staub von den Unterarmen.

„Tada. Bestimmt fehlt der Laptop und damit wahrscheinlich die gesamte Kommunikation." Er legte das verhedderte und staubige Ladekabel auf den Boden neben den Schreibtisch. „Aber mit etwas Glück hat uns der Einbrecher ein Geschenk dagelassen."

Kapitel 9

Der Jäger wird ab dem Zeitpunkt zur Beute, an dem er beginnt, seinen Gegner zu unterschätzen. Wann dieser Punkt bei ihnen erreicht war, wusste Malte Kramer nicht genau. Ihre Beziehung, wenn man es so nennen wollte, hatte sich in den gemeinsamen Jahren immer wieder radikal verändert.

Vom Idol wurde er zum Feindbild, vom Feindbild zum Opfer und letztendlich zum Krüppel. Nun hatte sich das Blatt erneut gewendet. Hier und heute war er zum Jäger geworden. Er hatte keine Angst mehr.

Keine Angst vor Schmerzen, Bestrafung oder dem Tod. Kramer hatte alles abgelegt, was ihn über die Jahre gelähmt hatte. Diese letzte entscheidende Metamorphose hatte seine Beute nicht mitbekommen. Im Dornröschenschlaf hatte Rokko verpasst, wie die Welt sich weiter drehte und immer mehr veränderte. Die, die einst die Spitze der Nahrungskette bildeten, waren nun eine vom Aussterben bedrohte Spezies. Die Zeiten, in denen die Kämpfe in den Arenen Mann gegen Mann ausgetragen wurden, waren vorbei. Die Gladiatoren von damals waren durch die neue Technik und neuen Sicherheitskonzepte aus den Arenen getrieben worden und ihre Macht über Fans und Verein war gebrochen.

All diese Entwicklungen waren zu spät für ihn gekommen, Kramer hatte damals seinen Kampf verloren und geblutet. Aber wie im Sport gab es auch hier die Chance auf eine Revanche. Er würde bald wieder in die Arena treten. In seine Arena, zu seinen Bedingungen. Er würde kämpfen und er würde einen überwältigenden Sieg erringen, da war Kramer sich sicher.

Den Grundstein zum Erfolg legt die Analyse des Gegners. Was im Krieg Spionage hieß, hieß damals im Fußball Taktiktraining. Videoaufzeichnungen wurden analysiert, mögliche Schwachpunkte gesucht und die Vorgehensweise besprochen. Seine eigene Taktikanalyse war weit weniger professionell. Er beschäftigte keine Scouts, die für ihn Ausschau hielten. Keinen Stab, der die Daten auswertete. Er hatte nicht mal eine Kamera wie die Spione in Film und Fernsehen. Alles, was Kramer konnte, war seinem Gegner aufzulauern und ihm nicht mehr von der Seite zu weichen. Seine Gewohnheiten zu studieren und ein Bewegungsprofil zu erstellen. Zuerst war es eine Kombination aus Voyeurismus und Schadenfreude, die ihn dazu brachte, seinen Peiniger zu verfolgen. Er wollte ihm eins auswischen. Ihn bei irgendetwas beobachten, was gegen seine Bewährungsauflagen verstieß, um ihn wieder ins Gefängnis zu bringen. Jetzt hatten sich die Pläne ein bisschen geändert. Sein neues Ziel war nicht weniger als die totale Vernichtung seiner Gegner.

Zu Beginn seiner Aktion, welche spontan und planlos entstanden war, befürchtete Kramer, entdeckt zu werden. Er hatte sich das Beschatten einer Person komplex vorgestellt. Kramer war von der neuen Situation überfordert und haderte mit seiner Entscheidung. Beim ersten Mal schlug ihm das Herz bis zum Hals, er hatte wie ein Perverser in den Büschen gesessen und die Wohnung von Rokkos Schwester beobachtet. Was wäre, wenn er entdeckt werden würde? In Büchern und Filmen waren die Helden und Schurken immer auf der Hut, waren verkleidet, blieben vorsichtig zurück oder wechselten sich regelmäßig ab. Kramer tat nichts davon. Er konnte das nicht und er musste es nicht. Nach den ersten zwei oder drei Tagen hatte er gemerkt, wie simpel das Ganze war. Er folgte Rokko mit seinem auffällig gefärbten Auto mit einem maximalen Abstand von fünfundzwanzig Metern durch den Stadtverkehr oder lief ihm durch die Innenstadt hinterher. Rokko drehte sich niemals um. Rokko fühlte sich sicher, unangreifbar und unverwundbar. Eine Erkenntnis, die seinen Hass nur noch mehr befeuerte. In den letzten beiden Wochen, in denen er sein Schatten geworden war, hatte er viel über ihn gelernt, Gewohnheiten, Abneigungen, wer Freund war und wer Feind.

Das Erste, was ihm auffiel, war Rokkos Erscheinung. Das Gefängnis hatte ihm nicht sonderlich gutgetan. Er war in den letzten Jahren, die er im Knast verbracht hatte, aufgedunsen. Seine Haut war zerfurcht und ungepflegt. Ein dicker Bauch spannte sein dunkelblaues Shirt, wo es früher nahezu senkrecht fiel. Anscheinend war das Essen im Gefängnis doch besser als in den Filmen dargestellt. Seine Haare waren teilweise ergraut oder gleich ausgefallen. Den Rest trug er lang und nach hinten zu einem Zopf gebunden, was die Halbglatze noch stärker betonte. Ein fransiges Kinnbärtchen rundete die Komposition des schlechten Geschmacks ab. Kramer fand das albern. Dieser Typ war ein altes Wrack, er sollte sich gefälligst altersgemäß kleiden und nicht in diesem schlabbrigen Jogginganzug herumlaufen wie ein Fünftklässler im Sportunterricht. Trotz des langsam eintretenden körperlichen Verfalls konnte er Rokko eine gewisse physische Stärke nicht absprechen. Während der Haft hatte er sich sicher gegen Mithäftlinge durchsetzen müssen. Auch in der Welt außerhalb des Gefängnisses konnte er zumindest einen Teil seiner Macht behalten. Bei diesem Punkt wusste Kramer, dass es nicht ohne Kampf abgelaufen war. Das hatte er selbst gesehen. Rokko war stark und verschlagen genug, um in einem Zweikampf gegen die meisten Gegner zu bestehen. Sich selbst musste er auch zu dieser Gruppe zählen. Sollte Rokko einen Gegner doch nicht schaffen, hatte er immer noch die Möglichkeit, seinen persönlichen Kampfhund loszulassen. Nils Schellner, oder „Schelle" wie er auf der Straße genannt wurde, war ein Monster. Brutal, impulsiv und furchterregend, dieser Typ bekam am Ende noch alles klein. Kramer hatte nicht vor, sich mit diesem Kerl anzulegen. Wer sich die Hälfte des Gesichts mit Flammen tätowierte, hatte keine sozialerträgliche Einstellung zum Leben. Trotzdem. Den nächsten Kampf würde er gewinnen, da war sich Kramer sicher.

Heute war die fette Sau überraschend früh unterwegs. Seit er aus dem Knast raus war, ließ er es wieder richtig krachen. Bis in die Morgenstunden soff er mit seinen Freunden und erst gegen Nachmittag kümmerte er sich um seine Geschäfte. Heute war das anders. Rokko schoss Kramer auf seinem Motorrad entgegen, als er gerade seinen Beobachtungsposten am Klubheim beziehen wollte. Kramer bremste abrupt ab, wendete und nahm die Verfolgung auf. Schon mal ein Scheißbeginn für die heutige Observation. Rokko fuhr schnell, noch schneller als sonst. Kramer konnte nur mit Mühe und Missachtung der Verkehrsregeln den Anschluss halten. Geschwindigkeitsbegrenzungen musste er im Notfall einfach ignorieren und sich auf die unterbesetzte Westheimer Polizei und deren Abwesenheit verlassen.

Eine Ampel bremste sie beide und schließlich kam Kramers roter Kleinwagen hinter Rokkos Maschine zum Stehen. Keine zwei Meter trennten sie. Jetzt wäre es so einfach, ihn zu töten. Kramer müsste nur das Gaspedal durchtreten und den Fettsack von seinem Motorrad rammen. Bei seiner Konstitution würde ein Aufschlag auf der Motorhaube oder dem Asphalt schwere Verletzungen oder gleich den Tod verursachen. Wenn er wider Erwarten noch leben würde, könnte er ihn einfach überrollen. Unfälle passierten nun mal. Der Gedanke daran erregte ihn. Vor seinem inneren Auge sah er, wie Rokko durch den Aufprall vom Motorrad geschleudert wurde. Er prallte hart auf die Straße und blieb leblos liegen. Die Arme und Beine standen mehrfach gebrochen in alle Himmelsrichtungen ab. Es wäre so einfach.

Nein!

Er musste sich zusammenreißen. Noch war Rokko lebendig mehr wert. Wenn man bei diesem Stück Dreck überhaupt von Wert sprechen konnte. Aber er hatte eine Funktion in seinem Plan. Er durfte jetzt nicht seine Dame riskieren, nur um einen, wenn auch verhassten, Bauern zu schlagen. Der Wagen hinter ihm hupte. Die Ampel stand auf Grün, Rokko war schon weitergefahren. Kramer ließ die Kupplung kommen und setzte die Verfolgung fort. Erst hatte er keine Ahnung, wohin die Reise gehen würde, doch mit jeder Kreuzung, jeder Ampel und Abbiegung wurde es klarer.

Rokko fuhr in Richtung Heidenpark.

Ein nobles Viertel, in dem sowohl Kramer als auch Rokko vollkommen fehl am Platz waren, obwohl er, als er noch aktiv war, hier auch eine kleine Wohnung hatte. Miete und Nebenkosten hatte der Verein getragen, oder hatte ihnen die Wohnung gehört? Er wusste es nicht mehr. Er wusste vieles nicht mehr von seinem alten Leben. Ein Leben, das so weit weg schien, als hätte es ein anderer Mensch gelebt. Der Verkehr wurde schlagartig weniger, als sie die ersten Ausläufer des Nobelviertels erreichten. Die Gefahr, entdeckt zu werden, stieg mit jedem Wagen, der in eine Einfahrt oder Seitenstraße abbog. Kramer zögerte es immer weiter hinaus, doch am Ende hatte er keine Wahl. Er musste die Verfolgung vorerst abbrechen.

Rokko setzte den Blinker und lenkte das Motorrad in eine kleine Seitenstraße. *Am Reederhang* stand in weißen Buchstaben auf dem schicken blauen Emailschild am Anfang der Straße. Kramer fragte sich, wie viel alleine dieses Schild kostete, als er mit Schrittgeschwindigkeit an der Einbiegung vorbeifuhr. Fünfundvierzig Sekunden bekam Rokko Vorsprung. Er blickte auf die Uhr. Dann würde er weiterfahren und aus der Verfolgungsjagd würde eine Suchaktion werden. Der Sekundenzeiger seiner Uhr bewegte sich nur langsam. Kramer setzte sich in Bewegung und folgte Rokkos langsam erkaltender Spur. Er machte sich jedoch nicht zu große Hoffnungen, Rokko wiederzufinden. Hier gab es zu viele Straßen, Wege und Einbuchtungen. Mit jeder Abbiegung stieg die Chance, ihn endgültig zu verlieren, indem er in die vollkommen falsche Richtung fuhr. Systematisch fuhr Kramer die Straßen des Villenviertels ab. Zuerst die Einbahnstraßen mit den sandsteingepflasterten Wendehämmern, dann die kleinen Querstraßen, die die größeren Hauptwege verbanden, welche er zuletzt abfuhr. Kurz bevor er aufgeben wollte, entdeckte er in einer Seitenstraße Rokkos Maschine, die an einer efeuüberwucherten Mauer stand, die die Rückseite eines großen Grundstücks bildete. Von ihrem Besitzer fehlte jede Spur. Er war am Ziel. Auch wenn er nicht wusste, was der Fettsack hier wollte und wo er war.

Kramer blieb knapp dreißig Meter von dem Motorrad entfernt stehen, parkte sein Auto hinter einem wuchtigen SUV und stieg aus. Er ging neben dem Geländewagen in die Hocke, spähte über die Motorhaube und wartete. Er brannte darauf, herauszufinden, was hier gespielt wurde. Wo war Rokko? Lieferte er Drogen aus? Das würde den Rucksack erklären, den er dabei hatte. Aber war er wirklich so dumm? Sollten ihn die Bullen noch mal mit irgendwas erwischen, würde er mit Sicherheit erneut ein paar Jahre einfahren. Wieso sollte er sich dem Risiko aussetzen, wenn er doch so loyale Gefolgsleute wie Schellner, Brähmer oder Kressen hatte? Jede Sekunde, die verstrich, zerrte an seinen

Kraftreserven. Normalerweise vermied er es, lange zu stehen. Solche akrobatischen Einlagen wie knien oder hocken ließ er gleich sein. Aber was war in den letzten Tagen schon normal? Innerhalb kürzester Zeit begann sein Bein zu schmerzen. Ein Brennen ergriff die Muskeln und die Gelenke. Der Schmerz ließ sich nun nicht mehr länger ignorieren. Er griff nach seinen Pillen, drückte zwei aus dem Blister und würgte sie ohne Wasser herunter. Es dauerte nicht lange, bis etwas geschah. Zum einen verwandelte sich das Brennen in seinem Bein in ein fast schon angenehmes Pochen, zum anderen stürzte Rokko wie aus dem Nichts auf die Straße. Schwer atmend hatte er eine schmiedeeiserne Tür aufgestoßen, die unauffällig in der Mauer eingelassen war. Gehetzt warf er sich den schwarzen Rucksack über die Schulter, sprang auf sein Motorrad, setzte den Helm auf und raste in die entgegengesetzte Richtung davon. Kramer wollte sich gerade aus der Hocke hochwuchten, als eine weitere Person durch das Tor in der Mauer kam. Das Erste, was Kramer an der Frau auffiel, war das Pistolenholster, das sich dunkel auf der hellblauen Röhrenjeans abzeichnete. Kramer erkannte eine Wut in ihren Augen, die ihm Angst machte. Selbst gut gelaunt wäre die Frau keine einladende Schönheit gewesen mit den pechschwarzen, halblangen Haaren, dem blassen Teint und der etwas zu krummen Nase. Jetzt, wütend und bewaffnet, war sie furchteinflößend.

Er verharrte in der Bewegung, ein schmerzender Impuls durchzuckte sein Bein. Er hielt sich mit beiden Händen am Vorderreifen des Wagens fest, um das Gleichgewicht zu bewahren. Die Polizistin suchte zuerst den Gehweg vor dem Tor ab, dann schritt sie auf der Suche nach Spuren die Straße mehrere Meter in beide Richtungen ab. Die wieder aufflammenden Schmerzen in Kramers Bein näherten sich dem Punkt, an dem sie nicht mehr mit purer Willenskraft zu unterdrücken waren. Nur die hohe Front des SUVs stand zwischen ihm und seiner Entdeckung. Er ließ sich langsam aus der Hocke zur Seite fallen, stützte sich mit seinen Armen auf dem Asphalt ab und streckte sein verkrüppeltes Bein aus. Hoffentlich würde die Frau ihn nicht finden. Was sollte er dann sagen? Wieso parkte er hier? Wieso war er überhaupt hier? Warum lag er hier, erst auf der Lauer, nun auf dem Boden? Fragen, deren Antworten ihn in arge Bedrängnis bringen würden. Kramer hatte die Polizistin aus den Augen verloren. Er rollte sich leise auf den Bauch und spähte unter dem Auto hindurch. Keine drei Meter entfernt sah er ihre dunklen Stiefel auf der anderen Straßenseite stehen; die Frau hatte, da war Kramer sich sicher, den Blick direkt auf ihn gerichtet. Was tat sie? Hatte sie ihn entdeckt? Wohl kaum, sonst hätte sie ihn bestimmt schon aus seinem Versteck gezerrt. Vielleicht notierte sie die Nummernschilder der beiden Autos? Kramers Puls beschleunigte sich. Was, wenn sie die Nummernschilder überprüfen würde? Sie kämen ihm auf die Spur, vielleicht würde die Polizei schon morgen vor seiner Tür stehen. Sein ganzer Plan würde schon beim ersten Schritt scheitern. Kramers Vernunft setzte zu einer letzten Attacke gegen die aufwallende Angst an. Sie konnten nichts gegen ihn tun, er hatte nichts Illegales getan. Er musste nicht begründen, warum er hier war. Was er tat, war seltsam, aber nicht verboten. Kramer schloss die Augen, sollte er beten, dass sie ihn nicht fand? Er glaubte nicht an die Existenz eines Gottes, wenn er ihm trotzdem irgendwann gegenüberstehen sollte, müsste er sich bei Kramer für das entschuldigen, was ihm angetan worden war. Er öffnete die Augen, die dunklen Stiefel hatten sich keinen Millimeter bewegt. Sie standen immer noch auf der anderen Straßenseite, die Spitzen drohend auf ihn gerichtet. Ansatzlos setz-

ten sie sich in Bewegung und entfernten sich so leise
und anmutig, wie sie gekommen waren.

Kapitel 10

Das Sterben dieses Jungen wird mehr Kisten, Regale und Schränke füllen, als sein Leben es getan hat, dachte Gusenberg, während er die Kartons, in die die Spurensicherung sämtliche sichergestellten Habseligkeiten gepackt hatte, betrachtete. Der Ermittler lehnte mit verschränkten Armen an einem der Schreibtische im kriminaltechnischen Labor. Ihm gegenüber standen die sechs Kartons in Reih und Glied, einer für jeden Raum der Wohnung sowie den Garten. Eine Mischung aus Umzugs- und Schuhkarton, sauber von Frauenhand beschriftet. Außenbereich, Flur, Küche, Badezimmer, Schlafzimmer und Wohnzimmer. Letzterer war mit Abstand der Größte.

Gusenberg beobachtete das emsige Treiben der beiden Kollegen, die den Inhalt jedes Kartons auf separaten Tischen verteilten und katalogisierten. Das Ladekabel des Laptops, Abstriche möglicher DNA-Spuren von den Türklinken, die in Gips gegossene Fußabdrücke, die im Garten gesichert worden waren, einfach alles, dessen seine Kollegen habhaft werden konnten, war in den Kartons verstaut worden. Gusenberg verließ seinen Beobachtungsposten und steuerte auf den Tisch zu, der dem Wohnzimmer zugewiesen worden war. Dort legte ein hünenhafter Mann mit Glatze, südländischem Teint und Stoppelbart akkurat Plastikbeutel neben Plastikbeutel.

„Habt ihr noch was Interessantes gefunden, Yilmaz?", fragte Gusenberg mit Blick auf die Beweismittelbeutel.

„Das Interessante ist, was wir nicht mehr finden konnten." Ein weiterer durchsichtiger Beutel landete auf dem Tisch. In ihm befanden sich ein paar Haare, die auf einem Klebestreifen fixiert worden waren. Die Farbe und Länge passte zu Yannicks Panini-Bild, das auf Gusenbergs Schreibtisch lag.

„Du sprichst von Yannicks Laptop?"

„Die unterschiedliche Dicke der Staubschicht beweist, dass er kurz zuvor auf dem Schreibtisch gelegen haben muss."

„Wie ich vermutet habe." Gusenberg kratzte sich nachdenklich am Kinn. „Der Hausmeister hat zu Protokoll gegeben, dass der Angreifer keine Handschuhe trug und wenn es einer weiß, dann er. Deshalb würde ich wetten, dass er uns in der Eile ein Geschenk zurückgelassen hat. Fangt bitte mit dem Ladekabel an, vielleicht wissen wir dann schon mehr."

„So ist der Plan, Emil." Yilmaz griff sich den Beutel mit dem Ladekabel, lächelte dem Ermittler zu und verschwand in einem der Nebenräume.

Gusenberg verließ das kriminaltechnische Labor und trottete gedankenverloren durch die kahlen Gänge, hier und da war die Wandfarbe abgeplatzt und schwarze Striemen zeugten von ungewollten Bekanntschaften mit Schuhen, Stühlen und dem, was sonst noch durch die Gänge gezerrt wurde. Der Geruch des abgewetzten PVC-Fußbodens gesellte sich genauso zu ihm wie das unverständliche Gemurmel ferner Stimmen. Zusammen bildeten sie das Ensemble der Sinneseindrücke, das jeder Behörde innewohnte, egal ob Bürgerbüro oder Arbeitsamt. Das gelbe Haus, wie das Polizeirevier wegen des gelblichen Außenputzes genannt wurde, bildete da keine Ausnahme. Schon bevor Gusenberg bei der Mordkommission angefangen hatte, war das gelbe Haus nur noch ein Schatten seiner selbst, in den fünf Jahren seither hatte sich die Lage nicht gebessert. Nächstes Jahr hätte der Bau schon zweimal lebenslänglich verbüßt, weiterhin ohne Chance auf

Entlassung. Sie würden bestimmt eine Party schmeißen mit Salzstangen, billigem Sekt und Rebekkas furchtbarem Kartoffelsalat.

Im Geiste ging der Ermittler noch einmal die bisherigen Geschehnisse durch. Sowohl Frau Weber als auch seine Partnerin hatten recht behalten, was die Causa *Yannick Lutzendorf* anging, wenn auch aus vollkommen verschiedenen Gründen. Irgendetwas stimmte hier nicht. Selbst für Westheimer Verhältnisse stach ein Tag mit Todesermittlung, Todesdrohungen, Einbruch und gefährlicher Körperverletzung aus der Masse heraus. Trotzdem würde er es keiner der beiden so offen sagen, wie er es dachte. Ein schelmisches Lächeln.

Maryanne saß an ihrem Schreibtisch, als Gusenberg das Büro betrat. „Ich habe mich wegen des Laptops erkundigt. Im Unfallwagen war er nicht. Um allen Möglichkeiten nachzugehen, wollte ich auch Steffi nach dem möglichen Verbleib fragen." Maryanne machte eine kurze Pause. „Ab hier wird es seltsam. Steffi hat das Angebot des Kriseninterventionsteams abgelehnt und kurz nach uns das Revier verlassen. Zwar hat sie Kontaktdaten hinterlassen, aber die führen ins Nichts. Ihr Handy ist tot, sie ist nicht in ihrer Wohnung und bei ihren Eltern hat sie sich auch nicht gemeldet, auf weitere Rückmeldungen warte ich noch. Rebekka vom Empfang hat gesehen, wie sie in einen roten Kleinwagen gestiegen ist, der vor der Tür auf sie gewartet hat. Danach verliert sich ihre Spur."

Gusenberg ließ sich in seinen Bürostuhl fallen und versuchte, dieses neue Puzzlestück irgendwo einzusetzen, dass es Sinn machte. Was sollte das? Gusenbergs Gedanken kreisten um diese eine Frage. Vor sechs Stunden hatte Steffi vollkommen verängstigt zu Protokoll gegeben, dass man auch sie umbringen würde, anschließend verlässt sie das Polizeirevier ohne ein Wort zu sagen. War sie untergetaucht? Schwachsinn! Bei ihren Eltern oder unter Polizeischutz wäre sie sicher gewesen. Außerdem, das wusste Gusenberg aus eigener Erfahrung, war es unmöglich, ohne Vorbereitung unterzutauchen. War ihr etwas zugestoßen? *Zu wem ist sie ins Auto gestiegen? Oder ist Steffi selbst gefahren?* „Wir brauchen die Bänder vom Eingang. Verdammt! Wir hätten sie nicht gehen lassen sollen!" Gusenberg fluchte.

„Du weißt, dass uns die Hände gebunden sind. Sie hat Polizeischutz und psychologische Betreuung abgelehnt. Wir können sie in dieser Situation zu nichts zwingen, noch dazu haben wir immer noch keinen richtigen Beweis, dass es kein Unfall war", sagte Maryanne.

„Ach, das ist doch Scheiße. Jetzt sitzen wir hier und können nur hoffen, dass die Befragungen der Nachbarn oder Yilmaz und seine Leute uns weiterbringen. Das kann noch ewig dauern." Gusenberg blickte auf die Uhr und schnellte hoch.

„Was ist los?"

„Verdammt! Ich muss los, ich habe noch einen Termin mit meiner Familie. Wenn was reinkommt, ruf mich bitte an." Gusenberg schnappte sich seine Jacke und stürmte aus dem Büro.

Kapitel 11

Westheim lebte. Auf den Straßen war immer etwas los. Manchmal mehr, manchmal weniger, aber richtige Stille gab es nie. Umso erstaunlicher war es, dass sich keine achthundert Meter vom Hauptbahnhof entfernt eine kleine Oase der Ruhe befand – der ewigen Ruhe.

Gusenberg lief durch das weit aufstehende Eisentor und steckte die Hände tiefer in die Taschen. Bei dem überhasteten Aufbruch im Büro hatte er die Handschuhe liegen lassen. Der grobe Kies knirschte bei jedem Schritt unter den Sohlen. Der Hauptfriedhof war der kleinste Friedhof Westheims, historisch nah am alten Stadtkern gelegen, war er irgendwann vollkommen von der Stadt um ihn herum eingeschlossen worden. Hier lagen die bekannten Söhne und Töchter Westheims begraben und auch die Person, der er angeblich so ähnlich war, die er aber nie wirklich kennengelernt hatte. Die Erinnerungen waren blass und verschwommen, über die Jahre hatte sich Erlebtes und Erzähltes untrennbar zu dem vermischt, was landläufig die gute alte Zeit genannt wird.

Gusenberg schaute sich um. Wann immer er auf einem Friedhof war, sah er fast nur alte Menschen. Alte Frauen, die, vom Leben gebeugt, das Grab ihres verstorbenen Mannes pflegten. Alte Männer, die traurig auf den Bänken am Rand der Kieswege saßen und von eben jenen alten Zeiten träumten, an die er sich kaum erinnerte.

Gusenberg verlangsamte seinen Schritt. Hier musste er sich nicht hetzen. Hier lief die Zeit langsamer ab, hier standen andere Dinge im Vordergrund, Dinge, die

wirklich wichtig waren. Das Leben und der Tod. Geliebt
zu haben und zu trauern.

Kinderlachen ertönte nicht weit von dem Ermittler
entfernt, gefolgt von einem energischen: „Pssst! Das ist
ein Friedhof. Benimm dich jetzt, Maximilian." Gusenberg umrundete eine alte Steinmauer, die zwei der
Friedhofsegmente trennte und konnte nun sehen, wer
da gescholten wurde. Ein Junge in rotem Anorak wurde
von seiner Mutter am Ärmel festgehalten. Neben ihr
standen ein Mädchen und ein älteres Ehepaar. Der
Mann war klein und stämmig; leicht vorgebeugt,
stützte er sich auf einen Stock. Er schien sich nicht für
Maximilians Kapriolen zu interessieren und strich sich
gedankenverloren über den Schnauzbart. Sein Blick
war auf den Grabstein vor ihm gerichtet. Die Frau war
jünger, noch nicht so stark vom Alter gezeichnet. Sie
trug die Haare kurz und einen dunklen Wintermantel.

„Sei doch nicht so streng mit Max", sagte Gusenberg
in Richtung der Frau, die den Ärmel des Anoraks immer noch fest im Griff hielt. Die Blicke der Anwesenden
richtete sich auf ihn. Maximilians Mutter ließ seinen
Ärmel los und der Junge stürmte auf den Ermittler zu.
„Onkel Emil!" Schnell hatte er die wenigen Meter, die
sie trennten, hinter sich gebracht. Max sprang an
Gusenberg hoch und umarmte ihn stürmisch.

„Du bist groß geworden, irgendwann wirfst du mich
um." Max löste seine Umklammerung, griff nach der
Hand seines Onkels und gemeinsam schlenderten sie
zum Rest der Familie.

Seine Nichte ließ die kindliche Freude, die Max bei
seiner Begrüßung ausstrahlte, vermissen. Trotzdem
schenkte sie ihrem Onkel ein Lächeln. Als Lena noch
im Alter ihres kleinen Bruders gewesen war, hatte sie
ihn ähnlich freudig begrüßt. Ihre Zöpfe waren damals
bei jedem ihrer Schritte hin und her geschwungen.
Nun, ein paar Jahre später, hatte sie sich die Haare

abschneiden lassen und trug sie nun halblang und fransig, offensichtlich war sie für Zöpfe zu alt geworden. Nun hatte sie dieselbe Frisur, die Maryanne schon nicht stand, aber in beiden Fällen zog es Gusenberg vor zu schweigen. Trends kamen, Trends gingen. Es konnten nicht alle Menschen so konsequent bei der Auswahl der Frisur sein wie er. In seiner Jugend hatte er gemerkt, dass es nur einen Haarschnitt gab, der ihm stand und so trug er seine Haare seit fast fünfundzwanzig Jahren kurz geschnitten. Das Einzige, was er im Laufe der Jahre geändert hatte, war die Farbe. Es hatten sich immer mehr graue Haare in das stumpfe Braun gemischt.

Nun reagierten auch die anderen, sein Vater, auf den Stock gestützt, nickte ihm milde lächelnd zu. Seine Mutter umarmte ihn und legte ihm die Hände auf die Schultern. „Schön, dass du es geschafft hast, sonst hast du ja immer so viel zu tun. Trotzdem könntest du öfter anrufen. Ich bekomme ja gar nichts mit vom Leben meines Sohnes."

„Na ja." Gusenberg kratzte sich verlegen am Kopf und entwand sich ihrem Griff. „Wenn etwas Interessantes passiert, erzähle ich es dir sofort."

„Ich mache mir doch nur Sorgen um dich, man liest ja nur noch Schlechtes in den Zeitungen."

„Deswegen habe ich aufgehört, Zeitungen zu lesen, da stehen nur noch Lügen drin", brummte Gusenbergs Vater, der sich nun auch zu ihnen gesellt hatte.

„Wo ist denn Raimund?" Gusenberg wandte sich seiner älteren Schwester zu.

„Der ist dienstlich unterwegs, er kommt erst nächste Woche wieder zurück."

„Schade." Gusenberg mochte seinen Schwager. Auf den ersten Blick konnte man Raimund für einen Langweiler halten, auf den zweiten Blick fühlte man sich bestätigt. Wenn man sich jedoch die Mühe gab, ein Bier mit ihm zu trinken und ein bisschen zu plaudern, war schnell klar, dass man sich in ihm getäuscht hatte. Die meisten blieben jedoch bei ihrer ersten Einschätzung und so wurde Isabells Mann auf Familienfesten hauptsächlich nach Anlagetipps gefragt und wegen Problemen mit irgendeiner Versicherung belästigt. Einen Vorteil hatte es: Je mehr Leute Raimund belästigten, desto weniger belästigten ihn.

„Kaum zu glauben, dass es schon dreißig Jahre her ist."

Gusenberg brauchte einen Moment, um dem Themenwechsel folgen zu können. Stimmt, heute waren es exakt dreißig Jahre, dass sein Opa gestorben war. „Wie die Zeit vergeht." Mehr konnte Gusenberg nicht murmeln, bevor er erneut unterbrochen wurde.

„Deshalb solltest du an deine Zukunft denken, Emil. Du kannst nicht für immer allein sein. Das ist nicht gesund."

„Die Arbeit ..." Er setzte zu einer halbherzigen Verteidigung an, ließ es aber bleiben. Er würde ohnehin nicht gegen den Wortschwall seiner Mutter ankommen, die ihm regelmäßig die Sorgen über seinen Lebensstil vortrug. „Du arbeitest zu viel", war nur der Auftakt zu einer Reihe gleicher Phrasen. „Willst du nicht endlich aus dieser schäbigen Kneipe raus und in eine richtige Wohnung ziehen? So lebt doch kein erwachsener Mann." Wie einen plötzlichen Wolkenguss ließ er die Sätze vorbeiziehen. Egal, ob er sich irgendwo unterstellen konnte oder ob er nass wurde, es ging vorüber und stets mit demselben Ende. „Wir wollen doch nur das Beste für dich."

Das Beste. Was der eine für das Beste hielt, war für den anderen die Hölle. Gusenberg mochte seine Arbeit. Er mochte seine Kneipe und er mochte sein Leben, auch wenn das für andere vielleicht schwer zu verstehen war. Sicherheit und Beständigkeit waren zwei der drei

Säulen, auf denen seine Mutter und seine beiden Schwestern ihr Leben aufgebaut hatten. Die dritte war das Augenverschließen vor den schlimmen Dingen, die in dieser Stadt geschahen. Etwas, das er nicht konnte, wollte oder verlernt hatte. Die eigenen Kinder halfen sicher dabei, sich auf die schönen Dinge im Leben zu konzentrieren, zum Glück hatten die Fragen nach einer möglichen Familienplanung in den letzten Jahren aufgehört. „Mach dir keine Sorgen, ich passe schon auf mich auf, Mama. Ob du es glaubst oder nicht, ich bin erwachsen."

Gusenbergs Mutter lächelte. „Ich weiß."

Er könnte noch einmal vierzig Jahre werden und seine Mutter würde ihn immer noch bemuttern.

Eine Weile standen sie noch schweigend vor dem Grab. Beteten, grübelten oder warteten ungeduldig auf das gemeinsame Essen nach dem Friedhofsbesuch.

„Kommst du nicht mit, Emil?"

„Nein, ich kann nicht, ich bin noch im Dienst. Ich muss wieder aufs Revier." Er konnte den leichten Anflug der Enttäuschung in den Augen seiner Mutter sehen, obwohl er wusste, dass sie mit der Antwort gerechnet hatte. Es war ein normaler Arbeitstag. Eine Umarmung und einen flüchtigen Kuss auf die Wange später schaute Gusenberg ihnen nach. Sein Neffe lief voller Lebensfreude neben seinem Vater her. Ein Blick in die Vergangenheit, war er doch selbst einst so blond und unzähmbar gewesen. Ein Blick in die Zukunft. Sein Vater der sein ganzes Leben gearbeitet und nun Angst vor dem schwachen Herz hatte, das schon seinen Großvater früh ins Grab gebracht hatte. Gusenberg versuchte sich einzureden, dass es bei seinem Vater nur an dem Arbeitsunfall lag, dass das Herz nicht im besten Zustand war. Ihm konnte das nicht passieren, er war schließlich kein Industriemechaniker, er würde so schnell keinen lebensgefährlichen Stromschlag bekommen. Das Schicksal seines Großvaters jedoch konnte er nicht einfach wegdiskutieren.

Seine Familie verschwand durch einen der kleinen Seiteneingänge, seine Schwester winkte ihm noch einmal zu. Warum sie wohl die ganze Zeit so schweigsam gewesen war? Ob sie wirklich glücklich war? Wenn er ehrlich war, kannte er seinen Schwager kaum. Er sah ihn meistens nur zu Familienfesten. Klar, dann war er freundlich, gut gelaunt und unterhaltsam, aber was war mit den anderen 355 Tagen im Jahr? Gusenberg kümmerte sich so viel um die Toten, dass er ab und zu vergaß, dass es noch Lebende gab, auf die er ein Auge haben musste.

Der Ermittler ließ sich auf eine der nahegelegenen Bänke fallen und schloss die Augen. Jetzt wo er alleine war, begann die Kälte, unter die Kleidung zu kriechen. Es war nicht ganz die Wahrheit gewesen, als er seiner Mutter gesagt hatte, er müsse aufs Revier. Für heute hatte er sich dort schon abgemeldet.

Gusenbergs Handy klingelte. Ein unpassend fröhlicher Klingelton. Er schaute auf das Display und drückte den Anrufer weg. Er hatte jetzt keine Zeit, er war am Arbeiten.

Wie lange Gusenberg wartete, wusste er nicht, noch immer hatte er die Augen geschlossen. Er genoss die Ruhe und die überraschend frische Luft inmitten der Großstadt.

Schritte näherten sich und Gusenberg schlug die Augen auf. „Ein komischer Ort, an den du mich hier bestellst. Mir ist Ritas Imbiss lieber." Hugo setzte sich neben Gusenberg auf die Bank und warf einen Blick auf die Gräber vor ihnen.

„Ich war heute zu Besuch hier." Gusenberg deutete auf das Familiengrab. Hugo kniff die Augen zusammen und las die goldenen Buchstaben auf dem schlichten Granit.

„Dein Vater?"

Gusenberg schüttelte den Kopf. „Mein Großvater. Er starb, als ich noch ein Kind war. Ich habe kaum noch Erinnerungen an ihn. Aber deswegen sind wir nicht hier. Du hast was herausgefunden?"

„Ja. Ich habe es mir aufgeschrieben." Hugo zog einen Zettel aus der Tasche und kleidete seine Stichpunkte in Worte. „Ich habe mich umgehört. Vorgestern ist an der Rottmannbrücke ein Typ aufgetaucht, auf den deine Beschreibung zutrifft. Er war drauf, hatte 'ne Menge Stoff dabei und sich beim Dealen übers Ohr hauen lassen. Auf die Frage, woher er das ganze Zeug hat", Hugo suchte den richtigen Abschnitt, „meinte er: *Wenn ich das sage, komm ich in den Knast.*"

„Von wem hast du die Infos?"

„Du weißt, das kann ich dir nicht sagen. Aber es ist einer von der alten Garde, einer von denen, die nur Saufen und denen diese Junkies verdammt viel Angst machen. Ich war vorhin noch mal da, aber der Typ hat sich seit dem Abend nicht mehr sehen lassen. Es gab wohl einen handfesten Streit mit einem anderen User."

„Weißt du, wie der Typ heißt?"

„Nicht wirklich, er hat sich selbst Willi genannt."

„Das hilft kaum weiter."

„Hier ist seine Beschreibung." Hugo reichte Gusenberg den Zettel und der Ermittler überflog die wenigen Stichpunkte. Außer, dass der Verdächtige mit Mitte zwanzig beschrieben wurde, traf die Beschreibung auf jeden zweiten Obdachlosen in der Stadt zu.

„Danke, Hugo. Ich werde eine Streife zur Rottmannbrücke schicken und dein Freund soll sich sofort melden, wenn dieser Willi dort wieder auftaucht."

„Wenn er das tut."

Kapitel 12

Es dauerte zwar lang, aber nicht ewig. Das Telefon im Büro klingelte und Maryanne griff sich den Hörer. „Ja? Gut. Das ist fantastisch. Schickt die Akte bitte gleich rauf. Danke!"

Maryanne schnappte sich ihr Handy und tippte eine schnelle Nachricht. *„Haben einen Treffer beim Ladekabel. Daumenteilabdruck, die Akte des Verdächtigen ist schon auf dem Weg."* Sie legte das Handy weg und stand auf, sicher hatte Gusenberg wieder vergessen, die Blumen zu gießen. Mit einem prüfenden Druck auf die Erde im Topf bestätigte sich ihre Vermutung. Was hatte sie auch anderes erwartet. Zum Einzug hatte sie Gusenberg eine Topfpflanze geschenkt. Eine besonders robuste, sie hatte es vorher im Internet recherchiert. Eine, die wenig Wasser brauchte und wenig Sonnenlicht. Angeblich wuchs sie auch auf verseuchten Böden. Zwei Monate hatte die Pflanze in der *Fuchsenfritzklause* überlebt. Maryanne füllte die kleine Gießkanne exakt bis zum dritten Strich und verteilte das Wasser gleichmäßig auf die Pflanzen. Vielleicht sollte sie Gusenberg zum Geburtstag wieder eine schenken, irgendwann musste es doch einmal fruchten. Maryanne trocknete die Kanne ab und schaut auf ihr Handy. Die Nachricht war noch nicht gelesen worden.

Wenig später brachte Brandt ihr die Akte, sie war dicker als der durchschnittliche Ikea-Katalog. „Dieser Typ, dieser Sascha Rokonwitz, hat ordentlich was auf dem Kerbholz", sagte Brandt, als er die Akte auf den Schreibtisch legte.

Bei dem Namen horchte Maryanne auf. „Ich kenne den Kerl, ich habe gegen ihn schon ermittelt und ihn mindestens zweimal vorläufig festgenommen, das ist aber ein paar Jahre her. Es war meine letzte große Ermittlung beim Rauschgiftdezernat." Maryanne griff sich die Akte und betrachtete das vorne angeheftete Foto von Rokonwitz. „Tatsache, das ist er."

„Worum ging es?", fragte Brandt.

„Um den Schmuggel von Steroiden, Anabolika und Testosteron-Präparate aus dem früheren Ostblock, hauptsächlich Bulgarien, nach Deutschland. Rokonwitz, oder Rokko, wie er in der Szene heißt, hatte ein weitverzweigtes Netzwerk aufgebaut, um den Kram nach Deutschland zu bringen. Einiges war noch aus den Lagern der Staatsdopingmaschinerie der UdSSR."

„Wow, UdSSR? Das Zeug muss über dreißig Jahre alt sein. War das überhaupt noch gut?"

„Würdest du dreißig Jahre alte kyrillisch beschriftete Konservendosen essen?"

Brandt schüttelte den Kopf.

„Und die spritzen sich das in die Venen. Aber Menschen wie Rokko ticken anders. Obwohl ich nicht weiß, ob er die Präparate auch selbst konsumiert hat. Was ich weiß, ist, dass sie die Ware in Deutschland im großen Stil aufgearbeitet und dann billig verkauft haben, was wiederum zu Ärger mit anderen Dealern geführt hat, denen die Kunden weggelaufen sind. Wir konnten einen verdeckten Ermittler einschleusen und den Drogenring sprengen, bevor es zum offenen Krieg auf der Straße kam. Wir mussten zuschlagen, als einer von seinen Kurierfahrern vor einem Bordell erschossen wurde. Leider waren zu diesem Zeitpunkt die Ermittlungen nicht abgeschlossen und so konnten wir zwar viele kleine Fische einfangen, aber gegen Rokko selbst hatten wir damals kaum was in der Hand. Der Typ ist aalglatt und hat eine gehörige Portion Bauernschläue in die Wiege gelegt bekommen. Er hat damals alles abgestritten und die Drecksarbeit von seinen Handlangern verrichten lassen. Wir haben ihn lange verhört, er ist nicht zusammengebrochen und von den anderen hat ihn niemand belastet. Irgendwann kam dann so ein Lackaffe von *Löffler und Homburger* und hat ihn rausgeholt. Bis heute würde ich gerne wissen, wer dieses horrend teure Anwaltshonorar bezahlt hat, immerhin hatten wir Rokkos Konten eingefroren und eine ganze Menge Bargeld beschlagnahmt." Maryanne lehnte sich im Stuhl zurück. „Auch wenn die Ermittlung als Erfolg verbucht wurde, reut es mich, dass wir ihn damals mit nichts in Verbindung bringen konnten, obwohl wir wussten, dass er die Fäden im Hintergrund zog. Am Ende wurde er dann wegen Körperverletzung verurteilt, aber das war nach meiner Zeit."

„Dieses Mal haben wir aber einen Beweis, dass er am Tatort war. Zumindest wegen des Einbruchs und des Angriffs auf den Hausmeister muss er sich verantworten."

„Ich hoffe es doch. Er kann uns ja nicht ewig entwischen."

Brandt verabschiedete sich und Maryanne griff sich den Papierstapel. Ein Exposé war der eigentlichen Akte vorgeheftet: „Sascha Rokonwitz, genannt „Rokko", geboren am 14.11.1973 in Westheim. Vorbestraft wegen Nötigung, Verstoßes gegen das Waffengesetz, Beleidigung, Tierquälerei und schwerer Körperverletzung. Saß zuletzt viereinhalb Jahre in der JVA Westheim-Kranenburg. Tierquälerei ... das ist ja interessant." Maryanne blätterte zu der passenden Fallakte und begann zu lesen.

Rokko hatte zusammen mit anderen Hooligans bei Ausschreitungen während eines Länderspiels in Stuttgart einen Polizeihund getötet und die Hundeführerin mit dem Kadaver des Hundes tätlich angegriffen. Die

Beamtin hatte sich mehrere Brüche und Prellungen im Kopf- und Rumpfbereich zugezogen.

„Das passt zu dir." So schlau Rokko sich auch gab, er hatte schon immer einen eklatanten Hang zur Gewalt gehabt und dieser wurde ihm wieder und wieder zum Verhängnis. Maryanne las weiter, nun chronologisch.

Im Gefängnis war es immer wieder zu Schlägereien gekommen, Haftverlängerungen waren die Folge, weshalb er erst seit ein paar Wochen wieder auf freiem Fuß war. In der Zeit, die Rokko im Gefängnis gesessen hatte, hatte sie geheiratet, zwei gesunde Kinder auf die Welt gebracht, war ein paarmal befördert worden, hatte sich scheiden lassen und zumindest eine heiße Affäre gehabt.

Maryanne prüfte die Daten aus dem Melderegister. Rokkos letzter gemeldeter Wohnsitz war ein Plattenbau in der Nordstadt, anscheinend war er vorerst bei seiner älteren Schwester untergekommen. Karolin Schlägel, drei Jahre älter als ihr Bruder, ein unbeschriebenes Blatt und offensichtlich ein guter Einfluss. Immerhin hatte Rokko, seit er bei ihr wohnte, keinen Termin bei seinem Bewährungshelfer verpasst. Maryanne suchte die Nummer von diesem raus und tippte sie ins Telefon. Es war sicher klüger, sich Vorabinformationen zu besorgen, bevor man mit der Kavallerie in der Nordstadt einritt.

„Guten Tag, Herr Meisner, mein Name ist Maryanne Schröder, Kriminalpolizei Westheim. Ich hätte bezüglich Ihres Schützlings Sascha Rokonwitz ein paar Fragen an Sie." Im Hintergrund konnte Maryanne das Rauschen des Feierabendverkehrs hören. Der Glückliche war wohl schon auf dem Weg nach Hause. Sie hatte noch zu tun, aber was wollte sie auch zu Hause, heute wartete dort niemand auf sie.

„Das ging ja schnell, ich bin gerade unterwegs zu seiner Schwester und gehe dem Fall nach."

„Wie bitte?" Maryanne glaubte, sich verhört zu haben. „Welchen Fall meinen Sie?"

„Mein Mandant hat heute Nachmittag zum ersten Mal einen seiner Termine bei mir verpasst. Jetzt fahre ich zu seiner Schwester und schaue nach dem Rechten. Was wollen Sie von meinem Mandanten?"

„Äh, ja ..." Maryanne war es leid. Jeder, der irgendetwas mit diesem Fall zu tun hatte, zog es vor, zu verschwinden, bevor er Rede und Antwort stehen konnte. „Wir müssen ihn zu einem Vorfall befragen, der sich vor seiner Inhaftierung zutrug. Es geht um einen Mordfall im Drogenmilieu, per se nichts Wichtiges, trotzdem soll es geklärt werden. Es geht um die Quoten, Sie wissen schon." Maryanne konnte ihren Gesprächspartner bei dem Wort *Quoten* förmlich nicken hören. „Also bitte ich Sie, dass Sie uns kontaktieren, wenn Sie herausfinden, wo er sich aufhält. Sie können mich unter diesem Anschluss oder auf meinem Diensthandy erreichen, ich schicke Ihnen die Nummer. Vielen Dank für Ihre Bemühung." Maryanne legte auf und atmete tief durch. Es wäre auch zu einfach gewesen. Täter ermittelt, Täter festgesetzt, Täter verhaftet – Feierabend.

Sie griff nach ihrem Handy und schrieb Gusenberg eine weitere Nachricht. Zum Warten verdammt, holte sie sich einen Kaffee, obwohl sie wusste, dass sie es später im Bett bereuen würde, dann setzte sie sich wieder an die Akte.

Die Sammlung aus Vernehmungsprotokollen, Zeugenaussagen, Gerichtsakten und Polizeiberichten zeichnete lückenlos den Werdegang eines hoffnungsvollen Fußballtalents hin zu einem Schwerverbrecher nach. Ein Junge aus schwierigen sozialen Verhältnissen, Vater Alkoholiker, Mutter überfordert, beginnt Fußball zu spielen, um seinem ärmlichen Leben zu entkommen. Immer auf den Bolzplätzen, nie in der Schule. Er ist gut am Ball, physisch im Vorteil, schon als Kind ein bulliger Strafraumstürmer mit Killerinstinkt. Vom Ascheplatz kommt er in die Jugendmannschaft des SFC Westheim und später sogar in die Profimannschaft, damals noch in den unteren Ligen, eine Geschichte aus Hollywood.

Dann der Bruch seiner Karriere mit dreiundzwanzig. Kokain. Betrunken und zugekokst greift ihn die Polizei nach einer Sauftour auf, es kommt zu einer Schlägerei, in seiner Wohnung findet sie neben Kokain auch Cannabis. Rokko wird wegen Verstoß gegen das Betäubungsmittelgesetz verhaftet und verurteilt. Er sitzt eine zweijährige Haftstrafe ab, sein Profivertrag wird aufgelöst und die sportliche Karriere ist zu Ende. Nach der Entlassung scheitern mehrere Resozialisierungsversuche. Ausbildungen bricht er ab, dafür kommt er wiederholt mit dem Gesetz in Konflikt, Schlägereien, Diebstähle und kleinere Drogenvergehen sind an der Tagesordnung. Die einzig wirkliche Konstante, der SFC Westheim. Einmal treu, immer treu. Schwarz und orange ein Leben lang.

Nach und nach driftet er in die Hooliganszene ab und gründet 1990 die Ultras Westheim-Fürstentor. Seine eigene Schlägertruppe. Viele der ab diesem Zeitpunkt begangenen Straftaten finden im Rahmen von Ligaspielen oder Pokalspielen statt. Es folgen eine weitere Verhaftung wegen Körperverletzung und Landfriedensbruch. 1994 wird er als einer der ersten Hooligans in der *Gewalttäter Sport*-Datenbank aufgenommen und in die Kategorie C eingestuft.

Maryannes Handy blinkte und zeigte eine SMS von einer unbekannten Nummer an.

„Hallo, Joachim Meisner hier. Ich habe gerade mit seiner Schwester geredet. Sie hat ihn vor ein paar Tagen rausgeworfen, nachdem er betrunken randaliert hat. Er ist wohl bei alten Freunden untergekommen. Weiß aber auch nichts Genaues. Ich hoffe, ich konnte Ihnen helfen, wenn ich mehr erfahre, melde ich mich wieder." Maryanne leitete die SMS an Gusenberg weiter und klappte die Akte zu.

Kapitel 13

„Hat sich Meisner noch mal bei dir gemeldet? Oder irgendwer vom SFC?" Gusenberg blätterte durch Rokkos Akte.

„Nein." Maryanne schüttelte den Kopf. „Und wir werden jetzt auch nicht noch länger warten. Dieser Meisner wirkte auf mich weder zielstrebig noch kompetent."

„Was schlägst du vor?"

„Erst fahren wir zu Rokkos Schwester und finden raus, wer diese Freunde sind, bei denen er angeblich untergekommen ist, dann fahren wir zum Vereinsgelände des SFC und fühlen denen auf den Zahn. Ich habe es satt, mit Belanglosigkeiten abgespeist zu werden."

„Dann sollten wir gleich aufbrechen, der Weg ist lang, aber ich habe gehört, die Nordstadt soll um diese Jahreszeit wunderschön sein."

***

Das Navigationsgerät führte sie durch das emsige Treiben der aufblühenden und familienfreundlichen Stadtteile Dast und Kolmannsmoos. Mehrfamilienhäuser, Schulen, Spielplätze und Supermärkte prägten das Stadtbild. Es war das andere Gesicht Westheims, das Gusenberg so selten sah. Hier dachte niemand daran, wie er sich den nächsten Schuss finanzieren sollte. Hier war das Leben bürgerlich, spießig, ordentlich. Einzig das allgegenwärtige Verkehrschaos verriet, dass man in einer Großstadt war. Die Hauptverkehrswege waren wie immer verstopft, die Nebenstraßen in zweiter Reihe zugeparkte Schleichwege.

Wenige Minuten später zeigte Westheim sein vertrautes Gesicht. Die Nordstadt war alt und schäbig.

Die Plattenbausiedlung, in der Rokko zuletzt gemeldet gewesen war, lag in der Nähe des Autobahnzubringers. Die Fassaden des verschachtelten Hochhauses waren einmal in Pastelltönen gestrichen gewesen, nun hatten ihnen Wind und Wetter stark zugesetzt. „Als die Wohnsiedlungen vor fünfzig Jahren eröffnet wurden, standen die Leute Schlange, um einen der Mietverträge zu ergattern", sagte Gusenberg, als sie auf das Gebäude zuliefen. „Meine Oma hat mir erzählt, dass sie sich auch auf eine Wohnung hier beworben hatte, leider hat sie sie damals nicht bekommen. Und nun leben hier nur Menschen, die es irgendwie nicht geschafft haben."

Die Klingelschilder waren zum Teil unleserlich, die Briefkästen im Foyer mit Graffiti beschmiert. „Hier ist es: *K. Schlägel.* Die Wohnung liegt im sechsten Stock." Die Eingangstür stand offen, der Aufzug war defekt, in dem heruntergewirtschafteten Treppenhaus roch es nach kaltem Rauch und altem Schweiß. Die Ermittler stiegen die Treppe nach oben.

Im sechsten Stock schauten sich die beiden nach der richtigen Tür um. „Riechst du das?", fragte Gusenberg.

„Ja, hier riecht es nach Gras."

„Glaubst du, das kommt aus der Wohnung von Rokkos Schwester?"

Maryanne schnüffelte dem herben Geruch nach. „Nein. Das kommt, glaube ich, aus der Wohnung des Nachbarn."

„Dann bin ich ja beruhigt. Da hätte ich jetzt überhaupt keine Lust drauf." Gusenberg klopfte an Karolin Schlägels Wohnungstür und trat einen Schritt zurück. Kurz darauf hörten sie Schritte, dann eine Stimme, in der Wut und Angst mitschwangen. „Sascha, ich habe gesagt, du bist hier nicht mehr willkommen."

„Entschuldigung. Frau Schlägel, hier ist die Polizei, wir würden gerne mit Ihnen sprechen." Eine Kette raschelte, das Türschloss knackte, dann wurde die Tür einen Spaltbreit geöffnet. Die Tür verbarg eine Hälfte des Gesichts und den Großteil des Körpers, so konnte Gusenberg nur ein blasses Gesicht und ein paar rotbraune Haare erkennen. Er hielt der Frau den Polizeiausweis vor die Nase.

„Geht es um Sascha?" Ihr Blick huschte unschlüssig zwischen den beiden Ermittlern hin und her.

„Wir würden das gerne drinnen mit Ihnen besprechen."

Karolin Schlägel betrachtete den Ausweis, ließ sich Zeit jedes Wort darauf zu lesen, dann blickte sie erneut zu Maryanne, die ein aufmunterndes Lächeln aufgesetzt hatte.

„Es ist leider etwas unordentlich bei mir, ich hatte noch keine Zeit aufzuräumen."

„Das ist nicht schlimm. Es wäre nett, wenn Sie mich und meinen Kollegen reinlassen. Wir bleiben nicht lange. Wir haben nur ein paar Fragen."

Die Tür schloss sich, die Kette raschelte erneut. Dann öffnete sich die Tür vollständig. Karolin Schlägel trat zur Seite. Den Blick zu Boden gesenkt, ließ sie die Ermittler eintreten. Sie war einen Kopf kleiner als Maryanne, trug einen dunkelblauen Jogginganzug und war ungesund dünn.

Karolin Schlägel deutete auf eine weiße, über die Zeit vergilbte Holztür. „Sie können ins Wohnzimmer."

Nicht aufgeräumt: Ein Euphemismus für Schäden, die Rokkos letzter Gewaltausbruch verursacht hatte. Das Schränkchen neben der Tür hatte offenbar einen heftigen Tritt abbekommen und zwei Löcher in der Wand verrieten, dass hier irgendetwas abgerissen worden war. „Setzen Sie sich auf das Sofa. Möchten Sie etwas trinken?" Karolin Schlägel verschwand in der Küche.

Das Wort *altbacken* beschrieb das Wohnzimmer am besten. Gusenberg wusste, dass ihre Gastgeberin Rokkos ältere Schwester war, aber so viel älter, wie die Einrichtung es andeutete, war sie sicher nicht. Massive Nussbaummöbel erzeugten eine bedrückende Atmosphäre. Alles lag unter einer Schicht aus jahrealtem Zigarettenrauch, die Vorhänge waren vergilbt und hielten das wenige Licht ab. Tabakflusen befanden sich in den Ritzen des Sofas und auf dem Teppich. Gusenberg schaute sich in dem Raum um. Auch hier waren die Nachwirkungen von Rokkos Wut noch zu erahnen. Ein Fleck an der Wand, eine fehlende Schranktür, aus der ein Papierstapel quoll.

„So unterscheiden sich die Welten. Rokko hier, Yannick dort." Gusenberg wischte ein paar Brösel vom Sofa, bevor er sich setzte.

Karolin Schlägel trug ein schlichtes Holztablett mit zwei Gläsern und einer Flasche Wasser herein, das sie auf dem Sofatisch abstellte. Sie setzte sich in den Sessel den Ermittlern gegenüber und stützte ihren Kopf mit der flachen Hand ab.

„War er das?" Maryanne deutete auf die Hand von Karolin Schlägel.

„Er ... Es war keine Absicht." Rokkos Schwester nahm die Hand herunter und zeigte, dass auch sie ein Opfer der Wut ihres Bruders geworden war. „Wenn er trinkt ..."

„Nehmen Sie ihn nicht in Schutz."

„Sie müssen wissen, Sascha ist kein böser Mensch."

„Können Sie uns sagen, wo wir ihn finden können?"

„Was wollen Sie von ihm?" Karolin Schlägel strich sich geistesabwesend durch die Haare. Es musste schon eine Weile her gewesen sein, dass sie sich diese hatte färben lassen. Ihr Mittelscheitel war auf beiden Seiten zwei Fingerbreit herausgewachsen und offenbarte ihre Naturhaarfarbe. Ein stumpfes Schwarz, das von grauen Strähnen durchzogen war.

„Und bitte sagen Sie mir die Wahrheit. Ich kann Ihnen gar nicht sagen, wie oft die Polizei bei mir oder meinen Eltern war und einfach nur mit Sascha reden wollte. Stört es Sie, wenn ich rauche?"

Maryanne deutete ein Kopfschütteln an. Gusenberg hatte keine Lust zu stinken, ließ die Frau aber gewähren. Sie waren irgendetwas zwischen Gästen und Invasoren, es war besser, keine Forderungen zu stellen, zumindest anfänglich. Karolin griff nach dem Tabak auf dem Tisch, nahm sich eine Hülse, packte alles in den Zigarettenstopfer und betätigte den Hebel. Es klackte und die Zigarette war fertig. Der Zündstein schlug Funken und Karolin atmete eine Wolke Qualm aus.

„Wir möchten Ihren Bruder wegen eines Einbruchs befragen."

„War er es?"

„Wir wissen es nicht."

„Ich weiß nicht, wo er ist. Ich habe ihn endgültig rausgeworfen nach ... nachdem was passiert ist." Karolin Schlägel nahm einen weiteren tiefen Zug. Asche fiel zu Boden, landete auf der Lehne des Sessels und dem Teppich.

„Hat er Sie geschlagen?", fragte Maryanne.

„Nicht direkt. Wir hatten getrunken, gerieten in Streit, ich wollte ihn rausschmeißen, da hat er mich geschubst. Ich bin gegen den Türrahmen geknallt."

„Haben Sie eine Idee, wo sich Ihr Bruder jetzt aufhalten könnte?"

„Nein. Ich weiß nie, wo er ist, es sei denn, er sitzt mal wieder im Knast oder liegt mir auf der Tasche."

„Kennen Sie seine Freunde? Mit wem hat er sich in letzter Zeit getroffen?"

Karolin Schlägel überlegte. Die Zigarette in ihrer Hand verglühte langsam, ohne dass sie Notiz von ihr nahm. „Als Sascha aus dem Gefängnis kam, hat ihn einer seiner Freunde hier bei mir abgeliefert. Ich hätte ihn ja geholt, aber ich habe kein Auto. Ich brauche es kaum und der Sprit wird immer teurer."

„Kennen Sie den Namen des Freunds?"

„Nein. Ich war froh, als dieser Mann wieder weg war. Er machte mir Angst. Er war riesig und die eine Hälfte seines Gesichts war komplett tätowiert." Sie deckte mit der Hand die geschundene Hälfte ihres Gesichts ab. „Er hat nichts gesagt, er hat mich einfach nur angestarrt. Dann hat Sascha gesagt, es wäre Zeit, den alten Kameraden im Klubheim einen Besuch abzustatten."

„Wieso haben Sie sich eigentlich mit Ihrem Bruder gestritten?" Während Maryanne die Gesprächsführung übernommen hatte, machte sich Gusenberg Notizen.

„Ach, wegen nichts." Karolin Schlägel drückte die Zigarette aus und stopfte sich eine weitere. „Er kam oft erst nachts nach Hause. Meistens betrunken. Dann schlief er den halben Tag auf dem Sofa und wurde sauer, wenn ich einfach nur meine Serien schauen wollte. Werden Sie ihn verhaften, wenn Sie ihn finden?"

Maryanne zögerte.

„Vermutlich", warf Gusenberg ein. „Wenn sich der Verdacht jedoch nicht erhärtet, ist er sofort wieder ein freier Mann."

„Wer's glaubt." Karolin Schlägel wandte den Blick ab und starrte durch die vergilbten Vorhänge nach draußen. „Ich kann mich nicht mehr daran erinnern, wann ich noch an seine Unschuld geglaubt habe. Es hätte alles so schön werden können. Er hatte so viel Talent." Ihr Blick verlor sich in der Ferne.

Gusenberg glaubte, das Funkeln einer baldigen Träne zu erkennen.

„Frau Schlägel?“ Sie dreht sich ruckartig zu Maryanne um. Das Funkeln war verschwunden, sie schloss
die Augen und zog an ihrer Zigarette. „Ich hätte noch
eine letzte Frage.“ Maryanne zog Sinas Phantombild
aus der Tasche und hielt es ihr hin. „Kennen Sie diese
Frau?“

Karolin Schlägel warf einen flüchtigen Blick auf die
Zeichnung, dann schüttelte sie den Kopf.

„Hier ist meine Karte, wenn sich Ihr Bruder bei Ihnen
meldet, sagen Sie uns bitte Bescheid.“ Sie nickte, stand
aber nicht auf, als die Ermittler sich verabschiedeten
und die Wohnung verließen.

Am Auto roch Gusenberg an seinem Hemd. „Wir stinken und bis wir am Revier sind, wird der Wagen auch
stinken.“

„Zum Glück fahren wir nicht zum Revier, sonst
würde Peer mir vorwerfen, ich hätte wieder mit dem
Rauchen angefangen.“

„Was du natürlich nicht hast.“ Gusenberg grinste. Maryanne startete den Wagen und tippte das nächste Ziel
ins Navigationsgerät.

Es war erst ein paar Jahre her, seit die neue Sport-
stätte des SFCs außerhalb der Stadt eröffnet worden
war, die alten innerhalb der Stadtgrenzen wurden nur
noch von den Jugendmannschaften genutzt oder waren stillgelegt worden. Über die Schnellstraße war es
aus der Nordstadt nur ein Katzensprung.

Maryanne parkte den Wagen auf einem der ausge-
schilderten Besucherparkplätze. Am Zaun des Gelän-
des hatten Fans Blumen niedergelegt und Kerzen auf-
gestellt. In Folie eingeschlagene Beileidsbekundungen
waren mit Draht und Kabelbinder zwischen den Stre-
ben angebracht. Daneben hing ein Schild: *Bis auf Weiteres sind alle öffentlichen Trainingseinheiten abge-
sagt.*

„Sieh an, hier hüllt man sich also auch in Schweigen“, sagte Gusenberg bei dem Blick auf das Schild.

Nur wenige Meter entfernt las der Pförtner in seinem Kabuff die Zeitung. „Ob er gerade den Sportteil liest?“ Der Ermittler klopfte mit dem Knöchel gegen die Glasscheibe. Der Pförtner zuckte zusammen und ließ erbost die Zeitung sinken.

„Maryanne Schröder und Dr. Emil Gusenberg, Kripo Westheim. Wir haben einen Termin.“ Er presste den Ausweis gegen die Scheibe, der Pförtner drückte in voreilendem Gehorsam einen Knopf und die im Zaun eingelassene Metalltür öffnete sich.

„Mit wem haben Sie den Termin?“, fragte der Pförtner. Die Antwort schuldig bleibend, schlüpften die Ermittler durch die Tür und liefen stetigen Schritts in Richtung des Haupteingangs.

„Ich bin gespannt, ob uns wirklich jemand empfängt“, sagte Maryanne, als sie aus der Hörweite des Pförtners waren.

Die Geschäftsstelle des SFC war dem kleinen Einmaleins der modernen Architektur entsprungen. Glas und Stahl, Akzente in den Vereinsfarben und überall prangte das Wappen. Die große Schiebetür öffnete sich automatisch und erlaubte einen Blick auf den Empfang der Geschäftsstelle. Der halbrunde Tresen war milchig orange beleuchtet, rechts davon war der Bereich mit Pollern und Bändern abgesperrt. Links gab es einen kleinen Wartebereich, der jedoch verwaist war.

Hinter dem Tresen stand eine Frau mittleren Alters, einen Telefonhörer am Ohr. Sie taxierte die Ermittler, murmelte etwas Unverständliches, dann legte Sie auf. „Sie haben unserem alten Harald einen gehörigen Schrecken eingejagt. Was wollen Sie?“

„Sie sind ja gut informiert.“ Gusenberg steckte den schon bereitgehaltenen Dienstausweis wieder weg. „Wir wollen mit Ihrem Chef sprechen, Rainer Fraus.“

„Das ist unmöglich", sagte die Frau betont nachdrücklich.

„Wieso ist es das? Frau ..." Gusenberg beugte sich nach vorn, um das Namenschild an der Brust der Rezeptionistin zu lesen. „Frau Hajak."

„Herr Fraus ist nicht im Haus." Auf weitere Ausführungen warteten die Ermittler vergebens.

„Wann kommt er wieder?"

„Erst in ein paar Tagen. Er ist im Ausland und für niemanden zu sprechen."

„Okay." Gusenberg rieb sich die Nasenwurzel. „Dann würden wir gerne mit dem Trainer und den Spielern reden."

„Das ist ebenfalls unmöglich."

Gusenberg zögert mit seiner Antwort so lange, dass sich Maryanne in das Gespräch einschaltete. „Und warum das?"

„Die Mannschaft und die Betreuer befinden sich nach dem schrecklichen Unfall in psychologischer Behandlung, damit sie zum nächsten Spieltag fit sind. Sie sollen sich ganz auf sich und das Spiel konzentrieren. Keine Gespräche mit den Medien, das ist eine Vorschrift von ganz oben."

„Wir sind nicht die Medien. Wir sind die Polizei."

„Das weiß ich, ändert aber nichts an der Vorgabe."

„Werden Sie jetzt nicht schnippisch. Wenn Sie uns nicht mit den Spielern reden lassen, werden wir jeden einzelnen auf das Revier vorladen lassen und ihn dort befragen. Ich denke, das wird sich bei Weitem schlechter auf den Spieltag auswirken, als ein kurzes Gespräch hier auf dem Gelände."

Frau Hajak zog die Stirn kraus. „Ich darf diese Entscheidung nicht treffen. Warten Sie bitte hier, während ich Rücksprache halte." Sie deutete auf eines der schwarzen Loungesofas im Wartebereich. Auf dem

Glastisch zwischen diesen stand ein kleines Bastkörbchen mit Zuckertütchen und Rührstäbchen.

„Ich glaube nicht, dass uns irgendjemand Kaffee bringt." Gusenberg gab dem Körbchen einen Stoß. „Irgendwie passt das alles ziemlich gut zu Steffis Aussage. Scheuklappen und Maulkörbe, niemand darf aus der Reihe tanzen."

„Ich freue mich schon darauf, dreißigmal dieselbe Aussage zu hören." Maryanne zählte die Finger ab. „Erstens, er war bei allen beliebt. Zweitens, er hatte sicher keine Feinde. Drittens, von Drohungen habe ich nichts gehört. Viertens, hier ist alles super."

Gusenberg lachte. „Wahrscheinlich hast du recht, am Ende wiederholen sie sich alle, das machen die Spieler ja schon bei den Fernsehinterviews. Es soll bloß kein schlechtes Licht auf das strahlende Image fallen."

Maryanne setzte zu einer Erwiderung an, hielt dann aber inne. „Sie kommt." Maryanne stand auf, Gusenberg tat es ihr gleich. Frau Hajak lief mit strammem Schritt und ausdrucksloser Mine auf die Ermittler zu. Hinter ihr, deutlich abgeschlagen, folgte ein Mann. Klein, mit Bürstenhaarschnitt und Nickelbrille. Er trug ein großväterliches Sakko mit passender Hose und Schuhen. Frau Hajak blieb auf halbem Weg stehen und verschränkte die Arme. Der Mann holte auf, lief zu den Ermittlern hinüber und streckte erwartungsvoll die Hand aus. Gusenberg ergriff sie, der Händedruck seines Gegenübers war überraschend stark. „Guten Tag. Oswald mein Name. Doktor Karl Gerhard Oswald, ich bin der Mannschaftsarzt und leitende Mediziner hier. Frau Hajak hat mir mitgeteilt, Sie haben einige Fragen zu dem tragischen Unfall."

„Das stimmt." Gusenberg entwand sich dem festen Griff des kleinen Mannes. „Ja. Wir haben ein paar Fragen. Die Lobby ist dafür aber nicht der richtige Ort."

Wie eine Anstandsdame starrte Frau Hajak zu Oswald und den Ermittlern hinüber.

„Ja." Oswald fuhr sich mit der Zunge über die Oberlippe. „Da haben Sie sicher recht, auch wenn ich hier auf dem Gelände jedem vertraue, verlangt allein das Thema eine gewisse Pietät. Bitte folgen Sie mir, einer der kleinen Konferenzräume ist sicher frei."

Oswald lief voraus. Frau Hajak hatte sich bereits wieder hinter die futuristisch glimmende Rezeption zurückgezogen und würdige die Ermittler keines weiteren Blickes mehr, dennoch wurde Gusenberg das Gefühl nicht los, dass sie jedes gesprochene Wort und jeden Schritt eifrig protokollierte, um, wem auch immer, Bericht zu erstatten. Oswald mochte jedem hier vertrauen, er selbst vertraute hier nur Maryanne.

Die Ermittler wurden durch eine weitere Glastür geführt, die einen langen Gang von der Lobby abtrennte. Zielstrebig ging Oswald voran, es dauerte nicht lange, bis er vor einer der vielen Türen stehen blieb, einen Transponder aus der Tasche fummelte und die Tür aufzog. „Hier bitte, treten Sie ein. Nehmen Sie Platz und bedienen sich gerne bei den Getränken."

Wenn das einer der kleinen Konferenzräume war, wollte Gusenberg erst recht einen der großen sehen. Der Raum war mindesten doppelt so groß wie ihr Büro. In der Mitte stand ein blankpolierter Tisch, an dem mehrere Arbeitsplätze eingerichtet worden waren. In einer der Ecken war eine Obstschale auf einer Kommode drapiert, davor standen Gläser und ungeöffnete Getränkeflaschen. Oswald griff sich eine der Flaschen und ein Glas und setzte sich den beiden Ermittlern gegenüber. „Nehmen Sie Frau Hajaks Verhalten bitte nicht persönlich, sie ist manchmal etwas forsch."

„Erzählen Sie uns bitte etwas über Yannick. Als betreuender Mediziner hatten Sie sicher viel Kontakt."

Es zischte, als Oswald die Wasserflasche öffnete und sich etwas in das Glas einschenkte. „Yannick war so gut wie nie verletzt oder krank, er war körperlich topfit." Oswald trank einen Schluck. „Was ich damit sagen möchte, ich kannte Yannick nicht so gut, wie Sie vielleicht denken."

„Yannick hat einen großen Teil seiner Karriere beim SFC verbracht, und Sie wollen mir erzählen, dass Sie ihn eigentlich nicht kannten? Ich dachte, Ihr Slogan sei irgendwas mit Familie?" Maryanne legte die Stirn in Falten.

„So meine ich das nicht, Frau Schröder."

„Wie meinen Sie es dann?"

„Sie haben natürlich damit recht, dass wir hier beim SFC eine große Familie sind. Wir geben uns Mühe, dass es allen Beteiligten gut geht. Wir kümmern uns um das Wohlergehen unserer Angestellten weit über das normale Maß eines Arbeitgebers hinaus. Das ist wichtig und richtig, bedeutet aber nicht, dass ich jeden Spieler kenne wie einen Sohn."

„Sie sagen also, dass Sie zu Yannick kein Verhältnis hatten, das über Ihre Tätigkeit als Arzt hinausging?"

„Exakt."

„Als Yannicks Arzt, was können Sie mir über seinen allgemeinen Gesundheitszustand erzählen?"

Oswald stockte, dann wandte er sich an Gusenberg. „Ich unterliege meiner ärztlichen Schweigepflicht. Sicher kennen Sie das auch, Herr Dr. Gusenberg."

„Ich bin nicht so ein Doktor. Ich darf alles weitererzählen, was mir erzählt wird. Aber ich kann Sie beruhigen, wir wollen nicht jedes Detail über Yannicks Gesundheitszustand wissen, wir wollen eine allgemeine Einschätzung."

Oswald lehnte sich in seinem Stuhl zurück, Gusenberg beobachtete jede seiner Bewegungen, machte sich Notizen, bewertete die Reaktion, die sein Gegenüber bei jeder von Maryannes Fragen zeigte. „Yannick war überaus gesund, er war fit und robust. Das ist kein Geheimnis, Sie können sich die letzten Spiele, die er für uns bestritten hat anschauen, da würden Sie es sehen. Er war ein guter Junge. Sein Verlust schmerzt sehr, er hätte eine große Zukunft vor sich gehabt, wenn ...“

„Sie meinen, wenn er nicht diese psychischen Probleme gehabt hätte? Es heißt, er wäre mit dem Druck nicht zurechtgekommen.“

Oswald wippte mit einer schnellen Bewegung nach vorn. „Wer sagt denn sowas?“

„Was hatte Yannick? Depressionen? Versagensängste? Wie hat sich das bei ihm geäußert? Hat er mit Ihnen darüber gesprochen?“

„Nein!“ Oswalds Bein knallte an das Tischbein und das Wasser im Glas schwappte bedenklich hin und her.

„Nein?“

„Ja! Yannick ging es gut, er war nicht krank, glauben Sie doch nicht alles, was in den Zeitungen steht. Die stellen nur unsere Arbeit schlecht da, diese Neider!“ Oswald schlug mit der Hand auf den Tisch, ein paar Tropfen verteilten sich auf dem polierten Holz.

„Sie halten einen Selbstmord aufgrund von psychischen Problemen also für ausgeschlossen?“

Oswald atmete tief durch, beruhigte sich wieder, wie das Wasser im Glas vor ihm. „Ja. Ich kann Ihnen versichern, dass Yannick sowohl körperlich als auch geistig komplett fit war. Die Gesundheit unserer Spieler ist uns sehr wichtig. Wenn irgendetwas gewesen wäre, wir hätten davon gewusst.“

„Wen meinen Sie mit *wir*?“

„Na ja, die medizinische Abteilung, die Vereinsführung, den Trainerstab. Alle die, für die diese Informationen relevant gewesen wären.“

„Okay." Maryanne atmete geräuschvoll aus. „Hast du noch Fragen, Emil, oder können wir das Gespräch beenden?"

Gusenberg überlegte kurz, während er durch sein Notizbuch blätterte. „Ja, ich habe da noch was. Es gibt einige offene Fragen, die Sie uns hoffentlich beantworten können. Wurde Yannick wegen seiner Wechselpläne innerhalb der Mannschaft gemobbt?"

„Ich ... weiß nicht, worüber Sie reden. Warum erzählen Sie ständig diese Lügenmärchen? Ich möchte das Gespräch unter diesen Umständen nicht weiterführen!" Oswald schob den Stuhl zurück und stand auf.

„Herr Oswald. Bleiben Sie." Maryanne griff nach seinem Arm. „Doktor!" Er zog seinen Arm weg. „Herr Doktor Oswald. Bitte bleiben Sie hier. Das sind keine Lügengeschichten, das sind Informationen, die wir im Lauf unsere Ermittlungen gesammelt haben. Also setzen Sie sich bitte wieder hin und helfen uns, sämtliche Missverständnisse auszuräumen."

Für einen kurzen Moment verharrte Oswald in der Bewegung, dann setzte er sich wieder. „Sie haben ja recht, Sie beide können nichts für das, was die Presse schreibt."

„Zu freundlich von Ihnen." Gusenberg faltete Sinas Phantombild auf und schob es Oswald hinüber. „Kennen Sie diese Frau?"

„Wer soll das sein?"

„Das frage ich ja Sie. Wir kennen ihren Namen nicht."

„Hat sie etwas mit dem Unfall zu tun?"

„Das würden wir sie gerne selbst fragen, leider wissen wir auch nicht, wo sie sich aufhält. Kennen Sie die Frau auf dem Bild? Schauen Sie sich das Phantombild gerne länger an."

„Nein, das muss ich gar nicht. Ich habe Sie noch nie gesehen."

„Danke, mehr wollten wir nicht wissen." Der Ermittler faltete das Bild zusammen und ließ es in seinem Notizheft verschwinden. „Wenn du keine Fragen mehr hast, Maryanne, wäre es an der Zeit, mit den Spielern und dem Rest des Trainerstabs zu sprechen." Gusenberg blickte zu seiner Kollegin hinüber. Als diese stumm blieb, steckte er sein Notizbuch weg.

Oswald trank einen Schluck Wasser. „Ich bringe Sie dann –"

„Eine Frage habe ich noch."

Oswald hielt inne.

„Sagt Ihnen der Name Sascha Rokonwitz etwas?"

„Äh. Wer soll das sein?"

„Ein Fan, der durch seine Gewaltbereitschaft aufgefallen ist."

„Also, wenn er ein sogenannter Fan ist, dann haben wir bestimmt Informationen über ihn. Sicher hat er Stadionverbot. Aber auf Anhieb, nein. Der Name sagt mir nichts. Soll ich in der Verwaltung fragen, was wir über diesen Sascha ..."

„Rokonwitz."

„Genau, was wir über diesen Mann haben?"

„Das wäre nett. Sie können uns die Daten per E-Mail schicken."

„Gerne."

„Sie können jetzt die Spieler holen." Maryanne überreichte Oswald eine Visitenkarte, dann verließ der Mannschaftsarzt den Raum.

„Was sagst du, Emil?"

„Er lügt. Er kennt sowohl Rokko als auch die Frau auf dem Phantombild. Er hatte in beiden Fällen diesen Moment der Erkenntnis und ist kurz aus der Rolle gefallen. Es hat sich gelohnt, herzukommen, auch wenn wir jetzt dreißigmal dieselbe Geschichte hören werden."

Nacheinander wurden die Spieler und Betreuer in den Konferenzraum geführt, nahmen Platz und beantworteten die Fragen der Ermittler. Wie befürchtet, war die Aktion die reine Zeitverschwendung. Statt Information gab es stetig dieselbe Phrase.

„Erkenntnisgewinn null." Gusenberg formte mit Daumen und Zeigefinger eine Null, nachdem der letzte Spieler den Raum verlassen hatte.

„Mir war klar, dass der Verein die Spieler auf Fragen zum Tod ihres Kollegen vorbereitet, aber das? Kein Abweichler? Keiner, der sagt: *Treffen Sie mich heute Abend in einer Bar, ich kann hier nicht frei reden?* Für mein Empfinden ist das alles zu glatt." Maryanne schlüpfte in ihre Jacke.

„Wahrscheinlich fühlen sich hier einfach alle wohl."

„Das wird's sein. Soll ich dich nach Hause fahren, Emil?"

Gusenberg schaute auf die Uhr. „Das wäre nett, ist ziemlich spät geworden."

Die Sonne war im Begriff, Feierabend zu machen, als die Ermittler das Vereinsgelände verließen. Gusenberg lehnte sich gegen die Seite des Dienstwagens. „Wir müssen unbedingt mit Fraus reden, im Notfall laden wir ihn vor. Es muss doch eine Möglichkeit geben, herauszufinden, ob er wirklich im Ausland ist, oder ob er sich nur vor uns und den Medien versteckt."

„Uns wird bestimmt etwas einfallen. Morgen schauen wir uns dieses Clubheim von Rokkos alten Freunden an."

„Die werden sicher noch erfreuter sein, uns zu sehen als Frau Hajak."

Die Ermittler machten sich auf den Weg und verließen den Parkplatz, der trotz der späten Stunden noch voller teurer Autos stand.

„Was machst du heute Abend?", fragte Gusenberg in die sich ausbreitende Stille.

„Ähm, nichts, ich hätte mir die Fakten zu unserer Ermittlung noch einmal angeschaut und dann Feierabend gemacht. Wieso fragst du?“

„Nur so. Wollen wir heute Abend was trinken gehen?“

„Das würde ich gerne, aber ich habe zu tun. Die Kinder sind nicht da, da kann ich mich mal um die ganzen Sachen kümmern, die liegengeblieben sind.“

„Klingt spannend.“ Gusenberg lächelte seine Kollegin an.

Kapitel 14

Hastig schlang Gusenberg das fettige Schinkensandwich hinunter und spülte die Reste mit einem Schluck Orangensaft nach. Er war zu spät dran – wie immer. Morgens aufstehen war noch nie seine Stärke gewesen, vor allem wenn die Nächte so kurz waren wie die letzte. Er hatte, nachdem ihn Maryanne nach Hause gefahren hatte, den ganzen Abend im Internet recherchiert. Über Fraus, Rokko und den SFC. Über Yannick, Steffi und Tampling, hatte aber nur wenig neue Informationen finden können. Er war ein Nachtmensch und er würde immer ein Nachtmensch bleiben, zu oft waren die Versuche, sich das Frühaufstehen anzutrainieren, gescheitert.

Nun hetzte er vom Bäcker seines Vertrauens in Richtung Präsidium. Die S-Bahn hatte er verpasst und so musste er die knapp eineinhalb Kilometer zu Fuß zurücklegen. Er schlängelte sich behände durch die Reihen der Passanten, die schon am frühen Morgen die Straßen der Stadt bevölkerten und ihm gemächlich schlendernd den Weg versperrten. Auf halbem Weg kam ihm ein Wagen entgegen, wendete und stoppte auf seiner Höhe. Maryanne stieß von innen die Beifahrertür auf.

„Guten Morgen. Ich dachte, ich hol dich ab. Dann spare ich mir das Warten." Gusenberg ließ sich mit einem geschnaubten „Danke" auf den Beifahrersitz fallen und frühstückte zu Ende, wobei nur noch etwas Orangensaft in einer Plastikflasche übrig war. Mit einem schnellen Schluck trank er den letzten Rest. Zu schnell, der Saft schoss aus der Flaschenöffnung über seine Mundwinkel und tropfte auf sein Hemd, was Maryanne mit einem: „Pass auf, der Wagen ist erst sauber gemacht worden", quittierte.

„Verdammt, es kann heute nur besser werden." Gusenberg schraubte den Deckel auf die Flasche und ließ sie in den Fußraum gleiten. Er betrachtete die Flecken. „Du kannst beruhigt sein, ich habe nur mich bekleckert, der heiligen Kuh der westlichen Welt geht es gut." Während Gusenberg versuchte, mit Spucke und einem Taschentuch die penetranten Saftflecken von seinem weißen Hemd zu entfernen, setzte seine Kollegin den Blinker und bog auf die Stadtautobahn, sie schlängelte sich durch den dichten Berufsverkehr.

„Weißt du, wo es langgeht?", fragte Gusenberg, dessen Blick auf seine Brust gerichtet war.

„Ich habe die Adresse des Klubheims recherchiert, in dem sich Rokko angeblich aufhält, es liegt in der Nähe des Industrieparks Fürstentor."

„Ich habe mich gestern Abend mit der damaligen Ermittlung befasst. Das Klubheim wurde mehrfach durchsucht, es wurden hauptsächlich Waffen und illegale Pyrotechnik sichergestellt, seit Rokkos Verurteilung ist es still dort geworden, die Mitglieder haben sich zerstritten und die Ultras Westheim-Fürstentor haben sich zum Großteil aufgelöst. Ein Teil sitzt immer noch im Knast, die meisten sind bei anderen rechten Ultragruppen untergekommen und ein paar von ihnen sind sogar brav geworden. Die Weisheit des Alters." Bei den letzten Worten schlich sich ein Lächeln auf Maryannes sonst so ernstes Gesicht. „Besser spät als nie", sagte sie.

Gusenberg hatte seine erfolglose Reinigungsaktion nun abgebrochen. Laut Navigationsgerät hatte sie das Ziel fast erreicht.

Das Klubheim war eine im Industriepark Fürstentor gelegene ehemalige Lagerhalle. Die Fertigungsstätten und Bürogebäude des insolventen Betriebs, zu dem die Halle einmal gehört hatte, waren längst von den umliegenden Firmen aufgekauft und abgerissen worden. Die angrenzenden Neubauten drohten, die gedrungene Lagerhalle zu verschlingen, sollte sich nur die Möglichkeit ergeben. So wirkte der Bau aus den Achtzigerjahren noch schäbiger und kleiner, als er war. Das Gelände war von einem Maschendrahtzaun umgeben, welcher teilweise dem ungepflegten Wildwuchs von Gräsern und der wenigen Sträucher zum Opfer gefallen war. Unkraut wucherte aus den Schlitzen zwischen den Pflastersteinen. Ein Müllcontainer an der Seite der Halle quoll mit gelben Säcken über. Es roch unangenehm nach Benzin und Pisse. Über der Eingangstür des Klubheims hing ein stark verwittertes Schild mit dem Logo der Ultragruppe, einer stilistischen Faust, deren Knöchel dem weiß-schwarzen Muster eines Fußballs nachempfunden war, darunter der Namensschriftzug *Westheim Fürst Army* in altdeutscher Frakturschrift. Gusenberg schlug die Autotür zu und ließ die Szenerie auf sich wirken. Wüsste er nicht, dass die Halle noch in Benutzung war, er würde es nicht glauben. Alles was fehlte, um das Bild eines postapokalyptischen Ödlands zu vervollständigen, waren eingeworfene Scheiben.

Die Ermittler steuerten durch das trostlose Grau hindurch direkt auf den Eingang zu. Eine schwere Metalltür, von der sich die schwarze Farbe in großen Flocken ablöste. Maryanne schlug zweimal mit der flachen Hand gegen die Tür. Keine Reaktion. Gusenberg wollte gerade noch einmal klopfen, als sich von innen schwere Schritte näherten. Der Türschlitz öffnete sich und ein Augenpaar blitzte verstohlen und missgünstig hindurch. „Verpisst euch! Ihr habt hier nix zu suchen." Die Stimme des Mannes klang kalt. „Maryanne Schröder und Dr. Emil Gusenberg, Kripo Westheim, wir würden gerne mit Sascha Rokonwitz sprechen", stellte

Gusenberg sich und seine Partnerin höflich vor. Die Augen des Mannes wanderten unruhig von Gusenberg zu Maryanne und wieder zurück. „Rokko is nich hier und jetzt verpisst euch. Bullen haben hier keinen Zutritt!" Der gelebte Hass des Mannes gegenüber der Polizei im Allgemeinen und den beiden Polizisten, die vor der Tür standen, im Besonderen, waberte durch den schmalen Sichtschlitz und vermengte sich mit dem Gestank auf dem Parkplatz.

Männer wie Rokko oder der unbekannte Mann hinter der Tür waren von Berufswegen nie gut auf die Polizei zu sprechen. Das war jedoch kein Grund, nachzugeben oder sich abwimmeln zu lassen. „Wir würden uns davon gerne selbst überzeugen, nun machen Sie bitte die Türe auf."

„Wenn Sie uns nicht reinlassen, holen wir die Jungs vom SEK. Die kommen überall rein und sind dabei nicht zimperlich. Ach ja, und Sie nehmen wir dann erst mal mit, genauso wie alle ihre Freunde und alles, was wir hier so finden können. Sie können sich sicher sein, wir werden etwas finden", fügte Maryanne nach einer kurzen Pause drohend hinzu.

Einen Augenblick verharrte das Augenpaar trotzig auf der Ermittlerin, dann schloss sich der Türschlitz, ohne dass noch ein Wort gewechselt wurde. Kurz darauf wurde mit einem metallischen Scharren der Sicherheitsriegel der Tür zur Seite geschoben.

„Geht doch!", sagte Maryanne, in dem Tonfall, mit dem man ein freches Kind zurechtweist. Die beiden Beamten standen auf der Schwelle eines kleinen Vorraums, der aus einem mit Metallstreben verstärkten Maschendrahtkäfig bestand. Die Seiten des Käfigs waren mit dunklen Stofftüchern verhängt. Erst durch das einfallende Sonnenlicht offenbarte sich das gesamte Wesen des Türwächters, das bisher verborgen geblieben war. Die nervös zuckenden Augen des bulligen

Mannes wurden von einem markanten, halbseitig tätowierten Gesicht eingerahmt. Flammen reichten von der Stirn über die Wange bis hinunter zum Kinn. Die Haare waren kurz geschoren, zwei Zähne fehlten. Er öffnete sichtlich unfreiwillig die Maschendrahttür, die den Käfig mit dem eigentlichen Klubheim verband und ließ die Ermittler hinein, er zögerte kurz, dann folgte er. Der große Klubraum, der fast den gesamten Rest der Halle ausmachte, lag in diffusem Zwielicht. Die Fenster waren teilweise mit Fahnen oder Decken verhangen. Jede freie Fläche an den Wänden und Stahlträgern war mit Wimpeln, Trikots, Fotos und anderen Memorabilien verziert. Neben dem Mann, der die Tür geöffnet hatte, war noch ein anderer anwesend, gegen den er bis zum Eintreffen der Ermittler Billard gespielt hatte.

„Wann haben Sie Rokko das letzte Mal gesehen?" Gusenberg lief durch den Raum zu dem Billardspieler hinüber, der nun sein Spiel unterbrach und den Queue auf den Tisch legte. Der Mann war noch eine Kategorie grobschlächtiger als der Türsteher, ebenfalls stark an den Armen und am Hals tätowiert, aber fetter und unförmiger als sein Spielpartner.

„Rokko war seit seiner Verhaftung nich mehr hier und auch nich jetzt, wo er entlassen wurde", sagte der Türsteher, der hinter Gusenberg Posten bezogen hatte.

„Woher wissen Sie dann, dass er entlassen wurde, wenn sie ihn nicht gesehen haben?" Gusenberg drehte sich dem Mann hinter ihm zu. Der leicht glasige Blick huschte immer wieder hektisch zwischen den beiden ungebetenen Gästen hin und her.

„Er hat mich an dem Tag seiner Entlassung angerufen, ich habe ihn vom Gefängnis abgeholt und zu seiner Schwester gefahren. Seitdem habe ich nichts mehr von ihm gehört."

„Rokko wurde von seiner Schwester vor die Tür gesetzt. Wussten Sie das?" Die Frage verhallte, während

Gusenberg weiter durch das Klubheim ging, einem sonntäglichen Museumsbesucher gleich. Eine Reihe von Schwarz-Weiß-Bildern im hinteren Teil der Halle erweckte sein Interesse. Sie waren in dekorativen nussbaumbraunen Bilderrahmen gefasst und legten stilles Zeugnis von einer Zeit ab, in der an diesem Ort noch der Fußball und nicht Geld, Macht, Gewalt und Drogen im Mittelpunkt gestanden hatte. Den oberen Teil der Wand machten Mannschaftsfotos aus, die ersten in der Reihe waren verblichen und schlecht belichtet. Darunter war ein kleines Bronzeschild angebracht: *Die Anfänge 1906-1933*. Er überflog die Namen der Spieler und Betreuer, die unter den jeweiligen Fotos standen. Auf einem weiteren Foto waren drei Männer zu sehen, jeder von ihnen hielt einen anders gestalteten Pokal in Händen. Eine weitere Plakette wies sie als: *Die drei großen Trainer der ersten Jahre: F. Bonhoff, P. Krüger und D. Oppelt*, aus.

Gusenberg wischte mit einer sanften Handbewegung den Staub von dem Foto der Trainer. Dicke, graue Flocken trudelten langsam zu Boden. Gusenberg setzte die Zeitreise mittels der Mannschaftsfotos fort. Nach und nach wurden die Bilder schärfer und farbig. In den Achtzigerjahren angekommen, hielt er kurz inne. Von einem der Fotos lachte ihn eine Gruppe von Männern an. Mit seinem Finger fuhr er die Namensliste unter dem Foto ab. Von rechts nach links ... Mittig in der vorderen Reihe kniete er. *S. Rokonwitz*. Jung, gut in Form, die Haare kurz, das Gesicht glattrasiert. Ein vollkommen anderer Mensch, er wirkte freundlich und unbeschwert, sich einer glorreichen Zukunft gewiss. Er ahnte damals wohl noch nichts von seinem tiefen Fall in die Abgründe der menschlichen Gesellschaft. Etwas abseits der Mannschaft stand ein kleiner drahtiger Mann mit Hornbrille in einem selbst für seine Zeit hässlichen, hellblauen Jogginganzug aus Ballonseide.

Er war älter als die Spieler und im Gegensatz zu diesen namenlos.

Gusenberg löste seinen Blick von den Bildern und wandte sich dem Mann am Billardtisch zu. „Und Sie, mein Herr, haben Ihren Kollegen auch nicht gesehen, oder?"

Der Dicke schüttelte energisch den Kopf, sagte jedoch nichts, sondern trank einen großen Schluck aus einem Glas mit einer bernsteinfarbenen Flüssigkeit. Der penetrante Geruch von billigem Schnaps waberte dem Ermittler entgegen. Im Vergleich zu diesem geistigen Tiefflieger war der Türsteher fast schon ein kleiner Einstein, außerdem waren die beiden schlechte Lügner. Schon am Anfang der Unterhaltung war Gusenberg aufgefallen, dass in der Nähe des Tresens ein abgewetztes Ledersofa stand, unter das hektisch ein Schlafsack gestopft worden war, zusätzlich standen auf der Theke zwei weitere benutzte Gläser.

Langsam, aber sicher steuerte der Ermittler auf die Theke zu und lehnte sich mit dem Rücken dagegen. Der Türsteher folgte ihm zunächst nur mit den Augen, setzte sich dann nach einem innerlichen Disput in Bewegung und folgte Gusenberg. Maryanne blieb auf halbem Weg stehen und wartete. Jede Faser im Körper des Mannes war angespannt und Schweißperlen schossen auf seine Stirn.

„Rokko ist ja anscheinend nicht hier", stellte Gusenberg nüchtern fest. Die Miene des Türstehers hellte sich für einen kurzen Moment auf. Darauf hatte Gusenberg spekuliert. In dem Augenblick, in dem dieser grobschlächtige Hooligan sich sicher fühlte, konnte er ihn mit einer letzten Frage aus der Reserve locken. „Wer hat auf dem Sofa geschlafen?" Mitten ins Schwarze. Gusenberg hatte es geschafft, er hatte seinen Gegner in die Enge getrieben.

„Äh ...“ Der Türsteher fing an zu stottern. Hektisch wischte er sich den Schweiß von der Stirn. Im Augenwinkel konnte Gusenberg sehen, dass der andere Mann einen Schritt zurückgewichen war, so als fürchte er eine kommende Explosion. Nun musste er ihm nur noch den Todesstoß versetzen, ihm endgültig aufzeigen, dass es keinen anderen Ausweg aus der Situation gab. Ihm zeigen, wer hier das Sagen hatte. Wie so viele vor ihm würde er schwach werden, einknicken und aus Selbstschutz alles erzählen, was die Ermittler hören wollten. Er würde seinen Freund Rokko ans Messer liefern. Doch Gusenberg hatte seinen Gegner hinsichtlich seiner Loyalität und Opferbereitschaft unterschätzt. Anstatt einzubrechen, brach er aus, wie ein verwundetes Tier und suchte sein Heil im Angriff.

„Lauf, Rokko!“

Der Türsteher brüllte die Aufforderung ziellos in den Raum, sein Gesicht war zu einer wütenden Fratze verzerrt. Er machte einen schnellen Schritt nach vorn und versetzte dem überraschten Gusenberg einen heftigen Faustschlag ins Gesicht. Mit einem lauten Knacken brach das Nasenbein unter der Wucht des Schlags. Tränen schossen Gusenberg in die Augen, Blut spritzte ihm aus der Nase und einer horizontalen Platzwunde auf dem Nasenrücken. Er wurde hart gegen die Theke geschleudert, die Kante des Tresens bohrte sich unsanft in seinen Rücken. Die Gläser wurden heruntergeschleudert und zersprangen. Der Aufprall trieb Gusenberg die Luft aus der Lunge, für einen Augenblick, der einer Ewigkeit gleichkam, versagte seine Atmung. Die Luft, die sich aus seinem Körper bahnte, trieb Blut in großen, schweren Tropfen vor sich her und verteilte es auf dem Holz der Bar und dem Boden des Klubheims. Er war sich sicher, dass er ersticken würde – das war das Ende.

Reflexartig klammerte er sich an der Kante fest, die ihn gerade noch schmerzhaft in den Rücken getroffen hatte. Mit großer Mühe konnte er sich abfangen und verhinderte somit, dass er zu Boden stürzte. Auf zittrigen Beinen hing Gusenberg eine Sekunde blutend an der Theke. Eine Tür, die unter den ganzen Memorabilien nicht als solche zu erkennen war, wurde aufgestoßen, ein Schemen stürzte heraus und sprintete zu einem der Fenster in der Nähe des Billardtisches.

Maryanne, im Inbegriff, in den ungleichen Kampf einzugreifen, verharrte kurz, als ihre Zielperson in entgegengesetzter Richtung an ihr vorbeistürmte. So nah und doch unerreichbar. Sie zog ihre Waffe und rannte los. Rokko würde sie sich ein anderes Mal vorknöpfen.

Gusenberg machte einen torkelnden Schritt zur Seite und entging nur knapp einem zweiten Schlag, der ihm mit Sicherheit das Jochbein zertrümmert hätte. In der direkten Konfrontation hatte der Ermittler keine Chance gegen den Angreifer, der mindestens einen Kopf größer und dreißig Kilo schwerer war. Ungestüm drang dieser weiter auf seinen Kontrahenten ein, verbissen versucht, seinem Freund Zeit für die Flucht zu erkaufen.

Maryannes gebrüllten Aufforderungen, aufzuhören, verhallten ungehört. Gusenberg, der seine mangelnde Stärke mit Agilität wettzumachen versuchte, schaffte es, weiteren direkten Treffern auszuweichen, was ihn jedoch schnell mit dem Rücken gegen die Wand trieb. Ein weiterer Schlag traf ihn hart in den Bauch. Er stolperte nach vorn und umklammerte seinen Gegner wie ein Boxer kurz vor dem K. o., dieser jedoch schüttelte ihn mit Leichtigkeit ab und Gusenberg ging endgültig zu Boden.

„Jetzt mach ich dich fertig!", brüllte der Schläger. „Ich stech dich ab wie ein Schwein!" Er trat Gusenberg zweimal in die Seite und griff in eine Seitentasche seiner

Hose. In diesem Moment hatte Maryanne die beiden erreicht. Sie holte aus, ihr Arm beschrieb einen hohen Bogen und mit aller Kraft und Wut, die sie aufbringen
konnte, schlug sie dem sich auf Gusenberg konzentrie-
renden Türsteher den Griff ihrer Dienstwaffe gegen
den Kopf.

Maryannes wütendem Aufschrei und dem Knall des
Aufschlags folgte Stille.

Die blinde Raserei des Mannes erlosch, er sackte in
sich zusammen, fiel auf die Knie, dann zur Seite und
blieb regungslos auf dem Boden neben Gusenberg liegen. Eine kleine, dunkle Blutlache bildete sich neben
seinem Kopf, die sich langsam vergrößerte und sich
mit dem Blut des Ermittlers vermischte. Schwer atmend stand Maryanne über dem gefällten Giganten.
Ein Pyrrhussieg, sie schaute sich um. Rokko war genauso entkommen wie der schweigsame Hüne.

Gusenberg stöhnte, was Maryannes Aufmerksamkeit
von Rokko und dessen erneuter Flucht fortriss. Ihre
Wut wechselte, während eines Lidschlags, zu der Zärtlichkeit einer Mutter, die ihr verletztes Kind versorgt,
als sie sich ihrem geschundenen Kollegen zuwandte.
Sie half Gusenberg auf, und bugsierte ihn vorsichtig
auf das Sofa, auf dem nur ein paar Stunden zuvor noch
Rokko genächtigt hatte.

„Hilfe ist schon unterwegs", beschwichtigte sie
Gusenberg mit einer Notlüge, dieser nickte und murmelte abwesend vor sich hin und drückte sich ein Taschentuch auf Mund und Nase. Die Blutung hatte nach-
gelassen und nur noch vereinzelte Tropfen schafften es
durch das Taschentuch hinunter auf Gusenbergs
Hemd und Hose. Maryanne brachte den immer noch
besinnungslosen Türsteher in die stabile Seitenlage
und kettete ihn zur Sicherheit mit einer Handschelle
an den Fußlauf der Theke. Sie kontaktierte die Zen-

trale, gab die Fahndungsmeldung für den Flüchtigen aus und forderte endlich die ersehnte Verstärkung an.

***

Wieder an der frischen Luft kam Gusenberg der Tag kälter vor, viel kälter, bevor sie das Klubheim betreten hatten. Er hatte das Zeitgefühl verloren. War er so lange außer Gefecht gewesen? Die Sonne hatte in dieser kurzen Zeit an Kraft eingebüßt und der Winter war einen großen Schritt nähergekommen. Sein blutverschmiertes Hemd war aufgeknöpft und von den Schultern bis zu den Ellenbogen heruntergerutscht. Erleichtert atmete er die Luft ein, die nun nicht mehr nach Pisse und Benzin stank, sondern nach Leben duftete.

Gusenberg saß im Fond eines Krankenwagens und beobachtete, wie der Türsteher auf einer Trage aus dem Klubheim geschoben wurde. Ein Arzt hatte sich über ihn gebeugt und prüfte die Pupillenreaktion. Gusenbergs Gedanken drifteten weg, als die Schmerzmittel langsam anfingen zu wirken. Er nahm nur noch Wortfetzen wahr. „Intoxiniert ... CT ... fixieren ...“

Eine Ärztin stand plötzlich neben ihm und redete auf ihn ein. „Hören Sie mich?“ Wo war Maryanne, er wollte sich noch bei ihr bedanken. Ohne sie – er wollte gar nicht daran denken, was ohne sie passiert wäre. Die Ärztin drückte den Ermittler mit sanfter Gewalt auf die Liege. Anscheinend hatte sie die ganze Zeit geredet. Die Türen des Krankenwagens wurden geschlossen, ruckelnd setzte sich das Fahrzeug in Bewegung. Er musste sich ausruhen, ihm tat alles weh. Gusenberg schloss die Augen.

Kapitel 15

Er hatte viel aus erster Hand in Erfahrung gebracht, einen Teil am eigenen Leib erfahren und den Rest wie ein Spanner aus der Ferne beobachtet, trotzdem erfuhr er immer wieder Neues. Verbindungen zwischen Personen taten sich auf, von denen er nie gedacht hätte, dass sie miteinander Geschäfte machen würden, befreundet oder noch enger miteinander verbunden waren. Es war faszinierend festzustellen, wie viele Leute etwas zu verbergen hatten.

Bisher waren die Rollen in diesem Spiel klar verteilt gewesen, es gab ihn und die anderen. Er war der Gute, die anderen waren die Bösen, die ihn zum Handeln zwangen. Ohne sie hätte er nicht jahrelang in seiner Einzimmerwohnung vor sich hin vegetiert. Ohne sie hätte er ein besseres Leben geführt. Sie hatten ihm alles genommen und dafür sollte sie büßen. Es war eine Sache zwischen ihnen allein, doch das hatte sich nun geändert. Die Polizei war mit großem Getöse auf dem Spielfeld erschienen und hatte eine Menge Staub aufgewirbelt. Sie hatten Rokko aus der Sicherheit seines Verstecks gejagt und dabei ordentlich Federn gelassen. Sie hatten keine Ahnung, in was für ein Wespennest sie da gestochen hatten. Der Auftritt der Polizei war von vornherein unvermeidbar gewesen, dennoch war er sich nicht sicher, ob es klug gewesen war, Steffi zum Revier zu bringen. Vielleicht hätte er noch warten sollen. Vielleicht hätten die Ermittlungen auch keinen Erfolg gehabt und die Unfalltheorie wäre zur einzigen Wahrheit geworden.

Malte Kramer fuhr sich durch die fettigen Haare. Immerhin hatten sie ihm einen großen Gefallen getan, sie hatten Rokko aus seiner Festung getrieben, direkt in seine Hände. Wie die Hunde einen Fuchs bei der Jagd. Ihm gefiel die Metaphorik, wenn Rokko ein Fuchs war, dann war er ein Wolf. Ein einsamer Jäger, stärker und schneller als der Fuchs und die Hunde, immer auf der Hut, immer einen Schritt voraus. Denn der Satz: „Die Feinde meiner Feinde sind meine Freunde", traf auf den Wolf nicht zu. Die Polizei war kein Freund, sie war ein Werkzeug. Sie hatte wie jeder andere auch eine Funktion in seinem Spiel.

Das Aufheulen eines Motors riss ihn aus seinen Gedanken. Er erkannte das Geräusch sofort, schließlich hatte er das Motorrad lange genug verfolgt, um es allein am Klang zu erkennen. Kramer ließ seinen Wagen an und brachte sich in Position. Er rollte in Schrittgeschwindigkeit auf die Ausfahrt zu, den Fuß in angespannter Erwartung auf dem Gaspedal. Keine Sekunde war verstrichen, da schoss das erwartete Motorrad samt seines verhassten Besitzers an ihm vorbei.

„Eins!", er zählte langsam. Das Motorrad entfernte sich schnell von ihm.

„Zwei!" Er ließ die Kupplung kommen.

„Drei!" Er gab Gas und nahm die Verfolgung auf.

Ein hoffnungsloses Unterfangen, noch vor dem Start zum Scheitern verurteilt. Rokko fuhr wie der Teufel, ohne Helm und Rücksicht auf sich oder die anderen Verkehrsteilnehmer. Er schnitt ein Auto und überfuhr eine rote Ampel. Kramer hatte keine Chance, Schritt zu halten, selbst wenn er es gewollt hätte. Noch bevor sie den Stadtring erreicht hatten, musste er die Verfolgung aufgeben. Was Kramer daran am meisten überraschte, war, dass es ihn nicht störte. Ganz im Gegenteil, er machte sich sogar Sorgen darum, dass Rokko auf seiner Flucht einen Unfall bauen könnte. Wenn er weiter so rasen würde, bräuchte er, um diese Fahrt zu überleben, mehr Glück als einem einzelnen Menschen in seinem gesamten Leben zustand.

Behände wie ein alter Mann mit Hut lenkte Kramer seinen Kleinwagen durch die Stadt, immer wieder gestoppt durch rote Ampeln und zähfließenden Verkehr. Selbst wenn Rokko langsam gefahren wäre, was er bestimmt auch irgendwann tat, um nicht aufzufallen, hätte er ihn irgendwann verloren, eine Tatsache, die ihn in seiner gebotenen Vorsicht bestätigte. Kramer wusste, wo er den räudigen Fuchs zu suchen hatte, im Gegensatz zur Polizei. Es gab nur noch eine einzige Adresse, wo er sich verstecken konnte, einen Unterschlupf, den niemand auf dem Zettel hatte, niemand außer ihm. Die Polizei würde in den nächsten Tagen jedem einen Besuch abstatten, der mit Rokko nur im Entferntesten in Verbindung zu bringen war. Was für eine Verschwendung von Zeit und Geld.

Die Polizeipräsenz auf den Straßen nahm merklich zu, je länger Kramer unterwegs war. Streifenwagen patrouillierten durch die Straßen und an Verkehrsknotenpunkten standen uniformierte Beamte, die Motorradfahrer kontrollierten. Er hätte wetten können, dass gerade in diesem Moment ein Einsatzteam der Polizei die Wohnung von Rokkos Schwester durchsuchte. Vielleicht sogar die schweren Jungs mit Weste, Helm und Maschinenpistolen. Rokkos Schwester tat ihm leid. Wenn die Beamten Rokko nur halb so gut kennen würden wie er, wüssten sie, dass es vergebliche Liebesmüh war. Wenn es einen Menschen gab, der Rokko ebenso verachtete wie er, dann war es seine eigene Schwester.

Ein weiterer Streifenwagen kam ihm entgegen, in dieser lauernden Geschwindigkeit, die an ein Raubtier erinnerte. Kramers Puls beschleunigte jedes Mal, wenn er einen Streifenwagen sah, wurde immer schneller, als er auf ihn zukam und beruhigte sich erst, als sich die Rücklichter im Rückspiegel verloren. Sie konnten ihm nichts anhaben, er hatte nichts Strafbares getan. Sein Auto war verkehrstüchtig, er hatte keine Waffen oder verdächtige Gegenstände dabei. Warnweste, Verbandskasten und Warndreieck waren dort, wo sie hingehörten, das hatte er in einem Anflug von deutscher Gründlichkeit geprüft. War Al Capone nicht wegen Steuervergehen verurteilt worden? So etwas würde ihm nicht passieren. Er fuhr nicht zu schnell, alle seine Lichter waren funktionsfähig, sein Wagen hatte TÜV. Trotzdem fühlte er sich bei ihrem Anblick jedes Mal wie ein Schulkind, das ohne ersichtlichen Grund zum Rektor beordert wird. Was ihn von dem Lausbuben unterschied war seine Angst zu versagen, nicht das schlechte Gewissen. Er hatte eine Mission. Er wollte nicht scheitern. Er musste es tun, für Yannick, für sich, für all die Namenlosen und Vergessenen.

Nach einer knappen Stunde hatte er sein Ziel erreicht. Hier in der Sommerhäuserstraße gab es nur ein paar Wohnhäuser, die je weiter man sich auf den Stadtrand zubewegte, immer seltener wurden. Die Straße war geprägt von Autohäusern, Einrichtungshäusern und anderen großflächigen Outlet-Läden. Trotz der vielen Einkaufsmöglichkeiten war die Sommerhäuserstraße für ein anderes Gewerbe bekannt. Ganz am Ende, kurz bevor sie in die Bundesstraße überging, säumten Laufhäuser, Bordelle und FKK-Clubs die Straße. Hier konnte Mann alles kriegen, was er wollte, wenn er nur genug Geld besaß. Kramers Ziel war ein Haus, das seine Existenz als Mehrfamilienhaus begonnen hatte, bis es in schlechte Gesellschaft geriet. Nun diente es als Stundenhotel. Der Arbeitsplatz von Denize D'Amour. Ob sie Rokkos Freundin war oder er ihr Zuhälter, wusste Kramer nicht, es war ihm auch egal. Ihm reichten die Zusammenhänge, er musste nicht jedes Detail wissen.

Kramer parkte seinen Wagen etwas weiter die Straße hinauf und drückte die letzten beiden Pillen aus dem Blister. Er warf die Verpackung achtlos in den Fußraum des Beifahrersitzes. Kramer fluchte leise, es musste wieder Nachschub her. Bei den ungewohnten Belastungen wurden die schmerzfreien Intervalle immer kürzer. Der pochende Schmerz in seinem Bein wurde zum Normalzustand. Wie lange würde er das noch durchhalten? Bis die Pillen ihre volle Wirkung entfaltet hatten, hielt er sich im Auto versteckt. Erst dann stieg er aus und lief auf dem breiten Gehsteig zurück zu dem Haus, wo die letzte Person arbeitete und lebte, bei der Rokko sich verstecken konnte. Die penetrante Leuchtreklame, die abends die Straße Neonrot färbte, war noch ausgeschaltet und so lag nur eine Reihe heruntergekommener Häuser vor ihm, die im Grau dieses Septembertages noch elender aussahen als sonst. Die Fenster waren bis zum dritten Stock mit blickdichten Folien beklebt, die eindeutige Angebote machten: „Französisch 30 €“, „1 Stunde 100€“, „Alles, was dein Herz begehrt“. Darunter die Schattenrisse schlanker Frauen in eindeutigen Posen. Kramer bog in einen schmalen Weg ein, der zwischen zwei Häusern in einen kleinen Innenhof führte. Treffer, da stand Rokkos Maschine. Sie war zwischen der einst weißen Hauswand und einem Müllcontainer eingekeilt, gelbe Säcke waren so gestapelt, dass sie das Nummernschild verbargen. Rokko war hier. Mehr musste Kramer vorerst nicht wissen.

Er drehte sich um und humpelte zurück zu seinem Auto. Er schaute auf die Uhr, der nächste Punkt auf seiner Liste hatte noch etwas Zeit, er würde im Auto warten, vielleicht würde er sogar ein Nickerchen machen. Er hatte seit einer gefühlten Ewigkeit nicht mehr geschlafen.

Kapitel 16

Gusenberg atmete erschöpft aus. Er war müde und frustriert. Sein Frust wurde durch den Blick auf den Tisch, der am Fußende seines Krankenhausbettes stand, genährt. Dort lagen zwei transparente Plastikbeutel, die einen Aufkleber mit dem Wort *Patienteneigentum* trugen und die Sachen beherbergten, die er im Klubheim am Leib getragen hatte. Die Schwester, die die Beutel gepackt hatte, hatte keine Zeit in das Falten der Wäsche investiert, warum auch? Er würde die Sachen wohl ohnehin wegwerfen. Der größere Beutel, der Hemd, Hose und Unterwäsche enthielt, sah aus wie ein Klumpen eingeschweißtes Hackfleisch von einem Tier, das nie zum Essen gedacht war. Rot und Braun dominierten das Bild, obwohl das Hemd den Tag strahlend weiß begonnen hatte. Seine italienischen Lederschuhe waren zusammen mit Handy, Schlüssel, Geldbeutel und Dienstmarke im zweiten Beutel verstaut worden. Gusenberg hoffte inständig, dass seine Schuhe die Schlägerei besser überstanden hatten als er. Neben der Tatsache, dass die Schuhe teuer waren, waren sie genau an dem Punkt angelangt, wo sie sich wie eine zweite Haut an seine Füße schmiegten. Der Ermittler blickte mit brennenden Augen in den Spiegel der Schrankwand neben seinem Bett. Weiß mit blauen Punkten. Gusenberg trug die luftige Einheitskluft für Patienten, bis ihm Maryanne, was er hoffte, einen neuen Satz Kleidung vorbeibringen würde. Eine hautfarbene Halskrause und die Bandagen auf dem Nasenrücken und unter seinem rechten Auge rundeten das erbärmliche Bild ab. Er war froh, dass er allein war und ihn niemand in diesem Zustand sehen konnte, das war ein neuer Tiefpunkt.

Die behandelnde Ärztin hatte auf dem gesamten medizinischen Untersuchungspaket bestanden.

Sein Brustkorb wurde geröntgt, von Milz, Leber und Nieren wurden Ultraschallaufnahmen gemacht. Das kalte Gel brannte, jede Berührung schmerzte und das Atmen fiel Gusenberg immer noch schwer. Er wog seine Optionen ab, sollte er jemanden anrufen? Maryanne hatte bestimmt genug mit diesem Irren und dem Papierkram zu tun, den er verursacht hatte. Für einen kurzen Moment dachte er daran, seine Eltern oder seine Schwester anzurufen, aber was sollte er ihnen sagen? „Hallo, ich liege im Krankenhaus? Keine Sorge, ich wurde nur zusammengeschlagen, nichts Schlimmes, normales Berufsrisiko." Er wollte sie damit nicht belasten, sie hätten dann wieder Angst um ihn. Damit wäre niemandem geholfen. Sein Vater würde bei der Nachricht sicher einen Herzanfall bekommen. Beim Gedanken daran fühlte Gusenberg sich einsam, es gab niemanden, den er jetzt gerne an seiner Seite gewusst hätte. War das gut? War das schlecht? Was, wenn er gestorben wäre? Er schüttelte diesen rührseligen Gedanken ab. Ihm war von Anfang an klar gewesen, dass das Leben als Mordermittler nicht mit den Wünschen und Träumen der Normalbevölkerung in Einklang zu bringen war. Nicht für ihn. Er sah bei Maryanne, wie es manchmal klappte und oft nicht funktionierte. Vielleicht war er einfach zu feige, aber würde niemals diesen Weg gehen wollen. Familie, Haus, Auto, jedes Jahr drei Wochen Cluburlaub am Mittelmeer: Alles Dinge, auf die er gerne verzichtete, wenn er nur der Gerechtigkeit zum Sieg verhelfen konnte, wenn er es nur schaffte, diese Welt etwas besser zu machen. Die Einsamkeit war ein Preis, den er zu zahlen bereit war, jetzt und in Zukunft. Wobei es jetzt wieder an der Zeit war die Augen zu schließen.

***

Eine junge Ärztin betrat das Zimmer und holte Gusenberg aus seinem Dämmerzustand zurück in die schmerzhafte Realität. Der Ermittler hustete, als er sich aufsetzte. Schmerzen durchzuckten ihn bei der ungewollten Kontraktion der geschundenen Muskeln.

„Die Befunde sehen gut aus." Die behandelnde Ärztin, die sich als Dr. Becker vorgestellt hatte, blätterte durch das Wirrwarr von Gusenbergs Krankenakte. „Die Röntgenbilder zeigen, bis auf das Nasenbein, keine Brüche oder Frakturen und auch die Funktion der inneren Organe wurde durch die stumpfen Traumata nicht beeinträchtigt. Sie hatten Glück, Sie sind tatsächlich mit einer gebrochenen Nase und ein paar Hämatomen davongekommen. Langzeitfolgen sind auszuschließen, in ein paar Wochen sind Sie wieder vollkommen gesund." Frau Dr. Becker zog einen Stift aus ihrer Brusttasche und kritzelte auf den Dokumenten herum, ohne dass Gusenberg nachvollziehen konnte, was sie tat. „Wir behalten Sie trotzdem noch mindestens eine Nacht zur Beobachtung hier." Sie setzte ein letztes Häkchen und steckte den Stift zurück. „Sollte sich Ihr Zustand über Nacht nicht verschlechtern, können Sie morgen früh nach der Visite gehen. Wir würden Sie dann dem zuständigen Amtsarzt überstellen zwecks Nachversorgung und Krankschreibung."

Sicher nicht, dachte Gusenberg, als die Ärztin den Raum verließ. Der Amtsarzt würde ihn für mindestens zwei Wochen aus dem Verkehr ziehen. Wozu? Hatte Frau Becker nicht gesagt, dass er nur ein paar blaue Flecken hatte? So leicht würde Rokko ihn nicht abschütteln können, darauf konnte er Gift nehmen. Sobald er

140

dieses Zimmer verlassen durfte, würde er wieder auf die Jagd gehen, jetzt brauchte er jedoch eine Pause.

Gusenberg drückte den roten Knopf an der Bettsteuerung und fuhr seine Matratze in die Horizontale. Das monotone Summen erstarb. Gusenberg schloss die schweren, geschwollenen Lider und schlief ein.

Kapitel 17

Maryanne schüttelte sich. Die Stille im Büro bereitete ihr Unbehagen. Hier hatte es nicht still zu sein, hier hatte es laut zu sein, vom Klackern der Tastaturen, vom Klingeln des Telefons, über die Gespräche, die die beiden Ermittler führten, egal ob es um einen Fall ging oder um Privates. Maryanne saß an ihrem Schreibtisch, es war nicht nötig, etwas zu sagen, niemand war hier, der ihr zuhörte oder die Fragen beantworten konnte, die ihr durch den Kopf schossen, den sie mühsam mit beiden Händen stützte. Ihre Ellenbogen ragten von der Tischplatte hinauf, wie windschiefe Säulen eines alten Tempels, von der Zeit geschändet und vergessen. Der Tag war jung, sie war alt. So alt wie schon lange nicht mehr. Das Adrenalin hatte ihren Körper verlassen und Müdigkeit hatte den freien Platz geflutet. In diesem Moment konnte sie selbst nicht glauben, was sie getan hatte oder dass es funktioniert hatte.

Die Ermittlerin saß ein paar Minuten still da und ließ die Zeit verstreichen. Wie ging es Emil? Wo war Rokko? Wer waren die Angreifer? Sie nahm alle Kraft zusammen und raffte sich auf, sie hatte Arbeit für fünf und war allein. Sie konnte jetzt nicht auch noch schlapp machen. Zuerst wandte sich Maryanne den Dokumenten zu, die in ihrer Abwesenheit auf ihren Schreibtisch gekommen waren. Die Suchmeldung für Stefanie Kirchhoff und die Fahndungsmeldung für Sascha Rokonwitz waren bestätigt und online, sowohl intern als auch extern, auf Brandt war Verlass. Steffis Handy war zum letzten Mal mitten in den Tiefen des Großstadtdschungels geortet worden, Montag 17:06 Uhr, sie war gleichzeitig in die drei Sendemasten eingeklinkt gewesen, die das Zentrum von Westheim abdeckten, inklusive Hauptbahnhof, Autobahnzubringer und Hafen. Nun, fast zwei Tage später, konnte sie überall sein. Die unheilverkündende 48-Stunden-Schwelle war fast überschritten.

Maryanne beschlich ein ungutes Gefühl. Sie heftete die beiden Dokumente in den stetig wachsenden Ordner mit Vermisstenfällen und Fahndungsmeldungen. Die meisten Vermissten tauchten gesund und munter vor dem Verstreichen der achtundvierzig Stunden wieder auf. Die Begründungen für das Verschwinden reichten von banal über verrückt, bis hin zu frei erfunden. Allen gemein war, dass kein Verbrechen vorlag. Der dreißigjährige Sohn, der den Eltern weglief, um endlich er selbst sein zu können oder der Ehepartner, der sich ein vergnügliches Wochenende ohne seine bessere Hälfte gemacht hatte. Zum Glück betrafen die anschließend aufkommenden moralischen Fragen die Ermittler nicht mehr.

Maryanne blätterte durch einen anderen Ordner, jedes Blatt ein Schicksal, dessen Klärung sie schuldig geblieben waren. Kinder und Jugendliche für immer verschwunden, irgendwann für tot erklärt. Nach Tagen wie diesen ging Maryanne nach Hause und drückte ihre Kinder so lange und so fest sie konnte. Bis sich ihr Ältester mit Sätzen wie: „Ey, Mama! Das ist voll peinlich!", ihrem Griff entwand. Sollte er sie doch für peinlich halten, er würde es verstehen, wenn er selbst einmal Kinder hatte. Sie schloss den Ordner und stellte ihn wieder an seinen Platz, anschließend griff sie sich das dritte und letzte Dokument.

Ein knapp abgefasster Zwischenbericht der Forensik, der mit *Bezüglich Y. L. INOFFIZIELL* überschrieben war. Maryanne las den kurzen Text und wurde schlagartig hellwach. Warum? Je mehr sie über diesen Fall in

Erfahrung brachten, desto weniger verstand sie. Die Ermittlerin las noch einmal den letzten Satz, der die Ermittlungen auf den Kopf stellte: „Keine Fingerabdrücke von Y. L. auf dem sichergestellten Drohbrief gefunden." Hatte Yannick diesen Drohbrief nie zu Gesicht bekommen? Die Frage gesellte sich zu den anderen, für die es bisher keine Antwort gab.

Es klopfte an der Bürotür, kurz, zackig, militärisch. „Herein!" Maryanne fühlte sich ertappt und schob den Bericht unter einen Papierstapel am Rand ihres Schreibtischs.

Brandt öffnete halb die Tür und schlüpfte wie ein Dieb in der Nacht hindurch. „Wie geht es Emil?", fragte er, nachdem er die Tür geschlossen hatte.

„Ich habe nichts Neues gehört, seit er von der Notaufnahme auf die Station verlegt worden ist. Es ging ihm den Umständen entsprechend gut. Nasenbeinbruch, Rippenprellung und Hämatome im Gesicht und Brustbereich, zum Glück keine inneren Verletzungen", sagte Maryanne, der bei der Aufzählung der Verletzungen die Bilder aus dem Klubheim wieder durch den Kopf schossen. Was, wenn er es nicht überlebt hätte? Sie brachte den Gedanken nicht zu Ende.

„Er wird es schon überstehen wie immer, es ist nicht das erste Mal, dass ihm so etwas passiert ist und es wird auch nicht das letzte Mal sein. Wenn man seine Nase in Dinge steckt, die einen nichts angehen, wird sie früher oder später gebrochen", erwiderte Brandt ohne Häme.

Maryanne musste lächeln, Brandt hatte eine erfrischend andere Sicht auf viele Dinge. „Du hast recht. Was ihn nicht umbringt, macht ihn stärker, oder zumindest vorsichtiger."

„Wie geht es dir?", fragte Brandt, der auf dem Besucherstuhl an der Stirnseite des Schreibtisches Platz genommen hatte. „Die Schlägerei im Klubheim ist das Gesprächsthema Nummer eins."

„Das glaube ich gerne", sagte Maryanne mit einer Mischung aus Stolz und Verlegenheit. Die Vorkommnisse am Fürstentor hatten sich im Präsidium schnell herumgesprochen. Der Polizeifunk trommelte es in Windeseile durch alle Dezernate und damit wusste die illegal mithörende Presse auch schon Bescheid. Es existierten jetzt schon ein halbes Dutzend verschiedene Varianten, die sich himmelweit unterschieden. Ein paar Kollegen konnten sich die Schadenfreude nicht verkneifen, dass der Primus der Mordkommission endlich einmal sein Fett wegbekommen hatte, andere hegten Zweifel daran, ob Maryanne einen so großen Typen wirklich mit nur einem Schlag k. o. geschlagen hatte.

„Ich bin müde, sonst geht es mir gut. Ich bin einfach nur froh, dass nichts Schlimmeres passiert ist", sagte Maryanne, nun wieder sichtlich mitgenommen von den Geschehnissen des Vormittags. „Hast du neue Infos über die Durchsuchung, Rokko oder den Schläger?", fragte sie, um das Gespräch von ihrer Gefühlswelt wegzubewegen.

„Ja, die gibt es. Wir konnten den Angreifer anhand seiner Fingerabdrücke identifizieren. Er heißt Nils Schellner und teilt sich mit Rokko den Großteil seines Vorstrafenregisters. Warum er zugeschlagen hat, kann ich dir nicht genau sagen, aber ich kann dir sagen, warum Rokko geflohen ist."

Maryanne spitzte erwartungsvoll die Ohren.

„Die Durchsuchung des Klubheims ist zwar noch in vollem Gange, aber ein paar Entdeckungen wurden schon gemacht", fuhr Brandt fort, der begann, in seiner Jackettasche zu wühlen. „Warte, ich habe es mir aufgeschrieben." Er zog einen Zettel hervor und las. „Bisher konnten die Kollegen über hundert unbeschriftete Ampullen, wahrscheinlich Steroide, Messer, Schlagringe und zwei französische MAB PA-15 Pistolen mit Munition sicherstellen, laut Einsatzleitung ist das nur die Spitze des Eisbergs. Du siehst, Rokko hatte tausend gute Gründe, sich nicht von euch dort erwischen zu lassen. Und was Schellner angeht", Brandt machte eine kurze Pause, „hatte der laut ToxScan so viel Koks, Alkohol und THC intus, dass es ein Wunder ist, dass er noch klar reden konnte."

„Das würdest du nicht sagen, wenn du dabei gewesen wärst", sagte Maryanne. „Schellner machte nicht den fittesten Eindruck, da gebe ich dir recht, aber es machte nicht den Anschein, dass er auf Drogen war. Abweisendes Verhalten, Angst und Aggressivität gegenüber uns ist normal, wenn wir mit Leuten wie Schellner zu tun haben. Aber normalerweise kann Emil ziemlich gut einschätzen, wie gefährlich sein Gegenüber ist."

„Ich zweifle nicht an eurer Einschätzung", schob Brandt schnell nach. „Wir können nicht in die Menschen hineinsehen, die uns gegenüberstehen. Schellner ist wahrscheinlich ein vollkommen funktionstüchtiger Junkie, wie ein Alkoholiker, der erst nach dem Frühstückswodka funktioniert. Er kann sicher mehr Alkohol und Koks vertragen, als ein ausgewachsenes Pferd."

„Egal", wiegelte Maryanne ab. „Die wichtigste Frage ist, wann ich Schellner vernehmen kann. Wenn er wieder klar im Kopf ist und merkt, wie tief er in der Scheiße sitzt, wird er uns sicher sagen, wo Rokko sich versteckt, um nicht selbst unterzugehen."

Brandt nickte. „Noch ist Schellner im Krankenhaus, es wird sich zeigen, wann er vernehmungsfähig ist."

Maryanne lehnte sich auf ihrem Stuhl zurück. „Wenn er nicht zu mir kommt, komme ich zu ihm und wenn er immer noch Kopfschmerzen hat, spendiere ich ihm eine Packung Aspirin."

Kapitel 18

Maryanne saß auf einem unbequemen Stuhl aus Edelstahl und Leder und schaute erst zur Decke und anschließend auf den Boden vor ihr. Irgendwo über ihr lag Schellner an ein Bett fixiert, irgendwo unter ihr lag Gusenberg und hoffte auf baldige Entlassung. Wenn er wach war, würde sie vielleicht vorbeischauen und fragen wie es ihm ging, ansonsten würde sie nach Feierabend noch einmal kommen. Im Moment war sie im Dienst und nur wegen Nils Schellner hier.

„Herr Schellner hatte Glück im Unglück, der Schlag, den Sie ihm zugefügt haben, war zwar sehr hart, aber das Jochbein hat gehalten. Es gibt nur wenige Haarrisse in der Knochenstruktur, die Sie hier sehen können." Schellners behandelnder Arzt, Doktor Schaaf, legte ein Röntgenbild auf den Schreibtisch und deutete auf eine Reihe kleiner schwarzer Linien, die sich von einem einzigen Punkt am Schädel strahlenförmig ausbreiteten.

„Keines der Fragmente hat sich vom Knochen gelöst, somit ist keine Operation notwendig."

„Also können wir ihn verhören?"

„Heute auf keinen Fall, Frau Schröder. Vielleicht morgen, aber das kann ich Ihnen nicht versprechen. Bis zum Ende der Woche sollte es möglich sein, Herrn Schellner zu entlassen. Was Sie auf dem Röntgenbild nicht sehen können, ist, dass der Schlag ein Hämatom in der Größe einer Grapefruit hinterlassen hat, das sehr starke Schmerzen verursacht."

Maryanne musste sich ein Lächeln verkneifen.

„Herr Schellner wird mit starken Schmerzmitteln behandelt, dennoch fällt ihm das Sprechen schwer. Ich denke nicht, dass er in der Lage ist, Ihre Fragen zu beantworten."

Das würde er sicher auch ohne Beule im Gesicht nicht wollen. Schon auf der Fahrt ins Krankenhaus hatte sich Maryanne darüber Gedanken gemacht, wie die Ermittlungen weiterlaufen sollten. Außer Schellner hatten sie vorerst keinen Ansatzpunkt. Steffi war immer noch verschwunden, nach Rokkos wilder Flucht aus dem Klubheim gab es keinen weiteren bekannten Unterschlupf, den sie durchsuchen konnten. Vielleicht könnten sie bei Fraus ansetzen, wenn dieser endlich wieder in der Stadt war. Maryanne war zum Heulen zumute, dieses ganze Fiasko hätte verhindert werden können, wenn sie gleich mit Verstärkung angerückt wären. Aber wer hätte das ahnen können? Hatten sie wirklich einen Fehler gemacht, oder war das einfach dieses berühmte Berufsrisiko, von dem ihr Versicherungsagent immer gesprochen hatte? Egal was es war, es schmerzte. Maryanne schüttelte den Gedanken ab und wandte sich wieder ihrem Gesprächspartner zu.

„Wie geht es Schellner im Moment?"

Der Arzt griff sich den Telefonhörer auf dem Schreibtisch und ließ eine Schwester kommen. „Schwester Karin, wie geht es dem Patienten in Zimmer 417?"

Die resolut wirkende Frau im Türrahmen blickte erst zu ihrem Vorgesetzten und zu Maryanne, bevor sie etwas sagte. „Der schläft wie ein Baby, wir haben ihn ruhig gestellt. Wollen Sie sonst noch etwas wissen, Doktor Schaaf? Ansonsten müsste ich jetzt weitermachen. Aber ich müsste später noch einmal mit Ihnen reden. Sie wissen ja warum."

„Nein, das war es." Schwester Karin schloss die Tür und der Arzt nahm wieder auf seinem Sessel Platz. „Sie haben es gehört Frau Schröder, Herr Schellner schläft wie ein Baby."

Ja klar, Schellner schläft wie ein Baby – ein gewalttätiges, mehrfach vorbestraftes, aus Sicherheitsgründen ans Bett gefesseltes *Baby*.

„Ich habe gehört, dass es im wachen Zustand anders aussieht."

„Nun. Ja, das stimmt. Herr Schellner wurde nicht grundlos fixiert." Maryanne forderte den Mediziner mit einer Handbewegung zum Weiterreden auf.

„Er hat mehrfach versucht, sich loszureißen. Heute Morgen, wollte er eine Schwester in die Hand beißen." Der Mediziner schüttelte den Kopf. „Ich habe in meinen zwanzig Jahren hier im Krankenhaus schon viel gesehen, aber noch nie so eine zügellose Wut. Dieser Mann verweigert jede Aussage, er hat offensichtlich Entzugserscheinungen, doch wir wissen nicht wovon. Wir warten immer noch auf die Ergebnisse aus dem Labor." Dr. Schaaf atmete gequält aus. „Ich sage Ihnen jetzt etwas, aber das bleibt unter uns."

Maryanne nickte knapp.

„Ich bin froh, wenn Sie ihn mitnehmen und wegsperren. Dieser Mann ist viel zu gefährlich, um ihn frei rumlaufen zulassen. Die ersten Mitglieder des Pflegepersonals weigern sich schon, das Zimmer zu betreten. Schwester Karin steigt mir aufs Dach und wer kann es ihr verübeln."

Maryanne schob den Stuhl zurück und stand auf. „Sie können mir glauben, ich wüsste diesen Mann auch lieber in einer Zelle als in einem Krankenbett. Wir holen ihn uns so schnell wie möglich. Wenn noch etwas passiert, dass ich wissen sollte, rufen Sie mich an." Sie reichte Doktor Schaaf eine Visitenkarte, die dieser eifrig nahm und in die Brusttasche seines Kittels steckte.

„Sehr freundlich von Ihnen, ich melde mich, wenn Sie uns von diesem Mann erlösen können."

Kapitel 19

Kramers Nacken war steif, im Auto schlief es sich eben nicht so gut wie im eigenen Bett. Vor ihm stand ein Wagen, der vorhin noch nicht da gewesen war. In der einsetzenden Dunkelheit verschwammen die Konturen der Umgebung. Er rieb sich die Augen. Hatte er wirklich so lange geschlafen? Eine pelzige Schicht hatte sich auf seine Zunge gelegt. Er stieg aus, streckte sich und versuchte den pelzigen Belag vor sich auf die Straße zu spucken. Bevor er losmusste, prüfte er, ob Rokkos Maschine noch an Ort und Stelle war. Es hatte sich nichts getan, wahrscheinlich schlief Rokko gerade selbst. Die Tür des Laufhauses öffnete sich, Kramer zuckte zusammen, das Licht im Flur warf einen langen Schatten in den Innenhof. Mit einer schnellen Bewegung drehte er sich zur Seite weg und humpelte, so schnell er konnte, zum Auto. Der Vorsprung reichte aus. So behände wie möglich ließ Kramer sich in den Sitz und die Tür ins Schloss fallen. Halb hinter dem Lenkrad verborgen, mit rasendem Herzen, beobachtete er die Person, die in der Sekunde, in der er die Autotür geschlossen hatte, auf die Straße trat. War das Rokko? Nein, definitiv nicht. Kramer kam aus seiner Deckung und steckte den Schlüssel in die Zündung. Die Person, ziemlich sicher ein Mann, war zwar ähnlich aufgequollen, aber einen guten Kopf kleiner als Rokko. Die Lichter des Wagens erhellten die Dunkelheit und der Unbekannte machte sich davon.

Zum Glück war es nicht Rokko. Auf so engen Raum, was hätte er tun sollen? Das war nicht der Ort, den er sich für die Konfrontation ausgewählt hatte. Er würde, nein er musste, Rokko überraschen, wenn er eine Chance haben wollte und er hatte auch schon einen Plan.

Kramer steuerte seinen Wagen auf die Bundesstraße und verließ Westheim. War das Beinahetreffen mit Rokko schon unangenehm gewesen, war das, was nun vor ihm lag, die pure Überwindung.

Kurz vor der Autobahnauffahrt lag ein Parkplatz, Kramer setzte den Blinker und fuhr rechts ran. In ein paar Minuten sollte auch seine Verabredung hier sein. Er zog den Schlüssel aus der Zündung und hüllte sich in Dunkelheit. Gedanklich machte er sich schon darauf gefasst, dass dieser Typ aus dem Darknet nicht auftauchen würde. Es wäre auch zu schön, es würde alles viel einfacher machen. Kramer öffnete das Handschuhfach und zog einen Briefumschlag hervor. Er schaute hinein und fuhr mit den Fingerkuppen über die abgestoßenen Ecken der Geldscheine. Tausendfünfhundert Euro in kleinen Scheinen, die letzten Reste des Schweigegeldes. Es war schon ironisch. *Die Scheine gehen zum Schutz des guten Rufs von der einen Hand in die andere und auf Umwegen beißen sie einem doch in den Arsch.* Wie oft das wohl schon passiert war? Wäre sicher interessant, den Geschichten eines Geldscheins zu lauschen.

Ein Wagen näherte sich von hinten, Kramer steckte den Briefumschlag in die Jackentasche und stieg aus. Den Rücken an den Wagen gepresst, wartete er darauf, was passieren würde. Ob das sein Kontakt war? Sie hätten vielleicht ein Codewort ausmachen sollen, oder ein Zeichen wie in den Filmen.

Eine hagere Gestalt schälte sich aus der Dunkelheit und kam langsam näher.

„Bist du der Typ aus dem Internet?", fragte eine Stimme, die Kramer seltsam vertraut vorkam. „Ja. Wir hatten geschrieben. Ich hab das Geld, hast du die Karte?"

„Ja, die habe ich." Der Mann trug einen viel zu großen
Pullover und hatte die dazugehörende Kapuze tief in
die Stirn gezogen. Das Einzige, was Kramer erkennen
konnte, war, dass der Mann einen buschigen Schnauzbart hatte.

Das Licht eines vorbeifahrenden Autos erhellte kurz
die Szenerie und Kramer sah, wie der Mann etwas aus
der Bauchtasche des Pullovers zog. „Da ist das Ding. Damit kommt man so gut wie überall hin auf dem Gelände. Ist 'ne VIP und Pressekarte."

„Wo hast du die her?"

„Das tut nichts zu Sache."

„Woher weiß ich, dass das Ding funktioniert und
nicht nur Plastikmüll ist?"

„Ich zeige es dir." Der Mann hob die Karte auf Kramers Augenhöhe und tippte auf einer der Ecken. Kramer wollte sich die Karte greifen, aber der Mann zog sie
schnell weg. „Erst will ich das Geld haben. Woher soll
ich wissen, dass in dem Umschlag nicht nur Altpapier
ist?"

Kramer trat einen Schritt zurück, zog den Umschlag
hervor und die Scheine heraus, die sich leicht auffä-
cherte. „Das Geld. Kann ich jetzt die Karte sehen?"

Der Mann trat einen Schritt auf Kramer zu und hielt
seinem Kunden die begehrte Ware erneut vors Gesicht.
Kramer kniff die Augen zusammen. In der Dunkelheit
konnte er fast nichts sehen, doch er erkannte sofort,
dass die Karte echt war. Das Logo des SFC Westheim
prangte groß darauf. Wie bei einer Kreditkarte war der
Name ihres Besitzers erhaben in das Plastik gestanzt.
Harald Schneider. Der Name kam Kramer seltsam bekannt vor, aber er wusste nicht woher.

„Siehst du?" Mit einer schnellen Bewegung drehte der
Mann die Karte um und tippte wieder auf dieselbe
Stelle. „Die Karte ist noch die gesamte Saison gültig.

Damit kommt man überall rein. Pressestelle, VIP-Bereich, einfach überall."

„Gut. Hier sind die tausendfünfhundert Piepen." Kramer hielt dem Mann den geöffneten Briefumschlag hin.

„Was das Geld betrifft. Tausendfünfhundert sind zu wenig für so ein Prachtstück." Der Mann wich erneut einen Schritt zurück.

„Du hast die Karte für diese Summe im Darknet angeboten."

„Ich weiß, aber jetzt haben sich meine Lebensumstände geändert, ich brauch mindestens zweitausend."

„Was?!" So viel Geld hatte Kramer nicht mehr, das dicke Bündel im Umschlag war alles, was er noch auf der Bank gehabt hatte. Selbst wenn, würde er es diesem dreisten Strich nicht in den Rachen werfen. „Es ist mir egal, was in deinem Scheißleben passiert. Wir hatten einen Deal und den hältst du gefälligst ein."

„Einen Deal? Du bist irgendein Typ aus dem Internet, der sich hier gerade strafbar macht. Zeig mir den Kaufvertrag und du bekommst die Karte für tausendfünfhundert." Der Mann lachte. „Also wie sieht's aus? Zweitausend? Wenn nicht, kannst du abhauen, ich finde schon einen anderen Trottel."

„Was soll der Mist? So viel hab ich nicht. Das war nicht abgemacht!" Kramers Faust ballte sich um den Umschlag mit dem Geld.

„Dann haben wir wohl ein Problem." Der Mann ließ die Karte wieder in der Bauchtasche verschwinden.

„Ja. Wir haben ein Problem. Und zwar, dass du mich verarschen willst." Bevor der Mann etwas erwidern konnte, schlug Kramer zu.

Sein Opfer hatte keine Chance, den Schlag abzuwehren. Mit beiden Händen in der Bauchtasche, wurde er direkt ins Gesicht getroffen. Taumelte und hob die Arme zur Verteidigung nach oben. Kramer packte sich seinen hageren Kontrahenten am Kragen und riss ihn mit unbändiger Wut zu Boden. Niemand würde zwischen ihn und seine Rache kommen. Nicht die Polizei und schon gar nicht, dieser Hanswurst. Mit einem dumpfen Klatschen schlug der Mann auf dem Boden auf. Er stöhnte. Mit einem Tritt in die Seite rollte Kramer ihn auf den Rücken, dann war er über ihm. Noch immer hielt er das Bündel Geldscheine fest umschlossen, während er noch einmal zuschlug. Der Mann unter ihm zappelte wie wild und schirmte seinen Kopf mit den Armen ab. Doch seine Verteidigung war Kramers Wut nicht gewachsen.

„Du. Wirst. Mich. Nicht. Verarschen!“ Immer wieder schlug er zwischen den Armen hindurch und traf Kopf und Hals seines Opfers. Blut spritzte bei jedem Treffer, er spürte, wie unter seinen Schlägen, Zähne aus dem Kiefer gebrochen wurden. Der Mann schrie vor Schmerz, Kramer schrie vor Wut und Ekstase. Er hörte erst auf, als ihm die Luft ausging.

Er erhob sich. Der Mann unter ihm bewegte sich kaum noch. Kramer zog die Karte aus der Bauchtasche und prüfte sie noch einmal. Sie war unversehrt, dann warf er das Geld neben den jammernden Mann auf den Boden. „Dein Geld. Viel Spaß damit. Hoffe, es ist genug für deine neuen Lebensumstände.“

Kapitel 20

Der Toast war labbrig, der Orangensaft dünn und jeder Bissen schmerzte beim Kauen, vom Schlucken ganz zu schweigen. Eine Scheibe Wurst und eine Scheibe Käse vervollständigten das karge Krankenhausfrühstück. Gusenberg war immer noch von den Vorfällen des ungleichen Kampfes gezeichnet. Die Einblutungen im Gewebe hatten sich über Nacht weiter verdunkelt, von blau zu violett. Die Haut spannte, der Brustkorb schmerzte. Der Ermittler hatte eine unruhige Nacht hinter sich, in der er immer wieder weggedämmert war, aber weder lange noch tief geschlafen hatte. Erst im Morgengrauen hatte das Verlangen nach Schlaf den Schmerz überkompensiert und er konnte für längere Zeit schmerzfrei liegen und dösen.

Eine Schwester hatte ihm das Frühstückstablett gebracht, zusammen mit der Information, dass die morgendliche Visite in einer Stunde auch bei ihm angekommen wäre. Wenn alles gut laufen würde, könnte er danach das Krankenhaus verlassen. Ein Silberstreif am Horizont, er wollte einfach nur noch nach Hause.

„Emil Gusenberg?" Ein Mann war in der offenen Tür des Krankenzimmers erschienen, klopfte zweimal an den Türrahmen und trat dann ungefragt ein.

„Ja. Der bin ich." Gusenberg musterte den Mann, den er hier nicht erwartet hatte, mit einem schnellen Blick. Er wusste genau, wer das war, und auch warum er gerade jetzt aus seinem Versteck gekommen war.

Sein Besucher trug ein rotes Sakko, dazu ein weißes Hemd mit farblich passender Krawatte und eine schwarze Hose. Gusenberg schätzte ihn auf circa einen

Meter siebzig. Er konnte sich aber auch irren, da der andere aufgrund seiner Körperfülle gedrungen wirkte.

„Wollen Sie einen Kaffee?", der Besucher trat einen Schritt an das Krankenbett heran und stellte einen Pappbecher auf das Frühstückstablett. Obwohl er mit seinem fliehenden Kinn, der Hornbrille und dem schütteren Haar alt wirkte, bewegte er sich kraftvoll und behände. „Ich weiß nicht, ob Sie mich vielleicht aus dem Fernsehen kennen", sagte er in einem erwartungsvollen Tonfall.

Gusenberg griff den Gesprächsfaden nicht auf, abwartend starrte er auf den Becher mit dem Kaffee.

„Mein Name ist Rainer Fraus. Ich bin der Präsident des SFC Westheims."

„Ja, ich kenne Sie. Aber es ist ja auch beinahe unmöglich, Sie in dieser Stadt nicht zu kennen, bei all dem, was Sie für den Fußball in Westheim getan haben." Im Fernsehen wirkte Fraus bei Weitem nicht so klein und dick, wie er jetzt am Gusenbergs Krankenbett stand.

„Ich hätte auch noch Zucker dabei, falls Sie Ihren Kaffee nicht schwarz trinken."

„Ich trinke keinen Kaffee, trotzdem danke." Fraus hielt in der Bewegung inne und steckte das Zuckertütchen wieder in die Tasche seines Jacketts.

„Sie können sich sicher vorstellen, weshalb ich hier bin, Herr Gusenberg. Ich habe gestern Nachmittag davon erfahren, dass Sie von einem sogenannten Fan unseres Vereins angegriffen wurden und so schwer verletzt worden sind, dass Sie ins Krankenhaus mussten." Fraus hatte sich einen der Stühle für Besucher geholt, setzte sich aber nicht, sondern stützte sich lediglich mit beiden Händen auf der Lehne ab. „Ich wäre gerne sofort gekommen, leider war ich terminlich bedingt nicht in der Stadt. Mir ist es wichtig, dass Sie wissen, dass wir als Vereinsführung den Angriff aufs Schärfste verurteilen und alles dafür tun, dass er lückenlos aufgeklärt wird. Wir haben mit solchen Menschen nichts zu tun und wollen das auch gar nicht. Die Gruppierung, zu denen der Angreifer sich zuordnen lässt, hat lebenslanges Stadionverbot und gehört nicht zu den von uns anerkannten Fanprojekten. Ich möchte nichts beschönigen, auch wir hatten in der Vergangenheit Probleme mit dieser gewaltbereiten Fangruppe."

Und schon war das Gespräch auf dem Niveau eines Fernsehinterviews angekommen. *Auf das Schärfste verurteilen ..., lückenlose Aufklärung ..., uneingeschränkte Hilfe ...* Ein ganzer Haufen abgedroschener Floskeln.

„Vielen Dank für Ihre Anteilnahme, Herr Fraus. Es ist schade, dass wir uns unter diesen Umständen treffen. Sicher wurde Ihnen mitgeteilt, dass wir Sie sprechen wollten. Jedoch konnte uns niemand genau sagen, wo Sie waren." Gusenberg richtete sich im Bett auf und strich die Decke über den Beinen glatt.

„In beiden Fällen ein mehr als ungünstiger Zeitpunkt. Ich befand mich auf einer Dienstreise in Polen und Bulgarien zusammen mit meinem Chefscout. Wir haben uns einige Talente angeschaut, die vielleicht schon bald in der Bundesliga spielen. Im Nachhinein wäre es besser gewesen, die Reise abzubrechen, aber ich muss an die Zukunft des Vereins denken." Fraus umrundete den Stuhl und setzte sich. „In der heutigen Zeit wird es immer schwerer, einen Profiverein traditionell zu führen. Das viele Geld verdirbt den Charakter der Menschen und des Sports. Und wissen Sie, dadurch, dass ich die Reise nicht abgebrochen habe, habe ich mich so verhalten, wie die Menschen, die ich kritisiere. Natürlich hätte ich Yannicks Tod nicht verhindern können, aber ich hätte für seine Familie und meine Familie da sein müssen und in gewisser Weise auch für Sie. Vielleicht würden Sie dann nicht im Krankenhaus liegen."

„Sie sind sicher nicht schuld daran, dass ich hier liege. Schuld hat nur Nils Schellner. Sagt Ihnen der Name etwas?“

Fraus kratzte sich nachdenklich am Kopf. „Wahrscheinlich sollte er mir etwas sagen. Ein Kontakt bleibt natürlich nicht aus, auch wenn dieser sich auf die bürokratische und juristische Ebene beschränkt. Wenn er ein Mitglied dieser Schlägertruppe ist, hatten wir sicherlich schon Kontakt. Wir versuchen schon seit geraumer Zeit, diesen Sumpf aus Hass und Gewalt trockenzulegen. Unser Verein steht für eine offene und friedliche Gesellschaft.“ Fraus legte sich wie ein triumphaler Feldherr die Faust auf die Brust. „Und ich kann mit Stolz sagen, dass wir es geschafft haben, den Großteil der gewaltbereiten Anhänger zum Teufel zu jagen.“

Gusenberg nickte anerkennend. „Mir ist bewusst, dass solche Leute keine Fans sind, das sind Verbrecher, die unter dem Vorwand des Sportes auf Gewalt aus sind. Deshalb begrüße ich Ihr Engagement und die Bereitschaft, mit der Polizei zusammenzuarbeiten. Es kann nicht geduldet werden, wenn radikale Gruppen Druck auf den Verein oder einzelne Spieler ausüben.“ Bei diesen Worten verzog Fraus für einen Augenblick, der Gusenberg nicht verborgen blieb, das Gesicht. „Ihnen ist sicherlich bekannt, dass der verstorbene Yannick Lutzendorf Drohbriefe erhalten hat“, sagte Gusenberg. Wieder das Zögern, wieder dieser Moment, in dem Fraus abwog, was er sagen sollte und was nicht.

„Leider ist es nicht ungewöhnlich, dass Personen des öffentlichen Lebens derlei ausgesetzt sind. Ich selbst habe Dutzende Briefe, E-Mails oder Anrufe bekommen. In Zeiten des Internets ist es leicht, anonym seinen Hass zu verbreiten, aber glauben Sie mir, das ist alles heiße Luft. Es hat sich noch nie jemand getraut, mir so etwas ins Gesicht zu sagen, oder gar handgreiflich zu werden.“ Fraus machte eine abwehrende Handbewegung.

„Sie glauben also nicht, dass der Tod von Yannick mit
den Drohbriefen aufgrund seiner Wechselabsichten zu
tun hat?"

„Der Tod des Jungen war ein tragischer Unfall, da bin
ich mir sicher." Fraus erhob sich wieder. „Ich kann
Ihnen versichern, dass an den Wechselgerüchten
nichts dran war. Sie kennen doch die Medien; verliert
eine Mannschaft zwei Spiele, wird der Trainer infrage
gestellt. Steht ein Spieler nicht oft genug in der Startelf,
muss er unzufrieden sein und will weg. Wissen Sie, was
dabei vergessen wird?"

Gusenberg schüttelte den Kopf, sagte aber nichts.

„Der Mensch. Yannick war nicht nur ein Sportler, er
war auch ein Mensch. Sein Tod ist ein großer Verlust
für das Team, menschlich wie spielerisch. Er war talentiert, diszipliniert und freundlich. Ihm gehörte die Zukunft. Wir beim SFC werden international für unsere
Jugendarbeit geachtet. Viele unserer Spieler sind zehn
Jahre oder mehr im Verein aktiv, bevor sie den Sprung
in den Profikader schaffen. Einen Teil der Spieler
kenne ich ihr halbes Leben lang, der SFC ist nicht nur
ein Verein, er ist eine Familie. Ohne die Jugendarbeit
hätten wir es nie geschafft, in die Bundesliga aufzustei-
gen und um den Titel mitzuspielen. Die Personen, die
aus Yannicks Unfalltod eine Mordverschwörung kon-
struieren, sollten sich schämen, sie spucken damit den
trauernden Angehörigen und Freunden ins Gesicht,
nur um in die Medien zu kommen." Fraus schaute auf
seine Armbanduhr, eine goldene Rolex. „Ich würde
gerne länger bleiben, jedoch jagt ein Termin den nächsten."

Fraus zog eine Visitenkarte aus seinem Jackett und
legte sie neben den Kaffeebecher auf das Tablett.
„Wenn Sie Hilfe bei Ihren Ermittlungen brauchen, oder
mehr über den Unfallhergang erfahren, melden Sie
sich einfach. Die obere Nummer ist die meines Büros,

die untere die meines Diensthandys, ich bin immer erreichbar. Gute Besserung."

Gusenberg griff nach dem Orangensaft auf dem Frühstückstablett, während er Fraus hinterherblickte. Er war nicht sicher, was er von dem Gespräch halten sollte.

Kurz nachdem Fraus verschwunden war und bevor Gusenberg die letzten Reste seines Frühstücks gegessen hatte, erschien der Stationsarzt mit seinem Tross an Assistenzärzten. Es war anscheinend unmöglich, hier in Ruhe zu frühstücken, obwohl die Ärzte doch immer behaupteten, das Frühstück sei die wichtigste Mahlzeit des Tages. Gusenberg stellte das Tablett zur Seite, er würde sich später etwas Richtiges zu essen besorgen. Etwas mit Substanz und Geschmack oder vielleicht einen Smoothie. Er rieb sich über das immer noch schmerzende Gesicht.

Umringt von den Medizinern fühlte sich Gusenberg wie die Kreuzung aus einem Tatverdächtigen im Verhörraum und einem Frosch im Biologieunterricht. Nach einem kurzen „Ja, Herr Doktor. Nein, Herr Doktor"-Gesundheitsquiz überließ die Schar von Ärzten Gusenberg wieder sich selbst. Er war nun offiziell entlassen und, was ihn betraf, wieder im Dienst. Jetzt war es an der Zeit, Schellner die Hölle heißzumachen, Rokko von der Straße zu kratzen und herauszufinden, was es mit Yannicks Tod wirklich auf sich hatte. Es gab viel zu tun!

Der Ermittler wuchtete sich aus dem Bett, steif vom Liegen, gehemmt durch die Schmerzen und den Druckverband. Er schlüpfte in die Latschen, die neben seinem Bett standen und schlurfte, einem alten Mann gleich, zu den Tüten mit seinen Habseligkeiten. Der erste Griff galt seinem Handy, das Display war schwarz und von feinen Rissen durchzogen, die ihr gemeinsames Zentrum in der abgesplitterten rechten oberen Ecke hatten.

„Scheiße!", er drückte den Powerknopf an der Seite des Telefons. Das Display blieb schwarz. Auch beim zweiten und dritten Versuch passierte nichts. „Eine Nacht in der Wildnis und schon ist das dämliche Scheißding tot." Er warf das Handy achtlos zurück in die Tüte. Ob es kaputt oder leer war, würde er erst zu Hause herausfinden.

Der zweite Griff galt seiner Kleidung. Das Hemd, aus der Nähe betrachtet in einem sehr schlechten Zustand, konnte er wegschmeißen, die Hose war durch die chemische Reinigung vielleicht noch zu retten, mal sehen. In Badelatschen und Krankenhemd machte er sich auf die Suche nach einem Telefon, Maryanne oder Brandt würden ihn sicherlich abholen, wenn er ihnen Bescheid geben würde. Er machte sich, nun etwas agiler, zum Empfang auf, sicherheitshalber packte er seine Marke ein. Ein zusammengeschlagener Mann im Bademantel gab eher einen guten Junkie als einen Polizisten ab. Gemächlich tappte Gusenberg über den Krankenhausflur. Gerade als er den Knopf des Aufzugs drückte, hörte er eine Stimme hinter sich.

„Hey, du siehst ja fertig aus, Emil!" Gusenberg zuckte unwillkürlich zusammen. Vielleicht hatte ihn das alles doch mehr mitgenommen, als er glaubte.

„Sorry, war nicht so gemeint." Brandt war sein verbaler Ausrutscher sichtlich peinlich. „Ich will dich abholen. Du bist heute noch vom Dienst freigestellt, morgen sollst du dich bei Amtsarzt melden für die Krankschreibung. Ich fahre dich jetzt nach Hause." Er legte Gusenberg freundschaftlich die Hand auf die Schulter.

***

Zu Hause packte Gusenberg die Beutel aus, warf das Hemd in den Müll, den Rest zur Wäsche und duschte ausgiebig. Im ersten Moment brannte das Wasser auf der Haut wie tausend kleine Messer, nach und nach trieb es den Schmerz zurück und entfaltete seine wohltuende Wirkung. Zum ersten Mal seit einer gefühlten Ewigkeit fühlte er sich nicht scheiße. Gusenberg zog ein frisches Hemd aus seinem Schrank, das hoffentlich nicht dasselbe Schicksal erleiden würde wie sein Vorgänger, schlüpfte in eine Hose. Auf eine weitere Mahlzeit verzichtete er, man musste es nicht übertreiben. Er rief sich ein Taxi und machte sich auf zum Präsidium.

Kapitel 21

Pik-Ass, Herzkönig. Anna Kurnikova, sieht gut aus, gewinnt aber selten. Mit einem gezielten Mausklick bediente er den fälligen Small Blind. Er ging jedes Mal mit, spielte jede Hand, auch wenn die Chancen auf den Sieg gering waren. Ein echter Kerl räumte das Feld nicht kampflos. Aggressivität war der Schlüssel zum Erfolg, die Starken setzten sich durch, die Schwachen vergingen, so war es nicht nur im Tierreich. Es funktionierte. Funnybot79 und Joystick stiegen aus. Zwei waren weg, zwei waren noch über. Das Spiel würde so zwar keinen großen Gewinn abwerfen, aber das war auch nicht der Grund, warum er spielte.

Sechs Stunden hatte er nun, bis auf zwei Pinkelpausen, nonstop online gezockt. Seinem höchsten Gewinn von 23,50 Euro stand ein Gesamtverlust von 213,50 Euro gegenüber. Die anderen beiden Spieler zogen mit. Karoneun, Karodame und Pikzwei – was ein Flop. Ein Ass oder ein König wären super gewesen. Er schätzte seine Chancen ein. Zwei Asse oder zwei Könige reichten in den meisten Fällen für einen Sieg. Das Blatt war nicht perfekt, aber ausbaufähig. Er hielt gegen, setzte fünf Euro, ein blauer Chip mit einer Fünf erschien auf dem digitalen grünen Filz. Ein angespanntes Kribbeln durchfuhr ihn. Macho_grande hielt immer noch dagegen, sexy666 zögerte bis kurz vor Ablauf des Zeitlimits, zog aber dann doch nach. Ein klares Zeichen für Schwäche. Jetzt war klar, dass er bis zum River dabeibleiben würde. In dieser Runde war sexy666 leichte Beute. Die letzte Karte würde alles entscheiden. Nur wer den Mumm hatte, bis dahin zu gehen, wurde belohnt. Nur der hatte die Chance, mit einem einzigen Spiel in die schwarzen Zahlen katapultiert zu werden, und genau so ein Kerl war er. Er würde sein Glück erzwingen und den anderen den Pot abjagen, ganz egal, was die Statistik sagte. Call, wieder ein paar Euro gesetzt, wieder die Reaktion der anderen Spieler abwarten, registrieren und analysieren. Die Turnkarte, eine zweite Neun. Sehr gut. Nun waren sie so gut wie in seine Falle gegangen. Ein letztes Mal wurde gesetzt, bevor die Karten auf den Tisch kamen. Wieder gingen beide mit. Die River Karte wurde aufgedeckt.

„YES!" Er schlug mit seiner zur Faust geballten Hand auf die Tastatur. Kreuzkönig. Nun hatte er zwei Pärchen, genauso wie Macho_grande, doch seine beiden Könige schlugen dessen beide Damen. So verdammt knapp. Die letzte Karte hatte ihn zum Sieg geführt. Jetzt war er zurück im Spiel, so begannen Siegesserien.

Wie im Rausch spielte er Hand um Hand, gewann und verlor große und kleine Beträge. Doch während sich der Aschenbecher neben ihm füllte, leerte sich sein Konto. Erst das integrierte Konto von TexasSaloonPoker.com dann sein Konto bei der Bank. Immer wieder kaufte er sich an den Tischen ein. Spielte weiter, bis die aufgehende Sonne den Hunger in ihm weckte.

Der Gang zum Kühlschrank war sinnlos, seit seine Frau weg war, hatte er nicht mehr eingekauft. Warum auch, er frühstückte nie, es gab eine Kantine auf Arbeit und abends ab und zu eine Fertigpizza, wenn überhaupt.

Er schlüpfte in die nach kaltem Rauch riechenden Klamotten vom Vortag und machte sich auf den Weg zum Bäcker. Er hatte Bock auf eines dieser runden Sandwiches mit Ei, Remoulade und Schinken. Er klopfte seine Hose nach seinem Geldbeutel ab, fand ihn, stellte aber frustriert fest, dass er nur noch ein paar

Cent enthielt. Also vorher noch mal zum Geldautomaten.

Er steckte den Geldbeutel weg und trat in den morgendlich ruhigen Flur des Wohnkomplexes. Trägen Schritts schlenderte er die Stufen vom dritten Obergeschoss hinunter. Hätte er die letzte Hand doch spielen sollen? Ass und Zehn sind eigentlich immer solide. Er fuhr sich durch die von der Nacht leicht fettigen Haare. Es war der Flop mit zwei Damen, der ihn hatte aussteigen lassen. Gegen drei Damen hätte er nur mit König und Bube noch gewinnen können, eine verschwindend geringe Chance.

„Guten Morgen. Hatten Sie eine anstrengende Nacht?"

Die hatte ihm gerade noch gefehlt. Hatte man in dieser kack Welt nicht mal fünf Minuten seine Ruhe! Als würde es diese alte Schwatztante etwas angehen, wie er seine Nächte gestaltete.

„Guten Morgen, Frau Zwirner", grüßte er die ältere Dame, die eine Wohnung im Erdgeschoss bewohnte. Wie immer war sie so gekleidet, als ob sie zu Fuß nach Russland laufen wollte. Ein hässlicher brauner Pelzmantel mit dazu passendem Hut. *Es ist Herbst, nicht Winter – blöde Kuh.* „Sie haben recht. Die Nacht war lang, ich habe fast durchgängig gearbeitet. Das Verbrechen schläft ja bekanntlich nicht." Beide lachten aufgesetzt, dann schob er sich wortlos an ihr vorbei und durch die Haustür ins Freie, wo er von der frischen Luft begrüßt wurde. Der nächste Geldautomat lag praktischerweise fast auf dem Weg zum Bäcker seines Vertrauens. Er war froh, dass es so früh am Morgen war. Eigentlich war es egal, wann er etwas erledigte, da er zurzeit nicht arbeiten durfte, aber immerhin hatte die Bankfiliale noch geschlossen und so konnte ihm kein Anzug tragender Fatzke mit gespielter guter Laune auf den Sack gehen. Der Vorraum mit den Geldautomaten war leer, nach der Eingabe seiner Geheimzahl stellte er fest, dass es sein Konto auch war.

„Fuck!" Er fluchte laut. Seine Ex-Frau hatte sich den ausstehenden Unterhalt geholt. Das hatte er ganz vergessen. Nun war das Konto bis zum gültigen Kreditrahmen überzogen. Zu seinem Glück war dieser nicht besonders groß. Hier würde er heute kein Geld mehr bekommen. Er steckte seine Karte ein, verließ die Bank und setzte sich draußen auf die Treppe. Er zählte die Münzen in seinem Geldbeutel: siebenundneunzig Cent. Das würde nicht reichen, um sich ein Sandwich zu kaufen, und es würde erst recht nicht für einen Kaffee reichen. Trotzdem, er musste etwas essen. Immerhin bekam er drei Brötchen dafür. Die sollten gegen den ersten großen Hunger reichen und Mitte des Monats war wieder Zahltag.

Er drückte die Tür der Bäckerei auf, ein helles Klingeln deutete der Bäckereifachverkäuferin unnötigerweise neue Kundschaft an. Die junge, stark geschminkte Verkäuferin bediente gerade eine Kundin, die in der Schlange wartete, eine junge Frau mit Kinderwagen. Ein Schritt nach dem anderen näherte er sich seinem Frühstück, bis er endlich an der Reihe war.

„Drei normale Brötchen – bitte." Die Verkäufer zog eine Tüte von einem Stapel.

„Darf es sonst noch etwas sein, ein Kaffee vielleicht?" Diese beschissene Höflichkeit.

„Nein, danke ich will nur die drei Brötchen." Er legte die fünfundsiebzig Cent in die kleine Vertiefung in der Theke.

„Sie sehen aber so aus, als könnten Sie einen Kaffee vertragen", sagte eine Frau, definitiv an ihn gerichtet. Was? Das war nicht die Verkäuferin. Die Stimme der Frau kam von hinten. Er spürte, wie er langsam die Beherrschung verlor. Boah – noch so eine wie die Zwirner.

Konnte man in dieser Welt jetzt nicht mal mehr zum Bäcker gehen? Musste sich hier jede beschissene Kuh in seine Angelegenheiten einmischen? Er drehte sich entschlossen zu der vorlauten Frau um, erpicht darauf, sie zur Schnecke zu machen, hielt dann aber inne. Sie war süß. Sie trug eine schwarze Leggins, ein neongrünes Laufjersey und Sportschuhe. Ihre kastanienbraunen Haare waren zu einem biederen, kurzen Pferdeschwanz gebunden, die Haare ihres Ponys klebten teilweise vom Schweiß an ihrer Stirn. Ihre Wangen trugen ein gesundes Rot zur Schau, das vom Sport in der freien Natur herrührte. Sie lächelte ihn fröhlich an. Er erkannte sofort, dass sie ihn nicht verspottet hatte. Vielmehr war es der offensive Weg gewesen, eine Konversation anzufangen.

„Sie würden bestimmt nicht viel besser aussehen, wenn Sie die ganze Nacht gearbeitet hätten", gab er neckisch zurück.

„Wieso sollte ich auch so etwas Verrücktes tun?"

„Wenn Sie es genau wissen wollen, ich bin Polizist und komme gerade direkt aus einer Nachtschicht. Das Verbrechen schläft nicht – deshalb dürfen wir es auch nicht." Die Lüge kam einfacher über seine Lippen, als er dachte. So gesehen war die Geschichte ja fast wahr. Er kam aus einer Nachtschicht und er war Polizist. „Leider verdienen wir aber so schlecht, dass ich gerade nur einen knappen Euro dabeihabe, deshalb ist kein Kaffee drin." Er lachte. Wieder die halbe Wahrheit für die schöne Unbekannte.

„Also sorgen Sie dafür, dass ich jeden Morgen im Park joggen kann, ohne dass mir etwas passiert? Dann sollte ich mich doch einmal revanchieren. Das ist mindestens einen Kaffee wert."

„Mindestens einen Kaffee und ein Sandwich", fiel er ihr lächelnd ins Wort. „Mein Name ist übrigens Paul. Polizeihauptkommissar Paul Esch."

„So sicher fühle ich mich dann doch nicht im Park, dass noch ein Sandwich drin wäre." Beide lachten. Die Frau zog einen Zwanzigeuroschein aus einer Tasche und bestellte zwei Kaffee, ein Fitness-Sandwich für sich und das ersehnte Schinken-Ei-Sandwich für ihre neue Bekanntschaft.

Der Morgen lief gar nicht so schlecht. Zwar hatte er ein bisschen mehr Geld verloren, als er im Endeffekt gewonnen hatte, aber er hatte auch diese süße Frau getroffen. Sie hatte sich ihm als Sina vorgestellt, ein wunderschöner Name, passend zu einer so schönen Frau. Sie hatten sich noch gut eine halbe Stunde unterhalten, während sie gemeinsam an einem Stehtisch gefrühstückt hatten. Am Ende verabschiedete sie sich lächelnd und gab ihm ihre Handynummer. Er hatte es immer noch drauf. Zu Hause angekommen, warf er die nun unnötigen Brötchen auf den Küchentisch und legte sich ins Bett, nicht ohne ihr vorher eine Textnachricht zu schreiben, damit sie auch seine Nummer hatte.

Er schlief nicht gut. Abgesehenen vom vollkommen verschobenen Tag-Nacht-Rhythmus war auch die finanziell angespannte Lage wegen der Suspendierung nicht förderlich für einen gesunden Schlaf. Irgendwann quälte er sich aus dem Bett und schaute auf die Uhr. Der Wecker zeigte kurz nach halb zwei an. Neben ein paar verpassten Anrufen seiner Ex-Frau und ein paar Pressewichsern hatte er auch den Eingang einer SMS verschlafen. Er entsperrte sein Handy und las die SMS. Sie war von Sina.

Hey du mutiger Gesetzeshüter;) Gut geschlafen? Wenn du mal nicht die Nächte durchmachst, können wir abends einen Cocktail trinken gehen. Gruß Sina.

Glücklicherweise waren seine Nachtschichten gerade zu Ende gegangen. Sie schickten ein paar Nachrichten hin und her und beschlossen, sich heute um 19:30 Uhr in der Cocktailbar *Southern Paradise* zutreffen. Seit langer Zeit wieder mal ein Date. Ein richtiges Date und nicht diese belanglosen Treffen mit Frauen, die eigentlich gar nicht sein Typ waren. Im Kopf ging er die letzten zwei Jahre durch. Da war die geile Praktikantin gewesen, die ihn verführt hatte, damit er darüber hinwegsah, dass sie illegalerweise eine Handvoll Patronen vom Schießstand hatte mitgehen lassen. Das Ganze lief circa zwei Monate, bis sie es doch geschafft hatte rauszufliegen. Nach einer langen Durststrecke hatte er sich so eine Dating-App runtergeladen. Über diese App hatte er dann eine alleinerziehende Mutter kennengelernt. Wie sich herausstellte, verbarg sich hinter dem Kontakt eine seiner Kolleginnen. Es kam, wie es kommen musste, und sie begannen eine Affäre. Irgendwann ging es nicht mehr nur um Sex, sondern auch darum, ihre Kinder kennenzulernen. Das ging ihm eindeutig zu schnell und vollkommen in die falsche Richtung. Sie wollte Zärtlichkeit, Romantik, Liebe. Er nicht. Er wollte Sex und seine Freiheit. Er fühlte sich wohl als einsamer Wolf. Das Verhältnis zwischen ihnen kühlte ab, aber er ließ das Feuer nicht erlöschen, bis er etwas Besseres fand – oder überhaupt etwas Neues. So trafen sie sich immer noch ab und zu, allerdings zu seinen Konditionen. Wie immer hatte er alles unter Kontrolle.

Für den Ausgang des heutigen Abends war er optimistisch gestimmt. Sina hatte offenkundiges Interesse gezeigt und die Chance, dass das Date mit seiner Kleidung neben Sinas Bett enden würde, war hoch. Der Rest des Tages wurde verzockt. Die Zeit floss davon, bis er zwei Stunden vor der ausgemachten Zeit sein übliches Prozedere begann. Duschen, rasieren, nicht nur im Gesicht, Kondome einpacken.

Google spuckte als Adresse der Bar die Herzogenstraße aus. Mitten in PAFA. Dem neuen Studenten- und Szeneviertel. Jeder, der etwas von sich hielt und sich die Miete für eine der modernen Wohnungen in den alten Industriekomplexen leisten konnte, zog nach PAFA oder besser gesagt Westheim-Papierfabrik, wie das ehemalige Arbeiterviertel richtig hieß. Alternative Kneipen, Theater und Modegeschäfte wechselten sich mit Starbucks-Filialen und Applestores ab. PAFA war das Sinnbild der Onlinegeneration. Er hatte Sina nicht für einen Teil dieser Gruppe gehalten, eher Mitte dreißig als Mitte bis Ende zwanzig.

Die Parkplatzsuche hatte sich zu einer wahren Odyssee entwickelt, an deren Ende noch ein lauter Disput mit einem anderen Verkehrsteilnehmer stand. Doch wie immer hatte er sich durchgesetzt, den Parkplatz bekommen und den halbstarken Trottel in seinem verbeulten Corsa in die Schranken verwiesen. Leicht genervt und etwas zu spät erreichte er die Herzogenstraße. Das große Schild in Form einer Palme war schon sichtbar, bevor er die roten Buchstaben *Southern Paradise* lesen konnte. Der Eingang zu der Cocktailbar lag etwas versteckt in einem Durchgang zum dahinter liegenden Hof. Mit einem letzten prüfenden Blick in die Spiegelung der Eingangstür – er sah wieder mal unverschämt gut aus – trat er ein.

Ein Schritt durch Zeit und Raum. Raus aus der deutschen Großstadt des 21. Jahrhunderts, hinein in das Havanna am Ende des 19. Jahrhunderts. Dunkle, alte Holzbohlen quietschten unter seinen Füßen. Ein einsamer Ventilator drehte an der Decke gemächlich seine Runden. Das Licht fiel schummrig durch die halbgeschlossenen Lamellen der zur Straße gerichteten Fenster. Das Ambiente war perfekt. Die wenigen Dekoartikel exakt aufeinander abgestimmt. Ein einzelner Barmann polierte Gläser zu leisen südamerikanischen Klängen. In ein paar Stunden würden unzählige junge Menschen dieses perfekte Bild zerstören. Doch jetzt am frühen Abend war alles ruhig und friedlich. Sina war schon da. Sie erhob sich etwas, als sie hörte, wie die Tür geöffnet wurde, und winkte Paul heran.

„Schön, dass du es geschafft hast." Sie drückte ihn kurz, aber herzlich, bevor sie sich wieder setzte und ihren weiß-blau gesprenkelten Rock über ihren Oberschenkeln glattstrich. Sie wirkte nervös. „Normalerweise verspäte ich mich immer. Heute wollte ich einmal pünktlich sein und voilà, bin ich dreißig Minuten zu früh." Sie lächelte verschmitzt und ein schelmischer Ausdruck huschte über ihr Gesicht. „Deshalb habe ich mir erlaubt, für uns schon einen Cocktail zu bestellen."

Sie schob ihm ein Glas zu. Der Inhalt war giftgrün, mit einem harten grünlichen Schaum. Am Rand des Glases steckte ein Ananasschnitz. „Ich hoffe, er schmeckt dir. Es ist mein Lieblingscocktail. Er heißt Voodoo-Queen."

„Du kannst mich doch nicht schon wieder einladen." Paul machte eine abwehrende Handbewegung. „Ich muss mich doch für das Frühstück revanchieren."

Sina lächelte. „Okay. Dann geht die nächste Runde auf dich." Schon wieder dieses vielversprechende Lächeln. In Paul begann ein Kampf, dessen Ausgang massiv den Ausgang dieses Dates beeinflussen würde. Wenn er mit Sina mehr als nur eine Nacht wollte, vielleicht eine Romanze, durfte er sie nicht anlügen. Zumindest durfte er dann nicht zu viel lügen. Dann sanken aber auch die Chancen, heute noch unter diesen verdammt knappen Rock zu kommen. Er vertagte die Entscheidung und beschloss die Taktik von gestern weiterzufahren: Die nicht ganz so wahre Wahrheit. Geschickt steuerte Paul das Gespräch immer wieder zu Sina. Redete selbst wenig und fast nichts über sich, erfuhr aber umso mehr über sie. Dass sie in der Medienbranche arbeitete, zwei Schwestern hatte, dass sie am achten September Geburtstag hatte und demzufolge Jungfrau war. Welches Jahr verriet sie aber nicht und Paul wollte auch nicht nachfragen. Er selbst hatte keine Ahnung von den Sternzeichen. Er wusste, dass er Steinbock war, das war es dann aber auch. Er war sich nicht einmal sicher, ob er alle zwölf Sternzeichen zusammenbekommen würde. Warum sollte er auch, Sternzeichen und Horoskope waren Unsinn und nur Menschen, die von der Welt, in der sie lebten, keine Ahnung hatten, waren dafür empfänglich. Aber anscheinend hatte Sina einen Hang zur Esoterik. Es gab Schlimmeres.

Im Laufe des Gesprächs leerten sie ihre Gläser und bestellten eine zweite Runde, diesmal würde er bezahlen. Er bestellte sich einen Whiskey Sour, Sina wieder einen Voodoo-Queen. Paul schaute auf die Uhr. Er musste mit knapp fünfundzwanzig Euro, die er sich von einem Kumpel geliehen hatte, den gesamten Abend bestreiten, sie durften nicht zu schnell trinken. Es war kurz vor halb neun. Sie waren immer noch die einzigen Gäste. War an einem Donnerstag in Westheim so wenig los?

Sina folgte seinem umherschweifenden Blick. „Donnerstags ist hier nie viel los. Deshalb komme ich auch gerne her. Es ist dann wie ein Kurztrip in die Karibik." Der Barkeeper brachte ihnen die Cocktails. Er trug die Haare an den Seiten kurz rasiert, den Rest lässig nach hinten gegelt.

„Voodoo ist gruselig und faszinierend, oder?" Sina biss von der Ananas ab. „Kannst du dir vorstellen, eine Person vollkommen unter Kontrolle zu haben? Oder vollkommen willenlos zu sein? Ein Leben zu führen, bei dem jeder Schritt von anderen bestimmt wird?"

„Äh, nein." Paul zögerte. Dieses Thema war ihm irgendwie unangenehm, nicht nur, weil er diesen esoterischen Kram ablehnte, sondern auch, weil Sinas Stimmlage sich veränderte.

„Und trotzdem ist es so." Sina fuhr fort. „Wir Menschen ordnen uns ständig unter, manche dem Beruf, andere der Gesellschaft und alle dem lieben Geld. Tja, und in diesem Moloch bleiben viele auf der Strecke." Ihre Stimme hatte einen Großteil der Wärme und Herzlichkeit eingebüßt. „Sie sind doch auch so jemand, Paul. Jemand, der hinten heruntergefallen ist. Sie sind pleite!" Paul wurde aschfahl, er hatte das Gefühl, aufspringen zu müssen, Sina – oder wer auch immer sie war – anschreien zu müssen, dass sie ihre Nase nicht in seine Angelegenheiten stecken solle. Aber er war wie versteinert.

„Sie sind pleite", wiederholte Sina wieder, leiser, aber nicht weniger hart. „Nicht, weil Sie ein schlechter Ehemann waren, sondern weil Sie ein schlechter Pokerspieler sind und einen Journalisten verprügelt haben. Wie kann man sich dabei nur filmen lassen." Sina schüttelte den Kopf.

„Wer bist du?" Esch presste jede der Silben einzeln aus seinem von Wut und Angst verzerrten Mund. Sina lehnte sich zurück. „Wer ich bin, ist nicht wichtig. Viel wichtiger ist, wen ich vertrete." Sie ließ den Satz halb als Frage, halb als Aufforderung im Raum stehen. Esch war ihr in die Falle gegangen. Wer war diese vollkommen Unbekannte?

„Für wen arbeitest du?", fragte Esch gequält.

„Für eine Reihe von Geschäftsleuten."

„Die Mafia? Und die schickt dich?", warf Esch ein und glaubte seinen eigenen Ohren nicht. In was für einem Film war er gelandet?

„Wenn Sie es so nennen wollen, ja. Und wen haben Sie erwartet? Einen bulligen, vernarbten Typen im Anzug? Wir sind nicht die Cosa Nostra." Ein Lächeln. Zu hundert Prozent falsch und zu hundert Prozent berechnend. „Wir sind Geschäftsleute", fuhr sie leise fort. „Alles geschieht des Geldes wegen. Der sinnlose Kampf der Gangs ist uns fremd. In den meisten Fällen können alle von vernünftigen, rationalen Entscheidungen profitieren."

Ihm fiel die Wortwahl auf. *In den meisten Fällen.* Es war klar, wie die Sonderfälle abliefen, sie landeten auf seinem Schreibtisch. Tödliche Messerattacken oder Verkehrstote mit Fahrerflucht. Hinter Sinas einladendem Lächeln lag eine unergründbare Dunkelheit.

„Geschäftsleute brauchen Beziehungen, Kontakte, die ihnen einen Informationsvorsprung geben."

„Ich bin nicht korrupt! Sucht euch die Informationen woanders!" Esch wollte aufstehen.

„Bleiben Sie doch erst mal sitzen und hören sich unser Angebot an."

Esch zögerte erst, dann blieb er sitzen.

„Im Allgemeinen stehen Sie ziemlich scheiße da. Sie sind pleite, geschieden und bei Ihrer Chefin in Ungnade gefallen." Sina zählte fachlich die Fakten auf. Jeder dieser Punkte war wahr und traf Esch wie ein Stich ins Herz. „Seien Sie einfach vernünftig. Wenn Sie mit uns zusammenarbeiten, können Sie viele Ihrer Probleme mit minimalem Aufwand lösen."

„Was meinst du damit?" Esch betrachtete sein Blatt in diesem Spiel. Die Chance zu gewinnen, war null, die Chance, nicht vollkommen unterzugehen, nur einen Hauch besser. Er atmete tief ein und aus. „Was ist das für ein Angebot?"

„Wir geben Ihnen zehntausend Euro, bar, jetzt und später die Möglichkeit, Ihren Namen reinzuwaschen. Eventuell werden Sie sogar befördert. Schauen Sie, wir haben einen gemeinsamen Rivalen." Geschäftsmäßig fuhr Sina fort. „Ihnen wird der Job genommen und uns wird auf die Füße getreten. Es wurde in der letzten Zeit viel mehr Staub aufgewirbelt, als er sollte. Wenn Sie aber für uns arbeiten, können beide Parteien davon profitieren. Sie wollen doch nicht, dass ihre Ex-Frau von Ihrem Pokerproblem erfährt. Meines Wissens haben Sie fast zweitausend Euro im letzten Monat verloren. Eine solche Suchtproblematik kann sich extrem schlecht auf einen Sorgerechtsstreit auswirken."

Der Todesstoß.

Geschwungen von einer zierlichen, filigranen Hand, der er so was nie zugetraut hätte. Nicht seine Tochter! Nicht Eva! Sein letzter Anker in dieser Welt. Er konnte sie jetzt nicht auch noch verlieren.

„Ja! Ich mach's, aber lasst Eva aus dem Spiel!" Esch war geschlagen. Die Karten lagen auf dem Tisch und er war vernichtet. Er hielt es hier nicht mehr aus! Dieser Ort war die Hölle! Ruckartig stand er auf, stieß dabei an den Tisch und den halbvollen Whiskey-Sour um und lief zum Ausgang.

Niemand hielt ihn auf, weder Sina noch der Barkeeper, der immer noch anteilslos Gläser polierte. In dem Moment, als die Tür hinter ihm zufiel, glaubte er noch, so etwas wie ein: „Wir melden uns", zu hören, aber er reagierte nicht. Er wollte einfach weg. Weg von hier, weg aus dem Drecksloch, das sich Stadt schimpfte und weg aus diesem verkorksten Leben. Paul lief schnell, er rannte beinahe zu seinem Auto. Immer wieder drehte er sich um, war sich sicher, dass Sina hinter ihm her war wie der Teufel hinter der armen Seele. Erst als er seinen Wagen sah, wurde er langsamer. Keuchend erreichte er das Auto, stützte sich an die Fahrertür, atmete schnell und flach, bis er sich schließlich neben seinem Auto auf die Straße erbrach.

Das Zittern hatte sich gelegt. Der Geschmack der Galle in seinem Mund wurde schwächer. Esch betrachtete sich in seinem Badezimmerspiegel. Er war aschfahl, sein Gesicht wirkte eingefallen und um Jahre gealtert.

Er hatte keine Erinnerung, wie er den Weg nach Hause geschafft hatte. Er hatte kein Gefühl dafür, wie lange er schon hier stand. Halbnackt und besiegt. Esch riss sich los, torkelte in sein Arbeitszimmer und ließ sich in seinen Schreibtischstuhl fallen. Der Computer erwachte aus dem Stand-by-Modus. Der Bildschirm wurde farbig.

Der Tab bei Google Chrome war immer noch offen. Der rote Schriftzug *Southern Paradies* füllte das obere Drittel der Internetseite. Darunter die Anfahrt und die Öffnungszeiten. In weißen Druckbuchstaben auf schwarzen Grund stand da:

Donnerstags geschlossen

Kapitel 22

„Stimmt es, dass der Arzt sich bekreuzigt hat, als ihr Schellner geholt habt?" Brandts Blick wanderte vom Bildschirm des Überwachungsmonitors zu Maryanne und zurück. „Kann ich dir nicht sagen, Peer, aber möglich wäre es."

„Ich hoffe wirklich, dass wir diesen Kotzbrocken schnell wegsperren können."

„Anklagepunkte haben wir genug, er wird nicht ungestraft davonkommen. Vielleicht kriegen wir ihn sogar wegen Mordversuch dran."

In abwartender Anspannung saß die Ermittlerin im Kontrollraum auf ihrem Stuhl und beobachtete jede Bewegung Schellners über einen Monitor, der durch die unscheinbaren Kameras in den Ecken des Verhörraums gespeist wurde.

„Wie lange willst du ihn noch schmoren lassen? Es ist fast schon eine Stunde."

„Geduld ist eine Tugend, Peer. Wir sollten noch ein bisschen warten, für meinen Geschmack hat er noch zu viel Energie", sagte Maryanne ruhig. Wie um ihr Argument zu untermauern, steigerte sich Schellner in einen Tobsuchtsanfall. Er riss an den Handschellen, mit denen er an den Tisch im Verhörraum A gefesselt war, versuchte aufzustehen und pöbelte in Richtung der Kamera. „Schade, dass wir keinen Ton haben." Auf dem Bildschirm war Schellner nicht mehr als ein schwarzweißes Rumpelstilzchen. „Jede Sekunde, die verstreicht, zehrt an seinen Kräften. Die Schmerzmittel werden irgendwann nachlassen, dann wird er sich fügen." Maryanne goss sich einen Kaffee ein und trank einen Schluck. „Er weiß, dass wir ihn beobachten."

„Er wird auch sicher nicht zum ersten Mal in dieser Situation sein, aber heute kommt er nicht so einfach raus."

Maryanne erhob sich, griff einen prallgefüllten Ordner aus dem Regal und schrieb mit einem dicken Filzstift *N. Schellner* auf das Etikett. Ein weiterer Blick auf den Bildschirm verriet ihr, dass die Schmerzen zurückgekommen waren. Schellner hatte den Kopf in den Nacken gelegt und rührte sich nicht.

„Jetzt ist er so weit." Maryanne griff sich den Ordner und eine Akte und verließ den Kontrollraum. Sie musste lächeln, als sie ihr Werk aus nächster Nähe bewundern konnte. Schellners rechte Gesichtshälfte war immer noch stark geschwollen und glänzte in dunklen Blau- und Violetttönen, seine Nase war mit einem Pflaster überklebt, das Auge blutunterlaufen.

Viele ihrer Kollegen hätten es ihr nicht zu getraut, einen Hünen wie Schellner zu fällen. Sie hatte ihnen das Gegenteil bewiesen, vielleicht würde der ein oder andere sagen, sie hätte getrickst, aber das war ihr egal. Intelligenz setzte sich auf Dauer immer gegen rohe Gewalt durch. Ohne etwas zu sagen, nur mit dem unvermeidbaren Lächeln auf den Lippen, legte sie den Ordner auf dem Tisch ab, so das Schellner das Etikett gut lesen konnte. Maryanne setzte sich Schellner gegenüber an den kleinen Pressspantisch, wie sie es erst vor Kurzem bei Steffi getan hatte.

In diesem Fall jedoch würden Gutzureden, Trösten und Händchenhalten nicht zum Erfolg führen. Maryanne schlug den Ordner auf und blätterte darin. „Das sieht nicht gut aus, Nils."

Sie legte eine Reihe von Fotografien auf den Tisch des Vernehmungszimmers.

„Schauen Sie mal, was wir alles gefunden haben." Mit jedem Wort drehte sie eine der Fotografien so, dass Schellner sie sehen konnte. Auf einem der Fotos waren mehrere Pistolen, ein Jagdgewehr sowie verschiedenartige Springmesser und Schlagringe auf einem Tisch drapiert, auf einem anderen mehrere kleine Beutel, die mit weißen Pulvern gefüllt waren. Auf dem letzten waren drei Kartons aus stabiler grauer Pappe, die von kupfernen Krampen in Form gehalten waren. Die Deckel waren entfernt worden und ermöglichten den Blick auf in Reih und Glied stehende Stechampullen.

„Ich habe Ihnen doch gesagt, wir finden immer etwas."

Schellner wandte demonstrativ den Blick ab, während Maryanne unbeirrt fortfuhr. „Illegaler Waffenbesitz, Verstoß gegen das Betäubungsmittelgesetz, Angriff auf einen Polizeibeamten. Wenn es dumm läuft, wird es eine Anklage wegen Mordversuchs. Da kommen einige Jahre Knast zusammen. Vor allem, wenn man Ihr Vorstrafenregister bedenkt." Maryanne schloss den Ordner und legte die flache Hand darauf, Schellners Blick folgte ihr. „Sie sitzen wirklich tief in der Tinte, Nils. Tun Sie sich selbst einen Gefallen und sagen Sie uns, wo Ihr Kollege Rokko ist, und wir schauen mal, ob die Staatsanwaltschaft nicht den ein oder anderen Anklagepunkt fallen lassen könnte. Vielleicht gehört das ganze Zeug ja gar nicht Ihnen, vielleicht hatten Sie ja doch keine Tötungsabsicht."

Schellner schwieg. Maryanne konnte praktisch sein Gehirn arbeiten hören. Seine Mimik verriet nichts über einen möglichen Kampf zwischen Loyalität und Selbsterhaltungstrieb.

Ein Glänzen schlich sich in Schellners Augen.

„Ich habe mit dem Scheiß nix zu tun. Ihr könnt mir nix beweisen." Schellner versuchte, die Bilder mit einer verächtlichen Handbewegung vom Tisch zu wischen, jedoch konnte er sie wegen der Handschellen nur ein bisschen in Richtung der Tischkante verschieben. „Ich hab mit dem Klubheim nix zu tun, ich war da nur zum Billard spielen."

„Eine bessere Ausrede haben Sie nicht? Wir müssen Ihnen gar nichts beweisen. Ich erkläre Ihnen das mal kurz." Maryanne schob die Bilder zurück in die Ausgangsposition. „Sie sind Mitglied einer kriminellen Vereinigung, in deren Räumlichkeiten eine Menge belastendes Material sichergestellt wurde. Da greift Paragraph 129 Strafgesetzbuch."

Schellner legte die Stirn in Falten.

„Im Klartext heißt das: Mitgefangen, mitgehangen. Egal, wer von Ihren Kollegen die Waffen und Drogen besorgt hat, Sie halten dafür den Kopf hin." Schellner schnaubte verächtlich. Für einen Moment riss der Gesprächsfaden ab und Stille füllte den gesamten Raum aus.

„Ich sage nichts. Sie können mir nichts beweisen, ich bin nirgendwo Mitglied und schon gar kein Verräter. Verräter kriegen aufs Maul. Sieht man ja immer wieder."

„Wie meinen Sie das?"

„Ich meine gar nix, ich sag nur, Verräter bekommen immer, was se verdienen, genauso wie Bullen, die überall rumschnüffeln müssen. Ich bin kein Verräter und ich sag jetzt nix mehr! Ich will jetzt meinen Anruf machen. Ein Anruf steht mir zu!" Schellner lehnte sich soweit wie möglich in seinem Stuhl zurück und verschränkte die Arme vor der Brust.

„Ich erkläre es Ihnen noch einmal, da Sie es anscheinend nicht verstanden haben", sagte Maryanne gelassen. „Es sieht schlecht für Sie aus. Es ist unmöglich für Sie, aus dieser Sache heil herauszukommen, und Sie versuchen immer noch, den harten Mann zu markieren, dem es egal ist, ob er in den Knast kommt oder nicht. Ihnen ist der Ernst der Lage wohl nicht bewusst. Wenn wir hier mit Ihnen fertig sind, wird sich das Drogendezernat ausgiebig mit Ihnen befassen. Die haben nämlich auch noch eine Menge Fragen und das werden sicher nicht die Letzten sein, die bei Ihnen auf der Matte stehen werden."

Schellner drehte den Kopf zur Seite.

Maryanne rollte mit den Augen. „Wir werden sehen, wie es weitergeht. Sie bleiben ja noch eine Weile unser Gast."

Maryannes Worte verhallten im Vernehmungszimmer und wurden schließlich von der Stille verschluckt.

Beide schwiegen, Schellner musterte Maryanne verächtlich. Maryanne fixierte ihren Kontrahenten mit einem stechenden Blick. Ihre Blicke trafen sich und Schellner starrte zurück. Er zeigte keine Gefühlsregung, obwohl die Wut auf die Ermittlerin in ihm brodeln musste wie Lava in einem Vulkan. Schellners Mundwinkel zuckte. Die Sekunden verrannen, ohne dass einer der beiden seinen Blick abwandte oder auch nur blinzelte. Wie Maryanne diese pubertären Spielchen hasste, als würde der, der länger dumm glotzen konnte, am Ende als Sieger vom Platz gehen.

„Herr Schellner, Sie werden jetzt nichts mehr sagen und auch nichts unterschreiben. Ab jetzt geht alles was Sie betrifft, über meinen Schreibtisch."

In der Tür des Verhörraums stand ein schlaksiger Mann in dunklem Anzug. Glattrasiert und akkurat gescheitelt wirkte er fast kindlich, wenn da nicht seine stechenden blauen Augen gewesen wären. „Siemion Löffler von Löffler und Homburger, ich bin Herr Schellners Anwalt. Und ich würde jetzt gerne allein mit meinem Mandanten sprechen, wenn Sie so freundlich wären."

Maryanne schob ruckartig ihren Stuhl zurück und stand auf, die Metallfüße schabten über den Boden und das metallische Kratzen durchschnitt die Stille. Schellner zuckte zusammen, Löffler zeigte keine Regung.

Die Ermittlerin verzog keine Miene, griff sich ihre Unterlagen und verließ mit zügigen Schritten den Raum. Schellner quittierte ihren Abgang mit einem wütenden, aber leisen: „Elende Fotze!" Sie drängte sich an Löffler vorbei, der die Tür hinter ihr zu zog.

„Warum ist dieser Anwalt da?", fragte Maryanne erbost. Sie wollte reflexartig einen Schluck aus ihrer Kaffeetasse trinken, merkte dann aber, dass die Tasse bis auf einen angetrockneten Rest leer war. „Wer hat den angerufen? Nicht nur einer von Löffler und Homburger, sondern Siemion Löffler persönlich? Wie kann sich einer wie Schellner einen so teuren Anwalt leisten? Wir werden hier doch verarscht." In Maryannes Gesicht bildeten sich rote Flecken.

„Er wird aber nicht ungestraft davonkommen", sagte Brandt beschwichtigend. „Löffler mag gut sein, aber er ist kein Zauberer."

„Bis wir irgendwas aus diesem Penner rausbekommen haben, ist Rokko schon über alle Berge und mit ihm alles, was wir in dieser Sache bisher erreicht haben. Wenn wir überhaupt jemals irgendetwas aus ihm rausbekommen."

„Wenn erst mal der Staatsanwalt wegen versuchte Mordes mit acht bis zwölf Jahren Gefängnis droht, knickt er ein, so wie sie noch alle eingeknickt sind. Zwölf Jahre sind eine lange Zeit, ich bin mir sicher, die möchte er keinem Freund wie Rokko opfern, der sich lieber selbst in Sicherheit bringt, als ihm zu helfen. Wir müssen jetzt weiter Druck aufbauen, wir dürfen nicht nachlassen."

„Dein Wort in Gottes Ohr, Peer. Ich bin im Büro, sag Bescheid, wenn sich was ergibt."

Kapitel 23

Rebekka am Empfang warf Gusenberg einen mitleidigen Blick zu, hielt ihn aber nicht auf. Es war ein unangenehmer Weg durch das gelbe Haus in die Sicherheit des eigenen Büros. Offensichtlich wussten alle, was passiert war. Zwar sprach ihn keiner an, aber er konnte sich den Spott und das Mitleid gut vorstellen, wie sich die Kollegen umdrehten und tuschelten, wie sie vortäuschten, ihm keine Beachtung zu schenken.

Gusenberg atmete tief aus, als er die Bürotür hinter sich schloss. Die Dartscheibe klapperte wie gewohnt, sonst blieb es still. Er war allein. Gusenberg warf einen Blick auf Maryannes Schreibtisch, der Kaffeebecher war halb voll, die Tasse war noch warm. Seine Kollegin war noch nicht lange weg und sicher würde sie bald wiederkommen. Der Ermittler setzte sich auf seinen Platz, starrte auf den schwarzen Bildschirm des ausgeschalteten Computers und harrte der Dinge, die heute noch auf ihn zukommen würden. Zwar war er aus dem Krankenhaus raus, aber die Sache war noch nicht beendet. Es kam eine Menge Papierkram und mit ziemlicher Sicherheit ein Rapport bei der Chefin auf ihn zu. Je schneller er das hinter sich brachte, desto besser.

„Ich dachte mir schon, dass du hier bist, Emil." Maryanne schloss die Tür hinter sich, lehnte sich mit verschränkten Armen dagegen.

„Woher?", fragte Gusenberg sichtlich überrascht.

„Rebekka hat mir Bescheid gesagt. Du siehst immer noch nicht gut aus."

„So fühle ich mich auch. Leg schon los, ich hab es nicht besser verdient."

„Du hast die Aktion im Klubheim versaut, Emil, weil du arrogant warst. Das hätte dich fast umgebracht. Ja, ich bin sauer, aber ich bin auch froh, dass du noch lebst."

„Das Ganze hätte funktioniert, wenn der Typ nicht völlig zugekokst gewesen wäre. Damit konnte niemand rechnen. Wer ist denn bitte schön an einem Mittwochmorgen auf Koks?"

„Spar dir die Ausreden, ich habe noch genug zu tun. Schellner hat Löffler junior als Anwalt, Steffi und Rokko sind verschwunden und der Drohbrief an Yannick ist wahrscheinlich gefälscht. Wir haben nichts außer Problemen und keine heiße Spur. Und du solltest eigentlich gar nicht hier sein. Geh nach Hause und leg dich hin, du kannst glücklich sein, dass du einen Tag später schon wieder stehen kannst. Wenn du das nicht freiwillig machst, sage ich der Chefin, dass du da bist!"

„Keiner mag Petzen, Maryanne." Doch Gusenberg war klar, dass er hier nichts mehr erreichen würde, morgen war auch noch ein Tag und übermorgen auch. Er packte seine Sachen und machte sich auf den Weg nach Hause.

Auf halben Weg klingelte Gusenbergs Handy; ohne auf das Display zu schauen, nahm er das Gespräch an. „Hallo?"

„Ich grüße Sie, Herr Gusenberg", sagte die wohlbekannte Stimme von Rainer Fraus. „Ich hoffe, ich störe Sie nicht, ich habe mir von der Polizeiverwaltung Ihre Nummer geben lassen, nachdem ich Sie im Büro nicht erreicht habe. Die Dame in der Verwaltung war sehr zuvorkommend, nachdem Sie erkannt hatte, wer da am anderen Ende der Leitung war." Fraus lachte.

„Sie hätten mir eine Nachricht auf den Anrufbeantworter sprechen können.“

„Ach, Herr Gusenberg, das, was ich Ihnen mitteilen
will, spricht man nicht auf einen Anrufbeantworter. Es
war mir wichtig, dass ich Ihnen das persönlich mitteilen kann.“

„Das können Sie tun. Um was geht es?“

„Ich kann Ihnen nicht sagen, wie beschämend es ist,
dass ein so profilierter Staatsdiener von einem sogenannten Fan angegriffen und verletzt wurde. Das ist
unentschuldbar und unverzeihlich. Dennoch würde
ich es gern wiedergutmachen. Es würde mich sehr
freuen, wenn Sie meine Einladung annehmen. Am
Samstag kommt es zum Spitzenspiel. Ich kann Ihnen
versprechen, das wird ein Fest. Dort können Sie auch
einmal unsere *richtigen* Fans erleben.“

„Das ist ein großzügiges Angebot, Herr Fraus, aber
auch wenn ich gerade nicht im Dienst bin, kann ich so
eine Einladung nicht annehmen.“

„Sagen Sie sowas nicht, das hat doch nichts mit der
Ermittlung zu tun. Es ist nur eine Einladung – von einem Fan zu einem anderen.“

„Damit haben Sie sicher recht. Ich nehme Ihre Einladung gerne an.“

„Das freut mich. Meine Assistentin wird sich mit
Ihnen wegen der Details in Verbindung setzen. Wir sehen uns dann im Stadion.“ Fraus legte auf.

Gusenberg zögerte kurz, dann schrieb er Maryanne
eine Nachricht.

Kapitel 24

Er hatte ihr gesagt, sie solle kein Licht machen. Sie solle sich ruhig verhalten und müsse warten. Auf was, hatte er nicht gesagt. Auf seine Rückkehr? Auf ihr altes Leben? Auf den Moment, in dem der Schmerz sie nicht mehr quälen würde? Nun saß sie da, auf einem kleinen Stuhl in der Gartenlaube, die Versteck und Gefängnis zugleich war, und die Stunden wollten nicht vorübergehen. Ihr Handy hatte sich ihr Bruder genommen, damit die Polizei sie nicht orten konnte. Sie war abgeschnitten von der Welt und ihren Erinnerungen. Alles, was sie tun konnte, war Warten, dass er zurückkam und erzählte, was passiert war.

In ihrem alten Leben war das anders gewesen. Früher waren sie oft Essen gegangen. Yannick und sie waren Stammkunden in den exklusiven Restaurants der Innenstadt gewesen, immer gern gesehen von den Besitzern und den Paparazzi.

Egal, wann sie angerufen hatten oder ob sie einfach ohne Anmeldung vorbeigekommen waren, sie erhielten immer einen Platz. Nicht den Platz in der Ecke, hinten kurz vor den Toiletten. Nein, sie bekamen den schönsten Tisch mit dem besten Blick. Sehen und gesehen werden, das war das Motto der letzten Jahre gewesen. Heute saß sie auf dem Boden dieser verdammten Hütte, die nicht einmal ein richtiges Badezimmer besaß, und aß kalte Ravioli aus der Dose, da sie es nicht geschafft hatte, den Gasbrenner zu entzünden.

Wo sollte das noch hinführen?

Sie fühlte sich schmutzig, ungepflegt und verquollen. Würde sie jemals in ihr altes Leben zurückkehren können?

Steffi war erschöpft, die letzten zwei Nächte waren hart gewesen. In der Hütte war es immer kalt, da die Fenster nicht richtig isoliert waren. Der Boden war hart und die Isomatte dünn wie Papier. Mit jeder Stunde, die sie auf dem Boden zubrachte, wurde der Schmerz intensiver. Nicht nur der stechende Schmerz im unteren Rücken und der Hüfte, sondern auch der Schmerz im Herzen, die Trauer um ihren Verlust und die ihn begleitende Verzweiflung. Draußen war es schon längst dunkel, kein Lichtstrahl bahnte sich den Weg durch die schweren Stoffvorhänge. Selbst der Mann im Mond hatte sie im Stich gelassen.

Sie würgte einen letzten Bissen der kalten Nudeln herunter und steckte den Löffel in den matschigen Rest, der in der Dose verblieben war. Es war Zeit, die Augen zu schließen. Einzig in der sanften Umarmung des Schlafes fand sie Linderung. Der schönste Moment des Tages war, wenn sie gerade wach wurde und für einen kurzen Moment alle Probleme und Sorgen weit weg erschienen. Der schlimmste Moment des Tages war, wenn sie, eigentlich zu aufgewühlt, um zu schlafen, die Augen schloss. Mit dem Schließen ihrer schweren Augenlider war sie gefangen und dem Schmerz hilflos ausgeliefert. Sie sah Yannick, lächelnd, jubelnd, glücklich. Ausschnitte ihres gemeinsamen Lebens, die sie nie vergessen würde. Augenblicke des puren Glücks, vergiftet durch diejenigen, die ihr Yannick genommen hatten. Sie hatte nicht einmal die Möglichkeit bekommen, sich von ihm zu verabschieden, an seinem Sarg zu weinen und dadurch den Schmerz zu lindern. Ihr Bruder hatte sich, seit er sie zurückgebracht hatte, nicht mehr gemeldet und sie war sich sicher, dass er heute auch nicht mehr kommen würde. Gestern Abend

hatte er sie besucht, hatte ihr Essen, Getränke und etwas Trost mitgebracht und eine Tüte, prall gepackt, mit
dem Logo eines Discounters. Malte hatte sie in die Ecke
gestellt und mit ihr gegessen. Er hatte ihr noch einmal
erklärt, wie der Gasbrenner funktionierte, sie hatte
nicht zugehört und nur genickt. Warm schmeckte der
Dosenfraß etwas besser, aber sie hatte keinen Appetit.
Die meiste Zeit hatten sie geschwiegen. Sie hatte sich
nicht getraut zu fragen, was in der Tüte war. Sie wollte
es wissen und hatte gleichzeitig Angst vor der Antwort.
Nach dem Essen hatte er sich verabschiedet, um nur
schnell was erledigen. Die Tüte hatte er mitgenommen.

Steffi rollte sich auf ihrem Lager zusammen und versuchte zu schlafen.

Sie hatte keine Ahnung, wie lange sie geschlafen
hatte, als sie von Geräuschen geweckt wurde. Erschrocken fuhr Steffi aus ihrem Schlafsack und setzte sich
auf. Jemand machte sich an der Tür zu schaffen. Malte?
Wer sollte es sonst sein?, rief die Stimme der Vernunft
aus der letzten Reihe in ihrem Kopf. Was, wenn nicht?
Ein Einbrecher? Ein Vergewaltigter, ein Mörder? Steffi
schälte sich hektisch aus dem Schlafsack, tastete wild
herum, griff sich den Dosenöffner und suchte Schutz
in einer der Ecken.

Sie konnte über ihr wild schlagendes Herz nicht ausmachen, was die Geräusche verursachte. Das Schloss
sprang auf und die Tür glitt leise auf. Fahles Licht vom
schwachen Mond huschte hinein, wurde aber schnell
durch den Umriss einer dunklen Gestalt ausgesperrt.

„Steffi? Bist du wach?", flüsterte eine Stimme. „Ich
bin's Malte. Hab keine Angst, alles ist in Ordnung."
Malte stellte seinen Rucksack auf den Boden und
schloss die Tür hinter sich.

„Kann ich Licht machen? Hast du alle Vorhänge zugezogen?"

„Hallo." Steffis Stimme war schwach. „Ja, ich habe alles so gemacht, wie du es gesagt hast."

Malte tastete nach dem Schalter neben der Tür, drehte ihn und die Glühbirne der Deckenleuchte flackerte auf. Der Lichtschein war schwach und diffus, reichte aber, um Steffi einen fast lautlosen Schrei zu entlocken. Ihr Bruder sah furchtbar aus. Die Haare klebten wirr in der Stirn, die Kleidung voller dunkler Flecken, die nach geronnenem Blut aussahen.

„W-was ist passiert?", fragte Steffi sichtlich schockiert.

„Es ist alles in Ordnung, Liebes." Malte umarmte seine Schwester, die den Dosenöffner weggelegt hatte und auf ihren Bruder zugegangen war. Er stank nach Schweiß und Eisen.

„Alles ist okay. Mir geht es gut."

Steffi begann erneut zu weinen, sie hatte jegliche Kontrolle über ihre Tränen verloren.

Malte umklammerte die Schultern seiner Schwester mit seinen geschundenen Händen und schaute ihr ernst in die verquollenen Augen. „Du musst stark sein, Steffi. Tu es für Yannick! Tu es für mich und für die Gerechtigkeit. Diese Kerle werden damit nicht durchkommen, koste es, was es wolle." Die letzten Worte presste Malte mit so viel Wut heraus, dass Steffi ihren Bruder nicht mehr wiedererkannte.

„Ich weiß nicht, ob ich das schaffe! Können wir nicht einfach zur Polizei? Ihnen alles sagen, was wir wissen? Das muss doch reichen?", flehte sie.

Malte griff Steffis Schulter so fest, dass sie stöhnte. „Nein, das können wir nicht!" Von einem Moment auf den anderen strahlte er eine Kraft und Kälte aus, die Steffi Angst machte.

„Warum nicht, Malte? Schau dich doch an! Schau, was aus dir geworden ist! Woher kommt das ganze Blut? Ich erkenne dich nicht mehr wieder! Wo ist mein

Bruder?" Steffi wischte sich mit dem Handrücken die Tränen von den Wangen.

„Du willst wissen, wo dein Bruder ist? Dein Bruder ist tot! Er ist damals gestorben. Damals, als er von diesem Abschaum ins Krankenhaus geprügelt worden ist. Sie haben mich zu all dem gezwungen."

„Niemand zwingt dich, schlimme Dinge zu tun!", fauchte Steffi und versuchte, sich aus Maltes Griff zu entwinden. „Das Geld von ihnen hast du doch auch genommen! So schlimm kann es ja nicht gewesen sein!"

Malte stieß Steffi von sich weg. „Seit wann bist du denn ein Moralapostel? Du hast dich doch auch nicht darum geschert, was Yannick für das Geld machen musste! Hauptsache, du hattest deine scheiß Designerklamotten. Du bist nicht besser als ich! Du bist nicht besser als die!"

„Ich habe ihn geliebt!" Steffi schrie nun. „Hörst du, ich habe ihn geliebt! Nicht so wie du! Du warst schon immer nur an deinem eigenen Vorteil interessiert! Du hast uns damals hängen gelassen, als wir dich gebraucht hätten. Nur weil sie nicht deine leibliche Mutter war!"

„Du glaubst, ich tue das alles nur für mich?" Malte ging einen Schritt auf Steffi zu. „Ich tue es für uns!" Er deutete auf seine Schwester, dann auf sich. „Ich habe Yannick auch geliebt. Ich tue es für ihn und die ganzen anderen naiven Trottel, die auf Fraus reingefallen sind und reinfallen werden, wenn ich es nicht verhindere!"

„Quatsch, du gibst ihnen die Schuld an deinem verpfuschten Leben!" Steffi stieß ihrem Bruder mit dem Finger gegen die Brust „An deinen falschen Entscheidungen!"

„Ich hatte keine Wahl! Ich war noch ein Kind!" Malte stieß Steffi so heftig weg, dass sie mit der Hüfte gegen den Tisch prallte. Steffi schleuderte die Raviolidose nach ihrem Bruder, dieser wich ihr aus und die restlichen Nudeln verteilten sich schmatzend auf der Wand und dem Boden. „Aber jetzt hast du die Wahl. Du hast dich für die Rache entschieden, gegen die Gerechtigkeit – und reißt uns alle damit ins Verderben!" Steffi weinte vor Zorn.

„Ich wollte dich schützen! Ich wollte nicht, dass dir etwas passiert! Aber wenn du es besser weißt, kümmere dich selbst darum. Ich hau ab!" Malte griff sich seinen Rucksack.

„Ja genau, hau nur ab! Das hast du ja schon immer am besten gekonnt. Hauptsache, selbst keine Verantwortung für das eigene Handeln übernehmen. Aber seinem Schicksal kann man nicht entkommen! Auch du nicht!"

Malte schlug die Tür hinter sich zu und stürmte davon. Die durch den Luftzug in Bewegung gesetzte Deckenlampe wogte hin und her. Steffi glitt mit dem Rücken an die Wand gelehnt zu Boden. Dicke Tränen liefen ihr über das Gesicht. Ihr war klar, dass sie ihren Bruder wohl nie wiedersehen würde. Nun war sie ganz allein.

Kapitel 25

Zwei Stunden vor dem Anpfiff wurde Gusenberg vor seiner Kneipe abgeholt. Fraus hatte eine schlichte Mittelklasse-Limousine ohne Vereinsinsignien oder Fuhrparknummernschild geschickt. Einzig die orangefarbene Krawatte des Fahrers und die dazugehörende, silberne Krawattennadel trugen das Vereinslogo und verrieten, wo die Reise hingehen sollte. Gusenberg nahm im Fond des Wagens Platz. Kurz angebunden begrüßte ihn der Fahrer und Gusenberg beschloss auf Small Talk zu verzichten; so wurde der gesamte Weg zur DBE Arena schweigend zurückgelegt. Der Ermittler machte es sich auf der Rückbank bequem und blickte aus dem Fenster.

Gusenberg konnte sich noch lebhaft an das Zusammentreffen der beiden Teams im letzten Jahr erinnern. Es war ein harter Kampf gewesen, sowohl auf dem Rasen als auch nach dem Abpfiff auf der Straße. Es gab zwei Rote Karten und eine ganze Menge Gelbe. Am Ende hatten sich die beiden Mannschaften mit drei zu drei getrennt und das, obwohl der SFC zur Halbzeit eins zu drei zurückgelegen hatte. Die aggressive Stimmung war vom Platz in die Innenstadt geschwappt. Es hatte siebzehn Festnahmen gegeben, drei verletzte Polizisten und Sachschaden im sechsstelligen Bereich, obwohl die gesamte Westheimer Polizei auf den Beinen gewesen war. Eine weitere innenpolitische Niederlage für den Bürgermeister und wohl ein Nagel im Sarg seiner politischen Karriere.

Dieses Mal war die Polizei besser vorbereitet, das Spiel wurde von vorneherein als Hochsicherheitsspiel eingestuft. Aus dem ganzen Umland, sogar aus den angrenzenden Bundesländern waren die Hundertschaften angekarrt worden, um im Stadion und in der Stadt für Ordnung zu sorgen. Der Nordbahnhof, an dem die Sonderzüge der Auswärtsfans ankamen, glich einem Hochsicherheitstrakt, in dem Mauern aus Fleisch und Carbon die Konfliktparteien trennten. Der Fall Yannick Lutzendorf hatte die Stimmung im Vorfeld weiter angeheizt und die Kluft zwischen Traditionalisten und Emporkömmlingen vertieft.

Die Polizei hatte zwei Kilometer um das Stadion einen Perimeter errichtet. Die Zugangsstraßen waren gesperrt und jeder wurde auf Pyrotechnik und Waffen kontrolliert. Erst nachdem sie den Checkpoint passiert hatten – die Polizei hatte sie durchgewinkt, nachdem der Fahrer seinen Ausweis gezeigt hatte – nahm die Polizeipräsenz ab und die Vorfreude auf das Spitzenspiel blühte auf. Gusenberg sah Fans, die mit Schal, Trikot und Fahnen zum Stadion strömten, gekleidet in Orange und Weiß, den Farben des SFCs. Väter mit ihren Kindern, junge Männer und Frauen, sogar ein Ehepaar, das so aussah, als sei es älter als der SFC selbst. Alle fieberten dem Anpfiff entgegen, heute hatte der Verein die Möglichkeit, sich für die unermüdliche Arbeit im Jugendbereich und der Talentförderung zu belohnen.

Über einen Privatweg gelangte der Wagen ohne den Trubel, der vor dem Stadion herrschte, zu einem Seiteneingang. Eine junge Frau mit orangenfarbener Bluse und schwarzem Rock erwartete sie zusammen mit einem grimmig dreinblickenden Sicherheitsmann mit Knopf im Ohr. Die junge Frau stellte sich Gusenberg als Karo Koppe, Assistentin der Geschäftsführung der DBE Arena, vor. Der Sicherheitsmann blieb stumm, musterte Gusenberg jedoch mit einem vielsagenden Blick.

„Es freut mich, Sie im Namen des SFC Westheim begrüßen zu dürfen." Die junge Frau mit dem wichtig klingenden Titel schüttelte Gusenberg die Hand und deutete an, dass er ihr folgen solle. Der Fahrer und der stumme Sicherheitsmann blieben zurück. „Auf persönlichen Wunsch von Herrn Fraus werde ich Sie heute durch die Arena führen. Wenn Sie Fragen haben, stellen Sie sie ruhig", sagte die junge Frau und fügte ein: „Sie dürfen mich gerne Karo nennen", hinzu.

Karo führte den Ermittler durch eine Reihe leerer Gänge. „Normalerweise bekommen Besucher diesen Teil der Arena nicht zu Gesicht, dieser Bereich ist nur Spielern und Betreuern vorbehalten." Gusenberg las im Vorbeigehen die Schilder, die neben den Türen in der Wand eingelassen waren: *Seminarraum I* oder *Dr. O. Bruchschneider* während Karo ihn schnellen Schrittes durch das Labyrinth führte. Der Ermittler war froh, dass er nicht allein war. Obwohl er über einen guten Orientierungssinn verfügte, war er nicht sicher, ob er es ohne Hilfe aus der Arena schaffen würde.

„Wie Sie sicherlich wissen, hat es der SFC unter der Führung unseres geliebten Präsidenten geschafft, wieder an die glorreichen Zeiten der Vergangenheit anzuknüpfen", begann Karo mit ihren tausendfach vorgetragenen Informationen. Anscheinend begann nun der reguläre Teil der Führung. „Dies basiert einzig auf der mutigen Entscheidung, sich auf die eigene Jugend zu verlassen. In den letzten zwanzig Jahren wurde in Westheim ein Jugendarbeitszentrum geschaffen, das seinesgleichen sucht. Das ist aber nicht nur meine Meinung", sie schenkte Gusenberg ein vielsagendes Lächeln. „Die jährlich erhobenen Daten belegen es. Unser Jugendzentrum hat nicht nur die höchste Wertung aller registrierten Zentren in Deutschland, es ist auch das effizienteste. Elf Komma drei Prozent der Spieler, die unser Trainingszentrum durchlaufen, schaffen den

Sprung in die Profimannschaft. Bundesweit liegt der Schnitt nur bei circa fünf Prozent."

Einer von zehn, dachte Gusenberg. Diese jungen Männer, nein Kinder, es waren noch Kinder, ordneten alles dem großen Traum unter, Fußballer zu werden, und nur einer von zehn schaffte es. Eine höhere Ausfallquote als bei der Landung in der Normandie, mancher Traum blieb für immer ein Traum. Karo Koppe redete weiter, aber Gusenberg hörte nicht mehr richtig zu. Sie sprach von den Vorteilen der Identifikation und Fanbindung, die die Spieler aus der eigenen Jugend mitbrachten, davon, dass die Kinder hier nicht nur Fußballspielen lernten, sondern auch im vereinseigenen Internat Abitur machen würden, damit sie etwas in der Hand hatten, falls es mit dem Traum nicht klappen sollte und davon, dass der SFC wie kein anderer Verein in Deutschland seine Spieler im Umgang mit den Medien schulen würde. Der Ermittler verkniff sich die Frage, wie anerkannt der Abschluss eines Sportinternats war.

Karo warf einen Blick auf ihre Uhr. „Wir haben noch etwas Zeit, bis das Spiel losgeht, ich würde Ihnen gerne noch etwas Besonderes zeigen." Karo lächelte Gusenberg erneut an und dieser ertappte sich dabei, wie er sie von oben bis unten musterte. Sie war jung, hübsch und wohlgeformt. Kurze Zeit später stoppen sie vor einer Glastür, hinter der Gusenberg eine Reihe von Fitnessgeräten erkennen konnte.

„Sie stehen hier vor dem modernsten Fitnesscenter, das man für Geld kaufen kann", verkündete Karo nicht ohne Stolz in der Stimme. Von irgendwo zauberte sie einen Transponderchip herbei und zog ihn über ein Feld neben der Tür. Ein Display über dem Feld schaltete sich ein, begann grün zu leuchten und blendete den Namen *K. KOPPE* ein, anschließend glitt die Glastür lautlos auf. „Jeder unserer Spieler und Betreuer hat einen

Transponder. Damit kann er sich seiner Sicherheitseinstufung gemäß auf dem Gelände frei bewegen."

Auf den ersten Blick unterschied sich die Ausstattung nicht von der des Fitnesscenters, bei dem sich der Ermittler angemeldet hatte, aber nie wirklich hingegangen war. Gusenberg nahm sich bei dem Anblick vor, nun endlich genug Disziplin aufzubringen, um die Mitgliedschaft zu kündigen.

„Darf ich Ihnen etwas zeigen?", Karo drängelte sich an Gusenberg vorbei und ging auf eines der Fitnessgeräte zu. Sie zog einen weiteren Transponderchip aus der Rocktasche, im Gegensatz zu ihrem eigenen war dieser orange und nicht blau, und legte ihn auf dem Gestänge der Beinpresse ab. Zu Gusenbergs Überraschung schaltete sich das Gerät ein, es piepste wie ein Computer und fuhr in Ausgangsposition.

„Dieser Chip gehört einem Spieler, der zurzeit leider verletzt ist", sagte Karo. „Das Gerät erkennt den Chip, liest die Daten, die darauf gespeichert sind aus und stellt sich exakt auf die Bedürfnisse des Spielers ein. Basierend auf Größe, Gewicht und Leistungsvermögen wird so ein individuelles Training zusammengestellt, um das Beste aus dem Spieler herauszuholen."

„Und diese Daten werden alle auf diesem Chip gespeichert?"

„Nicht nur diese, auch Puls, Herz und Atemfrequenz werden automatisch gespeichert, wenn der Spieler das Gerät benutzt. Zusammen mit den regelmäßigen medizinischen Tests kann der Spieler um ein Vielfaches besser trainiert werden und die entscheidenden Prozente mehr leisten, die am Ende über Sieg und Niederlage entscheiden." Gusenberg betrachtete das Gerät, das mit seinen Sensoren und Elektroden mehr über den Benutzer wusste, als er selbst. Der gläserne Mensch, von dem Techgiganten noch träumten, war hier schon längst Realität. Der Mensch war nun endgültig ein Produkt,

Orwell würde sich im Grab umdrehen. „Ich würde Ihnen gerne noch mehr über den SFC erzählen". Karo schaltete das Gerät wieder ab. Es zischte leise, als es sich wieder in den Ruhemodus begab.

„Leider müssen wir die Führung hier beenden, denn das Spiel geht in fünfzehn Minuten los." Karo führte Gusenberg weg von der schlichten, wenn auch teuren Eleganz der Trainingsgeräte hin zum Herzen der Arena, der Rainer-Fraus-VIP-Lounge. Benannt nach dem Mann, der den SFC aus den Niederungen des Amateursports wieder an die Spitze des deutschen Fußballs geführt hatte. Im Gegensatz zu anderen VIP-Lounges konnte diese nicht gemietet werden, einzig eine persönliche Einladung des Präsidenten verschaffte Zutritt.

„Machen Sie es sich bequem. Herr Fraus wird später noch kommen, sowie weitere geladene Gäste. Hier ist meine Karte, Sie können sich gerne bei mir melden, wenn Sie noch Fragen haben oder wenn Sie später nach Hause möchten." Mit diesen Worten verschwand Karo und ließ Gusenberg, vorerst als einzigen Gast, in der VIP Lounge zurück.

Er schaute sich um. Der Raum formte einen Halbkreis, an dessen Stirnseite ein Panoramafenster den Blick auf das Spielfeld freigab. Von hier oben wirkten die Spieler winzig, verloren und bedeutungslos in der riesigen Arena. Cremefarbene Ledersessel standen halb rund um das Fenster herum, zwischen zwei Sesseln stand je ein runder, schlichter Tisch aus poliertem Marmor. Den hinteren Teil des Raumes dominierte eine Bar, deren dunkle Holzvertäfelung mit dem ansonsten hellen Raum in Kontrast stand. Die Wände waren mit gerahmten Fotos geschmückt und hier und da standen Vitrinen, die mit besonders wertvollen Exponaten gespickt waren. Gusenberg fühlte sich durch die Fotos und Wimpel in das Klubheim am Fürstentor zurückversetzt und fuhr sich sanft über seine immer noch lädierte Nase. Im Endeffekt war es hier nicht anders als dort.

„Darf ich Ihnen etwas zu trinken bringen?“ Wie aus dem Nichts war eine Kellnerin neben ihm erschienen, sie war elegant und aufreizend zugleich. „Äh, ja gerne. Einen Gin Tonic bitte“, gab Gusenberg verdutzt zurück. Erst als die Bedienung auf halbem Weg zu Bar war, fiel ihm ein, dass er nicht nach dem Preis gefragt hatte – oder waren die Getränke kostenlos? Immerhin hatte er eine Einladung. Der nächste Gedanke galt der Zeit. Es war Samstag um 14:00 Uhr und er hatte nichts Besseres zu tun, als sich einen Gin Tonic zu bestellen. Die Dekadenz des Ambientes begann schon auf ihn abzufärben.

Ein Barkeeper in klassischer, schwarz-weißer Berufskleidung war nun hinter der Bar erschienen. Er griff eine Flasche Gin aus dem gut gefüllten Regal hinter der Bar, die Gusenberg sofort an der speziellen Form und Farbe erkannte: *London Rubin Finest*, mit das Teuerste auf dem Markt. Es wäre bitter, wenn er für die Drinks zahlen müsste. Hätte er doch einfach einen Orangensaft bestellt oder noch besser eine Orangensaftschorle, die wäre dann sogar günstiger. Mit einem Lächeln brachte ihm die junge Dame, *Mandy* stand auf ihrem Namenschild, den Drink.

„Möchten Sie auch etwas essen?“

Gusenberg zögerte.

„Sowohl die Getränke als auch das Essen sind in der Einladung mit inbegriffen.“ Mandy beantwortete die Frage fast schon mechanisch, scheinbar war Gusenberg nicht der erste Gast mit schlankem Geldbeutel.

„Nein danke, erst mal nicht. Aber später bestimmt.“ Peinlich berührt nahm er einen großen Schluck, während er in Richtung der Fotos und Medaillen schlenderte. Diesmal würde ihm hoffentlich niemand die Nase brechen und wie wild auf ihn eintreten. Er warf einen verstohlenen Blick zu dem Mann hinter der Bar.

Nicht sehr groß, eher schmächtig. Den würde er packen, auch ohne Maryanne. Er lachte ob der Paranoia
und trank noch einen Schluck. Er hatte Maryanne seit
dem Streit nicht mehr gesprochen, es war ein seltsames
Gefühl, so lange nichts von ihr gehört zu haben.

Viele der Bilder hatte er schon im Klubheim gesehen,
die Helden der guten alten Zeit. Die drei Trainer mit den
drei Pokalen, die Meistermannschaft von 1927, Gusenberg verschluckte sich fast an seinem Getränk. Hatte er
das richtig gesehen? Ja, hatte er. Da war es wieder, dieses Bild aus dem Klubheim. Mittig in der vorderen
Reihe kniete Rokko. Immer noch jung, immer noch gut
in Form, immer noch dieselbe Frisur. Aber nicht Rokko
war ihm im Hals stecken geblieben, sondern der kleine
Mann mit Hornbrille und dem fürchterlichen Jogginganzug. Auf diesem Foto war er beschriftet – sogar in
Großbuchstaben: *R. FRAUS*. Er hatte also doch etwas
mit Rokko zu tun oder zumindest zu tun gehabt. Im
Krankenhaus hatte das anders geklungen. Gusenberg
überlegte, was ihm diese Information brachte. Fraus
hatte Rokko vor Jahren in der Nachwuchsmannschaft
des SFCs betreut, eher ein Kuriosum als ein Indiz, für
was auch immer. Hatte Fraus es vergessen? Oder hatte
er des guten Namens wegen geschwiegen? Gusenberg
schloss seine erneute Tour durch die Vereinshistorie
ab, ohne angegriffen zu werden. Der Ermittler nahm in
einem der Sessel Platz und beobachtete das bunte Treiben auf den Tribünen unter ihm. In Gedanken ging er
den gesamten Fall Lutzendorf noch einmal durch. Was
er wusste und welche Fragen sich daraus ergaben. Wie
bei einem formlosen Puzzle fanden sich im Geiste zwei
Teile zusammen. Der gläserne Mensch, von dem Karo
gesprochen hatte und dem Gefühl, beobachtet zu werden, von dem Steffi gesprochen hatte. Gusenberg brach
das Schweigen und schrieb Maryanne eine SMS. „Wissen wir, wem Yannicks Wohnung gehört?" Sie hatten

keine Kameras gefunden, aber war das ein Beweis dafür, dass Yannick nicht beobachtet wurde?

Nach und nach trafen weitere Gäste in der Lounge ein, insgesamt waren es drei. Alles Männer und alle ausnahmslos elegant gekleidet. Gusenberg schätzte sie auf etwas älter als er selbst. Er Mitte vierzig als Ende dreißig. Sie schenkten dem einsamen Ermittler, der sich gerade an der Bar seinen zweiten Gin Tonic holte, keine Beachtung. Die Ränge hatten sich gefüllt, die Teams beendeten das Aufwärmtraining, die Fans sangen. Das alles interessierte die drei Männer nicht. Sie hatten sich gemeinsam an einen der Marmortische gesetzt und unterhielten sich. War das ein Meeting? Die wichtigsten Geschäfte wurden eben doch auf dem Golfplatz abgeschlossen, wie es so schön hieß.

Erst als Rainer Fraus die Lounge betrat, unterbrachen die Männer, was auch immer sie taten. Die Begrüßung war freundschaftlich, ohne herzlich zu sein. Ein Händedruck, ein Schulterklopfen mehr nicht. Nachdem Fraus die drei Männer begrüßt hatte, wandte er sich zu Gusenberg um und begrüßte auch ihn. „Schön, dass Sie es einrichten konnten, Herr Gusenberg. Ich hoffe, es geht Ihnen wieder besser und Sie werden hier bestens versorgt." Gusenberg nickte und Fraus verließ mit einem bedeutungsschwangeren: „Ich werde an der Seitenlinie gebraucht", die Lounge.

Kurz vor Spielbeginn entrollte der Mittelblock ein großes Plakat, auf welches das Gesicht von Yannick und der Schriftzug *Ruhe in Frieden* gedruckt waren. Die Stimme des Stadionsprechers erklang über die Lautsprecher.

„Ihr habt sicher alle mitbekommen, dass einer von unseren Jungs von uns gegangen ist." Ein Raunen ging durch das Stadion. „Yannick wurde nur einundzwanzig Jahre alt. Mit ihm verlieren wir eines der größten Talente unserer Zeit! Für ihn und den ebenfalls vor

Kurzem unerwartet verstorbenen Mannschaftsarzt unserer Gäste, Dr. Arthur Tampling wird es eine Schweigeminute geben. Lasst uns den Verstorbenen unseren Respekt zollen."

Das Stadion verstummte. Vereinzelt waren Pfiffe und undeutliche Zwischenrufe zu hören. Die Spieler beider Mannschaften stellten sich an der Mittellinie auf und warteten. Aufbrandender Applaus beendete die Stille. Das Heimteam hatte Anstoß. Der Schiedsrichter blies in seine Pfeife. Das Spiel des Jahres hatte begonnen. Wer heute siegte, machte einen frühen, großen Schritt in Richtung Meisterschaft. Der SFC legte sofort los. Er ließ dem Gegner keine Zeit, um in das Spiel hineinzukommen. Immer wieder kombinierte sich der teuerste Angriff der Liga an die Strafraumgrenze. Mit Mühe konnte die Abwehr gefährliche Abschlüsse verhindern oder gerade noch ein Bein in die Flugbahn des Balles bekommen. Gusenberg hatte es sich nun auch auf einem der Sessel bequem gemacht. Kurz nach dem Anpfiff erschien Fraus in der Loge. Wie ein König thronte er über seiner Arena. Gusenberg war von der Athletik und Schnelligkeit beeindruckt, die im Fernsehen nicht ansatzweise herüberkam. Seine Mannschaft musste hier überhaupt nicht antreten. Sie könnten die Punkte per Post nach Westheim schicken und sich ein freies Wochenende gönnen, Wandern oder mit den Kindern in den Zoo, es gab ja genug schöne Beschäftigungen. Gegen diesen Gegner würden sie kein Land sehen.

Fraus, der zwei Sessel entfernt Platz genommen hatte, war von dem Auftritt seines Teams begeistert. Immer wieder klatschte er in die Hände oder war im Begriff aufzuspringen, um zu jubeln. Es waren erst zwanzig Minuten gespielt und der SFC hatte schon eine Reihe guter Chancen gehabt, obwohl die Abwehr des Gegners immer stabiler wurde. Gerade konnte sich ein Abwehrspieler noch so in einen Schuss werfen und den Ball zu einer Ecke klären. Diese wurde schnell ausgeführt, jedoch zu kurz und ein Spieler des SFCs verlor den Ball. Ein scharf gespielter Pass vom eigenen Sechzehnmeterraum überbrückte das gesamte Mittelfeld und brachte die aufgerückten Spieler des SFCs in arge Bedrängnis. Sie wurden im eigenen Stadion ausgekontert.

Gusenberg wandte seinen Blick vom Spielfeld ab und betrachtete den Sonnenkönig, der sichtlich schockiert in seinem Sessel saß. Die Hände an den Lehnen festgekrallt, jeder Muskel angespannt, das Gesicht verzerrt. Gerade wo es so aussah, als hätte seine Mannschaft alles im Griff stürmte ein Gegner allein auf das Westheimer Tor zu. Der Torwart des SFC sprintete dem Gegner wagemutig entgegen, dieser legte sich den Ball zu weit vor, mit Glück konnte der Torwart einen Gegentreffer verhindern, indem er den Ball auf die Tribüne drosch. Fraus Anspannung löste sich und er sank erleichtert in den Sessel zurück. Es folgten weitere gute, aber nicht zwingende Aktionen des SFCs.

Gusenberg fiel auf, dass sie ausschließlich über die linke Seite spielten. Das musste auch dem Gästetrainer aufgefallen sein, der daraufhin die defensive Strategie seiner Mannschaft anpasste. Ein Fernschuss wurde vom Torwart der Gäste mit den Fäusten geklärt. Nach furiosen dreißig Minuten begann das Spiel abzuflachen. Geplänkel im Mittelfeld, sicheres Spiel und immer wieder der Aufbau über die Abwehr. Gusenberg musterte Fraus erneut mit einem beiläufigen Blick. Er war bedient, in seiner Welt hätte der SFC seinem Gegner, oder besser gesagt seinem Opfer, mindestens drei Tore einschenken müssen. In der Realität stand es weiter torlos null zu null. Gerade, als das Spiel endgültig einzuschlafen drohte, wurde der Stürmer der Gäste mit einem langen Ball bedient. Eine undefinierte Kombination aus Befreiungsschlag und Spieleröffnung überrumpelte die Mannschaft des SFCs. Der Stürmer legte den Ball elegant an seinem Gegenspieler vorbei und zog in den Strafraum. Die Nummer Neun des SFCs stellte sein Bein heraus und ließ den Stürmer ungeschickt über die Klippe springen. Der Unparteiische zeigte ohne Zögern auf den Punkt. Elfmeter für die Gäste, der Gefoulte trat selbst an, nahm drei Schritte Anlauf. Das Stadion wurde von einer gespenstischen Stille ergriffen.

Gusenberg taxierte erst den Spieler, dann Fraus. Er konnte den Pfiff hören, der Schiedsrichter hatte den Ball wieder freigegeben. Der Ermittler hatte seinen Blick immer noch auf seinen Gastgeber gerichtet und erkannte an dessen Reaktion, dass der Ball im Tor eingeschlagen war. Der Gästeblock explodierte förmlich. Genau wie Fraus; versteinert hatte er den Elfmeter zur Kenntnis genommen. Nun brach sich die Wut Bahn.

„Deshalb!" Fraus schlug mit der Faust auf die Lehne des Sessels. „Deshalb hat ein Stürmer im eigenen Strafraum nichts zu suchen!" Er tobte, sprang auf und gestikulierte wild, ohne dass sein Wutausbruch direkt an irgendjemanden gerichtet war. An seinem Hals bildeten sich ungesund aussehende rote Flecken, die schnell größer wurden. Von dem eloquenten Mann aus dem Krankenhaus und dem generösen Gastgeber war nichts mehr geblieben. Fraus tobte wie ein Berserker und stürmte aus der Loge.

Nun wurde es richtig schwer für den SFC, der Gegner beflügelt von der Führung, ging früh in die Zweikämpfe und erstickte den Spielaufbau der Hausherren im Keim. Die Teams neutralisierten sich zusehends im Mittelfeld, Strafraumszenen bekamen Seltenheitswert. Ein letzter Eckball für den SFC, die Nachspielzeit der ersten Hälfte war schon zu Ende. Der Eckball war keine Bedrohung, der Torwart fischte ihn sicher aus der Luft. Die letzte Aktion der ersten Halbzeit war verpufft. Der

SFC lag trotz einer soliden Leistung mit null zu eins zurück. Damit hatte wohl niemand gerechnet.

„Hui." Gusenberg pfiff durch die Zähne. Der Barkeeper hatte es gut mit ihm gemeint. Der dritte Gin Tonic war besonders stark gewesen, das hatte Gusenberg aber erst auf dem Weg zu den Toiletten gemerkt, die außerhalb der Loge lagen. Er spritzte sich etwas Wasser ins Gesicht, um die aufsteigende Wärme zu vertreiben. Sein Kopf fühlte sich so leicht und leer an. Er musste unbedingt etwas essen, wenn er nicht das Lallen anfangen wollte.

„Das ist indiskutabel!" Fraus tobte nicht mehr, war aber immer noch sichtlich aufgebracht. Seine Stimme war gedämpft, aber klar zu verstehen. Gusenberg hielt inne. Er ließ die Tür der Toilette leise ins Schloss fallen und spähte um die Ecke. Fraus stand vor der Eingangstür zur VIP-Lounge zusammen mit einem überdurchschnittlich großen Mann im Trainingsanzug.

„Sämtliche Angriffe liefen über unsere linke Seite! Rosenthal ist auf der rechten Seite vollkommen nutzlos!" Fraus gestikulierte wild. „Wechselt Albrecht ein, der ist schneller, der gewinnt ein Laufduell! Der kann auch mal bis zur Grundlinie ziehen und in den Rücken der Abwehr spielen."

„Aber Albrecht ist noch angeschlagen. Er ist noch nicht wieder bei hundert Prozent", warf der Trainer ein, während er hektisch das Schild seiner Mütze nach vorn und hinten knickte.

„Dann pusht ihn richtig! Er kann sich nach dem Spiel wieder auf die faule Haut legen! Solange ich sein Gehalt zahle, macht der, was ich will!" Fraus' Gegenüber nickte unterwürfig. „Und die Aktion von Camcmak wird noch ein Nachspiel haben!" Wieder ein Nicken. „In der zweiten Hälfte will ich Tore sehen."

Gusenberg wartete auf das Wörtchen „sonst", aber es kam nicht. Der hagere Mann setzte seine Baseball-mütze wieder auf und eilte davon. Fraus atmete tief ein, er hustete und schlug sich mit der Faust gegen die Brust. Gusenberg wartete noch einen Augenblick, bevor er, die Hände beiläufig an der Hose abputzend, um die Ecke trat. Auf einen Schlag war der aufgebrachte Fraus verschwunden.

„Gefällt es Ihnen, Herr Gusenberg?"

Er trug wieder das freundliche Lächeln vom Kranken-haus und der Begrüßung zur Schau. „Es würde mir noch besser gefallen, wenn wir nicht zurückliegen würden", gab Gusenberg lächelnd zurück.

„Ich bin mir sicher, dass sich das noch ändern wird. Wir sind klar das bessere Team." Fraus gab sich sieges-gewiss. „Wir werden uns schon noch belohnen."

Die zweite Hälfte begann so, wie die erste, mit einer Ausnahme. Während die Spieler des SFCs auf dem Ra-sen ein Feuerwerk an Angriffen abbrannten, ließ Gusenberg sich ein Steak mit Kartoffeln und Bohnen schmecken. Das hatte er jetzt gebraucht. Mit jedem Bis-sen verschwand das warme Gefühl und sein Kopf er-reichte wieder Normalgewicht. Fraus hatte die VIP-Lounge kurz nach Anpfiff der zweiten Hälfte verlassen und war seitdem nicht wiedergekommen. Wahrschein-lich gab der Sonnenkönig Befehle an vorderster Front. Schließlich lief dem SFC die Zeit davon. Sie hatten mehr Ballbesitz, sie nagelten den Gegner an dessen Strafraum fest, erarbeiteten sich immer wieder Chan-cen, aber lagen immer noch mit null zu eins zurück. Gusenberg ertappte sich immer wieder dabei, dass er mit den Gästen mitfieberte. Bei jeder Rettungstat blieb ihm das Herz stehen und als ein Abwehrspieler für den schon geschlagenen Torwart einen Ball von der Linie kratzte, sprang Gusenberg zwar wie alle SFC Fans auf, jedoch aus einem anderen Grund. Die Zuschauer wurden langsam ungeduldig, sie waren es nicht gewohnt, zu Hause zu verlieren. Zu Beginn des Spiels hatte Gusenberg auf einem Programmheft gelesen, dass der SFC zu Hause seit neunzehn Spielen unbesiegt war. *Noch*, dachte er mit einem süffisanten Lächeln, während der SFC schon wieder einen Eckball bekam. Der achte in diesem Spiel, wie die sieben zuvor vollkommen harmlos und in die Hände des Torwarts. Das konnte man doch üben!

Gusenberg hatte nie wirklich Fußball gespielt. Er war nie in einem Verein gewesen, hatte aber ab und zu mit den anderen Kindern auf dem Rasen hinter der Grundschule gebolzt. Bolzen traf es ziemlich gut. Es gab keine Außenlinie, keinen Strafraum und keine Eckstöße. Dafür die goldenen Regeln: Keine Abstauber und drei Ecken sind ein Elfmeter. Gerade die letzte Erweiterung der klassischen Fußballregeln hätte einen interessanten Einfluss auf das, nun wieder langsame, Spiel. Der SFC hatte einen Gang zurückgeschaltet und sammelte Kraft für die in der Liga gefürchtete Schlussoffensive, die mit der Einwechslung zweier neuer Offensivkräfte begann. Es war der Startschuss für die letzten zehn Minuten. Unerbittlich wie Wellen an einem Strand liefen die Spieler des SFCs gegen das Abwehrbollwerk an, das immer mehr Risse bekam. Der Ausgleich lag in der Luft. Würden die Gäste es noch schaffen, den knappen Vorsprung über die Zeit zu retten?

Nein. Der lange Kampf hatte den Gegner zermürbt. Die Konzentration und die Kraft ließen nach. In der achtundachtzigsten Minute geschah dann das, was sich über das ganze Spiel angekündigt hatte.

Der SFC traf zum Ausgleich.

Eine Flanke aus dem Halbfeld, schlechtes Stellungsspiel der Abwehr und ein gut platzierter Kopfball erlösten die Fans im Stadion. Das Spiel war aus. Auch wenn der Sieg für die Gäste nicht verdient gewesen wäre,

Gusenberg hätte es ihnen gegönnt. Schade, dass sie es nicht geschafft hatten, den Vorsprung über die Zeit zu retten. Die Gäste feierten mit den mitgereisten Fans den Punktgewinn, die Spieler des SFCs verschwanden schnell in der Kabine. Gusenberg würde es ihnen gleichtun. Er rief Karo an, besprach die Rückfahrt und stellte fest, dass die Assistentin der Geschäftsführung ihn persönlich nach Hause fahren wollte.

Auf dem Weg aus dem Stadion erinnerte Gusenberg sich daran, dass er noch zwei Sachen klären wollte. Zu Beginn des Spiels war ihm etwas aufgefallen, das ihn nicht mehr losgelassen hatte. Er zückte sein Handy und schrieb zwei Nachrichten. Die erste SMS ging an den Chef der Pathologie, seinen geschätzten Kollegen Dr. Roomen. Die zweite an einen Freund vom Drogendezernat.

Kapitel 26

Kramers Bein schmerzte, dumpf pochte sein Knie, bei der geringsten Bewegung zuckten Blitze hindurch. Sein Arzt hatte ihm lange Autofahrten oder Flugreisen verboten, bei denen er nicht in der Lage war, alle ein oder zwei Stunden aufzustehen und ein paar Meter zu gehen. Das ewige Sitzen sei Gift für sein Knie, hatte er gesagt. Früher hatte er sich den Rat des Mediziners zu Herzen genommen, heute nicht mehr. Es waren schon mehr als drei Stunden vergangen und er beobachtete immer noch den unscheinbaren Hauseingang in der Sommerhäuserstraße. Den Fahrersitz seines Wagens soweit hinuntergestellt wie nur möglich, kauerte er sich auf dem Sitz zusammen.

In dieser Position war er fast unsichtbar, hatte aber trotzdem alles im Blick. Freier kamen, Freier gingen. Männer jeder Couleur. Alt und Jung, dick und dünn, Männer, die sicherlich noch nie eine Freundin hatten, und solche, bei denen er sich wunderte, warum sie für Sex bezahlten, wenn sie in jeder Disco die Mädels scharenweise abschleppen könnten. Keiner blieb länger als eine Stunde. Kramers Ziel war ein Mietshaus mit vielen kleinen Wohnungen, diese hatte der Besitzer dauerhaft oder monatsweise an die Huren vermietet. Es war das einzig Sinnvolle, was man mit dem Haus – neben abreißen – noch tun konnte. Keiner, der es sich leisten konnte, wählerisch zu sein, wollte hier wohnen. Denize D'Amour arbeitete in einer kleinen Zweizimmerwohnung im dritten und obersten Geschoss des Hauses. Sie war eine der wenigen Huren, die einen unbefristeten Mietvertrag hatten, und in dieser Wohnung verbarg sich Rokko. Der Grund, warum Kramer die Nächte im Auto verbrachte und regelmäßig prüfte, ob das Motorrad noch im Hof parkte. Denize' voller Terminkalender war Rokkos Lebensversicherung. Kramer konnte es nicht riskieren, von einem Freier überrascht zu werden, wenn er sich um ihn kümmerte.

Die Hure hatte ihm nichts getan und Kramer bedauerte es, dass sie sterben musste, aber so war das Leben, wieso sollte es nur zu ihm grausam sein? Wer sich mit Menschen wie Rokko einließ, begab sich in eine Welt, in welcher der gewaltsame Tod ein Berufsrisiko war. In den letzten Tagen war er öfter hier gewesen, hatte sich bei verschiedenen Damen als Freier ausgegeben und so das Haus ausgekundschaftet. Es kostete ihn einiges an Überwindung, aber am Ende hatte er sich getraut, einen Termin zu machen. Bei den ersten Malen hatte er sich bei den Anrufen nicht gewagt, etwas zu sagen, hatte teilweise aufgelegt, als der Anruf angenommen wurde. Am Ende war ihm klar, dass er nicht darum herumkam und einen Termin ausmachen musste. Er überwand seinen Ekel und besuchte eine der Huren im zweiten Obergeschoss. Eine junge Russin, nicht viel älter als er. Er wählte als „Service" wie sie es nannte, eine halbe Stunde Verkehr und französisch für achtzig Euro.

Ein seltsames Gefühlsgemisch begleitete ihn, von dem Punkt, an dem er sein Auto verließ, bis zu dem Punkt, an dem er wieder an der frischen Luft war. Aufregung, Erregung, Neugier, alles dominiert von Scham. Er schämte sich, für Sex zu bezahlen, auch wenn er es nicht zur Befriedigung der niederen Triebe tat, sondern als Vorbereitung für seine Mission. Trotzdem, Kramer schwor sich, dass er es nie wieder tun würde.

Er schaute auf seine Uhr – kurz nach halb zehn. In einer Stunde würde Denize Feierabend machen, er würde ihr letzter Freier sein. Im Handschuhfach befanden sich ein paar Prepaidhandys. Er griff sich eines davon, ein altes klobiges Nokia und tippte ihre Nummer ein. Es klingelte zwei, drei Mal, dann nahm am anderen Ende jemand ab. „Hallo?"

Die Stimme der Frau war wenig verführerisch, am liebsten hätte er gleich wieder aufgelegt. „Ja. Hallo. Ich rufe an wegen deiner Anzeige, ich wollte wissen, ob du heute noch Zeit hast." Beim allerersten Mal hatte er eine x-beliebige Anzeige aus dem Bereich „Erotik" des Westheimer Kuriers angerufen und bis die Dame abgehoben hatte, keine Ahnung, was er eigentlich sagen wollte. Als sie sich dann meldete, sprudelten die Worte nur so aus ihm heraus. Es war eigentlich nichts anderes als telefonisch eine Pizza zu bestellen. Eine höfliche Begrüßungsfloskel, Mann äußerte seine Wünsche, sie legte den Preis fest und wenn es passte, machte man einen Termin aus, zu dem die Dame einen besuchte oder der Freier das Etablissement aufsuchte. Es war einfacher, als gedacht.

„Wann willst du denn vorbeikommen?" Im Hintergrund lief der Fernseher.

„Ich könnte in zwanzig Minuten da sein. Ich hätte gerne eine halbe Stunde Verkehr und französisch."

„Das macht hundert Euro, weißt du, wie du mich findest?"

„Ja, weiß ich. Also bis dann." Klick. Das Gespräch war beendet.

Die Minuten verstrichen unendlich langsam, bis es endlich so weit war aufzubrechen. Seine Vorbereitungen waren schon lange abgeschlossen, Kramer war bereit. Im Hof prüfte er ein letztes Mal, ob das Motorrad an Ort und Stelle war, bevor er die Klingel, die mit Denize und einem kleinen Herz beschriftet war, drückte. Kurz darauf ertönte ein Summen, das ihm bedeutete, einzutreten. Im Treppenhaus war es still. So schnell es sein schlechtes Bein zuließ, begab er sich in den dritten Stock, er wollte keinem der anderen Freier in die Arme laufen. Niemand sollte ihn sehen oder wissen, dass er da war. Im obersten Geschoss gab es zwei Wohnungen, die rechte gehörte Denize, das hatte er bei seinem ersten Besuch bei der Russin herausgefunden. Kramer klopfte zaghaft an der Tür. Von innen waren Schritte zu hören, dann kurz Stille, sie begutachtete ihn durch den Türspion. Die letzte Hürde, die er nehmen musste, bevor er Rokko endlich zu fassen bekam, fiel in dem Moment, als die Hure die Tür öffnete. In ihrer Anzeige beschrieb sie sich als ein Meter siebzig groß, fünfundfünfzig Kilogramm schwer und fünfundzwanzig Jahre alt. Zwei der drei Punkte waren mit Sicherheit gelogen. Sie war etwas molliger als auf den Fotos im Internet und ihr Gesicht war stark geschminkt, so dass man ihr Alter schlecht schätzen konnte, der Rest passte ungefähr. Ihre schwarzen Haare fielen ihr auf die Schultern, bekleidet war sie nur mit ebenfalls schwarzer Spitzenunterwäsche und Schmuck. Um ihren Hals hingen mehrere schlichte Ketten und ihre Ohren zierten große Kreolen.

„Hallo, Süßer, komm rein!" Sie bat ihn mit einer Handbewegung herein und schloss die Tür hinter ihm. „Du kannst dich schnell frisch machen, ich bereite alles andere vor."

Sie zeigte mit einer weiteren Handbewegung auf die Tür schräg gegenüber des Eingangs, auf der das Relief einer Kloschüssel angebracht worden war. Rechts neben dem Bad war die nur wenige Quadratmeter große Küche, deren Tür nur zur Hälfte verschlossen war. Die letzte Tür, die von dem schmalen Flur abging, war verschlossen, aber es gab keinen Zweifel daran, was sich hinter ihr verbarg, am Kopfende des Flurs lag vermutlich ihr privates Schlafzimmer. Dort musste sich Rokko versteckt halten, der wie ein Hund im Zwinger in der Falle saß. Ihrer Aufforderung nachkommend, verschwand Kramer im Bad, nicht ohne vor der geschlossenen Schlafzimmertür kurz innezuhalten und zu lauschen. Es war nichts zu hören, aber er konnte Rokkos Anwesenheit förmlich spüren. Seine Atmung ging schnell und flach, er war so nah dran, jetzt musste es nur noch sauber zu Ende gebracht werden. Jetzt galt es, bis zum Abschluss konzentriert zu bleiben. Er konnte das, er wusste es, er hatte es bei so vielen Spielen gezeigt. Konzentration bis zur letzten Minute. Eine Niederlage in einen Sieg umkehren durch die bloße Willenskraft.

Kramer drehte den Wasserhahn auf. Anstatt sich zu waschen, prüfte er jedoch seine mitgebrachte Ausrüstung in seinem Rucksack. Es war alles bereit. Die Schlinge verstaute er in seiner hinteren Hosentasche, den Rest ließ er im Rucksack. Er drehte den Wasserhahn zu und verließ das Bad.

„Was hatten wir ausgemacht?", fragte er die Hure, als er ihren Arbeitsplatz betrat.

„Hundert Euro für die halbe Stunde normales Programm." Denize räkelte sich auf dem großen Bett, das das Zentrum des Zimmers bildete. Ansonsten befanden sich fast keine weiteren Möbel in dem Raum. Die Mischung aus Anspannung, Macht und Denize' Unwissenheit erregten ihn mehr, als er gedacht hatte. Er legte die hundert Euro auf die kleine Kommode neben dem Bett. Denize betrachtete das Bündel zufrieden und richtete ihren Blick wieder auf ihren Freier. „Dann wollen wir mal loslegen! Zieh dich aus! Es wird Zeit für etwas Spaß." Sie zwinkerte ihm zu, während sie sich lasziv in seine Richtung drehte.

„Ich fände es schön, wenn du ein bisschen für mich tanzen würdest, das turnt mich an", sagte er.

Wortlos schwang sich die Prostituierte vom Bett auf, bewegte sich auf ihn zu und fuhr mit ihren Händen über seine Brust. „Gerne." Ihr Mund war so nahe an seinem Ohr, dass er ihren Atem spüren konnte. Wellen von Erregung durchfuhren seinen Körper und wechselten sich mit der tödlichen Anspannung ab.

Denize fuhr mit ihrer Hand an seiner Seite weiter nach unten über seinen Bauch und kam kurz über seinem Schritt zum Stehen. Er drückte sie sanft an der Schulter und bedeutete ihr, dass sie sich drehen sollte. Sie kam seinem Wunsch nach, er presste seinen Schritt gegen ihren Hintern, fuhr mit seinen Händen über ihre Flanken und die Hüften, glitt langsam über seine Oberschenkel und langte in seine hintere Hosentasche. Der Zeitpunkt, an dem es keinen Weg mehr zurückgab, war gekommen.

Denize rieb ihren Hintern an seinem Schritt und stöhnte. Sie griff ihm in den Schritt. Er legte mit einer schnellen Bewegung die Drahtschlinge um ihren Hals und zog ruckartig zu. Ihr Stöhnen verwandelte sich in ein verzweifeltes Gurgeln, ihre Augen quollen aus den Höhlen, das Gesicht in Todesangst verzerrt. Sie versuchte sich zu befreien, zappelte, riss mit der Hand, die gerade noch Kramers Männlichkeit umfasst hatte, an der Schlinge, trat wild nach hinten und versuchte, ihrem Mörder das Gesicht zu zerkratzen.

Denize hatte keine Chance.

Nach wenigen Sekunden erschlafften ihre Abwehrbemühungen und sie brach bewusstlos zusammen. Kramer wuchtete den leblosen Körper auf das Bett und ließ die Schlinge erst los, als er sich sicher war, dass sie nicht mehr lebte. Er atmete tief ein, sein Herz schlug schnell. Der erste Teil hatte funktioniert. Jetzt war Rokko dran. Er kramte in seinem Rucksack und holte einen Elektroschocker hervor. Ganz leise verließ er den Raum, in dem er Denize getötet hatte, und schlich durch den Flur in Richtung des Schlafzimmers. Er klopfte. Keine Reaktion. Er klopfte noch einmal. Sich nähernde Schritte waren zu hören. Die Klinke wurde nach unten gedrückt und die Tür wurde aufgezogen. Rokko bekam nicht mit, was gespielt wurde. Der Elektroschocker schoss knisternd zwischen Tür und Rahmen hindurch in die Richtung seines Halses und entlud hunderttausende Volt in seinen Körper. Ein Zucken durchfuhr Rokkos gigantischen Körper, sein Gesicht erstarrte mit ungläubigem Blick und er schlug unsanft zwischen der Tür und dem Bett auf den Boden.

***

Kramer rauchte. Von eigentlich nie zur Gewohnheit war es ein kleiner Schritt. Die Zigarette tat ihm gut, durch sie spürte er, dass er noch lebte. Er hatte es geschafft, er hatte Rokko endlich für alles büßen lassen, auch wenn er dafür einen Mord begehen musste. Die Uhr zeigte kurz vor halb zwölf an, als er die Haustür des Mietshauses hinter sich schloss. Er zog mit immer noch zittrigen Händen an der fast verglommenen Zigarette. Alle Gegenstände in seinem Rucksack hatten ihren Zweck erfüllt, alle bis auf einen. Ein kleines Plastikfläschchen mit einer klaren Flüssigkeit war das letzte, das noch nicht zum Einsatz gekommen war. Es war nicht zufällig in seinem Rucksack gelandet, es war die Hauptfigur im letzten Teil seines Plans. Er schob den Deckel des Müllcontainers auf. Ein unangenehmer Geruch stieg ihm in die Nase. Schwarze Säcke lagen aufgeplatzt aufeinander und hatten ihren Inhalt verstreut. Kramer verteilte den Inhalt des Fläschchens großzügig in dem Müllcontainer, tränkte Papier, Plastik und alles was brennbar schien, mit der Flüssigkeit. Dann warf er seine Zigarette hinein. Jetzt musste er sich beeilen, bald würde hier einiges mehr los sein.

Er hatte einen verdammt langen Tag hinter sich, aber es hatte sich gelohnt. Sein Bein schmerzte so stark wie schon lange nicht mehr, obwohl er sich die doppelte

Dosis Schmerzmittel eingeworfen hatte. Die Rezepte waren aufgebraucht, er musste auf rezeptfreie Schmerzmittel zurückgreifen, die er in verschiedenen Apotheken gekauft hatte. Er biss die Zähne zusammen, um nicht bei jeder Stufe vor Schmerz zu stöhnen. Dennoch genoss er es auf eine bizarre Art und Weise, denn er wusste, dass sich das Leiden gelohnt hatte. Jede Stufe, jeder Schritt war eine Qual, der Weg in das zweite Obergeschoss währte endlos und die weiß gestrichene Holztür am Ende des Weges schien wie die Pforte zum Paradies. Er schloss das Tor zum Paradies auf und schmiss seinen Rucksack achtlos in die Ecke, er war fast leer. Den Großteil der Gegenstände und die blutigen Kleidungsstücke hatte er auf dem Weg kreuz und quer durch Westheim entsorgt oder gleich am Tatort gelassen. Er würde die Sachen nicht mehr brauchen. Auch wenn seine Stunden in Freiheit gezählt waren, würde er es der Polizei nicht zu leicht machen und blutbefleckte Kleidung sowie zwei Mordwaffen in seiner Wohnung oder dem Auto lagern.

Erleichtert ließ er sich auf seine Couch sinken, der Schmerz in seinem Bein nahm langsam ab, als er es zum ersten Mal seit Stunden entlastete. Trotzdem würde er noch zwei Pillen nehmen, um besser schlafen zu können.

Er hatte seine Rache bekommen.

Der Mensch, der ihm das angetan hatte, hatte genauso leiden müssen wie er, bevor er ihn endlich getötet hatte. Gerne hätte er Rokko länger gequält, den Todeskampf weiter hinausgezögert, sich noch länger an Rokkos Angst, Entsetzen und Elend gelabt und noch länger den süßen Geschmack der Macht über Leben und Tod genossen. Doch mit jeder Minute, die er länger als nötig in der Wohnung geblieben war, stieg die Gefahr entdeckt zu werden. Es war ein Risiko, das er nicht eingehen konnte und vor allem wollte. Denn es stand noch zu viel auf seiner Checkliste. Rokko war zwar ein wichtiger Punkt, aber dennoch nur einer von vielen. Bald würde er auch seine Wohnung endgültig aufgeben.

Kramer drückte zwei der ovalen Tabletten aus ihrem Blister, warf sie sich in den Mund und spülte sie mit einem Glas Leitungswasser hinunter. Nun wollte er nur noch schlafen. Er hatte gespielt und eine Figur hinausgekegelt, nun waren die anderen Mitspieler am Zug.

Kapitel 27

Maria hatte Träume, Wünsche und Sehnsüchte, nichts Außergewöhnliches. Nicht mehr die Wünsche, die sie als Kind hatte, als sie Prinzessin oder Kosmonautin werden wollte. Diese Träume waren schon früh geplatzt. Alles, was sie heute wollte, war Familie, Heimat und Sicherheit. Ein Mann, der sie liebte und den auch sie lieben konnte, Kinder und ein kleines Haus irgendwo an der Küste, deren raue Schönheit sie schon immer fasziniert hatte. Es sollte alles so sein wie in den Geschichten, die ihr ihre Oma früher erzählt hatte. Das war alles. Keine Reichtümer, kein Ruhm, keine Macht.

Genauso gut hätte sie an dem Kosmonautentraum festhalten können. Der Mond war so weit weg wie das kleine Haus an der Küste, dabei hatte alles so vielversprechend begonnen. In jugendlichem Mut und Leichtsinn hatte sie die russische Einöde verlassen und war nach Deutschland gekommen. Der glorreiche Ruf des Westens. Ihr Weg hatte Maria nach Westheim geführt, ohne die Sprache zu kennen, nur mit dem, was sie am Leib trug, aber mit ihrer großen Liebe an ihrer Seite. Damals war sie noch nicht einmal achtzehn Jahre alt. Den Aufschlag in die Realität überlebte sie nur knapp. Niemand in Deutschland hatte auf sie gewartet. Früh merkte Maria, dass man von Sehnsüchten nicht satt wurde und dass Luftschlösser nicht vor Wind und Regen schützten. Die Flamme der Liebe erlosch und ließ sie allein zurück. In der Fremde ohne Geld, ohne Freunde, ohne Hilfe, ohne einen Weg zurück. Von da an ging alles nur noch in eine Richtung: abwärts.

Nun stand Maria frierend in der Nacht, ihr Bademantel war zu dünn für die ersten kühlen Nächte des Jahres. Mit verschränkten Armen rieb sie sich die Flanken, während alles, was sie besaß, von den Flammen bedroht war. Ambivalente Gefühle durchströmten sie und Maria war sich sicher, dass die Frauen neben ihr genauso fühlten. Maria hasste das Haus und sie hasste, das, was es aus ihr gemacht hatte, dennoch brach es ihr das Herz, zusehen zu müssen, wie die Flammen an der Hauswand nach oben leckten. Sie kamen ihrer Wohnung immer näher, dem einzigen Ort, den sie als ein Zuhause bezeichnen konnte. Maria begann zu beten, ein letztes Überbleibsel ihres alten Lebens. Eine Erinnerung an ihre streng religiös erzogene Großmutter. Maria dachte nicht oft an sie, was würde sie nur von ihr denken? Ihre Oma würde sich für sie schämen, für die Hure Maria Beljajew. Es war zu viel, sie konnte nicht mehr stark sein, Tränen flossen ihr über die Wangen. In diesem Moment der Schwäche war sie froh, dass sie trotz allem nicht alleine auf der Welt war.

Kurz nach Mitternacht hatte sie eines der anderen Mädchen geweckt. Wie im Wahn hatte sie mit ihren Fäusten gegen die Wohnungstür geschlagen. Maria kannte ihren Namen nicht, sie sprach schnell, kein russisch, ukrainisch oder bulgarisch. Maria war sich nicht sicher. Ein Wort verstand sie aber, *Vohon'* – Feuer. Die Arme ihrer Besucherin zuckten hektisch hin und her. Immer wieder deuteten sie die Treppe in den Hof hinunter, dann formte sie mit Daumen und kleinem Finger ein Telefon. *Vohon'*, immer wieder *Vohon'*. Es dauerte einen Moment, bis Maria die gesamte Situation umrissen hatte. Ihre neue Kollegin sprach kein Deutsch, sie konnte sich nicht mit den Rettungskräften verständigen. Maria stürmte in ihr Apartment; neben dem Bett lag ihr Handy auf dem Boden. Noch während sie mit der Unbekannten das Haus verließ, setzte sie den Notruf ab.

Für die Männer der Feuerwehr war es ein Einsatz wie hunderte zuvor und sicherlich hunderte, die danach noch kommen würden. Ein Müllcontainerbrand im Hof eines Mehrfamilienhauses. Vandalen, die Spaß an der Zerstörung hatten, Kinder, denen eine Mutprobe aus dem Ruder gelaufen war, oder Anwohner, die ihre heiße Asche vom Grill oder Kamin in den Container warfen, waren in den meisten Fällen die Täter. Es sah schlimmer aus, als es war. Zwar stand der Container lichterloh in Flammen, jedoch hatte das Feuer kaum etwas zum Überspringen. Als der Löschzug den Einsatzort erreichte, war das Haus Sommerhäuserstraße 139a schon evakuiert. Die Bewohner waren vor dem stechenden, schwarzen Qualm ins Freie geflohen, um nicht in ihren Wohnungen elendig zu ersticken. Die kleine Gruppe bestand ausschließlich aus Frauen, eventuelle Freier und Zuhälter waren schon geflohen, um der ebenfalls eintreffenden Polizei nicht ihre Personalien geben zu müssen.

Die Frauen standen auf der gegenüberliegenden Straßenseite, nur mit Morgenmänteln oder Unterwäsche bekleidet und teilweise barfuß. Ein Sanitäter verteilte Rettungsdecken. Eingerahmt vom Rotlicht des Bordells hinter ihnen und dem Blaulicht der Löschfahrzeuge vor ihnen beobachteten die Prostituierten, wie die Feuerwehrmänner ihre einstudierte Routine abspulten. Maria wischte sich mit dem Handrücken die Tränen aus den Augen, die Rettungsdecke, die sie um ihre Schultern geworfen hatte, knisterte bei jeder Bewegung.

Sie ließ ihre Blicke über die Frauen rechts und links neben sich schweifen. Wo war Denize? Maria konnte sie nirgendwo entdecken. Hektisch blickte sie sich um, angestachelt von dem flauen Gefühl in ihrem Magen.

Nein! Denize war nicht da. In Sekundenschnelle schwoll das flaue Gefühl zu einer ausgewachsenen Panik an. Wo war sie? Wenn sie nicht hier war, musste sie noch im Haus sein! Maria warf die Rettungsdecke ab, sofort griff die Kälte der ersten Herbstnacht nach ihren Schultern. Sie rannte über die Straße und stieß dabei ein paar der Schaulustigen zur Seite, die im sicheren Abstand einen Perimeter gebildet hatten.

Es waren nur noch wenige Meter, bei jedem Schritt bohrte sich Split in ihre Füße. Abwechselnd schossen Maria Bilder durch den Kopf. Denize schlafend im Bett, Denize im Treppenhaus liegend, tot, erstickt vom dichten Qualm.

Kurz bevor sie die Absperrung überwinden konnte, schnitt ihr ein Feuerwehrmann den Weg ab. „Sie können noch nicht wieder rein, wir sind noch nicht fertig!" Die Stimme des Mannes war ruhig aber bestimmt, genauso wie seine Hand, die Maria am Oberarm festhielt.

„Sie ist noch in dem Haus! Sie müssen sie retten! Sie wohnt im dritten Stock, Wohnung acht." Maria versuchte, sich von dem Feuerwehrmann loszureißen.

„Bleiben Sie bitte ruhig. Wer ist noch in dem Haus?"

„Meine Freundin Denize! Ich kann sie nirgendwo finden!" Maria fiel das Sprechen schwer. Der Feuerwehrmann lockerte den Griff um Marias Arm, ließ aber nicht los.

„Ich habe hier eine junge Frau, der aufgefallen ist, dass eine Bewohnerin des Hauses fehlt, mutmaßlicher Aufenthaltsort drittes Obergeschoß, Apartment Nummer acht." Der Feuerwehrmann sprach in das Funkgerät, das auf seiner Schulter befestigt war. Nach einem Augenblick der Stille konnte Maria ein Rauschen vernehmen, dann die Stimme einer Frau. „Okay, ich schicke sofort ein paar Männer rein. Informiert den Notarzt."

Kapitel 28

Das markerschütternde Schrillen der Türklingel schreckte Gusenberg aus dem Schlaf. Einen Augenblick lang wusste der Ermittler nicht, was vor sich ging, benommen und orientierungslos tastete er nach seinem Handy auf dem Nachttisch. Wieder ertönte das Klingeln. Das Display seines Handys flammte auf, grelles, weißes Licht blendete den Schlaftrunkenen und er wendete den Blick ab, um zu blinzeln.

Kurz nach ein Uhr nachts.

Das Symbol in der rechten, oberen Ecke zeigte an, dass das Handy lautlos geschaltet war. Die Symbole daneben zeigten an, dass er eine Reihe von Anrufen und Kurznachrichten bekommen hatte. Das Klingeln wurde von einem energischen Klopfen abgelöst. Verdammt! So was konnte nur eins bedeuten: Ärger. Er stand auf, schlüpfte in die Hose, die vor dem Bett lag, riss das Shirt von gestern von einer Stuhllehne und zog es sich über. Es klingelte schon wieder, die Intervalle wurden kürzer und das Klingeln länger. „Meine Fresse, ich komme schon!"

Gusenberg lief durch die Dunkelheit, griff sich sein Hemd vom Tresen und eilte zur Wohnungstür. Ohne zu fragen oder darüber nachzudenken, wer so spät oder früh klingelte, riss er sie auf.

Maryanne stand vor ihm. Sie trug Motorradstiefel, eine dunkle Jeans und einen schwarzen Pullover. „Ich bin ja schon da! Was ist los?" Gusenberg rieb sich den Schlaf aus den Augen. „Seit wann ist dein Handy lautlos, Emil? Ich habe dich mindestens zehnmal angerufen!"

„Seit wann trägst du eine Brille?“

„Spar dir das Geschwätz. Zieh dich richtig an und komm mit.“ Maryanne deutete auf das Etikett des Shirts, in der Eile hatte er es linksherum angezogen. „Sie haben Rokko gefunden.“

Die Neuigkeiten trieben Gusenberg auf einen Schlag die Müdigkeit aus dem Körper, reflexartig fuhr er sich mit zwei Fingern über den Nasenrücken. „Ich bin in fünf Minuten bei dir.“ Er lief zurück, zog sich hastig zu Ende an, steckte sein Handy, Schlüssel und seine Dienstmarke ein und war wenige Augenblicke später auf der Straße.

„Wo ist Rokko? Wann können wir ihn verhören?“ Gusenberg knallte die Autotür von Maryannes Wagen enthusiastisch hinter sich zu, während er auf dem Beifahrersitz Platz nahm.

„Rokko ist tot.“

Gusenbergs Gesichtszüge entglitten ihm für einen Augenblick und ließen eine misstrauische und verblüffte Fratze zurück. „Was soll das heißen, er ist tot?“ Gusenberg fing sich wieder.

„Irgendjemand hat ihn aufgespürt oder abgepasst und ihn ziemlich übel zugerichtet. Anschließend wurde in der Nähe des Tatorts ein Feuer gelegt. Die Feuerwehr hat dann die Leichen gefunden, als sie nach einer Vermissten suchten.“

„Die Leichen? Mehrzahl?“

„Ja, in der Wohnung wurde noch die Leiche einer Frau gefunden, die als die Mieterin identifiziert wurde. Es handelt sich um eine Prostituierte, die unter dem Namen Denize D’Amour bekannt war, sie hat in der Wohnung gewohnt und gearbeitet.“ Maryanne lenkte ihren schwarzen Golf durch die fast menschenleeren, nächtlichen Straßen der Stadt. „Du riechst nach Frau. Wie heißt sie denn diesmal?“

„Karo. Sie arbeitet im Stadion, ich habe sie gestern beim Spiel kennengelernt."

„Karolin, Karolina oder einfach nur Karo? Oder hast du nicht gefragt?"

„Du bist doch nur eifersüchtig. Weil mein Privatleben nicht so langweilig ist wie deines."

„Wirst du sie noch mal treffen?"

„Wird sich zeigen."

Der Löschzug war verschwunden und hatte den Einsatzfahrzeugen der Polizei Platz gemacht. Nur noch die Wasserpfützen und die rußig schwarzen Wände im Innenhof zeugten vom Einsatz, mit dem die Entdeckung der Leichen einhergegangen war. Der Müllcontainer war zu einem unförmigen Klumpen zusammengeschmolzen, hier und da ragten Metall und Glasreste aus der Masse heraus. An der Wand standen die verkohlten Reste eines Motorrads. Die Flammen hatten sich unerbittlich durch alles gefressen, dem sie habhaft werden konnten und hatten nur das Metallskelett zurückgelassen. Ein Mitarbeiter der Spurensicherung leuchtete den Innenhof mit Halogenstrahlern aus, ein weiterer schoss Fotos.

„Was ist hier genau passiert? Wessen Motorrad ist das?", fragte Gusenberg den Mann mit der Kamera.

„Wem das Motorrad gehört, können wir erst sagen, wenn wir das Nummernschild oder die Fahrgestellnummer gefunden haben, dann können wir auch klären, ob der Brand und die Leichen in Zusammenhang stehen oder nicht."

Die Fenster im Treppenhaus standen offen, ein verzweifelter Versuch, dem beißenden Gestank nach verbanntem Plastik und Ruß Herr zu werden. Die Flammen hatten es zwar nicht ins Haus geschafft, trotzdem waren die Spuren des Feuers allgegenwärtig. Mit zugehaltener Nase stiegen die Ermittler die Treppe hoch in den dritten Stock. Die Tür von Denize' Wohnung war ausgehängt worden, laut Bericht der Einsatzleitung hatte die Feuerwehr die Tür aufgebrochen, nachdem sie trotz Klingeln und Klopfen nicht geöffnet worden war.

Den beiden Ermittlern eröffnete sich eine bizarr anmutende Szenerie. Die Männer und Frauen der Spurensicherung in ihren weißen Anzügen belagerten zu zweit oder zu dritt jeden Raum der kleinen Wohnung und wirbelten darin umher wie Flocken in einer Schneekugel. Sie machten Fotos, nahmen Proben und Fingerabdrücke, jedes kleine Detail wurde registriert, analysiert und katalogisiert. Jedes der Spezialistenteams hatte den Großteil der Ausrüstung im Flur deponiert und so hatten die Ermittler einige Mühe, sich zum leitenden Gerichtsmediziner durchzukämpfen, der aufgrund seiner geringen Körpergröße zwischen seinen weißgekleideten Kollegen beinahe unterging. Der Mann war gerade dabei, eine Reihe von Gegenständen in einen schwarzen Lederkoffer zu räumen.

„Guten Morgen, Doc. Was kannst du uns über die Toten sagen?" Gusenberg klopfte dem knienden Mann zur Begrüßung auf die Schulter.

„Noch nicht wirklich viel, du weißt, ich muss sie erst auf meinem Tisch haben." Doc, der mit richtigem Namen Dr. Carl Roomen hieß, ließ bedeutungsschwanger die Messingverschlüsse des Koffers zuschnappen. „Aber die Leichenstarre setzt langsam ein, ist aber noch nicht voll ausgeprägt, die Körperkerntemperatur beträgt immer noch siebenunddreißig Grad. Beides starke Indizien dafür, dass die Tat nicht länger als zwei bis drei Stunden zurückliegt. Sie wurde erdrosselt." Roomen schlug das Leichentuch zurück. „Kurz und schmerzlos. Sie hat sich wohl gewehrt, aber nicht so stark, dass der Angreifer ernsthaft verletzt wurde."

Der Gerichtsmediziner hob Denize' rechte Hand an. „Einer der Fingernägel ist abgebrochen, unter den anderen befinden sich Hautreste, wir sollten also genug Material für einen DNA-Test haben."

Roomen erhob sich, ging ein paar Schritte zur Tür und zeigte in die Richtung des zweiten Schlafzimmers. „Er wurde ziemlich sicher erschlagen, vielleicht auch erstickt – da hat sich jemand richtig ausgetobt. Aber wie gesagt, Näheres gibt es in ein paar Tagen. Im Gegensatz zu der Frau konnte ich bei ihm bisher keine Abwehrverletzungen entdecken."

Gusenberg betrachtete die Leiche der Frau vor ihm. Sie hatte einen tiefen, blau-rot gefärbten Striemen um den Hals, sonst war sie vollkommen unversehrt. Ihre Reizwäsche war nicht verrutscht, die Schminke nicht verlaufen und die Haare waren nicht übermäßig verstrubbelt. Sie machte beinahe den Eindruck, als würde sie nur schlafen.

„Als die Kollegen sie gefunden haben, war sie zugedeckt und ihre Augen waren geschlossen." Der Gerichtsmediziner beantwortete die Frage, bevor Gusenberg sie gestellt hatte. Dieser ließ die Szenerie noch ein paar Augenblicke auf sich wirken, bevor er Dr. Roomen zur zweiten Leiche folgte.

Der zweite Schlafraum bot den Einsatzkräften ein vollkommen anderes Bild. Rokko schlief definitiv nicht. Er war übel zugerichtet. Rokko, oder was der Täter von ihm übrig gelassen hatte, lag rücklings, nur noch mit einer Unterhose bekleidet, auf dem Bett, die Arme und Beine weit von sich gestreckt. Seine Hände und Füße waren mit Kabelbindern an die Bettpfosten gefesselt. Sie waren mit einer solchen Kraft zugezogen worden, dass das schwarze Plastik sich tief in die Haut geschnitten hatte. Kleine Rinnsale aus Blut waren die Gelenke heruntergelaufen, bevor es geronnen war und die Reise stoppte.

Gusenberg zog Latexhandschuhe über und näherte sich der Leiche. Die Decke, die Wände und das Bett waren mit feinen Blutspritzern und größeren Blutflecken überzogen. Die Spritzer an den Wänden und der Decke waren schon braunrot getrocknet, während die riesige Blutpfütze um die Reste von Rokkos Kopf immer noch im Licht der Deckenleuchte schimmerte. Rokko war mit einem Ballknebel, der normalerweise bei BDSM-Praktiken benutzt wurden, geknebelt worden. Auch hier waren die Lederriemen mit einer solchen Kraft zugezogen worden, dass sie sich in das Fleisch geschnitten hatten.

„Ich bin mir nicht sicher, ob er erstickt ist, weil der Knebel zu fest saß, oder ob er an der Schädelfraktur gestorben ist." Roomen machte eine abwägende Handbewegung. „Außerdem hat er sich übergeben." Der Rechtsmediziner drehte den Kopf der Leiche etwas zu Seite und deutete auf die Reste von Erbrochenem, die aus der Nase ausgetreten und rechts und links über die behaarten Wangen gelaufen waren. „Je nachdem, wie viel er im Magen hatte, könnte er elendig an seinem eigenen Erbrochenen erstickt sein. Vielleicht hatte er auch nicht mehr die Zeit, um zu ersticken und starb an den immensen Kopfverletzungen. Der Täter hat mehrfach auf den oberen Bereich des Schädels mit einer stumpfen Hiebwaffe eingeschlagen." Dr. Roomen wiegte den Schädel in seinen Händen hin und her und drückte das Kinn mit sanfter Gewalt auf den Brustkorb. Gusenberg und Maryanne eröffnete sich der Blick auf eine Reihe von klaffenden Kopfwunden. Die Stirn und große Bereiche von Rokkos Halbglatze waren blutig verschmiert und bizarr eingedrückt. „Vielleicht ein Golfschläger oder eine Tonfa. Wie gesagt, Genaueres in ein paar Tagen."

„Wie sieht es mit den anderen Verletzungen aus?" Gusenberg deutete auf die Rippen auf der rechten Seite des Brustkorbs, der gesamte Bereich war von subkutanen Einblutungen rötlich und bläulich gefärbt.

„Die Hämatome und die Verletzungen am Bein wurden prämortal mit einer stumpfen Hiebwaffe zugefügt, wahrscheinlich dieselbe, mit der die Kopfverletzungen verursacht wurden. Per se waren sie nicht tödlich, aber sie haben zu inneren Blutungen geführt. Ich würde wetten, dass seine Milz bei der Wucht geplatzt ist wie eine überreife Frucht. Ohne eine sofortige medizinische Behandlung wäre er sicher verblutet. Also eigentlich noch eine mögliche Todesursache." Roomen lächelte. Obwohl auch Gusenberg regelmäßig mit dem Tod konfrontiert war, war er bei Weitem noch nicht so abgehärtet, dass er einem solchen Overkill eine tragisch-komische Komponente abgewinnen konnte.

Roomen fuhr ungehindert mit seinen Ausführungen fort. „Der Täter muss eine fast übermenschliche Kraft gehabt haben. Er hat seinem Opfer mehrere Rippen gebrochen und was", der Gerichtsmediziner suchte nach den richtigen Worten, „sagen wir mal interessant ist: Ihm wurde jeder Knochen im rechten Bein gebrochen. Angefangen vom Oberschenkelhals bis runter zum Fuß wurde immer wieder in kurzen Abständen zugeschlagen. Es hat auf jeden Fall eine symbolische Komponente, der Täter hat immerhin nur das rechte Bein zertrümmert. Die Frage ist, warum. Wenn ihr die Antwort auf diese Frage habt, habt ihr auch das Motiv."

„Du sprichst von dem Täter, Carl, warum nicht die Täter?" Maryanne, die bisher nur zugehört hatte, schaltete sich in das Gespräch ein. „Immerhin mussten zwei Personen überwältigt werden und Rokko ist ja kein kleiner Junge, sondern ein brutaler Schläger mit hundertzwanzig Kilo Lebendgewicht. Er wird sich wohl gewehrt haben. Wer sagt uns also, dass es nicht zwei oder mehr Angreifer waren? Einer überwältigt die Prostituierte, der oder die anderen knöpfen sich Rokko vor. Bei so viel roher Gewalt gegenüber Rokko und dem fast schon entschuldigenden Verhalten bei Denize ist es wohl klar, dass er das Primärziel war und Denize nur Kollateralschaden ist."

Dr. Roomen ließ Rokkos Kopf sanft ins Kissen zurücksinken. „Beim aktuellen Stand der Erkenntnis gibt es keine Anhaltspunkte, die für oder gegen eine der beiden Theorien sprechen. Der oder die Angreifer haben Rokko wahrscheinlich mit einem Elektroschocker außer Gefecht gesetzt." Die weiteren Ausführungen des Gerichtsmediziners über die typischen Verbrennungswunden durch Elektroschocks wurden durch das Erscheinen eines Beamten der Spurensicherung unterbrochen. Die verschwitzte Glatze des Mannes glänzte im Licht der Deckenlampe und der Anzug spannte um die rundliche Bauchpartie. Er tupfte sich mit einem Tuch den Schweiß von der Stirn, während er redete. „Hallo, Leute. Wir haben was im Badezimmer gefunden, was ihr euch auf jeden Fall ansehen solltet."

Das Badezimmer wirkte genau wie der Rest der Wohnung. Unaufgeräumt, dreckig und mit der schieren Anzahl der Personen, die ihrer Arbeit nachgingen, total überfordert. Auf nur einer Handvoll von Quadratmetern zwängten sich neben einer Badewanne eine alte Toilette sowie Waschbecken und ein archaisch wirkender Radiator, welcher auf die höchste Stufe gedreht worden war. Jede mögliche Ablagefläche war mit Kosmetika, Zeitschriften und Kleidungsstücken vollgestopft. Eine dünne Schicht aus frisch kondensiertem Wasser überzog die schwarzen Fliesen der Wände und erzeugte mit dem unbeirrt vor sich hinarbeitenden Radiator eine drückende Schwüle. Diese fast subtropischen Bedingungen machten das Arbeiten für die, in mehreren Schichten gekleideten, Beamten der Spurensicherung zur reinsten Qual. Den beiden Beamten, die in unnatürlicher Haltung auf dem harten Linoleumboden kauerten, stand der Schweiß auf der Stirn. Einer von ihnen stemmte mit einem kleinen Meißel die schwarze Fliesenverkleidung der Badewanne auf, während der andere bis zur Schulter mit dem Arm in der Revisionsöffnung steckte. Keiner der beiden Männer unterbrach seine ungewöhnliche Arbeit, als Dr. Roomen, die Ermittler und der dicke Mann mit Halbglatze den Raum betraten.

„Die Revisionsöffnung der Wanne wurde aufgebrochen und anschließend nur notdürftig wieder verschlossen. Bei der Überprüfung haben wir eine Reihe von Kartons gefunden, die unter der Badewanne versteckt waren." Der Mann zeigte auf acht kleine graue Pappboxen, die sich auf dem Klodeckel stapelten. „Sie waren unter der Wanne versteckt in Plastiktüten eingeschlagen. Wir stemmen gerade die restlichen Fliesen der Wannenverkleidung auf, um zu prüfen, ob hier noch mehr versteckt ist."

„Was ist in den Boxen?", fragte Dr. Roomen.

„Das ist ja das Seltsame, die Boxen sind alle leer, besser gesagt alle bis auf eine. In einer haben wir eine kleine Handcremedose und ein weißes Vliestuch gefunden." Der Mann zeigte auf eine Pappschachtel, die offen auf dem Fensterbrett stand.

„Sieht aus wie ein Waffenputztuch", stellte Maryanne fest.

„Wir vermuten aber noch mehr Schachteln unter der Wanne, deshalb stemmen wir die Verkleidung auf." Ein kräftiger Schlag gefolgt von einem dumpfen Aufschlag verriet, dass der Beamte der Spurensicherung erfolgreich eine Fliese aus der Verkleidung herausgebrochen hatte. Das herausgelöste Fliesenfragment riss ein großes Stück der dahinterliegenden Gipskartonwand mit sich und damit ein Loch in die Verkleidung. Mit einer Reihe weiterer Schläge vergrößerte der Beamte schnell den Durchbruch, bis er mit beiden Armen hindurchlangen konnte.

„Wir hatten recht!" Der Beamte war außer Atem und musste kurz innehalten. „Hier sind noch mehr von diesen Kartons. Mindestens zwei. Leuchte mal in die Revisionsöffnung, Andy."

Der zweite Mann griff sich die Taschenlampe, die auf dem Wannenrand lag und leuchtete in die kleine Öffnung, aus der sie die ersten Kartons herausgezogen hatten. Ein schwacher Lichtschein legte sich auf das Gesicht seines Kollegen, der mit zugekniffenen Augen in den Hohlraum hinter dem Durchbruch spähte. „Es sind noch vier weitere Kartons, ebenfalls in Plastiktüten eingeschlagen. Aber im Gegensatz zu den anderen sind diese zusätzlich mit Klebeband umwickelt." Der Mann griff mit seiner behandschuhten Hand durch das Loch, zog einen Karton nach dem anderen heraus und übergab sie den Ermittlern.

Gusenberg und Maryanne gingen in Denize' kleine Küche. Im Gegensatz zum Bad war dieser Raum trostlos und leer. Die Prostituierte hatte wohl nie gekocht. In den Regalen standen nur ein paar verklumpte Gewürze und der Kühlschrank war leer. Vor den Ermittlern lag eines der kleinen Pakete auf dem Küchentisch.

Im ersten Moment kamen Gusenberg Drogen in den Sinn, Chrystal, Koks oder Heroin. Dieses Apartment war ein Umschlagpunkt für Rauschgift. Er war davon überzeugt, bis der Beamte das Paket anhob und es klapperte. Es klapperte wie ein Bierkasten, den man eine Treppe nach oben trug. Ab diesem Punkt war seine Neugier geweckt. Der Klang erinnerte ihn an die Boxen mit den Asservaten aus dem Klubheim. Das hier war kein einfacher Doppelmord an einer Prostituierten und ihrem Zuhälter im Drogenmilieu. Dieser Mord stand im Zusammenhang mit den Vorkommnissen im Klubheim. Hier ging es um mehr und vor ihnen lag ein Puzzlestück zur Lösung dieses Falls.

Maryanne schnitt mit einem Skalpell vorsichtig das Klebeband durch und zog die Streifen sowie den blauen Müllbeutel ab. Der Karton glich den zuvor gefunden acht wie ein Ei dem anderen. Starke, graue Pappe mit kupfernen Krampen in Form gebracht. Von Neugier getrieben, aber mit von der Vernunft verordneter Besonnenheit, zog der Ermittler den Deckel ab. Der schwache Windhauch, der entstand, genügte, um ein Stück Löschpapier, welches oben auf dem Inhalt lag, wegrutschen zu lassen. So wurde der Blick auf vierundzwanzig kleine, in Reih und Glied aufgestellte Glasgefäße frei. Gusenberg griff eines der nicht etikettierten Glasgefäße an dessen Metalldeckel und zog es aus seiner Papphalterung. „Das kennen wir doch schon.“ Er wiegte die kleine Ampulle zwischen seinen Fingern hin und her. Im Takt dieser Bewegung waberte eine klare gelbstichige Flüssigkeit hin und her. Weiße Flocken wurden aufgewirbelt, tanzten ein paar Augenblicke durch die Lösung und sanken anschließend wieder auf den Boden.

„Was ist das?“ Der Ermittler richtete die Frage eher an sich selbst als an seine Kollegen.

„Das ist so ein Medikamentenfläschchen, wie wir sie auch im Klubheim gefunden haben“, sagte Maryanne leise.

„Fast richtig.“ Dr. Roomen konnte sich ein Grinsen nicht verkneifen. „Was du da in der Hand hältst, ist eine Stechampulle“, begann er im Tonfall eines Dozenten. „In Krankenhäusern werden sie für Kurzinfusionen genutzt, zum Beispiel für Antibiotikainfusionen zur Behandlung von Infektionen. Du hast doch auch einen Doktortitel, Emil. Du solltest so was eigentlich wissen.“

„Carl." Gusenberg musste schmunzeln. „Ich bin nicht so ein Doktor. Der jährliche Erste-Hilfe-Kurs stellt mein gesamtes medizinisches Wissen dar."

Der Gerichtsmediziner nahm sich ebenfalls eine Ampulle aus der Verpackung und betrachtete sie skeptisch. „Egal, was sich darin befindet, ich bin mir ziemlich sicher, es sollte weder gelb sein noch ausflocken", lautete die erste Diagnose.

„Sie sind alle unbeschriftet. Was könnte das sein, Carl?" Maryanne packte die zweite Schachtel aus. Auch in dieser lagen vierundzwanzig Ampullen, ebenfalls mit einer klaren Flüssigkeit gefüllt und ebenso unbeschriftet.

Roomen betrachte das Glasgefäß in seiner Hand. „Angenommen, das ist die Originalverpackung, was sie nicht sein muss." Er machte eine kleine Pause. „Schmerzmittel, Antibiotika, Hormonpräparate und ähnliches wird normalerweise so verpackt." Er schüttelte die Ampulle noch einmal. „Seht ihr die Flocken? Sehen ein bisschen so aus wie der Eierstich in Oma Ingrids Hühnersuppe. Ich würde auf ein Proteinpräparat tippen. Bei unsachgemäßer Lagerung kann der Wirkstoff aus dem Lösungsmedium ausfallen."

Die beiden Ermittler schauten wie gebannt auf die kleinen weißen Flocken, die durch die Lösung tanzten.

„Aber wie gesagt", Roomen stellte die Ampulle zurück in den Karton. „Alle Ergebnisse unter Vorbehalt, bis der endgültige Laborbefund vorliegt. Hermann, komm bitte einmal her!"

Auf Roomens Ruf erschien ein dünner, blasser, junger Mann mit Nickelbrille und Seitenscheitel. „Darf ich vorstellen, mein neuer Assistent, Hermann van Büren."

„Angenehm." Mit einem laschen Händedruck begrüßte van Büren die beiden Ermittler. Dr. Roomen übergab seinem Assistenten die beiden Kartons. „Wir brauchen ein komplettes, analytisches Screening des

Inhalts, gleichen Sie die Ergebnisse bitte mit der Datenbank ab. Und das so schnell wie möglich."

„Sehr gerne, Herr Doktor Roomen." Van Büren nickte untertänig und verabschiedete sich. Kurz nachdem die Schritte des Assistenten im Treppenhaus nicht mehr zu hören waren, beugte sich Maryanne zu Dr. Roomen herüber. „Wo hast du denn diesen Knilch her?", fragte sie amüsiert.

„Sein Vater ist ein erfolgreicher Schönheitschirurg und Geschäftsmann, er hat sich dafür stark gemacht, dass sein Sohn bei mir in die Assistenz kommt. Hermann ist speziell, aber talentiert. Ich denke, mit dem geeigneten Lehrer kann er ein richtig Guter werden."

„Wenn es weiter nichts mehr gibt, sollten wir uns außerhalb dieses Saunaclubs besprechen", warf Gusenberg ein. Die Ermittler verabschiedeten sich von ihrem Kollegen und machten sich auf den Weg nach unten.

„Ach, Emil, bevor ich es vergesse." Roomen hielt den Ermittler an der Schulter fest. „Ich hab die SMS bekommen. Die eingetragene Todesursache von Arthur Tampling ist ein natürlicher Tod. Ein überraschender Herzinfarkt, aufgrund des stressigen Lebenswandels."

„Danke. So was in diese Richtung hatte ich mir schon gedacht."

Kapitel 29

Die Nacht war kurz, der Tag würde lang werden und in Maryanne brannte ein Feuer, das so schnell nicht erlöschen würde. Noch bis in die frühen Morgenstunden hatte die Spurensicherung am Tatort gearbeitet. Kurz nach Sonnenaufgang waren die beiden Zinksärge aus dem Haus getragen worden und wenig später wurde die Wohnung im dritten Stock versiegelt.

Nun, wieder im Büro, konnte die Jagd nach dem Mörder beginnen. Emil hatte ihr den Olivenzweig gereicht und sich bereit erklärt, etwas zum Frühstück zu holen.
Maryanne machte sich einen Kaffee, setzte sich an ihren Schreibtisch und checkte ihre E-Mails, vier Stück hatten sich in ihr Postfach verirrt. Nur drei hatten mit der Arbeit zu tun. Der Newsletter der Gewerkschaft und die Ankündigung für den jährlichen Fitness- und Schießtest. Maryanne löschte die beiden E-Mails, ohne sie gelesen zu haben. Die dritte war von ihrer Chefin Frau Weber, adressiert an sie und Emil: „Treffen in meinem Büro. Heute 12:00. Besprechung neuer Entwicklungen im Fall Yannick Lutzendorf." Maryanne schnappte sich einen Zettel, notierte den Termin und klebte ihn an Gusenbergs Bildschirm, bevor sie sich der letzten E-Mail zuwandte. Sie hatte sich noch nicht entschieden, welche der beiden Wege die elektronische Post gehen würde. Löschen oder Lesen. Der Cursor glitt in Richtung des kleinen Kreuzes. Was konnte sie schon verlieren? Selbst wenn sie die Nachricht las, sie musste ja nicht darauf antworten. Emil war nicht da, sie konnte sich also die fünf Minuten Zeit nehmen, um zu

erfahren, was Paul Esch von ihr wollte. Sie öffnete die E-Mail und begann zu lesen.

Hallo Maryanne,
Ich hoffe, es geht dir gut. Sorry, dass ich mich jetzt erst melde. Du weißt, dass ich 'ne harte Zeit hatte. Das soll keine Erklärung oder Ausrede sein. Ich will mich auch nicht verteidigen, ich möchte mich entschuldigen. Ich war ein Arsch und kann verstehen, wenn du die Mail einfach löschst.
Danke, dass du weiterliest. Ich habe damals einfach nicht erkannt, was ich in dir habe und habe es versaut. Ich weiß, du hältst nichts von zweiten Chancen, aber vielleicht kannst du nur für mich eine kleine Ausnahme machen. Es würde mich sehr freuen, wenn du dich bei mir meldest. Vielleicht könnten wir uns die Tage ja zum Essen treffen?
Liebe Grüße Paul

Maryanne war überrascht. Hatte Paul ihr nicht klar zu verstehen gegeben, dass die Sache vorbei war? Hatte er nicht gesagt, dass ihre, was auch immer sie hatten, sich nicht so entwickelte, wie er das wollte? Er hatte gesagt, er brauche Freiheit. Er sei ein einsamer Wolf.

Maryanne lehnte sich zurück. Sollte sie mit Paul essen gehen? Sollte sie überhaupt zurückschreiben? Gedankenverloren nippte sie an ihrem Kaffee. In einem Punkt hatte Paul recht, es war eine schöne Zeit gewesen, aufregend und irgendwie verrückt, fast wie in einem Hollywoodfilm. Leider hatte das Ende nicht zum Rest gepasst. Die Wünsche und Gefühle hatten sich in verschiedene Richtungen bewegt und so war die Sache so schnell vorbei gewesen, wie sie begonnen hatte. In den Wochen darauf hatte Paul nicht auf ihre Nachrichten geantwortet und war ihr aus dem Weg gegangen. Das hatte sie stärker verletzt, als sie sich eingestehen wollte. Nun, wo über die gesamte Sache Gras gewachsen war, meldete Paul sich wieder. Der Schmerz kam jedoch nicht zurück. Sie hatte mit der Sache abgeschlossen. Was konnte sie nun von dieser Beziehung erwarten? Romantik? Liebe? Rosen? Wohl kaum. Sie hatte ihre Bedingungen gestellt und war gescheitert, wenn müsste sie sich Paul beugen. Wollte sie das?

Im Moment war sie dankbar, dass Emil nicht da war. Ihm wäre ihr skeptischer Gesichtsausdruck aufgefallen und er hätte sofort nachgebohrt. „Die unersättliche Neugier ist eine meiner besten Eigenschaften", hatte er mal gesagt, als Maryanne ihn dabei ertappt hatte, wie er die Handtasche einer Zeugin durchwühlte, die gerade auf dem Klo war. Das Schlimme an Emil war, dass ihn sein Riecher selten täuschte. Auch wenn er ab und zu eine draufbekam. Damals hatte er einen Parkschein in der Tasche der Frau gefunden und so das Alibi ihres Mannes torpedieren können.

Maryanne überflog noch einmal die kurze E-Mail. Seit ihrer Scheidung hatte sie eine Aversion gegen zweite Chancen entwickelt. Ihr Mann hatte immer wieder gesagt, er würde sich ändern. Sie hat ihm geglaubt und es wurde schlimmer. Egal. Sie wollte die Vergangenheit ruhen lassen. Paul war nicht ihr Ex-Mann. Außerdem hatte sie nichts zu verlieren und ein bisschen Spaß im Leben konnte nicht schaden.

Sie klickte auf die Schaltfläche *E-Mail beantworten*. Maryanne begann zu tippen, nur zwei, drei Zeilen. Es fiel ihr schwer, ihre Gedanken in Worte zu fassen. Sie schloss das E-Mail-Programm, ohne die Nachricht abzuschicken. Sie brauchte ihm vorerst nicht zu antworten. Er konnte ruhig etwas länger schmoren.

Kapitel 30

Kramer hatte sich in die lange Schlange der Lohnsklaven eingereiht, die nach Westheim hineinströmten. Er war nicht mehr weit von dem Haus in der Sommerhäuserstraße entfernt, als der Verkehr fast zum Erliegen kam. Im Schritttempo ging es weiter, die Schaulustigen versuchten, einen Blick auf das zu erhaschen, was da vor sich ging. Viel war es nicht. Die Spuren des Feuers beschränkten sich auf einen schwarzen Klumpen im Hauseingang und eine rußgeschwärzte Wand, auf den Doppelmord deutete nichts hin. Kein Leichenwagen, keine Spurensicherung, einzig ein letzter Polizeiwagen stand halb auf dem Gehsteig. Von den Polizisten, die ihn dort abgestellt hatten, fehlte jede Spur.

Vor Kramer war die Straße frei, er gab Gas und verschwand im morgendlichen Berufsverkehr.

Er wusste nicht genau, was er tun sollte, als er einer Eingebung folgend den Blinker setzte. Sollte er zu Steffi? Wie lange war er jetzt nicht bei ihr gewesen? Gestern? Vorgestern? Noch hatte sie genug Essen und wahrscheinlich auch genug Angst, damit sie kein Problem war. Vorerst. Er würde sich später um sie kümmern, jetzt war es an der Zeit, dass er sich ein passendes Outfit für den Tag zulegte.

***

Kramer stöhnte leise, als er sich in der Umkleidekabine das Shirt auszog. Die Arme waren schwer, dumpf pochten die Muskeln bei der ungewohnten Belastung. Früher hätte ihn das Bisschen Belastung nicht so mitgenommen, früher hätte er Rokko aber auch nicht

237

gezeigt, wer am Ende die Hosen anhatte. Er entschied sich für ein weißes Hemd und ein dunkles Sakko von der Stange sowie eine Jeans. Damit sollte er später unter den Fernsehleuten nicht sonderlich auffallen.

Den Rest der Zeit überbrückte er mit Fast Food und dem Lesen der spärlichen Artikel über den Mord an einem Niemand, der sich zeitlebens für etwas Besseres gehalten hatte. Die Pressekonferenz zum gestrigen Spiel war für den frühen Nachmittag angesetzt; nach fünf Punkten in drei Spielen war Druck auf dem Kessel. Wenn er erst kurz vor dem Beginn kommen würde, wäre sicher kein Sitzplatz mehr frei und er würde bei den anderen Zaungästen nicht auffallen. Vorausgesetzt, der Typ aus dem Internet hatte ihn nicht reingelegt. Kramer prüfte erneut die Nachrichten, dieses Mal suchte er jedoch danach, ob sich sein Geschäftspartner zur Polizei getraut hatte. Wie erwartet, fand er nichts. Es war genauso, wie der Typ es gesagt hatte, er war nur ein Typ aus dem Internet, doch das funktionierte in beide Richtungen. Kramer steckte sich die Karte in die Tasche des Sportsakkos und brachte die letzten Meter zum Stadion zu Fuß hinter sich.

Noch hatte er Zeit. Etwas abseits beobachtete er, wie die Übertragungswagen vorfuhren und nach und nach den Parkplatz füllten. Kramer schloss sich einer Gruppe Reporter vom überregionalen Fernsehen an. Die Männer und Frauen steuerten auf ein Drehkreuz zu, neben dem ein Securitymann stand. Dieser nickte ihnen freundlich zu, während nacheinander die Chipkarten gelesen wurden. Ein grünes Licht leuchtete auf und die Gruppe wurde auf das Gelände des Stadions gelassen.

Seine Finger waren feucht, als er die Karte aus dem Sakko herausfischte und auf den Scanner am Eingang legte. Kramer war klar, dass er nicht einfach wegrennen konnte, falls das rote Licht aufleuchten würde. Er brauchte eine gute Ausrede, leider hatte er nicht einmal eine schlechte. Nach einer kurzen Pause leuchtete die Lampe grün auf. Kramer versuchte, sich die Erleichterung nicht anmerken zulassen, als er das Gelände betrat. Die Generalprobe konnte beginnen. Er folgte dem Strom der Reporter und wie er es gehofft hatte, war der Raum der Pressekonferenz zum Bersten gefüllte. Die Stühle auf der Bühne waren noch unbesetzt, während die wartenden Zuschauer die Köpfe zusammensteckten. Kramer lehnte sich gleich neben der Eingangstür an die Wand. Er hatte nicht vor, lange zu bleiben. Das Stimmengemurmel verstummte, als drei Personen das Podium betraten. Noch bevor die Begrüßung beendet war und die Fernsehkameras einen Schwenk durch den vollen Raum gemacht hatten, war Kramer fort. Niemand hatte ihm Beachtung geschenkt und so sollte es auch sein, er wollte nicht im Fernsehen auftauchen, zumindest noch nicht. Am Ende seiner Mission war ihm die Aufmerksamkeit aller Medien gewiss, aber bis es soweit war, gab es noch viel zu tun. Der erste Weg führte ihn auf eine der Toiletten, die nur ein paar Meter den Gang hinunter lag. Sicher gab es Nachzügler und die Security am Eingang hatten noch zu tun. Er würde ihnen noch knapp fünfzehn Minuten geben.

Der Vorraum war leer, alle Kabinen waren unbesetzt. Kramer ging zur letzten der vier und schloss sich ein. Es war kühl und bis auf das leise Brummen der Lüftung herrlich still. Er rief sich den Plan des Gebäudes ins Gedächtnis. Wenn er ungesehen in die Tiefen der Arena vordringen wollte, musste er in den Flur zurück und kurz vor dem Eingang durch die Tür ins Treppenhaus. Die fünfzehn Minuten vergingen quälend langsam, ohne dass etwas passierte. Niemand betrat die Toilette und als Kramer sich endlich erhob, war sein schlechtes Bein so lahm wie eh und je.

Er fluchte leise, als er sich auf den Weg machte. Jeder Schritt war eine Qual. Er hätte es besser wissen sollen, wie sollte er sich so einer Konfrontation entziehen? Er war, wie schon so viele Male davor, das schwächste Tier der Herde. Der Flur war leer, dumpfes Gemurmel drang an seine Ohren, die Pressekonferenz war noch in vollem Gange. Kramer lief, so schnell er konnte, den Flur entlang und spähte um die Ecke, auf die Tür, durch die er gekommen war. Sie war verschlossen und verwaist. Keine zehn Meter trennten Kramer von der nächsten Stufe seines Plans. Ohne Hektik schritt er auf die graue Tür zu, hinter der sich der Aufgang zum Treppenhaus verbarg. Wie es sich für eine Fluchttür gehörte, war sie frei zugänglich. Leise schloss er die Tür hinter sich und atmete tief durch. Er horchte in das Treppenhaus und stellte erleichtert fest, dass er nichts hörte. Nun musste er nur noch einen Ort finden, an dem er die nächsten Stunden ungestört warten konnte. Kramer stieg die Treppen hinab, bis er die unterste Ebene erreicht hatte. Hier befand er sich unterhalb der Katakomben, der Kabine und des Spielertunnels. Die Tür am Treppenabsatz war verschlossen. Etwas anderes hätte ihn auch überrascht. Seines Wissens verliefen hier unten Versorgungstunnel zwischen den einzelnen Technikräumen. Dies waren keine Orte, die ein Streuner wie er ohne Schlüssel betreten konnte.

Unter der Treppe stand ein verwaister Reinigungswagen. Er nahm einen Eimer und setzte sich darauf. Ab jetzt hieß es warten. Es war das, was er in den letzten Tagen und Wochen am meisten getan hatte und dennoch fiel es ihm schwer. Er war zu lange untätig gewesen und nun lief ihm die Zeit davon. Sein Handy hatte hier unten keinen Empfang, dabei hätte er nur zu gerne gewusst, ob schon mehr über Rokko und Denize in den Medien stand. Vielleicht hätte er zuerst einen Reporter anrufen sollen und erst dann die Polizei.

Irgendwo wurde eine Tür geöffnet.

Wie Donner schallte es zu ihm herunter. Kramer erschrak. Er wich zurück unter den Treppenabsatz, so dass man ihn von oben nicht sehen konnte. Er hörte das Klackern von Damenschuhen und beruhigte sich wieder. Wer immer da oben auf der Treppe war, die Frau wollte sicher nicht in einen der Technikräume. Ein zweiter, leiserer Donnerhall und das Klackern war verschwunden.

Bis in den frühen Abend kamen und gingen Leute und jedes Mal erstarrte Kramer. Jedoch wollte niemand zu ihm in den Keller. Er wartete bis neun Uhr abends, obwohl er seit halb acht keine Geräusche mehr gehört hatte und es seit acht Uhr im Treppenhaus stockdunkel war. Erst als er sich sicher war, dass sich niemand mehr auf dem Gelände befand, machte er sich auf den Weg die Treppen nach oben. Sein Ziel lag auf der obersten Ebene, ob er es erreichen würde, war noch immer unklar. Mit einer Hand an der Wand stieg er langsam das dunkle Treppenhaus nach oben. Einzig die gespenstisch schimmernden Notausgangsschilder gaben ihm Orientierung.

Oben angekommen, machte Kramer eine kurze Pause, um zu Atem zu kommen und die Lage zu sondieren, bevor er die Türklinke nach unten drückte und die Feuerschutztür einen Spaltbreit aufmachte. Schwaches Licht fiel durch die Glasfront an der Stirnseite des Flurs. Einzelne diffuse Spotlights an den Wänden erleichterten Kramer die Suche nach der letzten Tür, die es heute zu öffnen galt. Es dauerte nicht lange, bis er sie gefunden hatte. Kramers Herz schlug schneller, als er mit den Fingern über die goldenen Buchstaben fuhr. Hier stand er also vor dem Thronraum des Sonnenkönigs; nur ausgewählte Gäste hatten das Recht, diesen Raum zu betreten. Kramer zog die Chipkarte aus dem

Sakko und scannte sie. Nun zählte auch er zu den geladenen Gästen. Manchmal konnte das Leben wirklich einfach sein. Er schloss die Tür hinter sich und ließ die Szenerie auf sich wirken. Der Mond stand hoch und warf lange Schatten. Kramer bekam eine Gänsehaut. Er ging zum Fenster und setzte sich auf den Thron, strich sanft über das helle Leder und schloss die Augen. Er konnte den Blick auf den Rasen nicht ertragen. Solange war das seine Heimat gewesen und nun fühlte er nur noch Bitterkeit und Zorn.

Kramer wischte sich die Feuchtigkeit aus den Augenwinkeln. Mit diesem Leben hatte er abgeschlossen, den Mann von damals gab es nicht mehr. Er war vergessen und vergangen. Es war Zeit für einen Drink und zum Glück stand hinter ihm eine Bar. Die meisten der Marken sagten ihm nichts. Er unterschied nur zwischen klarem Schnaps und anderem. Klare konnte er nicht ab, Wodka, Korn oder Gin, ein Glas und er hätte morgen einen Kater.

Er nahm eine Flasche Rum vom Regal und roch daran. Süßlich und würzig. Der würde es werden, auf ein Glas verzichtete er. Scharf und vitalisierend flutete der Alkohol Kramers Mund und drang in einer warmen Welle durch seinen Körper. Es folgten ein zweiter Schluck und ein dritter.

Die Tür der Lounge öffnete sich in dem Moment, in dem Kramer die Flasche zurückstellen wollte. Ein Lichtkegel schoss in den Raum und Kramer ließ sich geistesgewärtig zu Boden gleiten. Schritte hallten unendlich laut von den Wänden wider. In der Spiegelung der Scheibe konnte Kramer den Nachtwächter erkennen, der mit seiner Taschenlampe in der Tür stand. Scheiße. Wäre er doch nicht so unnötig lange geblieben. Er umschloss den Hals der Flasche, bereit zuzuschlagen, falls der Mann ihn entdecken würde. Sein ganzer Plan, die ganze Vorbereitung, alles stand auf dem Spiel, wegen dieses einen, unbedeutenden Rädchens im System. Der Mann leuchtete scheinbar ziellos durch den Raum, ohne ihn zu betreten. Kramer fixierte ihn scharf, die Demut des Mannes in der Tür würde ihm wahrscheinlich das Leben retten. Nach einem weiteren kurzen Moment schloss sich die Tür und Kramer atmete erleichtert aus. Seine Hände waren nass vom Schweiß und klebrig vom Rum. Er stellte die Flasche zurück und verschwand über denselben Weg, über den er gekommen war.

Kapitel 31

Rokkos massive Gestalt besaß eine Aura von Gewalt und Selbstzerstörung. Bleich und kalt lag er da. Gusenberg beugte sich über den halbnackten Körper. So nah war er dem lebenden Rokko nie gekommen. Jetzt erst fiel ihm auf, in was für einem schlechten körperlichen Zustand Rokko zu Lebzeiten gewesen war. Der Alkohol hatte von den scharfen Gesichtszügen des jungen Sascha Rokonwitz nichts mehr übrig gelassen. Das Gewebe war aufgedunsen und von feinen Linien durchzogen. Die Augen hatten einen ungesunden Gelbstich und die aufgeplatzten Lippen verbargen eine Reihe von nicht minder gelben Zähnen. Einer fehlte, ob er gezogen oder ausgeschlagen worden war, konnte nicht festgestellt werden. Gusenberg betrachtete die groben Hände, durch die zu Lebzeiten so viel Geld und Drogen gewanderte waren. Die Fingernägel waren lang, vom Nikotin verfärbt und dreckig. Gusenberg war kein Arzt, aber lange hätte Rokkos Körper dieses Leben nicht mehr mitgemacht.

Denize hingegen hätte sicher noch Zeit auf der Uhr gehabt. Hatte sie in ihrem auf ihrem Bett noch schlafend gewirkt, hatte sie nun die Kälte des Todes vollumfänglich umschlossen. Die Haut fahl und kalt, das Gesicht starr und emotionslos. Auch ihr konnte Gusenberg ansehen, dass das Leben es nicht immer gut mit ihr gemeint hatte. Was war in dem Leben der jungen Frau nur so schief gelaufen, dass sie sich mit einem Typen wie Rokko abgegeben hatte? Egal was es war, am Ende hatte es ihr Leben gekostet. Das hätte nicht sein müssen.

„Woran ist Rokko denn jetzt gestorben, Carl?" Gusenberg wandte sich wieder Rokkos Leiche zu.

„Am Ende ist er an einem stumpfen Schädeltrauma gestorben. Die Waffe war eine Art Knüppel, ein Schlagstock oder eine Stahlrute. Aber wie ich schon am Tatort angemerkt habe, selbst ohne die Schläge auf den Kopf wäre er gestorben. Eine Fraktur der Milz hat zu starken Einblutungen in die Bauchhöhle geführt, am Ende wäre er verblutet, bevor ihn jemand gefunden hätte." Dr. Carl Roomen stand auf der anderen Seite des Tisches und schlug das Tuch weiter zurück. Gusenberg umrundete den Tisch und stellte sich neben den Gerichtsmediziner. „Siehst du?" Roomen deutete auf die von Hämatomen überzogene rechte Flanke.

In diesem Moment betrat Hermann van Büren den Obduktionssaal, dicht gefolgt von Maryanne. „Entschuldigung, ich wurde aufgehalten."

„Du hast nichts verpasst, Carl wollte mir gerade etwas zeigen." Mit ein paar schnellen Schritten gesellten sich die Neuankömmlinge zu Gusenberg und Dr. Roomen.

„Wie gesagt, das Schädeltrauma war tödlich, auch wenn er so oder so verblutet wäre. Das Bemerkenswerte an dieser Tat ist der Akt der Folter." Dr. Roomen entfernte das Leichentuch nun vollständig und legte das schlimm zugerichtete rechte Bein frei. Mit einer Handbewegung lenkte er die Aufmerksamkeit der Anwesenden auf den rechten Unterschenkel, der im Vergleich zum linken kaum als ein solcher zu erkennen war. Unter einem Wald von dunklen Haaren klafften Dutzende kleiner Wunden wie hungrige Mäuler wilder Bestien.

„Es ist davon auszugehen, dass die Mordwaffe auch für diese Verletzungen verantwortlich ist. Durch die vielen Schwellungen ist das ganze Ausmaß des Schadens von außen fast nicht zu erkennen. Hermann sei so gut und hole die Röntgenbilder."

„Alle? Oder nur die des Unterschenkels?"

„Alle, bitte. Denn auch der Oberschenkel und das Knie sind sehr interessant."

Gehorsam machte sich Hermann auf den Weg. Jeder im Raum schwieg, während sie warteten. Dies war kein Ort für Small Talk, auch wenn Carl Roomen versucht hatte, dem Raum ein bisschen mehr Leben einzuhauchen. An einer Wand hing ein Kalender mit Lokomotiven, der großen Leidenschaft des Gerichtsmediziners. Auf den Schränken staubten Plastiktopfpflanzen vor sich hin und auf dem Schreibtisch, den Leichen abgewandt, standen Fotos von seinen Enkeln.

Als Dr. Roomens Assistent kurz darauf mit den Bildern zurückkam, erkannten Gusenberg, was der Doktor gemeint hatte. „Sicher, dass das ein Schienbein ist und kein Puzzle?"

Dr. Roomen heftete zwei weitere Bilder an den Leuchtkasten. „Der Oberschenkel und das Knie. Beide folgend dem Schema des Unterschenkels, auch hier wurde in kurzen Abständen immer wieder zugeschlagen." Der Gerichtsmediziner fuhr mit dem Finger vom Knöchel in Richtung Knie. „Das Muster der Splitter zeigt, dass der Täter von unten nach oben zugeschlagen hat. Diese Fraktur der Tibia dürfte die Folge des ersten Hiebes sein. Bemerkenswert ist, dass die Intensität der Schläge über die Zeit kaum abgenommen hat. Zwar fallen die Frakturen der Femur geringer aus, dies lässt sich aber mit der höheren Knochendichte erklären."

„Alles vollkommen zersplittert. Wer immer das getan hat, muss eine unbändige Wut gehabt haben. Da er das andere Bein verschont hat, wollte er definitiv eine Botschaft senden. An wen auch immer", stellte Gusenberg fest.

Hermann trat einen Schritt näher an die Ermittler heran und richtete seine Brille. „Das ist korrekt. Wer immer diesen Mann so zugerichtet hat, kannte ihn und muss ihn gehasst haben. Bei seiner Vita nicht unverständlich und ganz sicher nicht unverdient. Rache ist meiner Meinung nach das einzig sinnvolle Motiv. Ist sie doch auch eine der ältesten Motivationen, die der Mensch kennt."

Gusenberg blickte zu Maryanne hinüber, diese verdrehte die Augen, doch bevor er etwas sagen konnte, klingelte irgendwo ein Telefon. „Da muss ich rangehen. Wenn ihr keine weiteren Fragen habt, müsst ihr euch gedulden, bis der Abschlussbericht fertig ist."

Kurz nachdem Dr. Roomen verschwunden war, verstummte das Klingeln und die unangenehme Stille machte sich erneut breit. Maryanne trat von einem Bein auf das andere, sichtlich erpicht, nicht noch mehr Worte mit Hermann wechseln zu müssen.

„Wo waren wir stehen geblieben?" Hermann knüpfte an seinen Monolog an. „Ach ja, Rache. Ein Mann wie dieser hatte sicher viele Feinde. Es ist kein Wunder, dass es ihn so niederstreckt. Rache, ein starkes Motiv, aber auch ein reines. Zu oft versagt das Gesetz bei der Gerechtigkeit und –"

„Das ist keine Tragödie von Shakespeare, Hermann." Maryanne schnitt ihm das Wort ab. „Rokko wurde nicht von einem tragischen Helden aus einem Theaterstück umgebracht. Er wurde brutal zu Tode gefoltert und das auf keinen Fall aus edlen Motiven heraus."

„Aber –"

„Nichts aber. Auf Wiedersehen, wir haben jetzt zu tun. Irgendwo da draußen läuft ein Mörder frei herum, und hier drinnen werden wir ihn nicht finden."

Hermann blickte Hilfe suchend zu Gusenberg, dieser zuckte nur mit den Schultern. „Ich bin da bei Maryanne, so eine Tat hat nichts Reines, nicht Gerechtes und ist nicht entschuldbar. Deshalb gehen wir jetzt auch diesen Mörder fangen."

***

„So ein weltfremder Knilch." Maryanne schnaubte verächtlich. „Aber mit einem Punkt hatte er recht." Die Ermittlerin stockte und sah ihren Kollegen fragend an. „Es ist wirklich nicht verwunderlich, dass Rokko einen so brutalen Tod gestorben ist. Wer mit dem Schwert regiert, wird durch das Schwert fallen. Der Rest von seinem Gelaber war Müll." Maryanne konnte sich ein Lachen nicht verkneifen. „Ich hoffe nur, dass Carl nicht so bald in Rente geht. Wenn wir einen Hermann als Ersatz bekommen, erschieße ich mich."

„Das ist vielleicht etwas drastisch, Maryanne, aber ich kann dich verstehen. Wie machen wir jetzt weiter?"

„Klinkenputzen? Noch mal mit Schellner sprechen? Auf den Bericht der Spurensicherung warten?" Maryanne zählte ihre Optionen an den Finger ab. „Und hoffen, dass einer der tausend Freier, die ihre Spuren in der Wohnung hinterlassen haben, der Täter ist? Bis die alle Spuren ausgewertet haben, vergehen Tage. Ich will keine Zeit verschwenden."

„Wenn das Motiv Rache und die Tat symbolisch war, muss der Täter aus Rokkos Umfeld kommen. Es muss einen Vorfall geben, auf den der Mörder Bezug genommen hat. Finden wir den, finden wir den Mörder."

„Soweit so klar. Aber wo fangen wir an?" Maryanne hob abwägend die Hände. „Drogen und Prostitution waren Rokkos Hauptbetätigungsfelder. Die Chance ist hoch, dass der Täter aus diesem Metier kommt."

„Wir sollten uns aufteilen, ich schau bei meinen ehemaligen Kollegen von der Sitte vorbei und du bei deinen Freunden vom Drogendezernat. Peer soll sich um Mord und Totschlag kümmern und schauen, ob wir da einen Ansatzpunkt finden. Mit etwas Glück ist der Fall aktenkundig."

***

Bis auf einen netten Plausch und der Erkenntnis, dass viele der alten Kollegen nicht mehr da waren, brachte der Besuch bei der Sitte nichts ein. Niemand konnte sich an eine ähnliche Tat erinnern. Niemand hatte eine Aussage aufgenommen, in der so eine Tat auch nur angedeutet wurde. Aber so leicht würde sich Gusenberg nicht geschlagen geben, es wäre auch zu einfach gewesen, wenn ihm die Information einfach so in den Schoss gefallen wäre.

Gusenberg durchforstete die digitalen Akten im Archiv. Die Information, die er suchte, musste irgendwo sein. Sie schlummerte vielleicht in einem Abschlussbericht oder einer Anzeige. Vielleicht war es auch nur eine händische Notiz, die ein akribisch arbeitender Kollege vor Jahren angefertigt hatte.

Zuerst nahm sich der Ermittler alle Akten vor, die direkt oder indirekt mit Rokko in Verbindung standen, dann die, bei denen kein Täter ermittelt werden konnte und schließlich prüfte er noch die Berichte, bei denen die Opfer am Ende von einer Anzeige abgesehen hatten. Gusenberg blätterte durch den Katalog der gescheiterten Beziehungen und geschlagenen Frauen. Ob Rokko auch gegenüber Denize gewalttätig gewesen war? Jede Akte, jedes Bild, eine zerbrochene Existenz.

Gusenberg schaute in die Augen einer jungen, blonden Frau. Sie hatte blaue Augen. Unter der Zusammenfassung ihrer Aussage stand „zurückgezogen“. Vielleicht hatte sie es geschafft, einen Schlussstrich zu ziehen, vielleicht war sie auch schon totgeprügelt worden.

Hier war die Information nicht zu finden. Gusenberg fuhr frustriert den Computer runter und las die Nachrichten, die ihm Maryanne geschickt hatte. Seine Laune wurde dadurch nicht besser, auch sie hatte keinen Erfolg gehabt. Gusenberg wählte die Nummer von Kolat Yilmaz und legte nach dem fünften Klingeln wieder auf.

Er zog sich seine Jacke über und machte Feierabend. Das war doch alles ein riesen Haufen Scheiße. Ein ganzes Haus voller Prostituierter und Freier und niemand hatte etwas gesehen. Eine symbolische Tat und kein Bezug. Irgendwo in dieser Stadt lag ein Puzzleteil, das dem ganzen Bild einen Sinn gab.

Die Nacht war kalt. Erst jetzt erkannte Gusenberg, wie stickig es in dem alten Kabuff gewesen war, in dem er stoisch durch die Akten klickte. In Gedanken war er wieder in der Gerichtsmedizin. Bei Rokko und Denize. Ein Leben, das so enden musste und ein Leben, das einfach so ausgelöscht wurde.

Es musste einen Ansatzpunkt geben, er sah ihn einfach nicht. Vielleicht würden eine warme Mahlzeit und eine Mütze Schlaf Klarheit bringen.

Er war der einzige Gast in dem Pizzaimbiss. Die Nachtschwärmer ließen noch auf sich warten, das arbeitende Volk hatte es sich schon vor dem Fernseher gemütlich gemacht. Wie immer bestellte er eine Capricciosa. Der Pizzabäcker, ein kleiner Mann mit halblangen grauen Haaren grüßte den Ermittler freundlich lächelnd. Er versuchte, Gusenberg in ein Gespräch zu verwickeln, aber dieser blockte ab. Er aß die Hälfte der Pizza und packte den Rest ein. An solchen Tagen schmeckte eine Hälfte fantastisch und die andere Hälfte furchtbar.

Gedankenverloren schlenderte Gusenberg seiner Kneipe entgegen. Morgen würde er Hugo anrufen und sich die Zeugenaussagen der Prostituierten anschauen. Denize hatte lange genug in dem Haus gelebt, um vielleicht ein paar freundschaftliche Kontakte geknüpft zu haben.

Einen Versuch war es wert, weniger als heute konnte er morgen auch nicht erreichen. Gusenberg stellte die

Pizza auf der Theke ab, setzte sich auf einen der Hocker und ließ die Erkenntnisse des Tages Revue passieren.

Was war, wenn der Mord an Rokko nicht mit dem organisierten Verbrechen, sondern doch mit dem SFC zu tun hatte? Er holte seinen Laptop und durchsuchte das Internet. Rokko liebte die Gewalt, um der Gewalt willen. Hatte Maryanne nicht erzählt, dass er früher eine große Nummer in der Hooliganszene gewesen war? Vielleicht war es eine alte Rechnung vom Straßenkampf, die hier beglichen worden war.

Der Ermittler durchforstete Zeitungsarchive auf der Suche nach einer schweren Beinverletzung und gewalttätigen Anhängern des SFCs, konnte aber nichts finden. Einzig eine kurze Pressemeldung aus der Zeit, in der der SFC sich zurück in den Profifußball kämpfte, tauchte auf. Der Stürmer Malte Kramer hatte nach einer nicht näher definierten schweren Beinverletzung seine junge Karriere beenden müssen. Die Verletzung hatte er sich bei einer unglücklichen Kollision im Training zugezogen. Gusenberg klappte den Laptop zu. Wenn er wenigstens ein paar Stunden schlafen wollte, sollte er jetzt damit anfangen.

Kapitel 32

Das Desinfektionsmittel brannte auf Gusenbergs schorfiger Haut. Unwillkürlich zuckte der Ermittler zurück.

„Können Sie nicht einfach ruhig sitzen bleiben? Jeder Fünfjährige hat mehr Disziplin als Sie!"

Gusenberg hatte den Kopf unnatürlich weit nach hinten gelehnt. „Das ist keine Disziplin. Die bekommen am Ende einen Lolli: Das ist Bestechung. Sie können diese beiden Vorgänge nicht miteinander vergleichen. Immerhin bin ich mir der zugrunde liegenden Psychologie bewusst." Ohne Vorwarnung drückte die Ärztin den Wattebausch auf Gusenbergs genähte Augenbraue.

Das anschließende Ziehen der Fäden war weniger schlimm, als Gusenberg es sich aus Kindertagen in Erinnerung rief. Es ging schnell und war schmerzfrei, aber hinterließ ein seltsames Gefühl, auf das er in nächster Zeit sicher verzichten konnte und alles nur, weil ein Rammbock auf Koks den dicken Max machen musste. Als wäre der Aufenthalt im Krankenhaus nicht schon schlimm genug, musste Gusenberg auch noch zur Nachversorgung.

Die ganzen alten Menschen im Wartezimmer, gefühlt schon über der Schwelle ins Jenseits, husteten und röchelten fröhlich vor sich hin. Furchtbar. Jetzt galt: Bloß nichts anfassen und auf das eigene Immunsystem vertrauen. Ärzte, Praxen, Krankenhäuser wurden alle geflissentlich von ihm gemieden. Ganz besonders mied er den größten Folterknecht von allen. Seinen Zahnarzt. Leider konnte er ihm nicht auf Dauer entkommen, aber er konnte mit penibler Zahnhygiene versuchen, sich möglichst lange davor zu drücken. So hatte Gusenberg schon vier Jahre zwischen sich und den letzten Besuch bekommen. Tendenz steigend.

Die Ärztin bot ihm an, ihn noch zwei Tage krankzuschreiben, aber Gusenberg hatte zu tun. Außerdem war er seit Rokkos Tod und Maryannes Besuch in seiner Kneipe wieder im Dienst – wenn er es ganz genau nahm, war er gar nicht aus dem Dienst ausgetreten. Deshalb führte ihn sein Weg auch nicht, wie von der Ärztin empfohlen, nach Hause, sondern ins Präsidium.

Im gelben Haus, wie die Bevölkerung den ursprünglichen Altbau der Polizei wegen der ungewöhnlich gefärbten Fassade nannte, fand Gusenberg das Büro von Maryanne und ihm unverschlossen, aber leer vor. Wie gestern klebte ein Post-it am Bildschirm seines Computers. „Besprechung mit der Chefin 12:00." Die Digitaluhr über der Tür zeigte 11:57:54 an. Wenn er noch pünktlich kommen wollte, musste er sich beeilen.

Gusenberg spurtete die Treppe nach oben, er hatte keine Zeit, um auf den Aufzug zu warten. Das Büro seiner Chefin war im obersten Geschoss, drei Stockwerke über ihrem. Am Treppenabsatz angekommen, machte er eine kurze Pause. Er nahm sich ein, zwei Momente, um wieder zu Atem zu kommen, dann schlenderte er zur Bürotür, klopfte und trat ein. Zu seiner Überraschung waren nicht nur Frau Weber und Maryanne da. Es waren außerdem noch zwei Männer anwesend, von denen Gusenberg jedoch nur einen erkannte. Sein besonderer Freund Paul Esch. Was wollte der hier? War Esch nicht auf unbefristete Zeit beurlaubt?

„Gut, dass Sie da sind, Emil, wir wussten nicht, ob Sie es pünktlich schaffen", begrüßte ihn Frau Weber.

„Steht dir echt gut zu Gesicht", spottete Esch.

Er wollte erst nichts erwidern, konnte dem inneren Drang jedoch nicht widerstehen. „Du hattest fast eine

Woche Zeit, dir einen Spruch zu überlegen, und das ist alles? Schwach, Paul, echt schwach. Selbst für dich." Gusenberg setzte sich auf den letzten freien Stuhl im Büro. Ihre Chefin warf den beiden Streithähnen böse Blicke zu, bevor sie fortfuhr.

„Ich habe Sie hier zusammengerufen, da wir entscheidende Fortschritte im Fall Lutzendorf gemacht haben. Dies ist ausschließlich der scharfen Auffassungsgabe unseres geschätzten Kollegen Paul Esch zu verdanken." Sie machte eine gönnerhafte Geste in Eschs Richtung. „Er hat es geschafft, einen Zeugen für den Unfall ausfindig zu machen. Dieser kann bezeugen, dass es sich bei dem Tod von Yannick Lutzendorf wirklich nur um einen tragischen Unfall handelte. Unser Gast Herr Björn Hauptmann ist der Zeuge, der den Unfallhergang beobachtet hat."

„Äh ..." Gusenberg schaltete sich in das Gespräch ein. „Der Unfall ist mehr als eine Woche her, wieso melden sich die beiden erst jetzt?"

„Na ja, es ist so ..." Björn Hauptmann druckste eine Weile herum, bis er zum Punkt kam. „Ich habe mich dort mit einer Prostituierten zum Sex getroffen. Ich bin verheiratet und habe Kinder. Ich wollte nur mal was Neues ausprobieren. Aber meine Frau kann mir nicht alles geben."

„Niemand verurteilt Sie für Ihre sexuellen Neigungen", beschwichtigte Frau Weber den Mann, dem sein nächtliches Treiben sichtlich unangenehm war.

„Und wer war die Frau?", fragte Gusenberg knapp.

„Keine Ahnung, ich habe sie am Europastern aufgegriffen. Es war ganz spontan. Ich wusste nicht, was ich tat, da saß sie schon in meinem Auto. Eigentlich wollte sie mit mir in den Rheynauer Forst, aber ich hatte Angst, dass dort jemand meinen Wagen sieht. Also sind wir rausgefahren auf diesen Parkplatz."

„Könnten Sie uns nun von dem Unfall berichten, um uns alle auf den Kenntnisstand von Herrn Hauptkommissar Esch zu bringen", sagte Frau Weber, während sie sich eifrig Notizen machte.

„Wie gesagt, ich und die Dame hatten es gerade getan. Sie stand am Auto und rauchte eine Zigarette. Kurz darauf geschah der Unfall."

„Könnten Sie diesen näher beschreiben?", hakte die Polizeichefin nach.

„Klar. Aber eigentlich gibt es da nicht viel zu beschreiben. Der Sportwagen kam aus Richtung Stadt gefahren, ich weiß nicht, wie schnell, aber definitiv schneller als erlaubt. Da ist ja nur achtzig. Ich habe mir noch gedacht: *Der fährt aber schnell*, und einen Augenblick später war er schon gegen den Baum geprallt. Ein Mordskrach. Die Frau hat vor Schreck ihre Kippe fallen gelassen. Als ich realisiert habe, was da passiert ist, hat der Wagen auch schon gebrannt. Wir standen wie angewurzelt da oben fest, ohne zu wissen, was wir tun sollten. Erst wollte ich helfen, aber der Wagen brannte schon so stark, dass da nichts mehr zu machen war. Die Frau wollte weg und drängte zum Gehen. Ich glaube, sie hatte Angst, der Polizei Fragen zu beantworten. Was hätte ich denn auch anderes tun sollen?", platzte es aus Hauptmann heraus. „Ich habe meiner Frau gesagt, ich müsse Überstunden machen. Ich konnte einfach nicht eingreifen. Ich hätte der Polizei doch sagen müssen, wer ich bin und was ich hier mache. Außerdem hat diese Nutte die ganze Zeit an meiner Jacke gezerrt." Keiner ging auf Hauptmanns Gefühlsexplosion ein. „Kurz darauf kam dann ein Taxi an den Unfallort, das hielt an und wir sind gefahren."

Frau Weber versicherte dem vollkommen aufgelösten Hauptmann, dass alles diskret behandelt werden würde, bevor der Mann das Büro verließ.

„Wo hast du denn diesen Traumtyp aufgegabelt, Esch?", fragte Gusenberg, kurz nachdem die Bürotür ins Schloss gefallen war.

„Tja, ich weiß halt, wie der Hase läuft, und kenne Westheim wie meine Westentasche. Daher weiß ich auch, dass in der Nähe des Unfallorts ein beliebter Sextreff ist. Eigentlich ist da jeden Abend was los. Die Stadt versucht schon seit Jahren, das zu unterbinden. Die Chancen standen also nicht schlecht, dass auch am Abend des Unfalls dort oben Betrieb herrschte. Ich musste mich also nur in der Szene umhören und mit ein paar Damen vom Europaplatz sprechen. Eine hatte von der Story über eine Freundin erfahren und schon lief alles wie von selbst. Ganz einfache Ermittlungsarbeit. Solltest du doch eigentlich kennen." Gusenberg schnaubte verächtlich. Diesmal setzte es keine bösen Blicke.

„Alles in allem", fasste die Chefin zusammen, „können wir dank dieser Ermittlungen den Fall *Yannick Lutzendorf* als abgeschlossen betrachten. Die Tatsache, dass nichts gegen einen Unfall spricht, die bisher unfruchtbaren Ermittlungen, die Aussage des Taxifahrers und nun die Aussage von Herrn Hauptmann. Alles deutet in eine Richtung."

„Das darf doch nicht wahr sein!", entfuhr es Gusenberg. „Gestern klang das alles noch ganz anders. Es gibt einen ungeklärten Todesfall, samt Einbruch und Körperverletzung und der einzige Verdächtige wird kurz darauf ermordet. Soweit die Fakten. Und Sie sagen jetzt, dass das nichts miteinander zu tun hat? Nur weil dieser Typ da eine vage Aussage macht? Da steckt mehr dahinter. Der Fall kann noch lange nicht als abgeschlossen betrachtet werden. Was ist mit den Drohbriefen? Dem gestohlenen Laptop? Was ist mit den Verbindungen in die Hooliganszene?" Gusenberg konnte sich nur noch mühsam in seinem Stuhl halten.

„Da es kein ungeklärter Todesfall mehr ist, sondern ein Unfall, gibt es auch keinen Tatverdächtigen mehr und deshalb keinen Fall", fuhr die Polizeichefin ruhig mit ihren Ausführungen fort. „Ich nehme an, dass der Einbruch eine Affekthandlung war, da Rokonwitz sicher wusste, dass Yannick verstorben war. Er witterte eine Chance auf Beute und brach in die Wohnung ein. Ob die Drohbriefe von Fans oder von Yannick selbst geschrieben wurden, spielt für uns keine Rolle mehr. Außerdem, haben Sie nicht noch den Toten vom Parkplatz in der Nordstadt?", fragte sie direkt an den Ermittler gewandt.

„Nein, den habe ich nicht mehr", gab Gusenberg etwas schnippischer zurück, als geplant. „Was ich damit sagen will, ist, ich habe einen Verdächtigen. Ein kleiner Junkie, der vom Drogendezernat dabei erwischt wurde, wie er einen Teil der Drogen des Toten am Bahnhof verticken wollte. Es ist immer ungünstig, wenn man den Stoff einem Undercoverbeamten andrehen will. Der Mann war bisher nicht erkennungsdienstlich erfasst. Die Fingerabdrücke passen zu denen im Auto, auf den DNA-Abgleich warte ich noch. Der Verdächtige schweigt zwar, aber es wird ihm nichts nützen, sobald die Labordaten da sind, ist er dran. Ich kann mich also weiter um den Mord an Rokko und Denize kümmern."

„Müssen Sie aber nicht."

Gusenberg stutzte. Was hatte seine Chefin da gerade gesagt?

„Da Paul wieder im Dienst ist, wird er den Fall übernehmen, dann können Sie sich noch etwas schonen, immerhin wurden Sie erst vor ein paar Tagen im Dienst verletzt. Sie kennen ja das offizielle Prozedere. Eigentlich sollten Sie gar nicht hier sein, aber das ignoriere ich jetzt einfach mal. Wenn nun alles geklärt ist, können Sie jetzt gehen."

„Zwei kurze Fragen noch." Frau Weber nickte. „Wo ist diese Maria Beljajew, die Prostituierte, die im Mordfall Denize und Rokko ausgesagt hat?"

„Meines Wissens nach sitzt sie aufgrund fehlender Papiere in Abschiebehaft. Sie hat aber auch keine sinnvollen Aussagen machen können, nichts was uns bei den Ermittlungen helfen könnte. Wir haben ihre Aussage aufgenommen und sie dann der Einwanderungsbehörde überstellt. Und Ihre zweite Frage?"

„Die richtet sich an Esch." Gusenberg entfaltete das Phantombild von Steffis bester Freundin und hielt es Esch hin. „Kennst du diese Frau?"

Esch kniff die Augen zusammen, dann schüttelte er den Kopf. „Sollte ich das?"

„Wäre auch zu schön gewesen."

***

„Was war das denn bitte?" Gusenberg schloss die Bürotür so fest hinter sich, dass die Dartscheibe an der Innenseite bedenklich ins Wanken kam.

„Was meinst du?", fragte seine Kollegin.

„Die Aussage von Hauptmann, diese ganze Sexgeschichte. Das ist doch alles erstunken und erlogen! Ich wette, der war zu dem Zeitpunkt nicht einmal am Unfallort. Und dann diese ominöse Prostituierte."

„Es sind nicht alle Menschen so böse, wie du immer denkst! Ab und zu sollte man ihnen auch mal vertrauen! Du witterst einfach überall Verschwörungen. Das ist nicht gesund. Seit wann bist du so paranoid?"

„Ich paranoid? Du bist einfach nur leichtgläubig, dabei solltest du es besser wissen! Du hast recht. Ich traue Esch nicht. Ich traue dem Zeugen nicht und ich weiß, dass da noch mehr im Busch ist! Wo ist der Laptop? Wo ist Steffi? Diese Fragen klären sich nicht, wenn wir einen Unfallbericht schreiben und dann die Füße hochlegen. Oder nimmt uns Esch auch diese Aufgabe ab?"

„Du kannst Paul einfach nicht leiden. Deshalb gönnst du ihm den Erfolg nicht!"

„Und du hast wieder mit ihm angebandelt. Du bist ja überhaupt nicht befangen."

„Mein Privatleben geht dich nichts an, Emil. Darum geht es nicht. Das tut nichts zur Sache."

„Darum geht es doch", gab Gusenberg trotzig zurück. „Oder warst du nicht mit ihm Essen?"

„Spionierst du mir nach? Steck deine Nase nicht in meine Angelegenheiten!" Maryanne war nun von ihrem Stuhl aufgesprungen und ging zwei Schritte auf Gusenberg zu.

„Nein, ich spioniere dir nicht nach", beschwichtigte Gusenberg seine Kollegin. „Dein Kalender liegt offen auf dem Schreibtisch und der Termin ist eingetragen. Ich stalke dich also nicht. Ich bin einfach nur ein ausgezeichneter Ermittler."

„Du bist ein eitler Fatzke, der seine Augen und Finger nicht bei sich behalten kann und außerdem anderen den Erfolg madig machen will! Du kannst dich gerne wieder mit mir unterhalten, wenn du kein Arschloch mehr bist!"

Gusenberg setzte dazu an, etwas zu sagen. Etwas, was die Worte *Esch, dumm, inkompetent* und *Arsch* enthielt. Doch Maryanne ließ ihn nicht mehr zu Wort kommen. Mit einem bösen Blick stürmte sie wütend aus dem Büro und ließ Gusenberg alleine stehen.

***

Maryanne war erleichtert, als sie nach einer halben Stunde wiederkam und das Büro leer vorfand. Sie wusste, dass sie die Sache mit Gusenberg klären musste, aber nicht jetzt. Sie war noch zu wütend für ein versöhnliches Gespräch. Sie war wütend auf ihren Kollegen, aber auch auf sich. Gusenberg hatte ihr vorgeworfen, dass sie Privates und Dienstliches vermischen

würde, dass das ihren Blick auf die Fakten trüben
würde und das Schlimmste an der Sache war, dass er
teilweise recht hatte. Sie selbst wusste nicht, was genau
zwischen ihr und Paul war und ob dieses unförmige Ge-
bilde aus Zuneigung, Sex und Abweisung ihre Professi-
onalität beeinflusste. Egal was es war, sie würde es bald
herausfinden, morgen Abend würde sie sich wieder mit
Paul treffen.

Kapitel 33

Gusenberg konnte es nicht glauben. Waren die blind oder blöd? Wahrscheinlich beides. Die eine durfte nichts sehen, die andere wollte nichts sehen und Esch war einfach nur ein blödes Arschloch. „Zwei nicht zusammenhängende Ermittlungen" – ein Scheiß. Viel offensichtlicher konnten die Verbindungen nicht sein. Gusenberg konnte es nicht glauben. Er war gerade durch die Blume kalt gestellt. Verdammt. Wie aus dem Nichts schoss ihm ein Gedanke durch den Kopf, eine Tatsache, die er im Gespräch vergessen hatte zu erwähnen. Der Tod von Dr. Arthur Tampling. Laut Boulevardpresse war Yannick schon beim Medizincheck bei seinem neuen Verein gewesen. Nun, drei Wochen später, waren alle Beteiligten tot. Der Ermittler wog die Chancen ab, seine Chefin mit dieser Information doch noch von der Notwendigkeit der Ermittlungen zu überzeugen, kam jedoch zu dem Schluss, diesen Trumpf nicht leichtsinnig aufs Spiel zu setzen. Gusenberg würde alles, was er hatte, darauf wetten, dass die beiden Fälle miteinander zu tun hatten und er würde die Wette gewinnen.

„Wir danken Ihnen für Ihre Ehrlichkeit und versprechen, die ganze Sache diskret zu behandeln!" Die nasale Stimme seiner Chefin klang in seinen Ohren nach. Es war zum Kotzen! Seit wann war ein fremdbumsender Schwachkopf ein ernstzunehmender Zeuge? Vor Gericht würde dessen Aussage keine Sekunde standhalten, aber wo kein Kläger da kein Richter. Gusenberg kochte vor Wut, er lief in seinem Büro herum, unfähig, einen klaren Gedanken zu fassen. Er musste hier raus!

Ohne seiner Kollegin eine Nachricht zu hinterlassen, verließ er das Präsidium.

„Ich und Stalker, ich und eitler Fatzke." Maryannes Worte hatten ihn härter getroffen, als er anfänglich gedacht hatte. Er trat aus dem Präsidium auf die offene Straße, der Himmel über Westheim war stahlblau, die Sonne schien, als wäre es ihr letzter Tag und trotzdem war es eiskalt.

Unsicher über seinen nächsten Schritt lief Gusenberg in Richtung Innenstadt. Hauptmann wusste mehr, als in der Zeitung zu dem Fall gestanden hatte. So viel war sicher. Der zeitliche Ablauf hatte überraschend gut gepasst, die Anwesenheit des Taxifahrers, der den Notruf abgesetzt hatte, hatte die Pressestelle nicht weitergegeben. Das bedeutete jedoch nicht, dass er den Unfall gesehen hatte. Es bedeutete nichts. Wo hatte er geparkt? Auf dem Waldweg neben der Straße, Gusenberg kannte diesen Ort aus seiner Zeit bei der Sitte, er hatte jedoch nie gedacht, in seiner Karriere noch einmal dort hinzumüssen. Er musste sich selbst ein Bild von der Situation machen. Der Ermittler hob den Arm und hielt ein Taxi an. „Fahren Sie bitte die B 589 Richtung Pirtrok-Süd. Ich sag ihnen dann, wenn sie stoppen sollen." Der Taxifahrer stellte keine Fragen. Anscheinend hatte er schon kuriosere Wegbeschreibungen gehört.

Gusenbergs Handy klingelte. Es war Maryanne. Er hob nicht ab. „Wollen Sie nicht ran gehen?", fragte der Taxifahrer mit einem unverkennbaren südländischen Akzent.

„Nein, will ich nicht!" Gusenberg steckte das klingelnde Handy zurück in die Tasche seines Mantels. Das Taxameter zählte erbarmungslos hoch, während sich das Taxi in Richtung der neuen Umgehungsstraße schlängelte. Nachdem Maryanne endlich aufgegeben hatte, zog er sein Handy wieder aus der Tasche, ignorierte den Hinweis *entgangener Anruf,* stellte lautlos, scrollte durch seine Kontaktliste und wählte eine Nummer, die er schon lange nicht mehr angerufen hatte.

„Hallo, Jasper, Emil hier. Du weißt, ich bitte dich nicht oft um was, aber das jetzt ist wirklich wichtig." Jasper Dreyer war Staatsanwalt im Ruhestand, über fünfzig Jahre seines Lebens hatte er der Rechtswissenschaft gewidmet, knapp zwanzig davon war er als leitender Oberstaatsanwalt für die Behörde Westheim tätig gewesen. Seine Stimme war sanft und ruhig. Im Hintergrund konnte Gusenberg das Klappern von Geschirr hören.

„Emil, das ist aber eine freudige Überraschung. Um was geht es denn? Wie kann ich dir helfen?" Ein Stuhl wurde über Stein geschoben. Ein halblautes: „Es ist wichtig. Ich komme gleich wieder", drang an Gusenbergs Ohr. Der Ermittler wartete kurz, bevor er fortfuhr. „Es geht um eine Frau, ihr Name ist Maria Beljajew. Sie hat in Westheim illegal als Prostituierte gearbeitet. Sie wurde im Rahmen eines Brandes festgenommen und jetzt sitzt sie in Abschiebehaft."

Jasper brummte. „Lass mich raten, du brauchst sie für einen Fall, der aber irgendwie keiner ist?", fragte er mit ruhiger Stimme. „Du willst bestimmt, dass sie nicht abgeschoben wird, damit du sie befragen kannst."

„Genau darum geht es und wenn das irgendjemand schafft, dann du, Jasper. Wer sonst hat so viel Erfahrung, Einfluss und so viele Kontakte?"

„Du musst mir keinen Honig ums Maul schmieren, ein einfaches *Bitte* reicht mir." Jasper lachte.

„Bitte."

„Ich werde sehen, was ich tun kann, schön, dass ich dir helfen kann. Das Pensionistenleben ist auf Dauer ziemlich dröge."

Bei zweiundzwanzig fünfundachtzig passierte das Taxi die Stelle, an der Yannick tödlich verunglückt war. Ein Kreuz aus hellem Holz, brennende Kerzen,

Blumen und Kuscheltiere auf der einen Seite der Straße, der Baum, der nur ein bisschen Rinde eingebüßt hatte, auf der anderen.

„Halten Sie bitte hier an." Gusenberg deutete auf eine Einbuchtung knapp zwanzig Meter weiter.

„Wollen Sie etwas am Unfallort ablegen?" Der Taxifahrer hatte sich zum Abkassieren zu seinem Fahrgast umgedreht. Er suchte mit seinem Blick nach einem Blumenstrauß, einer Kerze oder einem Plüschtier.

„Nein. Ich will herausfinden, warum der Junge sterben musste. Hier stimmt so." Gusenberg gab dem Taxifahrer fünfundzwanzig Euro. „Wenn sie fünf oder zehn Minuten warten, können Sie mich auch gleich wieder mit in die Stadt nehmen."

Die beiden Männer stiegen aus, Gusenberg ging die schnurgerade Straße zum Unfallort hinunter, der Taxifahrer lehnte sich gegen die Fahrertür und steckte sich eine Zigarette an. Hier draußen war es kälter als in der Stadt. Ein nasskalter Wind wehte von den Feldern und Wiesen her.

Gusenberg stakste durch das nasse Gras des Seitenstreifens zum Unfallort. Alles war ruhig und friedlich, nur in unregelmäßigen Abständen brausten Autos an ihm vorbei und durchschnitten die Stille. Er hätte wirklich etwas mitbringen sollen. Nun stand er vor dem Kreuz und den Blumen, die zusammen einen Schrein ergaben. Für einen Moment hielt er inne und bedachte das kurze Leben, das hier ein abruptes Ende gefunden hatte.

Gusenberg suchte mit wachsamem Blick die Umgebung nach dem Ort ab, an dem sich Hauptmann angeblich vergnügt hatten. Er überquerte die Straße und erstieg den kleinen, jedoch steilen Hang zu dem Waldweg hinauf. Seine Budapester waren dafür nicht gemacht, die Sohlen hatten das falsche Profil für den glitschigen und unebenen Untergrund. Er verlor ein paarmal fast den Halt, konnte sich dann aber an einem Ast hochziehen, der weit über die Böschung hinausragte. Der Waldweg und der kleine Parkplatz, der eigentliche Treffpunkt, waren schlammig, zerfurcht und teilweise von Unkraut überwachsen. In den Fahrrinnen stand braunes Wasser. Hier würde man keine Spuren mehr finden können, die für oder gegen die Aussage sprachen. Die wenigen Reifenspuren waren längst Opfer der Natur geworden. Gusenberg betrachtete den Müll, den die nächtlichen Besucher zurückgelassen hatten. Auf dem kleinen Parkplatz stand ein übervoller Mülleimer, auf dem Schotter und dem Gras lag noch einmal genauso viel davon. Kippen, Zigarettenschachteln, Kondomverpackungen und derlei mehr. Gusenberg entdeckte am Waldrand einen schwarzen Turnschuh. Hier gab es so viele DNA-Spuren, dass man ein gesamtes Forensikerleben beschäftigt wäre, alle zu identifizieren und zu katalogisieren. Was hatte Hauptmann gesagt? Sie hätten knapp zehn Meter von der Unfallstelle entfernt auf dem Waldweg geparkt. Warum dort, warum nicht auf dem Parkplatz? Dieser schützte viel besser vor neugierigen Blicken als die paar armseligen Sträucher, die auf der Böschung wuchsen.

Gusenberg ging den Waldweg zurück in Richtung des wartenden Taxis und der Unfallstelle. Tatsächlich hatte man von hier einen guten Blick auf den Unfallort. Ein einzelner krummer Baum warf seinen Schatten auf den Waldweg, sonst gab es keine großen Büsche oder Sträucher. Zumindest in diesem Punkt stimmte die Aussage. Der Wagen musste von der Straße zu sehen gewesen sein und damit alles, was in ihm geschehen war. Der Frau wäre es vielleicht egal gewesen, aber Hauptmann?

Gusenberg zog sein Handy aus der Manteltasche, er hatte zwei weitere Anrufe von Maryanne erhalten und eine böse SMS. „Geh endlich ran! Du bockst ja schlimmer als meine kleine Tochter." Nun war er also ein stalkendes, arrogantes, bockiges kleines Mädchen.

Gusenberg schoss ein Foto aus der Sicht der Augenzeugen. Er ging ein paar Schritte den Weg auf und ab und machte weitere Fotos. Als er sein Handy senkte, fiel es ihm auf. Ihm fiel auf, warum die Zeugen hier geparkt haben konnten und warum ihre Aussage trotzdem nicht stimmte. Er musste das sofort prüfen. Wenn seine Vermutung stimmte, hatten Hauptmann und, was am problematischsten war, auch Esch gelogen. Wobei Esch auch einfach reingelegt worden sein konnte. In dubio pro reo, trotzdem wäre es ein weiterer negativer Vermerk in Paul Eschs Personalakte. Wenn Gusenberg das Wieso klären konnte, hatte er alle Informationen, um Yannicks Tod aufzuklären.

Der Ermittler lief zur Böschung, hielt sich an einem Ast des krummen Baumes fest und begutachtete die Sträucher neben dem Baum. Wie er vermutet hatte. Diese Spuren hatte der Regen noch nicht vernichtet. Er zog sein Handy aus der Tasche, schoss ein letztes Foto und wählte anschließend die Nummer der Stadtverwaltungen, Abteilung *Straßenreinigung*. Nach einer knappen Minute war das Gespräch beendet und der Ermittler hatte recht behalten. Zufrieden schlenderte er zu dem wartenden Taxi zurück.

Kapitel 34

Die Abwärtsspirale hatte ihren vorläufigen Tiefpunkt erreicht. Denize war tot, ihre Wohnung versiegelt und sie war gefangen. Ihr schlimmster Albtraum drohte Wirklichkeit zu werden. Die Rückkehr in die kalte Hölle, aus der sie vor Jahren nur mit Mühe und Not entkommen war. Zurück in ein emotionales und soziales Gefängnis. Morgen würde über ihre Abschiebung entschieden werden. Als ob es eine Entscheidung wäre, als ob sie eine reelle Chance hätte. Sie wollte nicht zurück nach Russland, sie wollte nicht zurück zu ihrer Familie. Maria ließ sich auf die untere Matratze des Stockbetts fallen. Die alten Federn quietschten gequält. Sie war damals vor ihrem eigenen Fleisch und Blut aus den trostlosen Vororten Moskaus geflohen. Vor dem aggressiven, trinkenden Vater, der immer schweigenden Mutter, den Brüdern, die schon mit einem Bein im Gefängnis standen und sie ebenfalls in den Abgrund gerissen hätten. Maria wollte nicht so leben. Nicht so wie *die*, wie sie ihre Familie Denize gegenüber bezeichnet hatte. Wäre sie nicht geflohen, wäre sie vielleicht heute schon tot. Vielleicht hätte sie ihr Vater im Suff erschlagen oder Schlimmeres. In den letzten Monaten vor ihrer Flucht war er immer aggressiver geworden. Er hatte seinen Job als Hilfsarbeiter in einer Konservenfabrik verloren und trank nun schon morgens. Er hatte begonnen, ihre Mutter zu schlagen, Maria hatte weggesehen. Sie erschrak vor sich selbst, als sie sich den Grund dafür eingestand. Ihre Mutter hatte es verdient. Für all die Jahre, die sie geschwiegen hatte, wurde sie nun bestraft. Ihre eigene Schwäche wurde ihr zum Verhängnis.

Verdammt, Maria wollte nicht zurück! Das war keine Familie, das war eine Strafe Gottes. Aber was waren die Alternativen? Es gab keine. Sie hatte keine gültigen Papiere, kein anderes Land außer Mütterchen Russland würde sie aufnehmen. Was sollte sie tun, wenn sie wieder in Russland war? Am liebsten würde sie einfach ausbrechen, sich den Weg freischießen wie Bonnie und Clyde. Tod oder Freiheit. Denn der Tod war ein gnädigeres Schicksal als das Leben, das sie in Moskau erwartete. Doch das hier war keine amerikanische Gangsterromanze, es war die hässliche Realität. Maria schlug die Hände vor dem Gesicht zusammen, weinte aber nicht. Dafür war sie zu stolz. Sie hatte solange durchgehalten, ohne zu weinen. Sie würde jetzt nicht damit anfangen.

Die Zellentür wurde aufgeschlossen. Maria schrak hoch. Kamen sie jetzt schon, um sie zu holen?

Die Tür der Zelle wurde geöffnet. Neben dem Vollzugsbeamten, den Maria schon kannte, stand ein unbekannter Mann. Er stand aufrecht, war alt, mit schlohweißem, elegant frisiertem Haar. In der Hand trug er eine braune Ledertasche.

„Guten Tag, mein Name ist Jasper Dreyer. Ich bin ...", er zögerte kurz. „Ich *war* Anwalt. Ich bin hier, um Ihnen zu helfen."

***

Der Taxifahrer hatte Gusenberg an der Tramstation Westheim-Mitte rausgelassen. Maryanne hatte noch zweimal angerufen, Gusenberg hatte auch diese beiden Anrufe ignoriert. Nun zeigte ihm sein Handy den Eingang einer SMS an. Maryanne hatte einen versöhnlicheren Ton angeschlagen. Es war Zeit, sie zurückzurufen und diese Sache zu bereinigen. Im Endeffekt machte er sich ja nur Sorgen um seine Kollegin.

„Maria Beljajew wurde aus der Abschiebehaft entlassen, nachdem wie aus heiterem Himmel ein gültiges Visum aufgetaucht ist. Weißt du etwas darüber, Emil?“ Maryanne klang ruhiger als bei ihrem letzten Gespräch, aber nicht vollständig beschwichtigt, vielleicht war sie auch schon wieder wütend, wer wusste das schon genau?

„Ja, ich habe mich dafür eingesetzt, dass sie entlassen wird, da sie meiner Meinung nach nichts Unrechtes getan hat. Es sieht so aus, als hätte ich damit recht gehabt, dass da mehr im Busch ist. Außerdem halte ich sie für eine wichtige Zeugin im Mordfall Rokko.“

„Den Fall, den du überhaupt nicht mehr bearbeitest“, zischte Maryanne.

„Wenn Esch Zeugen in meine Fälle schmuggeln darf, dann darf ich das wohl auch!“, gab der Ermittler lapidar zurück. „Hör zu, Maryanne, ich will mich nicht mit dir streiten. Ich bin nur der Meinung, dass die Frau ziemlich sicher etwas weiß. Immerhin war sie mit Denize befreundet. Ich höre mir einfach an, was sie zu sagen hat und dann sehen wir weiter, vielleicht ist an meiner Vermutung auch nichts dran und dann räume ich Esch das Feld.“

„Dein Wort in Gottes Ohr. Wo ist sie jetzt?“ Maryanne schien nicht restlos überzeugt, aber das war Gusenberg im Moment egal.

„Sie ist bei mir zu Hause.“

„Du hast eine wildfremde Prostituierte in deine Wohnung gelassen? Bist du bei ihr?“

„Nein. Sie ist allein, ich bin in Mitte, hatte noch ein paar Sachen zu erledigen.“

„Die wird dir die ganze Bude ausräumen und dann auf nimmer wiedersehen abhauen, hast du schon mal daran gedacht, du Schlaumeier?“

„Nein, wird sie nicht, da bin ich mir sicher!“

„Wieso? Sag mir nicht, du hast sie irgendwo festgekettet?“

„Nein! Was denkst du von mir? Das nennt sich Freiheitsberaubung und ist eine Straftat. Ich weiß das zufällig. Weil ich Polizist bin! Du hast doch gesagt, ich soll den Menschen mehr vertrauen. Ich befolge nur deinen Ratschlag!“

„Ja, habe ich!“, sagte Maryanne gedehnt. „Damit meinte ich deine Kollegen! Und keine Ostblocknutten!“

„Es ist ja schön, dass du dich um mich sorgst, aber das musst du nicht. Ich weiß ganz genau, was ich tue. Ich melde mich wieder bei dir, ich muss jetzt was zu essen für uns einkaufen.“ Mit diesen Worten legte er auf.

Gusenberg hatte seit einer Ewigkeit nicht mehr gekocht und hätte der Tag nicht eine so seltsame Wendung genommen, hätte er einfach die kalte Pizza von gestern gegessen. Was benötigte er eigentlich alles für eine brauchbare Mahlzeit? Die Frage war, was wollte er kochen? Wenn er überhaupt einmal zu Hause aß, gab es Pizza, Pasta oder irgendein anderes Fertiggericht. Wahlweise vom Supermarkt die Straße runter oder vom Lieferdienst. Der simple Speiseplan eines Alleinstehenden. Gusenberg entschied sich für etwas mit Reis und gemischtes Gemüse, die Zubereitung konnte nicht so schwer sein.

***

Gerade hatte Maria noch das Schlimmste erwartet, nun saß sie auf der Rückbank eines noblen BMWs. Die Sitze waren mit dunklem Leder bezogen, im Hintergrund lief leise klassische Musik. War es die richtige Entscheidung gewesen, mit dem fremden Mann mitzugehen? Er hatte seine Aktentasche geöffnet und Dokumente hervorgeholt. Sie hatte nur unterschreiben müssen und war frei, unter einer Bedingung. Sie musste ihm folgen. Eine Stimme in ihrem Kopf rief immer wieder: *NEIN! In dieser Welt gibt es nichts geschenkt, sie benutzen dich nur!* Maria wusste nicht wer „sie" waren und was sie von ihr wollten. Sie wusste, dass der Teil ihres Bewusstseins, der zweifelte, recht hatte. Trotzdem wurde er von Angst vor einem schlimmeren Schicksal unterdrückt. Der Mann, Jasper Dreyer, hatte die unterschriebenen Papiere wieder eingesteckt und dabei freundlich gelächelt. Sie war nun vorerst zum weiteren Aufenthalt in Deutschland berechtigt und auf freiem Fuß. Was wollte sie mehr?

Ohne Small Talk kam ihr unerwarteter Retter gleich zum Grund ihrer Befreiung. Was hatte sie auch erwartet? An alles waren Bedingungen geknüpft. Es ging um die Ermordung von ihrer Freundin Denize Baran und ihrem Freund Sascha Rokonwitz, die Polizei wollte mit ihr reden. Mehr konnte oder wollte er Maria nicht sagen. Nach knapp fünfzehn Minuten Fahrt, die sie schweigend verbracht hatten, ergriff Dreyer das Wort. „Wir sind da."

Der Wagen fuhr rechts ran und sie stiegen aus. Dreyer ging voraus. Maria war verwundert. Ihr Ziel war keineswegs ein Polizeipräsidium oder eine andere Behörde. Dreyer steuerte auf ein gedrungenes Häuschen zu, das von zwei Mehrfamilienhäusern eingerahmt wurde. Als sie näher kamen, konnte Maria ein Schild über der Tür entdecken, jedoch konnte sie die Buchstaben darauf nicht entziffern. Links neben der Tür befand sich ein großes, vergittertes Fenster, ein Vorhang schützte den Innenraum vor neugierigen Blicken. Was sollte sie in einer Kneipe?

Dreyer steuerte auf die Tür zu, zog einen Schlüssel aus der Tasche und schloss die Tür auf, trat zur Seite und ließ die kurz zögernde Maria hinein.

Dreyer hatte gesagt, sie solle hier warten, das war vor mehr als einer halben Stunde gewesen. Was sollte sie hier? Maria blickte sich in der Kneipe um. Es war offensichtlich, dass hier jemand wohnte. Auf der einen Seite des Raumes befand sich eine massive Theke, davor Barhocker, dahinter Regale mit Gläsern, Schnapsflaschen und Büchern. Auf der anderen Seite stand ein Laptop auf einem Schreibtisch, Schränke an den Wänden und in der Ecke, vor dem Vorhang stand ein Bett. Maria ließ ihren Blick schweifen. Die Kneipe war sauber, aber unaufgeräumt. Auf den Barhockern lag eine Hose, auf dem Tresen ein zusammengeknülltes Hemd. Überall lagen Bücher und Zeitschriften. Zuerst war es ihr nicht aufgefallen, aber ihr unbekannter Gastgeber hatte keinen Fernseher. Maria betrachtete die Fächer in den Regalen hinter der Bar genauer. Fachbücher und Fachzeitschriften über alle möglichen Themengebiete, die meisten Titel sagten ihr nichts, wenn sie sie überhaupt richtig verstand. Nur vereinzelt hatten sich belletristische Werke dazwischen geschmuggelt. Marias Interesse war geweckt und so unterzog sie auch den Rest der Wohnung einer genaueren Begutachtung. Neben der Bar führte eine Treppe mit nur zwei Stufen in die Küche. Schmal, aber lang geschnitten, wirkte sie im Vergleich zum Wohnzimmer fast leer. Die Anrichte war genauso leer wie die meisten Regale. Salz, Pfeffer, ein Netz keimender Zwiebeln. In einer kleineren Kammer am anderen Ende der Küche standen mehrere leere Weinflaschen und Pizzakartons. *Teurer Wein und billige Pizzen, der Mann weiß, wie man lebt.* Maria grinste. Ein Bruder im Geiste. Der letzte Raum war offensichtlich erst später an das Häuschen angebaut worden. Das Badezimmer war moderner als der Rest des Hauses. Schwarz-weiß gefliest, sauber und langweilig.

***

Es stand zum Glück kein Umzugslaster und keine Polizeistreife auf der Straße. So viel konnte Maria also nicht gestohlen haben und was besaß er schon Wertvolles? Einige signierte Erstausgaben und ein paar Kuriositäten, deren Wert seine Besucherin nicht erkennen würde. Gusenberg klopfte an seine Haustür, ein seltsames Gefühl. Er wartete kurz, dann schloss er die Tür auf.

Maria stand verloren in der Mitte der Kneipe. Gusenberg hatte sie sich anders vorgestellt. Maria war klein und zierlich, hatte helle Haut und rostrote Haare, die in unbändigen Wellen auf ihre Schultern brandeten. Sie beäugte Gusenberg mit einer Mischung aus Schüchternheit und Skepsis, hob dann unbeholfen ihren Arm und winkte zur Begrüßung.

„Ich hoffe, du musstest nicht lange warten. Hast du Hunger? Ich habe etwas zu Essen dabei." Gusenberg stellte die Tüte auf der Bar ab und zog eine Packung Reis heraus. „Es gibt Gemüserisotto und Wein. Du sprichst doch deutsch?" Maria nickte. Gusenberg lief in die Küche und stellte den Einkauf ab. Maria folgte ihm mit einigem Abstand. „Du musst keine Angst vor mir haben, ich will dir nur ein paar Fragen stellen."

„Ich habe keine Angst. Sag mir, was du von mir willst."

„Willst du ein Glas Wein?" Gusenberg stellt Maria die Flasche hin. „Ich habe zwei gekauft, du musst dich also nicht zieren. Ich hoffe, er schmeckt." Gusenberg nahm zwei Gläser aus einem Schrank, stellte sie auf die Arbeitsplatte und begann, sich am Flaschenkorken zu schaffen zu machen.

Maria beäugte ihn misstrauisch. „Was ist mit deinem Gesicht?", fragte sie, nachdem sie den Ermittler gemustert hatte.

„Das!" Gusenberg deutete auf seine Nase, die noch immer leicht geschwollen und bandagiert war. „Habe ich Rokko zu verdanken."

„Hat er dich verprügelt?"

„Nicht Rokko selbst, aber einer seiner Freunde. Deshalb will ich auch mit dir sprechen. Ich habe ein paar Fragen zu Rokko und seinem Tod. Zur Zeit des Feuers in der Sommerhäuserstraße befanden sich fünfzehn Frauen im Gebäude, aber nur dir ist aufgefallen, dass Denize gefehlt hat.“

Bei der Erwähnung von Denize schlug sich Trauer auf Marias Gesicht nieder.

„Ich will wissen, warum Denize und Rokko sterben mussten. Ich bin mir sicher, dass du etwas weißt, das mir helfen wird, den Mörder zur Strecke zu bringen.“

„Denize, sie war meine Freundin, meine einzige Freundin. Das Leben in so einem Haus ist nicht leicht. Alle sind Konkurrenz.“ Marias Aussprache war klar, ihre Grammatik mit den typischen Fehlern belastet und der starke osteuropäische Akzent verriet, dass sie in diesem Land eine Fremde war. „Die Mieten sind hoch und viele Mädchen haben keine Wahl. Wenn du mit den anderen befreundet bist, hast du schlechtes Gewissen, wenn du ihnen die Kunden wegnimmst. Aber Denize war anders, nicht abweisend, sondern freundlich. Sie war immer freundlich, sie war eine gute Frau.“ Maria fuhr sich mit dem Handballen über ihr rechtes Auge.

Gusenberg konnte sehen, dass sie eine Träne verwischte.

„Weißt du, wer Denize ermordet hat?“, fragte Maria und blinzelte die Tränen weg.

„Nein, bisher gibt es keine heiße Spur. Ich glaube aber, dass Rokko das Ziel war und Denize nur sterben musste, weil sie zufällig auch da war.“ Bei diesen Worten musste Maria schlucken. Gusenberg füllte ihre Gläser und räumte Töpfe und Pfannen aus den Schränken. Maria nahm einen großen Schluck Wein.

„Was kannst du mir über Rokko sagen?“

„Ist das ein Verhör?“ Maria wich einen Schritt zurück.

„Nein." Gusenberg lachte. „Das ist ein ganz normales Gespräch über einen gemeinsamen Freund."

„Freund." Maria spuckte das Wort förmlich aus. „Rokko war kein Freund. Er war brutal, unzuverlässig und ging fremd. Mehr musst du nicht über ihn wissen. Ein Arschloch wie mein Mann, aber Denize kam nicht von ihm los. An einem Tag schlug er sie brutal, so dass sie nicht mehr sehen konnte. Sie kam dann heulend zu mir, saß in meiner Wohnung und wollte ihn nicht wiedersehen. Am nächsten Tag er war wieder toll, hatte Blumen gekauft und sich entschuldigt. Es käme nie wieder vor, sagte er jedes Mal. Passierte aber wieder und wieder. Er hatte sie fest im Griff, ich kann nicht verstehen warum. Ich bin es gewohnt, schlecht behandelt, zu werden von Männern." Marias Stimme wurde härter, sie trank einen weiteren großen Schluck. „Beim ersten Mal war es schlimm, du kennst Männer nicht und sie denken, für Geld gehörst du ihnen." Maria sprach immer schneller. „Okay, die meisten Männer sind normal, haben nur keine Freundin oder Freundin bläst nicht. Nur manche sind eklig, stinken nach Alkohol und Rauch. Sind widerlich, jedes Mädchen kann ihre eigene Geschichte erzählen. Manche lassen es dich spüren, dass du Dreck bist für sie. Eine Ware, ein Stück Fleisch, du kannst ihre Verachtung spüren, während sie dich ficken." Marias Gesicht färbte sich rötlich, während sie immer schneller sprach. In ihrer Stimme schwang eine unverhohlene Wut mit. „Sie schauen dir nicht in die Augen, interessieren sich nicht für dich. Für die bist du nur eine Fotze auf zwei Beinen."

„Weißt du, was es mit den Drogen auf sich hat, die wir in Denize' Wohnung gefunden haben?" Maria zögerte kurz aufgrund des abrupten Themenwechsels, fand jedoch ihre Gesprächigkeit schnell wieder.

„Das Zeug hat Rokko angeschleppt, keine Woche nach seiner Entlassung. Ich habe Denize gesagt, dass das scheiße ist. Natürlich hat sie nicht auf mich gehört, das hat sie nie." Maria ließ den Kopf sinken. „Kraftzeug. Keine Ahnung wo er das her hatte. Aus Ukraine oder Bulgarien. Ich weiß es nicht genau, habe die Sachen selber nie gesehen. Rokko war clever, hat die Typen doppelt abkassiert. Sie mussten buchen Zeit mit Denize, damit er ihnen Kram verkaufte. Die Typen waren so zugedröhnt, dass kaum einer noch einen hochgekriegt hat, trotzdem kamen sie jede Woche, Rokko hat viel Geld gemacht." Maria stutzte, übersprang einen Gedankengang, machte Anstalten noch etwas zu sagen, blieb dann aber stumm.

„Hatte Rokko Feinde?"

Maria lachte. „Nur. Er war Arschloch. Er hatte nur Feinde. Glaubst du, Typen gefiel es, doppelt bezahlen zu müssen? Und er hat immer damit geprahlt, wen er alles fertiggemacht hat. Besonders stolz war er darauf, dass er mal einen Fußballerspieler so fertiggemacht hat, dass er nie wieder spielen konnte."

„Weißt du mehr?"

„Nein, ich habe nie selbst mit Rokko geredet, ich habe die Geschichte nur am Telefon mitgehört, als er Denize betrunken angerufen hat."

„Schade. Wie hat Denize die Termine ausgemacht?", fragte Gusenberg, der sich jetzt dem Gemüse zugewandt hatte.

„Über Telefon, alles läuft über das Handy."

„Es wurde kein Handy am Tat..." Gusenberg suchte nach den richtigen Worten. „Wir haben Denize' Handy nicht gefunden."

„Der Mörder wird es mitgenommen haben", sagte Maria resigniert. „Schließlich war seine Nummer auf dem Handy gespeichert. Es gibt keinen Termin, wenn man mit unterdrückter Nummer anruft. Ist Sicherheitsmaßnahme. Andere Mädchen machen das nicht, aber Denize war immer vorsichtig."

Gusenberg überlegte kurz, die Telefondaten würden sicherlich geprüft werden und sie würde bestätigen, dass Denize von einem Prepaidhandy angerufen wurde. Er hatte wenig Hoffnung, dass es so leicht sein würde, den Mörder zu fangen.

„Ich finde es toll, was du für Denize machst." Maria stellte ihr Weinglas ab, es war leer, und tätschelte Gusenbergs Hand. „Die meisten interessieren sich nicht für uns." Ihre blassen Wangen hatten sich rötlich gefärbt, sie griff nach der Weinflasche und füllte ihr Glas erneut auf. Gusenberg hatte das Gemüse geschnitten und warf es in die brutzelnde Pfanne.

„Nun habe ich auch eine Frage", Maria blickte den Ermittler aus verschmitzten Augen an. „Warum wohnst du in Kneipe und wie heißt sie? Ich konnte den Namen nicht lesen. Ist so seltsam geschrieben."

Gusenberg trank nun auch einen Schluck. „*Fuchsenfritzklause* heißt die Kneipe und der Name erzählt die gesamte Geschichte dieses Hauses. Ich versuche mich kurz zu fassen. Der gesamte Stadtteil hier", Gusenberg machte eine ausladende Bewegung mit beiden Armen. „Westheim-Brackenhausen wurde gegen Ende des Zweiten Weltkriegs von den Nazis als Flüchtlingsunterkunft gebaut. Sie stampften hunderte von Häusern wie diese aus dem Boden für die Ausgebombten. Am Anfang wohnte hier eine fünfköpfige Familie aus Frankfurt, die von einer Nacht auf die andere verschwand. Als der Krieg endgültig verloren war, zog ein seltsamer alter Mann hier ein. Er hieß Friedrich Fuchs, aber alle nannten ihn nur Fuchsen Fritz. Mein Vater hat mir erzählt, dass er jedes Kind, das dem Haus zu nahe kam, mit dem Tod bedrohte. Irgendwann wurde es unter den Kindern im Viertel zu einer Mutprobe an die Tür zu klopfen und kurz vor knapp wegzurennen. Angeblich soll er meinen Onkel ein einziges Mal erwischt haben, aber der streitet das ab. Fuchsen Fritz wohnte hier bis zum 14. April 1964. In dieser Nacht wurde das Haus verwüstet und ausgeplündert. Sein Bewohner verschwand und tauchte nie wieder auf. Bald hieß es, das Haus sei verflucht und stürze seine Bewohner ins Unheil, deshalb stand es über zehn Jahre leer. Irgendwann sickerte durch, dass es sich bei Friedrich Fuchs um einen Decknamen gehandelt hatte. Er war ein ehemaliger Offizier der Waffen-SS und hatte sich all die Jahre vor aller Augen vor der Verhaftung versteckt. Am 14. April 1964 holte ihn seine düstere Vergangenheit ein. Der Mossad hat ihn in einer Nacht-und-Nebel-Aktion nach Israel verschleppt, dort wurde er kurz darauf gehängt. Eigentlich sollte das Haus dann endgültig abgerissen werden, stattdessen wurde es erneut verkauft und zu einer Kneipe umgebaut. Der Wirt taufte die Kneipe aufgrund der Geschichte des Hauses *Fuchsenfritzklause*. Die Kneipe gab es über dreißig Jahre, bis der Wirt vor ein paar Jahren starb. Über Umwege fiel das Haus mir in die Hände. Seitdem wohne ich hier."

„Das hast du doch erfunden", gab Maria spöttisch zurück. Beide lachten. Gusenberg beförderte den Reis ins kochende Wasser. „Kannst du mir etwas über Rokkos Kunden erzählen?"

„Nichts Besonderes, alles Männer, große Muskeln, kleiner Schwanz."

„Kennst du Namen?"

„Nein, so läuft das nicht. Es gibt maximal einen Vornamen, die sind aber oft falsch. Es gibt Mädels, die haben zehn Jahre denselben Freier, ohne seinen Namen zu kennen. Diskretion ist das Wichtigste, das lernst du zuerst. Ein Mädchen, das redet, ist schnell ihre Kunden los, oder Schlimmeres. Manche Männer wollen Dinge tun, über die geschwiegen werden sollte. Dann kommen sie zu uns. Egal, was Mann will, es gibt für alles einen Preis und ein Mädchen, das das Geld nimmt."

Maria lachte und nahm einen Schluck Wein. „Denize hat mir von einem Freier erzählt, war schüchtern und behindert, hat gehumpelt. Er war nichts Besonderes, trotzdem hat er ihr gemacht Angst. Sie sagte, er hätte so einen wahnsinnigen Blick gehabt, ich habe den Mann nicht gesehen. Ich habe Denize nur gesagt, sie soll vorsichtig sein." Marias Augen füllten sich bei diesen Worten mit Tränen. „Es tut gut, darüber zu reden, es ist schön, dass jemand zuhört."

Das Essen war fertig. Der Ermittler packte Reis und Gemüse auf zwei Teller und trug sie zusammen mit dem Wein zur Theke. „Ich habe keinen Esstisch, ich fand es überflüssig, wenn man eine eigene Bar im Wohnzimmer hat." Die Weinflasche war leer, Gusenberg hatte nur ein einziges Glas abbekommen.

Beim Essen vermied er das traurige Thema und begnügte sich mit belanglosem Small Talk. Maria lobte Gusenberg für seine Kochkünste und der Ermittler war selbst davon überrascht, wie gut ihm das Abendessen gelungen war. Vielleicht hatte er ja doch Talent für das Kochen. Er holte die zweite Flasche Wein und schenkte nach. Maria wurde mit jedem Schluck redseliger. Sie erzählte von ihrer Kindheit in Russland, ihrer Flucht, der ersten großen Liebe und deren Scheitern. Manches Mal wurden dabei ihre Augen feucht, jedoch weinte Maria nicht. Die Zeit verflog, aus der Vernehmung zum Mordfall Denize und Rokko hatte sich ein angeregtes Gespräch über zwei vollkommen verschiedene Welten entwickelt. Gusenberg gähnte und brachte somit die Blase, die sie von der Welt abschottete, zum Platzen.

„Hast du eine Unterkunft?"

Maria schüttelte den Kopf.

„Das dachte ich mir. Du kannst im Bett schlafen, ich habe eine Luftmatratze im Keller."

„Dieses Haus hat einen Keller?", fragte Maria amüsiert.

„Warte, ich zeige ihn dir." Gusenberg rollte den Teppich in der Mitte des Raumes zusammen und eine Bodenklappe kam zum Vorschein. „Das ist ein kleiner Keller, in dem früher Lebensmittel gelagert wurden."

„Was ist jetzt darin?", fragte Maria neugierig.

„Ein toter Pirat in einer Badewanne." Gusenberg zog die Klappe auf, betrachtete Marias verwirrten Gesichtsausdruck und ergänzte lächelnd: „Manche Witze mache ich nur für mich. Hier unten ist nur Kram, den ich fast nie brauche." Der Ermittler ging die kurze Treppe nach unten, wühlte in einem Karton und beförderte einen Jutebeutel mit einer Luftmatratze nach oben. Während Maria im Bad verschwand, stellte Gusenberg fest, dass die uralte Luftmatratze ein Loch hatte.

„Ist sie kaputt?" Maria war aus dem Bad getreten und beugte sich von hinten über den knienden Ermittler. Ihre Haare kitzelten ihn im Nacken. Zum ersten Mal an diesem Abend nahm Gusenberg wahr, wie gut Maria duftete.

„Du willst aber jetzt nicht auf dem harten Boden schlafen", fragte Maria ernsthaft besorgt.

„Bleibt wohl nichts anderes übrig." Gusenberg zuckte mit den Schultern.

„Du kannst mit mir im Bett schlafen", sagte Maria und zwinkerte Gusenberg zu.

Kapitel 35

Er war überrascht, über die große Anteilnahme für diesen Kotzbrocken. Alte Freunde, Weggefährten und Konkurrenten, sie alle gaben sich die Ehre. Friede, Freude, Eierkuchen. Im Ernstfall hielt die Szene dann doch zusammen. Egal ob Freund oder Feind in den Gräben des Tagesgeschäfts. Heute waren sie alle da, ein Frieden mit akutem Verfallsdatum. Kramer legte das Fernglas auf den Beifahrersitz und startete den Motor. Langsamer als die erlaubte Höchstgeschwindigkeit fuhr er an den in zweiter Reihe geparkten Autos und Motorrädern vorbei, um sich zu versichern, dass sich seine Anwesenheit auch lohnen würde. Sein Ziel war Rokkos Totenwache in der Stammkneipe aller braun gefärbten Ultras und Hools des SFC Westheims.

Minute 7 hieß die Kaschemme und gedachte mit dem Namen dem ersten Tor des Clubs in der Ersten Bundesliga. Dass das Tor von einem halben Neger, der personifizierten Rassenschande, erzielt worden war, stand hier nicht zur Debatte.

Er zählte mehr als ein Dutzend bullige Kerle, die vor der Tür standen, rauchten und sich in ihrer Männlichkeit suhlten. Kramer schaute sich im Vorbeifahren pro forma nach einem Parkplatz um, als er keinen fand, gab er Gas und bog in die nächste Seitenstraße ein.

Rokkos Tod schlug anscheinend hohe Wellen. Das hatte er so nicht erwartet, hatten sich die alten Kameraden doch schon vor Jahren von Rokko abgewandt. Diese Heuchler! Er schüttelte angewidert den Kopf. Beliebt war Rokko nie, selbst in seinen besten Zeiten. Er hatte Macht und zeigte das auch gerne, Diktatur statt

Basisdemokratie. Immer wieder war es in der Vergangenheit zu gewalttätigen Auseinandersetzungen innerhalb der Ultras gekommen. Es ging um die Vorherrschaft im Drogenhandel und bei der Zwangsprostitution. Jeder wollte das größte Stück vom Kuchen. Die viel propagierte Verbundenheit, Einheit und Brüderlichkeit, die immer proklamiert wurde, endete wie so oft in der Welt beim schnöden Mammon. Deshalb war er selbst bei seinen alten Kameraden der Standarte Westheim gleichermaßen verhasst wie gefürchtet. Nun traf sich die gesamte Gesocks- und Gesindelprominenz in ihrer Stammkneipe. Kressen und Brähmer, die Reste von Rokkos Standarte, der Weststurm, Fraktion 23/88 alle waren da. Stießen auf Rokko an, auf seine großen Taten und die guten alten Tage.

Wie er sie hasste.

Alle.

Er ballte die Faust und schlug auf den Lenkradbogen. Erst einmal, dann ein weiteres Mal. Immer wieder, fester, fester, fester, bis er außer Atem war. Er hasste sie für alles, was sie ihm und den anderen Jungs angetan hatten. Direkt und indirekt, all das schmutzige Geld und dessen Folgen.

Dennoch gab es keinen besseren Zeitpunkt und keinen besseren Ort für seine nächsten Schritte. Er musste in die Höhle der Löwen, ein unkalkulierbares Risiko, das vor einem der letzten großen Siege stand, den es zu erringen gab. Er schaute auf die Uhr, kurz vor zehn. „Lass sie noch ein paar Bierchen kippen", sagte er zu sich, während er seinen pulsierenden Handballen betrachtete.

Zwei Querstraßen entfernt parkte er seinen Wagen und machte sich zu Fuß auf den Weg, Rokko die letzte Ehre zu erweisen. Äußerlich gemächlich, innerlich tobend, brachte er rauchend den Weg hinter sich. Die Gruppe der Ultras vor der Kneipe war nun auf über zwanzig Männer angewachsen, ein paar von ihnen in der Paradeuniformierung der Ultras „Standarte Westheim". Schwarze Lederkutten mit Runen und dem Totenkopfmotiv auf Schals oder Halstüchern. Ein letzter Salut ehemaliger Gefährten und Verräter, die damals als Erste das sinkende Schiff verlassen hatten. Er spürte den Zorn, der aufflammte, er spürte, wie sich seine Hand zur Faust ballte. „Reiß dich zusammen. Reiß dich verdammt noch mal zusammen, Malte! Du hast einen Plan. Einen guten Plan – halte dich gefälligst daran." Seine innere Stimme kämpfte die Wut nieder.

Ein letzter Zug an der Zigarette und das Spiel konnte beginnen. Ab jetzt war jedes Spiel ein Endspiel. Noch nie hatte diese Fußballbinsenweisheit besser gepasst als heute. Es ging um Leben und Tod. Sein Leben, seinen Tod, Rokkos Tod, Yannicks Tod. Doch die Chancen für einen Sieg standen gut, zum ersten Mal seit einer gefühlten Ewigkeit konnte er fast normal laufen. Außerdem hatte er heute weniger Schmerzmittel gebraucht als die Tage zuvor. Er trat auf seinen Zigarettenstummel, zog sich die Kapuze seines Pullovers tiefer ins Gesicht und drängte sich an der Gruppe Männer vorbei in Richtung der Eingangstür. Er fiel nicht auf. Schwarzer Hoodie, Bluejeans, Sneaker – eine unausgesprochene Uniformierung. Abgrenzung, Tarnung und Schutz zugleich.

Hier gab es keinen Türsteher und keine Gästeliste. Hier herrschten die Ultras, das wusste jeder und die, die es wagten sich unerlaubt Zutritt zu verschaffen, sahen sich einer ganzen Kneipe voller gewaltbereiter Hools und Mitgliedern der Türsteherszene gegenüber. Er hielt den Kopf gesenkt, bloß nicht auffallen, ließ die rauchenden Männer hinter sich, die schwere Eingangstür stand offen, sein Puls ging schneller wie vor einem Sprung in unbekannte Gewässer. Er atmete ein letztes Mal die von blauem Dunst durchzogene Nachtluft ein und trat über die Schwelle. Er schritt mit den Händen dicht am Körper durch den speckigen dunkelblauen Vorhang des Schankraumes und war am Ziel.

Ein Schwall von unverständlichem Gemurmel ergoss sich über ihn, als sich der Vorhang hinter ihm schloss. Er blieb kurz hinter dem Eingang stehen und sondierte die Lage. Was er sah, beruhigte ihn etwas. Die Kneipe war zum Bersten gefüllt, hier würde er nicht auffallen. Von den Neuen kannte ihn niemand und die Alten, der harte Kern um Rokko, hatten ihn seit Jahren nicht mehr gesehen. Für sie war er tot, ein vergessenes Gesicht aus der Vergangenheit, ein Geist.

Der erste Weg nach dem Betreten einer solchen Kneipe führte zur Theke. Ein in Stein gemeißeltes Gesetz, was auch er, um nicht aufzufallen, befolgen würde. Ein Bier oder vielleicht zwei bedeuteten kein Risiko für seinen Plan, sondern waren ein Teil seiner Tarnung. Wer nicht säuft, fällt auf. Heute Nacht war er einer von ihnen. Einer der stolzen Ultras des SFCs, die sich trafen, um Rokko zu verabschieden.

Mit einigem Aufwand schlängelte er sich von der Eingangstür hin zur Theke, wo die Männer in drei Reihen für Schnaps und Bier anstanden. Er wusste nicht, wann die Totenwache offiziell begonnen hatte, aber ein Teil der anwesenden Personen musste schon länger dem Alkohol zugesprochen haben. Überall um sich herum blickte er in rote Gesichter und glasige Augen. Manche hatten eindeutig mehr intus als Alkohol. Die Pupillen waren geweitet, der Blick starr und ruhelos. Die Kneipe war ein einziges mit Testosteron geschwängertes Pulverfass – ein Funke und es würde explodieren. Ein Mann drängelte sich unsanft an ihm vorbei und stieß ihm dabei den Ellenbogen in die Rippen. Der Drängler knallte ein paar Euro auf den Tresen und raunte der Bardame seine Bestellung zu. Er selbst würde sich nicht vordrängeln, sondern warten, bis er dran war. Er hatte Zeit.

Nach ein paar Minuten und einigen geschickten Bewegungen stand er an der dunkelbraunen Eichentheke. Er winkte der Bardame zu, sie war alt und verbraucht. Der Alkohol und die Zigaretten hatten über die Jahre ihre Spuren hinterlassen. Ihre solariumgebräunte Haut war von Furchen durchzogen. Die schulterlangen blonden Haare trug sie offen. Ihm fiel auf, dass die Haare im Vergleich zum Rest gepflegt und frisch geschnitten waren. Er winkte noch einmal, nun endlich hatte er ihre Aufmerksamkeit. Sein Zeigefinger schoss in die Höhe. Die Bardame nickte nur kurz, griff sich zwei Gläser und stellte ihm ein Bier und einen Kurzen hin. Er kippte den Schnaps in einem Schluck in sich hinein, knallte das Glas geräuschvoll auf die Theke und schüttelte sich kurz. Mit einem Schluck Bier spülte er den Geschmack des Korns runter.

Nun stand er hier, an der Ecke der Theke einer schäbigen Kneipe und trank ein Bier auf der Trauerfeier eines seiner Mordopfer. Er genoss den Moment. Die Polizei suchte ihn, Fraus fürchtete ihn und alle hier, inklusive der zierlichen Frau hinter der Theke, würden ihn töten, wenn sie wüssten, wer er war und was er getan hatte. Ein geiles Gefühl. Die vollkommene Macht.

In kleinen Schlucken trank er das Bier, dann ein zweites. Ihn beschlich das Gefühl, dass immer mehr Personen in die Kneipe strömten, inzwischen konnte er auch vereinzelte Frauen unter den hauptsächlich männlichen Teilnehmern der Totenwache entdecken. Ein Luftzug streifte durch den Raum, der Vorhang bewegte sich. Für einen kurzen Augenblick glaubte er, dass er die Person, die da im diffusen Licht in der Tür stand, kannte. Er verschluckte sich an seinem nun schon lauwarmen Bier und musste husten. Reflexartig ging die Hand zum Mund und der Rest seines Bieres auf die

Hose eines Mannes, der sich gerade an ihm vorbei zum Klo drängelte.

„Was soll der Scheiß, du volle Sau!" Der Mann verpasste ihm mit beiden Händen einen Stoß vor die Brust, der ihn zurückweichen ließ. Er fing sich und sah dem Ultra direkt in die angriffslustig blitzenden Augen. Sein Hochgefühl war blitzartig verschwunden. Unbewusst spannte er die Muskeln im Oberkörper an, nahm eine Abwehrhaltung ein und wägte seine Optionen ab. In der von Alkohol, Wut und Testosteron geschwängerten Atmosphäre schien eine Eskalation unausweichlich. Eine Eskalation, bei der er den Kürzeren ziehen würde. Er stand im wahrsten Sinne des Wortes mit dem Rücken zur Wand und der Weg nach vorne war von einem zweihundert Pfund schweren Schrank mit rasierter Glatze versperrt.

„Hä? Was willst du, blöder Penner?" Der betrunkene Schläger drang weiter auf ihn ein, die gehässige Frage von seinem Kollegen, ob er sich vollgepisst habe, stachelte ihn nur noch weiter an. Verdammt, nun wurde es kritisch. Entschuldigungen halfen nichts in dieser zwielichtigen Welt voller falscher Stärke und echter Wut. Der Mann schubste ihn erneut, nun heftiger, so dass er mit dem Rücken gegen die holzgetäfelte Wand stieß. Drohend hob der Angreifer die Hand zum Schlag.

„Haltet alle die Fresse!"

Ein Mann war auf den Tresen geklettert, er riss sein Bierglas so schwungvoll in die Höhe, dass ein Teil rausschwappte und auf die Theke tropfte. „Fresse halten und zuhören, habe ich gesagt! Ihr scheiß Bastarde!", wiederholte er seine Aufforderung und deutete mit seinem Glas auf eine Gruppe von Männern, die sofort verstummten.

„Glück gehabt, Pisser!" Kramers Kontrahent ließ die Hand sinken und stieß ihm noch einmal kraftvoll mit dem Zeigefinger auf die Brust, bevor er von ihm abließ und sich dem Redner zuwandte.

„Wir verabschieden uns heute von einer Legende! Einem von uns! Und einem der krassesten Wichser, den ich je kennengelernt habe!", dröhnte die tiefe Stimme des Präsidenten der „Fraktion 23/88" über die Köpfe der Zuhörer hinweg. Der Mann schlug sich kraftvoll mit der flachen Hand auf die Brust. Ein zustimmendes Raunen erfüllte die Kneipe. Gläser klirrten und vereinzelte „Auf Rokko!"-Rufe waren aus allen Ecken zu hören.

„Er war ein harter Hund mit einer brutalen Rechten", er deutete einen Kinnhaken an, „und er konnte saufen wie kein Zweiter!" Die Menge begann zu johlen und zu applaudieren. „Weder der Trachtenverein noch der Knast konnten ihn brechen! Einer von uns! Forever SFC! SFC Forever!" Die letzten Worte schrie er fast, während er seinen Arm mit dem Glas von rechts nach links durch den Raum schwenkte.

„Ich sag euch eins, Kameraden! Wir werden diese Hurensöhne, die ihm das angetan haben, finden. Wir werden sie finden und verdammt noch mal fertigmachen! Auf Rokko!" Er riss sein Glas nach oben, prostete der johlenden Menge zu und salutierte mit dem rechten Arm. Viele andere der Gäste erwiderten den Gruß ihres Präsidenten. Die Menge klatschte Beifall, johlte und prostete sich in Trotz und Brüderlichkeit zu.

Der Präsident sprang von dem Tresen und wandte sich an die Wirtin. „Verdammte Scheiße, spielt endlich dieses verdammte Lied!" Eine kehlige Stimme zählte, ein Gitarrensound brandete auf. Die Musik aus den Boxen schwoll an und alle sangen mit.

„Wir sind Krieger! Wir sind loyal! Unbeugsam, unschlagbar und brutal! Krieger! Krieger! Auf den Straßen dieser Welt!" Die Männer lagen sich in den Armen und sangen weiter von Treue und Ehre, von Stärke und Mut, von ihren großen Helden und der guten alten Zeit.

Regungslos hatte er der Rede gelauscht. Zwischenrufe hatte er sich verkniffen, obwohl er Dutzende auf den Lippen gehabt hatte. Am liebsten hätte er den Präsidenten vom Tresen gezerrt, ihm mitten ins Gesicht getreten und geschrien: „Ihr werdet Rokko niemals rächen! Das gerechte Schicksal aller ist unausweichlich!" Er hätte solange weiter getreten, bis es kein Gesicht mehr gegeben hätte. Doch wie immer blieb er ruhig. Er war diszipliniert und konzentriert, wie er es in der Jugend gelernt hatte. Konzentration in der Hitze des Zweikampfs würde immer gegen stumpfe Gewalt gewinnen. Ohne Disziplin ist Talent nichts wert. Er hatte sich im allgemeinen Tumult der singenden Meute von seinem Kontrahenten gelöst und verschwand in der Menge. Langsam und vorsichtig bahnte er sich den Weg durch die Anwesenden und positionierte sich in der Nähe zum Eingang mit einem guten Blick zur Theke.

Denn am Tresen saß er, der Grund, warum er heute hier war. Thomas „Big Baby" Brähmer. Ein Kerl wie ein Berg, fett wie stark und dumm wie eine Haubitze. Er trug seine Lederweste mit einem großen Rückenpatch von Rokkos alter Ultragruppierung, *Standarte Westheim*. Die Aufnäher *First Division* und *Juggernaut* flankierten die Fürstenfaust. Brähmers mit Blitzen und Totenköpfen tätowierte Glatze glänzte schwitzig im Schein der Neonröhren. Er kannte Brähmer nicht persönlich, er wusste aber, dass er damals wie heute für die Drecksarbeit zuständig war. Leute einschüchtern, Leute verprügeln und Leute verteidigen, das waren seine Jobs. Huren, Gläubiger oder feindliche Fans, keiner war vor ihm sicher. Für komplexere Aufgaben war er einfach zu dumm. Die Kombination von Dummheit, Kraft, Loyalität und überhaupt keinen Ambitionen, mehr zu erreichen, außer ein paar schnellen Euros, machten ihn zum perfekten Handlanger. Im Moment kam er nicht näher an sein Ziel heran, ohne sich auffällig zu benehmen. Er musste warten, aber es machte ihm nichts aus. Er hatte auch auf Rokko gewartet, Stunde über Stunde, und am Ende hatte es sich gelohnt. Er. Ja, er hatte sich durchgesetzt. Nicht Rokko. Er hatte gewonnen, Rokko zerschmettert und seine Rache bekommen. Auch heute oder morgen würde sich das Warten wieder lohnen, da war er sich sicher.

Es war 23:47 Uhr. Die Minuten verstrichen, Brähmer trank. Einen Schnaps nach dem anderen. Wie ein Geier, der ein langsam sterbendes Tier umkreist, kreiste er um „Big Baby". Er lief in seine Richtung, wollte die Chance auf einen freien Platz neben ihm nutzen, blieb aber auf halbem Weg stehen, als sich ein Ultra den Barhocker nahm und von der Theke wegzog. Er lehnte sich gegen einen Pfosten, der die Zwischenwand zu den Billardtischen trug und nippte an dem schalen Bier. Gegen ein Uhr nachts leerte sich die Kneipe langsam. Seine Zeit war gekommen.

Brähmer hatte fast die ganze Zeit auf dem Hocker verbracht, ein paar Bier und eine Menge Schnäpse gekippt. Dazu hatte er irgendeinen ekligen Eintopf schöpflöffelweise in sich hineingeschaufelt. Brähmers Magen-Darm-Trakt kämpfte zusammen mit seiner Leber um den Titel „Mitarbeiter des Monats". Wenn er nicht gerade aß oder trank, starrte er mit einem ausdruckslosen, fast melancholischen Blick in die Leere. Er hatte den ganzen Abend kaum Konversation geführt. Es schien fast so, als sei Brähmer einer der wenigen, die wirklich um Rokko trauerten.

Der Mann auf dem Sitz neben Brähmer stand auf, legte einen Geldschein und ein paar Münzen auf den Tresen und verschwand durch die Tür nach draußen. Das war seine Chance. Obwohl sich die Menge der Anwesenden schon um mindestens die Hälfte reduziert hatte und der Weg zum Ziel somit endlich frei von lästigen Hindernissen war, schlenderte er lässig, fast gelangweilt zur Theke. Er wollte jetzt nicht mit Hektik auffallen oder, noch schlimmer, wieder in einen Konflikt mit einem dieser Gorillas um den freien Hocker geraten. In einem solchen Fall würde ihn die zu Tränen rührende Rede des Präsidenten nicht noch einmal retten. Aber alles lief nach Plan. Warum auch nicht? Immerhin musste er nur sechs Meter durch einen Raum gehen und keine Hirnoperation durchführen. Er verfluchte sich selbst dafür, sich einem solchen paranoiden Wahnsinn hingegeben zu haben. Er hatte einfach viel zu viel Zeit unter falschen Freunden und echten Feinden verbracht.

Er zog den Hocker etwas von „Big Baby" weg und setzte sich. „Elsi, zwei Schnäpse!" Er winkte der abgehalfterten Bardame zu. Ihren Namen hatte er im Laufe des Abends aufgeschnappt. Elsi kam zu ihm und stellte ihm die beiden Schnapsgläser hin. Jetzt aus der Nähe und nach einer anstrengenden Nacht sah sie noch verbrauchter aus. Wortlos schob er Brähmer ein Glas hin. Dieser reagierte langsam, drehte sich zu ihm und blickte ihn aus gläsernen Augen fragend an.

„Ich kann doch nicht auf Rokko trinken, ohne vorher angestoßen zu haben." Brähmer nickte, umschloss langsam und vom Alkohol benebelt das Glas mit seiner Hand. In seinen Pranken wirkte es um ein Vielfaches kleiner, als es eigentlich war.

„Auf Rokko! Mann, ich werde ihn vermissen." Er klopfte Brähmer auf die Schulter. „Er war einfach der Beste! Auf Rokko!" Kramer hob sein Schnapsglas und prostete dem hünenhaften Mann zu. Brähmer stieß an und beide tranken ihr Glas mit einem Schluck leer. Brähmer knallte das Schnapsglas geräuschvoll auf den Tresen. „Noch zwei!" Er winkte mit einer energischen Bewegung Elsi herbei.

„Weißt du", Brähmer fixierte seinen Gesprächspartner mit glasigen Augen, „ich kannte Rokko schon, bevor er zu dem großen Führer wurde, der er war und für mich immer sein wird." Brähmers Zunge war schwer, seine Aussprache schwammig. „Ich war ganz am Anfang dabei! Damals, als es losging. In den Achtzigerjahren. Als wir uns den Respekt der anderen erkämpft haben. Jetzt kommt es mir wie 'ne scheiß Ewigkeit vor. Damals war es geil. Kaum Polizei, keine Kameras, wir hatte es drauf." Brähmer schlug mit der Hand auf den Tresen, nahm eines der Gläser, die Elsi gebracht hatte und trank. „Ich kann mich noch daran erinnern, als ob es gestern war, als wir zusammen diese Loser aufgemischt haben. Das waren noch Zeiten." Ohne zu fragen, nahm er das zweite Schnapsglas und trank es ebenfalls. „Die Kanaken aus der Nordstadt, alle die Möchtegern-Ultras, diese Poser, Zecken, die abgefuckten Schönwetterfans und Judenfreunde. Selbst vor diesem Möchtegern-Fußballer, der damals den Aufstieg verkackt hat, haben wir nicht haltgemacht."

Brähmer spuckte verächtlich auf den Boden. „Mann, den haben wir fertiggemacht! Er hat gebettelt und geschrien, aber Rokko, Rokko hat ihm gezeigt, wo der Hammer hängt. Verdammt, wir waren die Besten! Jeder hat uns gefürchtet. – Bring mir noch 'nen Kurzen und ein Bier, Elsi! – Und jetzt soll Rokko tot sein? Scheiße ich kann es nicht glauben." Brähmer vergrub das Gesicht in seinen Händen.

„Ich kann es auch nicht glauben! Verdammt!" Eine kurze Pause, ein Kopfschütteln, ein trauriger Seufzer, das war wahre Anteilnahme an dem Tod eines Mannes, nein, eines Helden. „Wenn ich die Wichser finden würde, die ihn kaltgemacht haben, die bekämen keinen Prozess mehr." Brähmer trank einen großen Schluck Bier.

„So isses recht! Kaltmachen muss man die Wichser!" Brähmer verpasste Kramer einen zustimmenden Stoß, der ihn fast aus dem Gleichgewicht brachte. Er hob bedrohlich einen seiner speckigen Finger, beugte sich zu ihm herüber und lallte verschwörerisch: „Aber Rokko wird weiterleben! Alles, wofür er stand, wird weiterleben. Seine Ideale und Prinzipien! Die gute alte Zeit. Wir haben immer noch das Sagen." Brähmer musste aufstoßen. Sein Atem stank widerlich nach Bier und Zwiebeln. „Wir werden den Verein auch neben dem Platz weiter zum Sieg gegen all die Spasten führen!" Er schaute sich verstohlen um und senkte seine Stimme. „Und zum Sieg auf dem Platz trage ich auch bei."

Jetzt wurde es interessant, Kramer war wie elektrisiert. Genau wegen diesen Informationen war er da, hatte er das Risiko auf sich genommen. Jetzt durfte er es nicht vermasseln. Er brauchte einen Ort, ein Datum und eine Uhrzeit und dieser fette, betrunkene Trottel würde ihm alles verraten, ohne es selbst mitzubekommen. Die Frage war nur wie? Viel konnte er planen oder durch seine Überwachung abschätzen, in Momenten wie diesen, musste er jedoch improvisieren. In Sekundenschnelle fällte er eine Entscheidung. Er würde bluffen.

„Pssst!" Kramer senkte die Stimme. Mit einer schnellen Handbewegung machte er Brähmer klar, dass er die Klappe zu halten hatte. „Spinnst du! Was ist, wenn dich jemand hört? Oder traust du den Typen vom Weststurm? Ich nicht, hab gehört, bei denen hat sich ‘nen V-Mann eingezeckt."

Brähmer stutzte, schaute ihn verwirrt an und schwieg. Sichtlich überrascht, dass mit ihm so umgesprungen wurde. Langsam wich die Verwirrung und machte dem Ärger Platz. Kramer lehnte sich zu ihm herüber. „Du weißt ganz genau, dass niemand von unserer Arbeit wissen darf. Also lass uns das Thema wechseln. Bevor hier einer große Ohren bekommt." Er lehnte sich zurück und trank einen Schluck Bier. Beide schwiegen. Jeder auf seine eigene Weise. Brähmer auf die nach den richtigen Worten ringende Art, darauf brennend, eine Frage zu stellen, sein Gesprächspartner abwartend, wohl wissend, dass der Fisch am Haken zappelte. „Big Baby" setzte an, seine Lippen formten ein Wort, er brach ab und versuchte es erneut. In dem Spiegel hinter der Bar konnte Kramer den Kampf beobachten, den Brähmer mit sich selbst ausfocht. Er hatte sich richtig entschieden. Nun war es an der Zeit, die Angel einzuholen. Am Ende gewann, vom Alkohol beflügelt, „Big Babys" Neugier über die Vernunft.

„Du –" Brähmer stockte.

„Ja, ich arbeite auch für den Doc", fiel Kramer ihm ins Wort. „Eigentlich arbeiten hier alle für den Doc." Er deutete auf die Spiegelbilder der Männer hinter ihnen. „Nur wissen es die Wenigsten."

Brähmer überlegte sichtlich, bevor er mit schwerer Zunge zu sprechen begann. „Aber ich kenn dich nicht. Ich hab dich noch nie gesehen."

Kramer hatte gewusst, dass diese Frage kommen würde, kommen musste. Egal wie betrunken Brähmer war. Diese Frage würde er stellen. Sie war lästig und eine Schwachstelle in seinem Plan, aber Brähmer war so besoffen, dass er nur eine halbwegs glaubhafte Lüge brauchte, um dieses Problem zu lösen. Ein kurzes geheimnisvolles Zögern, ein langsamer Blick, um zu prüfen, dass sie niemand hören konnte, und lügen, es war nicht so schwer. „Das ist auch besser so, ich stelle den Kontakt zu den Lieferanten her."

Brähmer nickte, auch wenn er noch nicht ganz verstand. „Wenn ich mal an einen Bullen gerate, ist es besser, wenn keine einzige Spur hierhin führt. Verstehst du? Mich nicht zu kennen, bedeutet Sicherheit."

Die Worte drangen an Brähmers Ohren und langsam machten sie für ihn Sinn. Er nickte erneut.

„Oder traust du den Dreckspolacken, die die den Stoff ranschaffen?"

Brähmer schüttelte energisch seinen fetten Schweinskopf.

„Das dachte ich mir. Ich tue es nämlich auch nicht." Er griff sich sein Bierglas und trank. Stellte es ab und zögerte kurz. Es war alles Teil des Spiels, eines Tanzes um einen verwundeten Stier. Der Erfolg war so nah, der Todesstoß nur einen Schwertstreich entfernt, aber dennoch, es bestand immer noch die Gefahr, von dem sterbenden Tier aufgespießt zu werden. „Ich sollte eigentlich gar nicht hier sein und schon gar nicht mit dir darüber reden, aber scheiß drauf, Rokko war unser Freund und morgen hab ich frei." Er grinste Brähmer schelmisch an und prostete ihm zu.

„So ist's richtig." Die beiden Männer tranken ihre Gläser aus. „Du hast Glück." Brähmer stand auf und klopfte ihm auf die Schulter. „Du kannst ausschlafen und ich muss raus. Habe morgen um sechzehn Uhr einen Termin mit dem Doc an den Docks." Brähmer lachte laut über sein eigenes Wortspiel. Legte ein paar Geldscheine auf den Tresen und verabschiedete sich. Sein Gesprächspartner sah ihm nach. *Die fette Sau hat ordentlich Schlagseite*, schoss es ihm durch den Kopf.

Keine fünf Minuten später stand er ebenfalls auf, bezahlte und verließ die Kneipe. Die kalte, klare Nachtluft offenbarte ihm, wie stickig es in der Kneipe war und wie sehr er nach Schweiß, Alkohol und Rauch stank. Er atmete tief durch.

Jetzt rauchte hier draußen niemand mehr. Das *Minute 7*-Neonschild warf fahles, weißes Licht auf den leeren Gehweg vor der Kneipe. Die Party war zu Ende und es war die beste Party, auf der er seit Jahren gewesen war.

Kapitel 36

Gusenbergs Arm fuhr durch die Laken, spürte jedoch keinen Widerstand. Seine Hand suchte die Wärme eines anderen Körpers, fand aber nichts, das Bett war kalt. Er war allein. Die Bilder des gestrigen Abends strömten durch seinen schlaftrunkenen Geist. Das Essen, der Wein, die beschädigte Luftmatratze, Maria nur noch in BH und Slip. Der Ermittler fuhr aus dem Bett hoch und schaute sich im Halbdunkeln seiner Wohnung um. Maria war nirgendwo zu sehen, nur der Duft ihres Parfüms war geblieben. Gusenberg streifte sich die Decke ab und stand auf. Hinter seinen Schläfen verbarg sich einen leichter Kopfschmerz, kein Kater eher ein Kätzchen.

„Maria?"

Er bekam keine Antwort. Der erste Weg führte den Ermittler ins Bad, vielleicht duschte Maria gerade. Ein unglaubwürdiger Hoffnungsschimmer, der aber nicht vollkommen verblasste. Das Bad war genauso leer wie der Rest der Wohnung. Die Dusche war unbenutzt. Einzig die Handynummer, mit rotem Lippenstift quer über den Spiegel geschrieben, verriet, dass Maria hier gewesen war. Ein Lächeln huschte über Gusenbergs Gesicht, seltsam, dass er sich so sehr über die zwölf schräg und viel zu groß geschriebenen Ziffern freute. Er kannte Maria kaum und würde sie wahrscheinlich nie wiedersehen. Entweder würde sie untertauchen oder am Ende doch abgeschoben werden, sollte sie sich bei der Arbeit nochmal erwischen lassen. Beide Szenarien hielten keine Hauptrolle mehr für ihn bereit. Trotzdem hatte sie ihn nicht wortlos verlassen und er würde sich früher oder später bei ihr melden. Gusenberg schlüpfte aus den Boxershorts und in die Dusche. Er duschte kurz und kalt, um den letzten Rest der Kopfschmerzen zu vertreiben. Während das kalte Wasser die Lebensgeister in ihm weckte, betrachtete der Ermittler jedes Fragment, das ihm während der Ermittlungen vor die Füße gefallen war, erneut. Zwar passte immer noch nicht viel zusammen, aber er hatte eine Spur. Das schicksalhafte wie dubiose Treffen zwischen Yannick und Dr. Tampling, Steffis Aussage, Denize' und Rokkos seltsames Beziehungsmodell, die unbekannte Freundin, der humpelnde Freier, das Klubheim und die Drogen. Oberflächlich betrachtet zwei Welten, die verschiedener nicht sein konnten. Auf der einen Seite der Glanz des Spitzensports, auf der anderen Seite verkorkste Leben und begrabene Träume. Dennoch hatten sie alle etwas gemein, über eine Person waren sie alle verbunden.

Rainer Fraus, der Sonnenkönig des SFC Westheim.

Alles lief bei ihm zusammen, das Sichtbare wie das Unsichtbare. Gusenberg glaubte im Gegensatz zu den meisten Film- und Fernsehdetektiven an den Zufall, warum auch nicht? Wer überall die Systematik suchte, verzettelte sich schnell in Ermittlungen, die ins Nichts führten. Wie oft hatten Mörder, Entführer und Vergewaltiger ausgesagt, dass das Opfer nur zum falschen Zeitpunkt am falschen Ort gewesen war? In anderen Worten: Zufall. Wie oft stellten sich vermeintliche Spuren als heiße Luft heraus? Bis zu einem gewissen Punkt konnte man Gevatter Zufall als Mitspieler nicht ausschließen. Hier und heute jedoch war er außen vor. Dass alle Beteiligten auf die eine oder andere Weise mit Fraus verbandelt waren, war Teil eines ... Eines was?

Gusenberg griff sich sein Shampoo und begann im Kopf die Fragen durchzugehen, die wirklich relevant für die Lösung des Falles waren. Wieso waren Yannick und Tampling eine so große Gefahr, dass sie sterben mussten und viel wichtiger, für wen waren sie eine Gefahr? Was galt es auf so rabiate Art zu schützen? Wieso war Rokko bei Yannick eingebrochen, was war auf dem Laptop? Wo war Steffi und was wusste sie wirklich? Was hatte es mit den Drogen auf sich und wer hatte Rokko und Denize getötet? Waren der Freier und der verletzte Spieler ein und dieselbe Person? Wieso konnte Rokko nach seiner Entlassung so schnell wieder im Drogenhandel Fuß fassen?

Gusenberg stellte das Wasser ab und blieb regungslos stehen. Rinnsale liefen an seinem Körper herab, rissen ab und wurden durch vereinzelte Tropfen ersetzt, die monoton und unnachgiebig ihre Reise in die Dunkelheit der Kanalisation fortsetzten. Was hatte Maria über die Herkunft der Ampullen gesagt? Ukraine oder Bulgarien? Auch das konnte kein Zufall sein. Jedes Fragment, dessen er habhaft werden konnte, brachte mehr Fragen mit sich als Antworten. Dazu kam erschwerend, dass er nicht mehr mit dem Fall betraut und damit auch vom offiziellen Informationsfluss abgeschnitten war. Wenn überhaupt noch ermittelt wurde, was Gusenberg nach dem Treffen im Büro seiner Chefin stark bezweifelte. Der Ermittler versuchte im Geiste, die losen Enden zu einer halbwegs realistischen Theorie zu verweben. Er war sich nur bei zwei Sachen sicher. Yannick war das Epizentrum, mit dem alles begonnen hatte und Fraus würde das Ende sein, egal wie es aussehen würde. Dazwischen gab es genug Platz für Spekulation und undurchsichtige Gestalten, zu Letzteren zählte seit gestern auch sein Kollege Paul Esch. Ihm würde er auf den Zahn fühlen müssen.

Gusenberg stand nur mit einem Handtuch um die Hüften vor dem Badezimmerspiegel. Seine Reflexion war durch die roten Ziffern verzerrt. Er konnte sich selbst kaum erkennen. „Wie passend", murmelte Gusenberg, denn zu allen unbeantworteten Fragen gesellte sich eine weitere, deren Antwort sich Gusenberg nur selbst geben konnte. War er bereit? War er bereit, das zu tun, was die Situation erforderte? Gegen Regeln zu verstoßen und gegen einen Kollegen zu ermitteln? Sich selbst als Nestbeschmutzer zu brandmarken? Was war, wenn er sich irrte? Was war, wenn alles nur in seinem Kopf Sinn machte? Im besten Fall dürfte er an der Königinnenstraße den Verkehr regeln, im schlechtesten Fall könnte er stempeln gehen. Er durfte sich nicht irren und er würde sich nicht irren. Er würde das tun, was nötig war, das Richtige, das war seine Aufgabe. Sein Schicksal. Die Zuversicht wurde von einem Augenblick auf den anderen von einer Erkenntnis zerschmettert. Was war, wenn er recht hatte? Das Ausmaß der Ereignisse wäre unabsehbar. Nicht nur für ihn oder für Esch. Er wischte die Entscheidung energischer weg, als ihm zumute war. Alle Indizien deuteten in eine Richtung. Die frisch geschnittenen Sträucher an der Unfallstelle hatten die letzten Zweifel beseitigt. Die Entscheidung war getroffen.

Gusenberg warf das Handtuch in den Wäschekorb, verließ das Badezimmer und eilte zum Kleiderschrank. Er schlüpfte in Boxershorts und riss ein Hemd von Stapel. Er hatte keine Zeit zu verlieren.

Er musste ins Polizeipräsidium, oder doch nicht? Vor seinem inneren Auge konnte er Maryanne sehen, wie sie schweigend am Schreibtisch saß. Sie sah ihn zweifelnd an, während er versuchte, ihr seine Theorie zu erklären. Fraus, der an der Spitze eines europaweit operierenden Drogenrings steht. Die Mobilität der Mannschaft und des Trainerstabs, die wenigen Kontrollen der Busse oder Privatmaschinen, die fast schon krankhafte Fixierung auf eigene Talente und deren absolute Kontrolle. Rokko und die Ultras als loyale Männer fürs Grobe, Straßendistributoren und Geldwäscher. Alles passte zusammen.

„Du steigerst dich da in was rein, Emil, das ist keine Theorie, das ist im besten Fall eine Verschwörungstheorie", sagte Maryanne in diesem dafür-bist-du-noch-zu-jung-Tonfall, den sie sonst für ihre Kinder nutzte. „Wie viele Menschen arbeiten für den SFC? Vom Platzwart bis zum Busfahrer? Es ist unmöglich, dass alle darin stecken. Du hast nichts, außer persönlicher Aversion und ein paar zu spät geschnittenen Büschen." Maryanne lachte gellend und winkte ab. Gusenberg hielt inne. Natürlich würde Maryanne ihn nicht wie ein Kind behandeln oder auslachen, aber sie würde seinen Verdacht ohne Beweise auch nicht ernst nehmen. Also nicht ins Polizeipräsidium, nicht den Dienstweg nehmen, sondern sich seitlich durch die Büsche schlagen. Gusenberg ließ sich halbangezogen in einen Sessel fallen, gedankenverloren knetete er die zweite Socke. Er brauchte mehr Beweise, nur woher nehmen, wenn nicht stehlen? Welche Optionen hatte er? Yannick war tot, Steffi war verschwunden, Rokko war tot, Schellner wiederum schwieg wie ein Grab, Maria hatte ihm alles gesagt, was sie wusste, und Fraus würde ihm nichts sagen. Es gab wenig Ansatzpunkte für weitere Ermittlungen. Fraus selbst war trotzdem der Vielversprechendste, aber wie? Gusenberg konnte nicht einfach wie ein Cowboy in die SFC Arena einreiten und Fraus in seinem nach ihm benannten Refugium die Pistole auf die Brust setzen, um die Wahrheit aus im herauszuquetschen.

Gusenberg raufte sich die noch feuchten Haare. Egal, wie er es drehte und wendete, der aussichtsreichste Ansatz war gleichzeitig der unbequemste. Esch. Er würde sich bei ihm zu Hause umsehen müssen. In Rekordzeit vom Nestbeschmutzer zum Einbrecher, wo sollte das enden? Ach was soll's! Gusenberg sprang vom Sessel auf. Frau Weber konnte ihn nicht rauswerfen. Die Welt war schlecht und er war gut, besonders beim Fangen der bösen Jungs und am Ende des Tages mussten die Zahlen stimmen, auch bei ihr.

Kapitel 37

Ihr halbes Leben war sie nun schon auf der Flucht. Vor ihrer Familie, der Polizei, vor sich selbst und nun auch vor Menschen, die es gut mit ihr meinten. Dieser Polizist hatte sich für sie eingesetzt und sie gut behandelt, aber ein schöner Abend reichte nicht, um Marias Misstrauen zu vertreiben. Tief in ihr rief eine Stimme: „Natürlich war er nett zu dir. Er wollte Informationen von dir. Mehr nicht. Du glaubst doch nicht wirklich, dass sich ein Typ wie er für eine Frau wie dich interessiert! Das musst du doch gespürt haben. Tu dir selbst einen Gefallen und gibt dich keinen Illusionen hin." Wahrscheinlich hatte die Stimme recht, wie schon so oft.

Maria brauchte über zwei Stunden, um zu Fuß von der kleinen Kneipe zu dem Ort zu kommen, an dem das Schicksal seinen Lauf genommen hatte. Sommerhäuserstraße Haus 129a. Der verbrannte Müllcontainer war entfernt worden, der Hof und die Hauswand grob vom Schmutz befreit. So würde es sicher bleiben, bis das Haus für immer vom Erdboden verschwinden würde. Maria war das egal, sie war heute zum letzten Mal an diesem Ort. In ihrer Wohnung warf sie alles, was sie eventuell auf ihrer Reise gebrauchen konnte, in eine Tasche, sie wurde nicht einmal ganz voll. Sie stellte die Tasche auf ihr Bett, unfähig zu beschreiben, was sie genau fühlte. Wut auf sich und ihr jetziges Leben, Trauer um Denize, Angst vor der Zukunft und irgendwie Freude über den Aufbruch in ein neues Leben. Maria kramte zwischen Kondomen und Feuchttüchern einen Schlüssel aus ihrem Nachtisch hervor. Davon würde sie nichts mitnehmen, nie wieder wollte sie für Geld mit fremden Männern Sex haben. Maria atmete tief ein und begab sich schweren Herzens in den dritten Stock. Da gab es noch etwas zu erledigen, bevor sie diese Stadt für immer verlassen würde. Die Tür von Denize' Wohnung war versiegelt. Ein kleiner blau-weißer Klebestreifen legte Zeugnis ab, über die schlimmen Dinge, die hinter dieser Tür geschehen waren.

Maria durchtrennte das Siegel mit dem Zweitschlüssel für die Wohnung, schloss auf und trat ein. Ihr Puls beschleunigte sich, als sie die Tür hinter sich schloss. Sie versuchte, sich an den gestrigen Abend zu erinnern. Wieso hatte sie so viel getrunken, das war nicht ihre Art, allgemein war sie gestern nicht sie selbst gewesen. Viel zu redselig, gutgläubig und gut gelaunt. Der Polizist hatte von den gefundenen Drogen gesprochen, nicht jedoch von Geld. Vielleicht hatte die Polizei Rokkos Geldversteck nicht gefunden. Maria wusste selbst nicht, wo sich das Geld befand, sie wusste nur, dass es nicht in der Wohnung war, sondern irgendwo im Keller, so viel hatte Denize einmal angedeutet. Maria betrat den Raum, in dem ihre Freundin ermordet worden war. Sie hielt kurz inne und legte eine Blume, die sie im Stadtpark gepflückt hatte, auf das zerwühlte Bett.

„Ich hoffe, du nimmst mir das nicht übel. Es ist nur so, ich brauche das Geld, für das bessere Leben, das wir uns immer gewünscht haben." Maria öffnete das Nachtkästchen und nahm den Schmuck an sich, von dem sie wusste, dass er wertvoll war. Zwischen dem billigen Modeschmuck, den Denize bei der Arbeit getragen hatte, waren auch kostbare Stücke, die sie Maria stolz gezeigt hatte. Ein goldener Ring, der einst Denize' Mutter gehört hatte und eine Kette, die ihr Rokko geschenkt hatte. Marias Finger verkrampften sich um die Kette aus Weißgold. Hässlich und stillos, genau wie Rokko. Er konnte in der Hölle schmoren, Maria hatte für ihn nicht mehr als Verachtung über. Ohne ihn wäre

Denize noch am Leben, er hatte den Tod in dieses Haus gebracht. Maria nahm den Schlüsselbund mit dem Kellerschlüssel an sich und verließ das Apartment ohne den Raum zu betreten, in dem Rokko sein verdientes Schicksal widerfahren war. Auf dem Weg nach unten holte sie die Reisetasche aus ihrer Wohnung.

Nur für einen Raum im Keller stimmte die Prägung des Schlüssels mit der des Vorhängeschlosses überein. Maria rechnete mit einem Raum voller Sperrmüll, bis zur Oberkante vollgestopft mit den Hinterlassenschaften der Vormieter, aber sie irrte sich. Der fensterlose Raum war leer. Maria schaltete das Licht ein. Eine langsam erglimmende Energiesparlampe hing in einer Baufassung an der Decke. Die Wände waren weiß getüncht, der Putz bröckelte langsam vor sich hin. Sie war enttäuscht. Sie hatte gehofft, hier genug Geld zu finden, dass sie irgendwo neu anfangen konnte. Genug Geld für gut gefälschte Papiere, genug Geld, um die Hure Maria endgültig zu begraben. Wieder einmal war sie zu dumm für die Realität gewesen. Nach all den Jahren glaubte sie noch an Schätze und Wunder.

Maria schaltete das Licht aus und griff nach ihrer Reisetasche. Ihr Blick wanderte ziellos durch den Keller und blieb an etwas hängen. Etwas, das nicht passte. Nicht nur die einzelnen Kellertüren waren mit Vorhängeschlössern gesichert, sondern auch der Sicherungskasten im Kellerhals. Maria ließ die Reisetasche zu Boden fallen, mit zittrigen Händen zog sie den Schlüssel vom Schloss der Kellertür ab und stürzte nach vorn. Ein letzter Hoffnungsschimmer. Eine letzte Chance auf ein Wunder. Die Prägung auf dem Messingkorpus passte. Marias Herzschlag stoppte für den Moment, in dem sie versuchte, den Schlüssel ins Schloss zu stecken. Er verkeilte sich, Maria riss ihn heraus, atmete tief durch und führte ihn langsam mit zittriger Hand in das Schlüsselloch ein. Er passte, eine halbe Drehung nach rechts, das Vorhängeschloss sprang auf. Der stählerne Bügel gab sich geschlagen und ließ sich aus dem Gehäuse ziehen. Maria öffnete die Tür und konnte es nicht glauben. Der Sicherungskasten war eine Attrappe. Er enthielt keine Sicherungen oder Relais, keinen Stromzähler oder was sonst noch hineingehören könnte. Trotzdem war er nicht leer.

An der Innenseite der Tür klebten drei Briefumschläge mit Klebeband. Mit einem Ruck riss Maria den ersten Umschlag ab und auf. Geld. Der Umschlag war prall gefüllt mit großen Scheinen. Maria konnte es kaum glauben. Sie blickte sich um und horchte in die Leere des Kellers. Niemand wusste, dass sie hier war, dennoch konnte sie sich von dem Gefühl, bei einer Untat ertappt zu werden, nicht erwehren. Sie riss die anderen beiden Umschläge von der Wand und steckte sie in ihre Reisetasche, danach verschloss sie den Sicherungskasten.

Maria lief los, die Hand fest um den Tragegurt der Tasche geschlossen. Die Treppe nach oben, durch den versifften Hausflur ins Freie.

Sie hatte eine Zukunft, sie war frei.

Der Himmel war so blau wie nie zuvor in ihrem Leben. Sie hielt erst an, als sie das Haus nicht mehr sehen konnte. Mit rasendem Herzen ließ sie sich an einer Bushaltestelle auf einer der abgewetzten Sitzschalen nieder. Sie war allein. Nach dem Plan kam der nächste Bus erst in einer Dreiviertelstunde. Nacheinander riss sie die anderen beiden Umschläge auf. Maria stieß einen kurzen Jubelschrei aus. Bereute es jedoch sofort, als eine Frau auf der anderen Straßenseite sich nach ihr umdrehte. Sie musste vorsichtiger sein, niemand durfte wissen, wo sie war, und erst recht durfte niemand wissen, dass sie das Geld genommen hatte. Äußerlich ruhig, innerlich tobend, zählte sie die Bündel und schätzte die Höhe ihrer neu gewonnen Barschaft ab. In den drei Umschlägen befanden sich fast fünfzigtausend Euro. Die kleinsten Scheine waren Fünfzigeuroscheine, die größten Fünfhunderter. Maria teilte das Geld in verschieden große Bündel auf und versteckte es zwischen ihren Sachen und an ihrem Körper, in den Schuhen, den Hosentaschen und im BH. Anschließend zerriss sie die Umschläge in kleine Fetzen. Jeder Riss kam dem Sprengen einer Kette gleich, die sie in ihrem alten Leben hielt. Sie zerfetzte die Briefumschläge immer weiter, die Schnipsel fielen ihr rechts und links aus den Händen. Die großen sanken auf den Gehweg, die kleine trug der Wind auf die Straße, wo die vorbeifahrenden Autos sie auf Nimmerwiedersehen in die Luft wirbelten. Von einer urplötzlichen Wut gepackt, schleuderte Maria die Überreste, so fest sie konnte, in einen nahen Mülleimer. Verächtlich spuckte sie auf einen der schneeweißen Fetzen, der neben dem Mülleimer auf den Boden gefallen war. Es war vorbei.

Zwei Straßen weiter hielt Maria ein Taxi an und ließ sich zum Hauptbahnhof fahren. Der Fahrer blieb zu Marias Freude die Fahrt über stumm, so konnte sie ihren Gedanken nachhängen und ihre nächsten Schritte planen. Der geheime Geldsegen war ein großer Vorteil, aber so euphorisch sie auch bei der Entdeckung war, so ernüchtert war sie nun. Im Endeffekt stieß das Geld nur die Tür zu einem ganzen Raum voller neuer Probleme auf. Maria gab dem Taxifahrer zehn Euro Trinkgeld und fühlte sich dabei gut.

Als sie das Bahnhofsgebäude betrat, wusste sie schlagartig, wohin der Weg sie führen würde. Über ihr erhob sich eine Konstruktion aus Stahl und Glas, Menschen kamen, Menschen gingen. Ein endloser Strom. Maria schloss die Augen. Sie konnte es nach all dieser Zeit wieder sehen, ihr Haus am Meer, wie dem Gemälde eines alten Meisters entsprungen. Sie konnte die

Brandung rauschen hören und die Gischt auf ihrem Gesicht spüren, salzig und frisch. Ein Hund tollte durch die Dünen, seine tapsigen Pfoten wirbelten den Sand auf.

Ein Mann im Anzug mit Rollkoffer rempelte sie an, als er in Richtung des Bahnsteigs hastete. Keine Entschuldigung, kein Blick zurück. Das Haus verblasste, der Hund verschwand. Maria stand noch immer in der tristen Westheimer Bahnhofshalle. Links und rechts neben ihr brandeten die Menschenwellen an ihr vorbei. Maria setzte sich in Bewegung und wurde von ihnen mitgerissen. Es war Zeit für ein neues Kapitel, ein vollkommen neues Leben.

Kapitel 38

Früher hatte er Alkohol besser vertragen. Abends mit Freunden ein paar Cocktails trinken und morgens taufrisch auf dem Trainingsplatz seine Runden laufen. Alles kein Problem. Seit Kramer seinen Alltag jedoch nur noch mit Medikamenten erträglich gestalten konnte, hatte er, oder besser gesagt musste er aufhören zu trinken. Irgendwas mit der Verstoffwechselung der Medikamente über die Leber und gravierenden Langzeitschäden bei Kombination mit Alkohol hatte der Arzt gesagt. Egal was soll's. Wenn er nur mit einem Leberschaden aus der Sache herauskäme, könnte er sich glücklich schätzen. Kramer rieb sich die Schläfen, dort wütete der stechende Schmerz am schlimmsten. Er hatte sich schon ein paar Aspirin und zwei Ibuprofen eingeworfen, trotzdem ging dieser verdammte Kater nicht weg und alles nur wegen drei oder vier Pils. Er hätte diese verdammten Schnäpse nicht trinken sollen. Kramer lehnte sich gegen den Müllcontainer, hinter dem er schon seit einer guten Stunde wartete und schloss die Augen. Einatmen und ausatmen. Sein Körper kämpfte gegen die Folgen der Vergiftung an.

Hätte der kleine Mann mit Bürstenhaarschnitt und Nickelbrille nicht ins Telefon gebrüllt, Kramer hätte von Kopfschmerzen, Übelkeit und Selbsthass geplagt seinen Einsatz verpasst. Der wütende Wortschwall von Doktor Oswald, seines Zeichens Mannschaftsarzt des SFC Westheim, lenkte seinen Fokus wieder auf die Mission. Kramer wich einen Schritt zurück, kniete sich hinter den Container und lauschte angespannt. Oswald fuhr sich entnervt durch die kurzen Haare. Er war wie

immer wie aus dem Ei gepellt, in feinem Zwirn mit weißem Hemd und Krawatte.

„Scheiße! Bist du besoffen?" Oswalds Gesicht war
wutverzerrt. „Streit es nicht ab, verdammt. Ich kann
deine Fahne übers Telefon riechen!" Kramer war klar,
wen Oswald da anbrüllte. Brähmer hatte wohl auch einen ordentlichen Kater von der Totenwache mitgenommen. Oswald senkte die Stimme so weit, dass Kramer ihn nicht mehr hören konnte, sein Gesicht jedoch
sprach weiterhin Bände. Zufrieden mit der Arbeitsmo-
ral seines Handlangers war Oswald nicht. Neben der
offensichtlichen Wut glaubte Kramer, auch Angst in
den Gesichtszügen des Arztes erkennen zu können. Er
schmiss sich eine weitere Ibu 600 ein und würgte sie
ohne Wasser runter. Bis Brähmer hier auftauchte,
könnte es noch ein bisschen dauern und diese Extrazeit
verschaffte ihm vielleicht endlich Linderung. Das Tele-
fonat war beendet, Oswald hatte sein Handy wegge-
steckt und schaute nun unablässig auf die Uhr. Seine
Wut war gewichen und hatte Nervosität und Anspannung Platz gemacht. Oswald konnte den Deal anscheinend nicht platzen lassen, aber allein wollte er sich mit
dem Bulgaren wohl auch nicht treffen. Verständlich,
Oswald war weder groß noch stark, dafür alt. Ein idea-
les Opfer für zwielichtige Gestalten. Im Gegensatz zu
Brähmer. Der war wirklich nicht für vieles zu gebrauchen, aber im Leute bedrohen war er ein Virtuose. Als
unbemerkter Zaungast genoss Kramer, wie Oswald von
Minute zu Minute ungeduldiger wurde.

Aber wie so oft in Kramers Leben lag die Hure For-
tuna nicht in seinem Bett. Oswald hatte Glück. Das
Taxi, das den ziemlich fertig aussehenden Brähmer ab-
lieferte, war ein paar Minuten früher da, als der unscheinbare Opel Omega des Dealers. Der Mann hatte
Kramer den Rücken zugewandt, so konnte er nur erahnen, was vor sich ging.

Einen flüchtigen Händedruck und ein paar kurze unverständliche Grußworte später stiegen Oswald und Brähmer zu dem Dealer ins Auto. Mit Schrittgeschwindigkeit rollte der Wagen an dem zufälligerweise unbesetzten Kontrollhäuschen der Hafenmeisterei vorbei auf das Gelände des Binnenhafens.

Fuck! Wieso hatte er daran nicht gedacht, er hatte seinen Wagen in sicherer Entfernung geparkt, um nicht aufzufallen und nun das. Kramer griff seinen Rucksack und nahm zu Fuß die Verfolgung auf. Auf der einen Seite ein Auto, auf der anderen Seite ein verkaterter Krüppel, Hase und Igel waren ein Dreck dagegen. Noch bevor er an dem leeren Wachhaus vorbei gehumpelt war, verschwanden die Rücklichter des Wagens aus seinem Blickfeld. Er schlug die Hände vor dem Gesicht zusammen. Sollte sein Plan wirklich daran scheitern? An einem beschissenen Opel Omega? Er hatte Rokko getötet und diese dämliche Nutte. Er hatte so viel riskiert und so viel gewonnen. Nein! Er würde verdammte Scheiße noch mal nicht an einem Opel Omega scheitern.

Kramer drehte um und lief so schnell er konnte zu seinem Auto. Er riss die Tür auf, warf den Rucksack auf den Beifahrersitz, startete den Wagen und gab Gas. Mit quietschenden Reifen nahm er die Verfolgung auf. Wo waren sie hin? Links. Sie waren gleich nach dem Tor links abgebogen. Das hatte er noch gesehen. Er schnitt die Kurve, holperte dabei unsanft über den Bordstein und schaltete einen Gang hoch. Von dem Opel Omega fehlte jede Spur. Vor ihm erstreckte sich ein Labyrinth von hunderten bunten, aufeinandergestapelten Schiffscontainern. Er nahm den Fuß vom Gas, entschied sich für den rechten Weg und rollte langsamer werdend in den Irrgarten hinein.

Oswald und Brähmer waren in diesen Wagen gestiegen. Damit hatte Kramer nicht gerechnet. Seinen Recherchen nach gab es immer wieder Probleme mit dem Dynkin-Clan. Diesen Typen konnte Oswald doch nicht wirklich trauen? Gerade jetzt nach den Morden an Yuri und Zlatan auf dem Autobahnrastplatz, hatte er mehr Vorsicht erwartet. Gerade drohte ihm alles zu entgleisen. Die gesamte Situation passte nicht zu dem Plan, der bisher so gut funktioniert hatte.

Kramer brauchte frische Luft. Während er das Fenster der Fahrertür herunterließ, wogten die Gedanken in ihm hin und her. Sollte er das Ganze abbrechen, vielleicht bekam er in den nächsten Tagen eine zweite Chance oder sollte er alles auf eine Karte setzen, was hatte er schon zu verlieren?

„Nein!" Er hatte das Warten satt. Er hatte dieses Versteckspiel satt und allen voran hatte er Oswald satt. Jetzt war die Zeit zum Handeln gekommen. Irgendwo hier mussten sie sein, der Hafen war groß, aber nicht endlos. Wie ein Raubvogel, der auf der Suche nach Beute war, spähte Kramer von links nach rechts, wohlwissend, dass das Überraschungsmoment der Schlüssel zum Sieg war. Die gestapelten Container zu seinen Flanken bildeten eine Schlucht, aus der es nur hin und wieder eine Abzweigung herausgab. Karl May hätte keinen besseren Ort für einen Hinterhalt ersinnen können. Die Herbstsonne stand tief und die stählernen Mauern des Irrgartens warfen lange Schatten. Wo zur Hölle waren die drei? Waren sie überhaupt auf dem Hafengelände geblieben? Oder hatte der Bulgare die Ware im Opel dabeigehabt? Mit jeder Minute wuchsen Zweifel und Anspannung in Kramer weiter an. Sein Blick fiel auf die Pistole, die er in der Seitenverkleidung der Fahrertür verstaut hatte. Weiter. Er musste weiter. Er hatte einen Auftrag. Ein systematisches Abfahren schien aufgrund der schieren Größe unmöglich. Er konnte nur darauf hoffen, zufällig ihren Weg zu kreuzen. Rechts, rechts, wieder rechts. Einmal diesen Teil abgefahren. Schon wieder einer dieser gelben Hapag-Llyod-Container, war das der Gleiche wie gerade eben? Sein Orientierungssinn war noch nie gut gewesen, hier war er endgültig überfordert. Wenn er noch ein bisschen länger brauchte, könnte der Deal schon gelaufen sein. Dabei war es so wichtig, dass er Oswald heute festsetzte. Nicht morgen oder übermorgen – heute. Links, links, noch einmal links – wieder nichts. Kramer entschied sich, die nächste Abzweigung zu nehmen.

Halleluja, da war er!

Keine zwanzig Meter von Kramer entfernt stand der Opel. Oswald hatte ihm den Rücken zugedreht. Er und der Bulgare waren gerade in eine hitzige Diskussion verstrickt. Brähmer lehnte daneben an einer offenen Containertür. Die beiden Männer hatten Kramer noch nicht entdeckt. Ganz im Gegenteil zu Brähmer. Dieser starrte ihn mit seinen kleinen Schweinsaugen durchdringend an. Ob er ihn erkannt hatte? Keine Ahnung. Aber eins und eins konnte auch der Fettsack noch zusammenzählen. Es lag Ärger in der Luft. Brähmer unterbrach die Diskussion und deutete auf den roten Golf. Wütend fuhr Oswald herum, bevor er registrierte, was los war. Mit quietschenden Reifen machte der Wagen einen Satz nach vorn, schoss an dem geparkten Opel vorbei auf die drei Männer zu. In der Enge der Containerschlucht büßte der Wagen krachend einen Außenspiegel ein, als er einen der Container streifte.

Wie Rehe stoben die drei Männer auseinander. Der Dealer und Oswald rannten in die entgegengesetzte Richtung los. Brähmer versuchte, in den offenen Container zu hechten. Ob es daran lag, dass er so fett war, oder ob der Kater seine Reaktionszeit verlängert hatte, hätte in diesem Moment wahrscheinlich nicht einmal Brähmer sagen können. Im Endeffekt war es egal. Ganz auf den alten Mann fokussiert, der in fünfhundert Euro teuren Halbschuhen vor Kramers genauso teurem Golf davonlief, fuhr Kramer in die Mitte des schmalen Wegs. Dabei touchierte der Wagen die offene Flügeltür des Containers. Glas splitterte, als das Vorderlicht an der Tür zerschellte. Der Geruch von Gummi lag in der Luft. Die Tür wurde zugeschleudert und traf den fliehenden Brähmer von der Seite am Kopf. Die Wucht des Aufpralls zerschmetterte seine Zähne wie Glas und Blut schoss aus mehreren Platzwunden. Er wurde von der Wucht über einen Holztisch im Container geschleudert und blieb wimmernd liegen.

„Fuck!“ Der Aufprall ließ den Wagen ausbrechen. „Fuck! Fuck! Fuck!“ Mit beiden Händen klammerte sich Kramer am Lenkrad fest und riss den Wagen reflexartig nach rechts, weg von dem offenen Container. Der Wagen prallte an einen weiteren Container. Gerade so konnte Kramer den Wagen wieder unter Kontrolle bringen und die Menschenjagd fortsetzen. Zwei waren schließlich noch über. Der Drehzahlmesser wurde in den roten Bereich katapultiert, als er den fliehenden Männern nachsetzte, die panisch einen Ausgang aus dem Containercanyon suchten. Im Zickzack rennend versuchten sie, ihrem Schicksal zu entgehen. Vergeblich. Oswald war schnell eingeholt, er war zu alt und zu langsam. Kramer stieß die Fahrertür auf und schlug Oswald damit zu Boden. Zwei im Sack nur noch einer über. Kramer bremste scharf, brachte den Wagen zum Stehen und riss die Pistole aus ihrer Halterung. Halb sitzend, halb stehend beugte sich Kramer über die Fahrertür. Anlegen, zielen, feuern. Einmal, zweimal, dreimal. Die Hülsen wurden ausgeworfen und der Lärm hallte dröhnend von den Wänden wider.

Eine der Kugeln fand ihr Ziel. Hüfthoch durchschlug sie den unteren Rücken des jungen Mannes, er geriet ins Straucheln, stürzte nach vorn über und schlug aus vollem Lauf auf den harten Asphalt.

Er hatte sie alle drei erwischt.

Schwer atmend überblickte Kramer das Chaos, das er angerichtet hatte. Das lief alles anders, als geplant, aber die Ziele waren erreicht, und darum ging es. Ob der Dealer oder Brähmer noch lebten, würde Kramer später prüfen. Jetzt ging es nur um den Doktor. Der alte Mann lag reglos, aber atmend auf dem Boden. Kramer packte ihn an den Armen und zerrte ihn zum Auto. Er öffnete den Kofferraum und wuchtete den Bewusstlosen hinein. Ziel erfüllt. Er schaute sich um. Der Dealer lebte offensichtlich noch, da er sich vom Schmerz gepeinigt auf dem Teer hin und her wälzte. Später. Nun war es erst einmal an der Zeit, sich die Ware zu holen. Seit der Sache mit Rokko und der Hure hatte er dazugelernt und sich Molotowcocktails gebastelt. Wie so oft war das Internet bei der Umsetzung seiner Pläne eine große Hilfe gewesen. Eine simple Schnapsflasche mit Schraubverschluss voll mit Benzin, ein mit Öl getränktes Tuch und Draht. Mehr brauchte es nicht. Kramer konnte Brähmers Fluchen und Flehen schon hören, bevor er den Container erreicht hatte. Der Dicke blutete stark, war aber bei Bewusstsein. Ungeschickt versuchte er, sich aufzurichten, rutschte jedoch in seinem eigenen Blut aus und sank auf die Knie. Er versuchte es wieder, unverständlich wimmerte er vor sich hin, das nackte Entsetzen ins blutverschmierte Gesicht geschrieben. Endlich hatte es „Big Baby", ein Name der nie treffender war als heute, geschafft. Er zog sich unbeholfen an einem Teakholzsekretär nach oben und hinterließ dabei blutige Handabdrücke auf der Verpackungsfolie.

Weinte Brähmer? Kramer war sich nicht sicher. Warum hatte Brähmer ihn noch nicht gesehen? Kramer hob die Pistole und zielte auf Brähmers Hinterkopf. Im selben Moment drehte dieser sich wie in Trance um. Langsam, eine Hand am Sekretär, mit der anderen die Umgebung abtastend. Jetzt konnte Kramer es erkennen. Jetzt verstand er, warum Brähmer ihm keine Beachtung schenkte. Die dumme, fette Sau war blind. Der harte Schlag gegen den Kopf hatte ihm das Augenlicht genommen. Sein Blick war leer, tot, ohne Reaktion, obwohl er seinen Peiniger direkt anstarrte. Der Tag wurde immer besser. Er steckte die Waffe weg und lehnte sich süffisant gegen den Container.

„Mein Gott, Brähmer, schon ein Scheißtag." Brähmer versuchte erschrocken, die Position des Sprechers auszumachen, und schwankte dabei bedenklich hin und her. „Erst ein Kater, dann zu spät und jetzt blind."

Brähmer brauchte in paar Sekunden, bevor er die Situation vollkommen umrissen hatte. Dann explodierte er. „Du Wichser! Ich weiß, wer du bist! Wenn ich die erwische, mach ich dich kalt!" Brähmer ignorierte den vollkommenen Verlust seines Sehsinns und torkelte in Richtung seines Widersachers. Stieß dabei gegen weitere Möbelstücke und hinterließ eine Blutspur. Langsam, aber unermüdlich tastete er weiter in Richtung des Mannes, den er einst angefeuert und kurz danach kalt gestellt hatte. Ein genauso mutiger wie erbärmlicher Versuch, das Blatt zu wenden. Ein Schritt zur Seite und ein kräftiger Schlag ins Gesicht war alles, was es für Kramer brauchte, um die Sache zu beenden. Brähmer ging erneut zu Boden.

„Ach, Brähmer ..." Kramer seufzte gespielt. „Mach dich nicht lächerlich. Als hättest du allein eine Chance. Du warst doch immer nur in der Gruppe stark. Mit deinen Freunden, mit Rokko, mit denen, die mein Leben zerstört haben." Mit all der Wut der letzten Jahre trat er Brähmer in die Rippen. „Aber so ändern sich die Zeiten. Ich lebe noch und du bist am Arsch." Mit jedem Wort schwang blanker Hass mit. Kramer ging neben Brähmer in die Hocke. Ganz nah an sein Ohr und flüsterte: „Ich sollte dich fette Sau gleich hier kaltmachen. Die Sache ein für alle Mal beenden." Er zog die Waffe und drückte ab. Brähmer zuckte und wand sich vor Schmerz. Der Knall ließ sein Trommelfell platzen und die Kugel schlug in das Holz des Sekretärs ein. Eine klare Flüssigkeit tropfte aus dem Einschussloch. Kramer richtete sich auf, steckte die Waffe weg und schlenderte um den von Schmerz und Angst gepeinigten Brähmer herum. Wieder ging er in die Hocke. „Aber als blinder, tauber Krüppel gefällst du mir besser."

Brähmer zuckte zurück und rollte voller Entsetzen von seinem Peiniger weg.

„Halt! Fast hätte ich es vergessen. Blind und taub bist du ja schon. Aber der Krüppel fehlt noch." Mit einer schnellen Bewegung riss er die Waffe nach oben und schoss Brähmer in kurzer Folge in beide Knie. Brähmer schrie auf und übergab sich vor Schmerz. Ein herrlicher Anblick, wie er sich in Blut, Schmerz und Erbrochenem wälzte. Ein paar Augenblicke war Kramer von seiner eigenen Grausamkeit gefesselt, bevor er betont lässig weiterredete. „Jetzt bin ich zufrieden, jetzt sind wir quitt. Nur so als Info: Wenn du weiterleben willst, solltest du dich vom Acker machen. Ansonsten wird es ziemlich unangenehm."

Funken stoben in die Luft, als sich der Zündstein des Feuerzeugs drehte. Noch bevor die Flamme zu sehen war, hatten die Funken den ölgetränkten Lappen entzündet. Gierig fraßen sie sich durch den Baumwollstoff. „Brähmer, es wird ernst! Du solltest dich beeilen, wenn du nicht als Holzkohle enden willst." Der Molotowcocktail zog bei jeder Bewegung dunklen Rauch hinter sich her. Panisch robbte Brähmer in Richtung des Ausgangs. Kramer ging an Brähmer vorbei und trat ihm spielerisch antreibend in den Hintern. „Du hast es fast geschafft." Kramer hatte den Anfang des Containers erreicht. Er drehte sich um und schleuderte den Brandsatz mit einem kraftvollen Wurf in den hinteren Teil. Die Flasche traf einen in Luftpolsterfolie eingepackten Schrank, prallte ab und zerschellte auf dem Stahlboden. Das Benzin spritzte in alle Richtungen und bildete sofort Dutzende kleine Brandherde, die begannen, das Holz anzukokeln und das Plastik in Brand zu setzen. Schnell leckten die Flammen nach oben und begannen mit ihrem zerstörerischen Werk. Egal, was Oswald und seine Vasallen hier zu bekommen hofften, es wurde ein Fraß des Feuers. Er musste los. Bald würde hier die Hölle los sein. Ohne einen letzten Blick auf Brähmer lief er zum Auto, startete den Wagen und fuhr los. Auf Höhe des Dealers hielt er kurz an. Der junge Mann war zur Seite gekrochen, hatte sich an einem Container aufgesetzt und war mit dem Handy in der Hand verblutet. Die Rettung war so nah und doch unerreichbar.

Kramers Blick schweifte über die Blutspur auf dem Teer, die sich über Hemd und Hose fortsetzte und an der Schusswunde ihren Anfang und sein Ende fand. Der junge Mann war definitiv kein Bulgare. Dunkle Haare, olivfarbener Teint, stoppeliger Dreitagebart. Irgendein Südländer, Italien oder sogar über das Mittelmeer. Das erklärte einiges, anscheinend machte der SFC keine Geschäfte mehr mit dem Dynkin-Clan.

Kramer ließ die Kupplung langsam kommen und fuhr so sanft an, wie er konnte. Schließlich hatte er eine wertvolle Ladung an Bord, die nicht beschädigt werden durfte.

Kapitel 39

Hatte er das gerade tatsächlich gesehen oder spielten ihm seine Augen einen Streich? Gusenberg atmete tief durch, er hatte sich nicht getäuscht, sein Atem bildete Wolken aus Wasserdampf in der Dunkelheit. Es war erst Ende Oktober und viel zu kalt für die Jahreszeit. Die Nachrichtensprecher hatten für die höheren Lagen sogar schon Schneefall angekündigt. Der Ermittler steckte seine Hände tiefer in die Taschen seines Mantels. Die letzten Zweifel an seiner Mission hatten ihn bis hierher begleitet, er konnte sie einfach nicht abschütteln. Was war, wenn er sich irrte und Esch nichts mit der Sache zu tun hatte? Der falsche Zeuge konnte ihm auch ohne sein Wissen untergeschoben worden sein. In diesem Fall konnte man Esch nur vorwerfen, dass er nicht sehen wollte, woher die plötzliche Erlösung kam. Ein eher unwahrscheinliches Szenario. Am Ende des Tages hatte Gusenberg nur sein Bauchgefühl und die fehlenden Büsche, hinter denen sich der angebliche Zeuge sicher nicht versteckt haben konnte. Das waren keine Beweise, das waren noch nicht einmal Indizien. Bestenfalls konnte man es eine Theorie nennen. Eine Verschwörungstheorie hätte es Maryanne genannt, dachte Gusenberg und klappte den Kragen seines Mantels nach oben, nicht nur als Schutz vor der Kälte, sondern auch vor neugierigen Blicken. Der Wind pfiff unangenehm scharf durch die Häuserschlucht, in der Gusenberg nun schon über eine halbe Stunde die Zeit totschlug. „19:30 Uhr Paul", hatte in roter Schrift und mit Ausrufezeichen in Maryannes Kalender gestanden.

Das war, seines Wissens, das zweite Mal, dass die beiden seit Eschs Suspendierung zusammen ausgingen. Esch hatte sich seit dem Vorfall zurückgezogen und kaum noch auf E-Mails oder Anrufe geantwortet. Gusenberg konnte das egal sein, er hatte seinem Kollegen nichts zu sagen. Das Wichtige für ihn war, dass Esch trotz der Veränderung seiner Lebensumstände nicht von seinem Modus Operandi abwich. Normalerweise holte Paul Maryanne mit dem Auto ab, gefolgt von einem gemeinsamen Essen, Kinobesuch oder sonst einer stumpfsinnigen Pärchenaktivität. Danach, na ja Gusenberg wollte nicht daran denken, wie diese Abende endeten. Was fand seine Kollegin nur an diesem egoistischen Stümper? Er passte in keiner Weise zu ihr. Sie hatte jemanden mit mehr Esprit, Charme, Witz und Einfühlungsvermögen verdient. Gusenberg fand sich in jedem der Punkte seinem Kollegen Esch weit überlegen, was nichts an der Tatsache änderte, dass Esch mit Maryanne essen ging und er selbst hier in der Kälte stand. Er hatte überlegt, ob er Maryanne in seinen Plan einweihen sollte, sich am Ende aber dagegen entschieden. Wenn sie nichts wusste, konnte sie sich auch nicht verdächtig benehmen. Er hatte ihr auch nicht von seiner Theorie erzählt, sondern ihr nur eine kurze SMS mit den Fakten geschrieben.

Wenn Esch Maryanne pünktlich um halb acht abholen wollte, müsste er bald aufbrechen. Die Digitaluhr der Apotheke gegenüber zeigte 19:00 Uhr an und Esch musste noch durch die halbe Stadt fahren. Gusenberg hoffte inständig, dass Maryanne nicht hier für einen gemütlichen Abend und Essen vom Lieferdienst auftauchte. In diesem Moment trat Esch aus der hohen Holztür des Wohnhauses und lief zu seinem Auto. Gusenberg drehte sich gemächlich um und inspizierte das Schaufenster vor sich. Backwaren, wie spannend. Er brauchte ganz sicher keine Herzbackformen, Tor-

tenheber oder kitschige Tortenbrautpaare. Im Augenwinkel beobachte er, wie Esch den Wagen startete und
wegfuhr. Noch konnte er die Mission jederzeit abbrechen, Gusenberg verwarf den Gedanken zum wieder-
holten Mal. Irgendetwas stimmte nicht und er würde
herausfinden, was es war. Gusenberg wartete kurz, um
sicher zu sein, dass Esch nicht zurückkam, dann überquerte er die Straße. Das erste Hindernis war die mes-
singbeschlagene Eingangstür. Gusenberg betrachtete
die Klingelschilder. Er wusste aus eigener Erfahrung,
dass zwei Sachen in Großstädten fast immer zutrafen.
Erstens, die Leute in Mehrfamilienhäuser kannten sich
kaum persönlich, zweitens, sie ließen trotzdem jeden,
der fragte, ins Treppenhaus. Gusenberg fiel ein Klingelschild ins Auge, dass die größte Erfolgschance versprach. Provisorisch war ein Stück Papier über das eigentliche Klingelschild geklebt worden. Anscheinend
waren Müller, Hüberlein und Strupp gerade erst eingezogen. Perfekt.
Gusenberg klingelte.
„Ja?"
„Hallo, hier ist Paul Esch, ich habe mich ausgesperrt.
Könnt ihr mich reinlassen?" Gusenberg versuchte,
Eschs leichten Dialekt nachzuahmen. Aber das war sicherlich nicht nötig, da er bestimmt kein Wort mit den
neuen Mietern gewechselt hatte. Der Summer ertönte.
Er war drin. Die zweite Hürde war, Eschs Wohnung zu
finden. Gusenbergs Kneipe hatte kein Klingelschild nur
ein kleines Namensschild auf dem Briefkasten. Mehr
brauchte es nicht. Die Leute, die ihn besuchten, wussten, wo er wohnte, dem Rest musste er es nicht zu einfach machen. In den letzten Jahren hatte er öfter ungebetenen Besuch gehabt. Martin, Martin irgendwas,
Martin Krüger, zum Beispiel, war der Grund, warum er
einen Türspion besaß. Esch fühlte sich sicherer, anscheinend hatte er noch keine solche negativen Erfah-

rungen gemacht. Er hatte ein Klingelschild: *Esch* – geschwungene Buchstaben auf Edelstahl. Schick, schlicht, aber elegant, definitiv die Wahl seiner baldigen Ex-Frau. Gusenberg sah sich um. Keine der beiden anderen Türen auf dem Flur hatte einen Türspion. Er hob die Fußmatte an und tastete den Rahmen ab. Nichts. Es hätte ihn auch überrascht, wenn Esch einen Ersatzschlüssel so billig versteckt hätte. Gusenberg blickte sich noch einmal verstohlen um, bevor er einen Dietrich aus der Tasche holte und sich am Schloss zu schaffen machte.

„Du bist unvorsichtig, Paul", flüsterte der Ermittler, als er mit Dietrich und Spanner die Stifte im Schloss abtastete. Er war kein ausgewiesener Profi im Schlösserknacken, aber es war für ihn kein Problem, eine unverschlossene Tür zu öffnen. Einen Stift nach dem anderen drückte er in die gewünschte Position. Der letzte Stift fiel, Gusenberg drehte das schlichte Werkzeug, mit einem „Klack" war das Schloss entriegelt. Er huschte durch die Tür in die dunkle Wohnung, zog sie sanft zu und tastete nach dem Lichtschalter.

Esch war ein Dreckschwein. Er lebte schlimmer als jeder Klischeestudent, der zum ersten Mal zu Hause ausgezogen war und noch nicht gemerkt hatte, dass er nun alles selbst erledigen musste. In der Spüle stapelte sich das Geschirr so hoch, dass es unmöglich war, den Wasserhahn noch zu benutzen. Hauptsächlich Teller und Besteck. Gusenberg sah nur einen Topf und eine Pfanne. Esch aß wohl alles aus der Packung. Im Bad türmten sich dreckige Klamotten, teilweise nass und stockig. Gusenberg war froh, dass er hier nicht das finden würde, was er suchte. Er beließ es bei einer visuellen Sichtung der beiden Räume und wandte sich dem Wohnzimmer zu. Eschs Schreibtisch war schon interessanter. Ein Aschenbecher war von ein paar Bierflaschen gesäumt, dazu ein Bild seiner Tochter, sonst war der Tisch seltsam leer. Der PC war nicht ausgeschaltet, sondern nur im Ruhemodus. Gusenberg beugte sich vor und bewegte die Maus. Mit einem Lichtblitz erhellte sich der Bildschirm, der Internetbrowser war noch offen. Auf grünem Hintergrund stand in einer auf Cowboys und Indianer gemachten Schrift TexasSaloonPoker.com. Gusenberg klickte auf das Feld *Login*. Es erschien nur eine Auswahlmöglichkeit, P_E_1. Er klickte auf den Namen, das Feld mit der Bezeichnung *Passwort* füllte sich mit acht kleinen Sternchen und öffnete Eschs Profil. Es gab mehrere Felder zur Auswahl. *Spielen*, *Konto* und *Optionen* waren die obersten drei der Liste. Der Ermittler klickte auf den Reiter *Konto* und stieß einen leisen Pfiff aus.

Minus tausendzweihundertsiebenundfünfzig Dollar und fünfzig Cent. Esch hatte fast die Hälfte seines Einkommens verzockt. Unter den roten Zahlen stand *please clear your account within 10 days*. Gusenberg fotografierte den Bildschirm mit dem Handy ab und schaute sich weiter auf dem PC um. Neben Eschs E-Mail-Konto, bei dem die Logindaten nicht gespeichert waren, gab der Internetverlauf nichts Interessantes her. Esch hatte die Internetseiten von verschiedenen Lieferdiensten sowie Shoppingseiten und Pornoseiten besucht. Abseits des Falls war es sehr erhellend, worauf der werte Kollege kulinarisch und sexuell stand. Gerade Letzteres überraschte Gusenberg, er hätte Esch anders eingeschätzt. Eher klassisch Macho, blonde Frauen mit dicken Titten am Pool. Gusenberg rief wieder die Pokerseite auf, loggte sich aus und fuhr den PC in den Ruhemodus. Es war keine Straftat, zwielichtigen Onlinespielportalen sein Geld in den Rachen zu werfen. Wenn man es denn hatte. Esch war zurzeit suspendiert, ohne Bezahlung. Er hatte eine Scheidung an der Backe und stritt sich noch immer mit seiner baldigen Ex-Frau um das Sorgerecht für die gemeinsame Tochter. Woher hatte er also das Geld, um es beim Pokern zu verprassen?

Gusenberg durchsuchte die Schubladen und Regale im Wohnzimmer, konnte aber nichts Verdächtiges entdecken. Der letzte Raum der Wohnung war der ordentlichste: das Schlafzimmer. Eschs Frau hatte hier wohl die meisten Möbel mitgenommen. Es gab nur noch ein Bett, ein Nachtkästchen und einen weißen IKEA-Schrank mit großer Spiegeltür. Gusenberg ging schnurstracks auf den weißen Schrank zu, schob die Tür auf und verschaffte sich einen Überblick. T-Shirts, Hemden, Hosen, Pullover – nichts Besonderes.

Gusenberg zog die Sockenschublade auf. Wenn Männer etwas im Schlafzimmer versteckten, dann in der Sockenschublade. Bei diesem Punkt tat er etwas, was er sonst mied wie der Teufel das Weihwasser. Er schloss von sich auf andere. Als er noch ein Teenager gewesen war, hatte er immer seine Tittenheftchen in der Sockenschublade versteckt. Als er älter und auf dem Internat war, kamen zu den Tittenheftchen noch die ein oder andere Flasche Schnaps für die illegalen Partys mit den Mädels von der katholischen Mädchenschule St. Helena, wilde Zeiten. Heute befanden sich in seiner Sockenschublade nur noch Socken. *Was bin ich doch für ein Spießer geworden*, dachte Gusenberg, als er in Eschs Sockenschublade wühlte. Bingo. Auf dem Boden, wo sonst nur die hässlichen Socken nach und nach zum Liegen kommen, fand der Ermittler eine prall gefüllte Plastiktüte. Mit erhöhtem Puls zog er sie heraus, löste das Gummiband, mit dem sie zugebunden war und schaute hinein. Geld. Abgegriffene Euronoten, Zehner, Zwanziger und Fünfziger zu Bündeln gerollt und mit Gummibändern fixiert. Gusenberg nahm eines der Bündel heraus. Die Scheine waren nicht geordnet, die Bündel nicht alle gleich groß. Er konnte schwer abschätzen, um wie viel Geld es sich handelte. Zehntausend? Zwanzigtausend? Egal wie viel es war, es war definitiv nicht die eiserne Reserve eines gesetzestreuen Bundesbürgers. Gusenberg machte ein weiteres Foto und legte die Tüte wieder zurück. Er hatte alles gefunden, was er gesucht hatte. Er schaute auf die Uhr. Eine knappe Stunde hatte er gebraucht. Die beiden müssten nun mit dem Essen fertig sein. Zwar war Gusenberg sich sicher, dass Esch Maryanne nicht in dieses Drecksloch einladen würde, wollte aber kein Risiko eingehen. Er würde sich aus dem Staub machen. Nur noch schnell seiner Kollegin eine Nachricht schicken.

Kapitel 40

Die Entscheidung, wie es ablaufen sollte, war bei der Planung schnell gefallen. Oswald sollte genauso sterben, wie er es selbst schon seit Jahren tat. Leider würde es bei Oswald um einiges schneller gehen. Kramer hatte keine Zeit, ihm lange beim Dahinsiechen zuzusehen. Für die Entscheidung, *wo* Oswald sterben sollte, wiederum hatte er lange gebraucht, nicht, dass er keine Ideen hatte. Es war umgekehrt. Es gab so viele bedeutsame Orte, die für diese Tat infrage kamen, jeder Ort, der es in die nähere Auswahl geschafft hatte, hatte seine eigene Symbolkraft, aber er musste sich nun mal für einen Ort entscheiden. Das hatte Kramer getan und deshalb waren sie beide hier.

Hier war das Jugendtrainingszentrum des SFCs und hier wurde fast immer gekickt. Egal ob Sommer oder Winter, egal ob Tag oder Nacht. Hier wurde Fußball geatmet und gnadenlos ausgesiebt. Nur an wenigen Tagen im Jahr war es geschlossen und heute war so ein Tag. Irgendwo im deutschen Niemandsland fand gerade das größte Fußballturnier im Nachwuchsbereich statt und der gesamte Stab an Trainern und Scouts war vor Ort. Zusammen mit den Spielerberatern stellten sie mehr als die Hälfte der Zuschauer. Während sie wie die Geier über den jungen Talenten kreisten, konnte Kramer unbemerkt an allen vorbeischlüpfen und sein Werk um ein weiteres Kapitel erweitern. Manchmal musste man einfach warten, musste geduldig sein, vielversprechende Möglichkeiten vorüberziehen lassen und auf noch Bessere und schließlich auf die Beste warten. Genau das hatte er zur Perfektion gebracht. Bei

Rokko, bei Brähmer und nun bei dem sehr geehrten Dr. Oswald.

Im Schritttempo fuhr Kramer rückwärts mit seinem Wagen auf den grau gepflasterten Hof. Er rollte an dem eleganten gläsernen Eingangsbereich vorbei auf einen schlichten Seiteneingang zu und kam in der Nähe einer Kellertreppe zum Stehen. Während der Fahrt war Oswald aufgewacht. Kramer hatte das Poltern, Schlagen und Treten von Fäusten und Füßen gegen den Kofferraumdeckel gehört und er hatte es genossen. Er malte sich die Angst und Unwissenheit seines Gastes aus. Hatte Oswald ihn am Hafen erkannt? Dann würde er vielleicht wissen, was auf ihn wartete. Oder war das Stück gemeinsame Geschichte, das sie verband, schon zu lange her und Oswald zermarterte sich das Hirn, was auf ihn zu kam, und vor allem warum? Kramer konnte sich nicht entscheiden, welches Szenario ihm besser gefiel. Mit dem Abstellen des Motors setzte das Hämmern im Kofferraum wieder ein. Ein letztes kurzes Aufbäumen vor dem Unausweichlichen, die letzte zum Scheitern verurteilte Angriffsbemühung eines verletzten Tieres.

Langsam und genussvoll holte Kramer seinen, wieder einmal prall gefüllten, Rucksack von der Rückbank und machte noch einmal kurz Inventur. Er wollte nichts dem Zufall überlassen. Es war alles da. Noch eine letzte Zigarette, dann war er bereit. Die Glut war noch nicht am Filter angekommen, da waren die Geräusche im Kofferraum schon wieder verstummt. Den alten Mann verließ offensichtlich die Kraft, so was aber auch. Gab es dagegen nicht auch was in der Apotheke? In seiner eigenen Apotheke? Kramer lächelte vor freudiger Erwartung. Noch ein letzter Zug an der Zigarette, dann schnipste er sie in einen nahen Busch. Die Show konnte beginnen.

Kramer stellte den Rucksack vorsichtig auf der Höhe des Hinterrades auf den Boden, zog sich eine OP-Maske über Mund und Nase und öffnete mit einer schnellen Bewegung den Kofferraum. Sofort bäumte sich Oswald auf und versuchte sich trotz seiner Fesseln seinem Peiniger entgegenzuwerfen. Der erbärmliche Versuch eines alten Mannes, den Kramer mit einer einzigen Fingerbewegung zunichtemachte.

Oswald begann zu husten, schnappte nach Luft und Tränen schossen ihm in die Augen. Mit einer gut gezielten Ladung Pfefferspray hatte Kramer den Widerstand seines Opfers gebrochen. Mit einem Ruck riss er Oswald an dessen gefesselten Händen aus dem Kofferraum. Halb blind versuchte dieser seinen Sturz abzufangen, schaffte es nicht und schlug unsanft auf dem Boden auf. Sein Peiniger verpasste dem am Boden liegenden Oswald einen heftigen Tritt in die Seite. Dieser begann zu wimmern, undeutliches Gestotter von Gnade und Mitleid quoll aus seinem geknebelten Mund. Tränen der Angst füllten die vom Pfefferspray gereizten Augen. Ein zweiter heftiger Tritt machte ihm unmissverständlich klar, dass es heute keine Gnade geben würde. Kramer griff Oswald unter den Arm und zog ihn wieder auf die Füße. Seine Hände und Unterarme waren aufgeschürft und dünne Rinnsale aus Blut und Angstschweiß zogen sich über die faltige Haut. Mit kraftvollen Stößen trieb Kramer seinen Gefangenen in Richtung der Kellertreppe. Auf dem Weg kam Oswald mehrfach ins Straucheln, wurde aber von Kramer jedes Mal rechtzeitig zurück in die Spur gebracht. Mit Panik in den Augen klammerte Oswald sich am Treppengeländer fest, während sein Häscher ihn mit Stößen und Schlägen in die Seite und den Rücken die Treppe hinuntertrieb. Am Treppenabsatz angekommen, stieß Kramer seinen immer noch wimmernden Gefangenen hart in eine der Ecken, wo dieser besinnungslos in sich zusammensackte. Die einbruchssichere Kellertür wäre sicher eine Herausforderung gewesen, wenn Oswald in seiner Funktion als leitender Sportmediziner nicht einen Generalschlüssel für alle Leistungszentren besäße. Aber so war es für Kramer ein Leichtes in das Gebäude einzudringen und den bewusstlosen Oswald für das kommende Spektakel zu präparieren.

Kramer zerrte Oswald durch die spärlich beleuchteten Gänge, bis er endlich an seinem Ziel angekommen war. Raum –127, der Wartungsraum für die Warmwasser- und Heizungssteuerung des Jungendtrainingszentrums des SFC Westheim.

„Wach auf, alter Mann. Es wird Zeit, dass wir das Ganze vernünftig zu Ende bringen." Eine knallende Ohrfeige verlieh der Aufforderung Nachdruck. Der Kopf des Arztes, der bis eben schlaff mit dem Kinn auf der Brust geruht hatte, wurde zurückgeschleudert und Oswald wurde aus der seligen Ohnmacht gerissen.

„Wie schön, dass sie wach sind, Herr Doktor." Kramer stand betont lässig gegen einen Tisch gelehnt und starrte seinen Gefangenen mit eiskalten Augen an. Die Verwirrung und Ratlosigkeit standen Oswald ins Gesicht geschrieben. Der fragende Gesichtsausdruck wich schnell der nackten Angst, als sich Oswald seiner Lage bewusst wurde. Er wollte losschreien, doch der Knebel in seinem Mund verhinderte es. Er wollte aufstehen, kam jedoch nicht gegen die Fesseln an, die ihn mit Händen und Füßen an einen schlichten metallenen Stuhl ketteten.

„Ich komme ja schon und helfe Ihnen." Gemächlich und gespielt missmutig wie ein Feldarbeiter an einem heißen Sommertag humpelte Kramer auf seinen Gefangenen zu. Langsam ließ er ein Butterflymesser aus seiner Hosentasche in seine Hand gleiten und klappte es mit einer spielerischen Handbewegung auf. Kramer beugte sich mit Kopf und Oberkörper zu Oswald hinunter und dieser wich auf seinem Stuhl, soweit er konnte, vor seinem Peiniger zurück. Kramer fuhr Oswald mit der Klinge des Butterflys über das Gesicht, von der Stirn über die Wange bis hinunter zu seiner Kehle, wo er mit sanftem Druck einen horizontalen Schnitt andeutete und gerade so fest aufdrückte, dass ein roter Striemen entstand. Oswald verkrampfte unter jeder Berührung der Klinge. Die Angst lähmte ihn, er atmete stoßweise und seine Augen folgten wie hypnotisiert der ruhigen Bewegung der Hand, die das Messer führte. Dieses wanderte weiter über den Körper des alten Mannes, vom Hals über das Herz bis zur Pulsader am rechten Handgelenk. Dort hielt Kramer kurz inne, bevor er mit einem Ruck der Klinge den mit Blut und Dreck befleckten Hemdsärmel durchstieß und, ohne den Arm zu verletzen, bis zum Ellenbogen auftrennte. Oswald schrie einen vom Knebel unterdrückten Schrei. Ohne Vorwarnung riss Kramer die Klinge nach oben und durchtrennte mit einem sauberen Schnitt den Knebel auf Höhe der Wange. Blut quoll aus der kleinen Schnittwunde, während Oswald den Knebel ausspuckte, hustete und würgte.

Kramer wartete, bis Oswald wieder einigermaßen zur Ruhe kam, bevor er sich direkt an seinen Gefangenen wandte. „Wo Sie sich befinden, muss ich Ihnen wohl nicht erklären. Wobei ich ziemlich sicher bin, dass Sie diesen Raum zuvor noch nie betreten haben." Mit einer ausladenden Geste seiner Arme forderte er Oswald auf, sich umzusehen. Der Raum war klein, stickig und hatte eine niedrige Decke. Rohre und Ventile verliefen über schlichte Betonwände und trafen in einer Steuerungseinheit zusammen. „Das unscheinbare Herz dieser so spektakulären Einrichtung. Als ich jung war, habe ich davon geträumt, hier durch diese heiligen Hallen streunen zu dürfen. Einer der Auserwählten zu sein, deren Talent, Glück und Wille reichte, um zu den ganz

Großen zu gehören. Aber als dieser Traum endlich wahr wurde, begann der Albtraum."

Einen Moment verstummte Kramer und hing den guten alten Zeiten nach. Erinnerungsfetzen, in denen er noch eine goldene Zukunft hatte. Ein Ansatz von einem Lächeln huschte über sein Gesicht.

„Was willst du von mir?" Mit dem letzten Funken Mut erhob Oswald seine Stimme.

Kramers Lächeln verschwand. Die Antwort folgte prompt mit einem weiteren harten Schlag ins Gesicht. „Halten Sie den Mund!" Von der nostalgischen Stimmung war nichts mehr geblieben, die Erinnerungen waren wieder dorthin verschwunden, wo sie hergekommen waren.

„Was ich will? Ich will Gerechtigkeit! Ich will, dass Sie dasselbe Schicksal erleiden wie alle Ihre Versuchskaninchen! Jeder bekommt, was er verdient! Sie haben unzählige Leben zerstört! Gesunde Jungen zu Wracks gemacht!" Kramer wurde immer lauter und energischer, begann zu schreien und ließ seinen Emotionen freien Lauf. Sein Gesicht lief rot an und die Adern an seinem Hals traten auf ungesunde Art und Weise hervor. „Es war Ihnen egal, was aus uns wurde! Sie sind ein Monster und werden heute hier verrecken! Verrecken, wie all Ihre fehlgeschlagenen Experimente nach und nach verreckt sind!"

„Wer sind Sie?" Oswald begann nun auch zu brüllen. Nicht aus Wut, sondern aus Angst.

„Was spielt es für eine Rolle, wer ich bin?" Kramer riss Oswalds Oberkörper am Hemdkragen nach oben. „Ich stehe vor Ihnen und Sie erkennen mich nicht mehr? Wie viele von uns kamen und gingen denn, dass sie mich nicht mehr erkennen? Egal!" Kramer schleuderte Oswald zurück, in die Untiefen des Stuhls. „Mein Name ist nicht wichtig, uns wurde allen dasselbe angetan!

Und heute bekommen Sie, was Sie verdienen! Alle von euch bekommen das, was sie verdienen!"

Er atmete schwer, als er von dem gefesselten Arzt zurück zu dem Tisch in der Ecke humpelte. „Sehen Sie!" Er deutete auf sein fast lahmes Bein, die Anstrengungen der letzten Tage hatten mehr Kraft gekostet, als gut für ihn war. Die Schmerzpillen wirkten kaum noch und sein Bein schmerzte von Stunde zu Stunde mehr. „Das habe ich Rokko zu verdanken. Er hat mich zum Krüppel gemacht. Die Erinnerungen an diesen Tag sind immer noch da. Ich weiß es noch wie heute. Die Fans, die Fahnen, das Stadion, bis auf den letzten Platz gefüllt. Das größte Spiel unserer noch jungen Karriere, wir hatten noch die Chance, den direkten Aufstieg zu schaffen."

Oswalds Blick wurde starr. Langsam begann er sich zu erinnern, setzte im Geiste alle Puzzlestücke an ihren Platz. „Malte Kramer! Du bist Malte!" Der Name platzte aus ihm heraus, ohne darüber nachzudenken.

„Jetzt erinnern Sie sich also doch, Herr Doktor. Aber sparen Sie sich die Nostalgie und die Beschwörung der guten, alten Zeit. Der kleine, brave Malte ist tot. Ihr habt ihn getötet. Genauso wie ihr meinen geliebten Freund Yannick getötet habt. Und streiten Sie es gar nicht erst ab."

Oswald setzte dazu an, etwas zu sagen, ließ es aber bleiben.

Kramer hob den Rucksack vom Boden auf und stellte ihn auf den Tisch. „Und dafür werdet ihr büßen. Ihr alle." Stille erfüllte den stickigen Raum, während Kramer nach und nach eine Reihe von kleinen, schlichten Pappschachtel auf dem Tisch platzierte. „Rokko starb, wie er gelebt hat. Brutal und gnadenlos. Genauso werden Sie auch sterben." Ohne seine Vorbereitungen zu unterbrechen, sprach Kramer weiter. „Oh nein, nicht so, wie Sie jetzt denken. Sie werden nicht brutal sterben, sondern auch so wie Sie gelebt haben."

Während er sprach, hatte er sich Latexhandschuhe übergezogen. „Sie werden durch das getötet werden, was Sie am meisten geliebt haben." Kramer drehte sich zu dem vollkommen verängstigten Oswald um, in der Hand hielt er eine Spritze mit einer blanken, spitzen Kanüle. „Ihre eigene Medizin!"

Beim Anblick der Spritze wich der letzte Funke von Leben und Widerstand aus Oswald. Er begann zu weinen.

„Aber ich bitte Sie, Herr Doktor." Kramer sprach, als würde er einen kleinen Jungen zurechtweisen. „Wer wird denn weinen? Sie sind doch ein großer Junge und große Jungen weinen nicht. Erinnern Sie sich noch an dieses Zitat?" Kramer macht eine kurze Pause. „Genau. Das haben Sie einmal zu mir gesagt, als Sie mir eine Spritze verpasst haben. Nun halten Sie sich an Ihre eigenen Ratschläge und ertragen Sie Ihr Schicksal wie ein Mann!" Kramer steckte eine transparente Plastikhülle über die Kanüle und legte sie auf den Tisch. „Ich habe vor Kurzem bei unserem gemeinsamen Bekannten Rokko vorbeigeschaut und mir ein paar Sachen ausgeborgt."

Oswald wich alle Farbe aus dem Gesicht. „Lass mich bitte gehen." Oswald begann zu flehen. „Ich werde alles gestehen! Alle Experimente, alle illegalen Menschenversuche! Heute! Gib mir ein Telefon und ich rufe die Polizei an! Ich werde für immer ins Gefängnis gehen, aber bitte lass mich leben! Du wirst deine Gerechtigkeit bekommen."

Als sich Kramer umdrehte, zuckte Oswald unweigerlich zusammen, drehte seinen Kopf von ihm weg und erwartete einen Faustschlag wie die Male davor. Doch Kramer schlug nicht zu. Er wirkte apathisch wie in einer anderen Welt, er sprach ruhig weiter, während er sich seiner Arbeit zuwandte und eine Reihe kleiner Gläser und Beutel auf dem Tisch platzierte.

„Hier haben wir alles, was der von Ehrgeiz zerfressene Mensch begehrt." Kramer deutete auf die Gläser. „Hormonpräparate, Anabolika, Betäubungsmittel, Aufputschmittel." Bei jedem aufgezählten Begriff tippte er eines der kleinen Gläschen an. „Rokko war ein fleißiger Kaufmann, wie es scheint. Alles, was Sie sehen, ist aus seinem Repertoire." Kramer nahm eines der kleinen Gefäße vom Tisch und hielt es Oswald vor das Gesicht. „Lesen Sie!" Forderte er ihn barsch auf. „Was steht auf der Ampulle?" Als Oswald nicht sofort reagierte, schlug ihm Kramer mit der flachen Hand ins Gesicht. „Lesen Sie!" Brutal umklammerte er das Kinn seines Gefangenen und fixierte seinen Kopf so, dass er auf die Ampulle starrte. Oswald war den Tränen nahe.

„N... Neo... Neo..." Oswald stotterte. „NeoRecormon."

„Richtig!" Kramer ließ Oswald los und wich einen Schritt zurück. „Wozu ist es gut?"

Oswald schwieg.

„Wozu wird es benutzt?!" Kramer brüllte seinen Gefangenen an und hielt ihm drohend das Fläschchen vor sein Gesicht.

„Es ... es ist ein EPO-Präparat. Es erhöht die Anzahl der Erythrozyten im Blut und steigert so die Ausdauer des Athleten."

Kramer beruhigte die Aussage des Arztes. Gefasst und mit fester Stimme setzte er das Verhör fort. „Haben Sie es jemals eingesetzt?"

Oswald zögerte kurz, dann nickte er.

„Welches Ziel haben Sie mit der Verabreichung verfolgt, Herr Doktor Oswald?"

Oswald zögerte und atmete tief ein und aus, bevor er mit leicht brüchiger Stimme zu sprechen begann: „Es ist wissenschaftlich bestätigt, dass die meisten Fußballspiele in den letzten zwanzig Minuten entschieden werden, wenn eines der Teams müde und unkonzentriert wird. Eine höhere Fitness bedeutet eine höhere Konzentration, auch in der Schlussphase. Die Spieler sind spritziger und konzentrierter. Der Schlüssel zum Sieg bei knappen Spielen." Oswald starrte mit glasigen Augen auf die Ampullen auf dem Tisch.

„Hat dieses Präparat Nebenwirkungen?" Kramer wiegte das schlichte kleine Fläschchen in seiner Hand hin und her. „Hat dieses Präparat Nebenwirkungen?", wiederholte er nachdrücklich, aber ruhig, nach einer kurzen Pause.

„Dieses Mittel ist nicht zugelassen, es gibt keine aussagekräftigen Versuchsreihen oder Langzeitstudien, wie sich das Präparat auf Sportler auswirkt", gab Oswald fast schon trotzig zurück.

„Gibt es Nebenwirkungen?" Kramer erhob seine Stimme, nun wieder ganz das wütende Tier, das er zum ersten Mal in Rokkos Schlafzimmer entfesselte hatte. Er schleuderte die Ampulle mit voller Wucht an die Wand, machte einen schnellen Schritt nach vorn, packte den Arzt an den Schultern und riss ihn zu sich.

„Ja!" Oswald schrie vor Angst. „Ja! Es gibt Nebenwirkungen. Es gibt bestätigte Todesfälle, die sich auf das Präparat zurückführen lassen!"

Kramer schubste Oswald zurück in den Stuhl und schlug ihm mit der Faust so hart ins Gesicht, dass Oswald zusammen mit dem Stuhl zu Boden stürzte. Blut schoss aus einer Platzwunde über der Augenbraue. Kramer richtete den Stuhl samt Doktor wieder auf, sein Bein schmerzte, aber er nahm es nicht wahr. „Wieso verabreichen Sie es dann unwissenden jungen Spielern?" Kramer schlug ein weiteres Mal zu. „Wieso!"

„E-es ... war meine Aufgabe." Oswald stöhnte leise. Blut und Dreck hatten sich über sein gesamtes Gesicht verteilt.

„Es war *nicht* Ihre Aufgabe! Sie haben es wegen des Geldes getan, Sie Wichser!" Kramer ließ von Oswald ab und lief zurück zu seinem Rucksack. Er zog ein schlichtes, blaues Band mit einem weißen Kunststoffverschluss hervor. Spielerisch öffnete und schloss er diesen. „Sie wissen, was das ist oder?" Klack. Der Verschluss rastete ein. Oswald schluckte schwer, dann nickte er. „Dann muss ich ihnen auch nicht erklären, dass es schmerzhaft wird, wenn Sie sich bewegen." Kramer öffnete erneut den Verschluss und legte, fast sanft, das Band um Oswald freigelegten Oberarm. Klack. Der Verschluss rastete ein weiteres Mal ein.

„Das Ding gibt's im Internet, für jeden frei zu kaufen. Hat nicht mal vier Euro gekostet. Was glauben die Verkäufer eigentlich, wozu die Leute es benutzen?" Kramer zog ruckartig am freien Ende des Stauschlauchs. Die Blutzirkulation des Arms wurde unterbrochen, der Blutdruck stieg und die Venen in der Armbeuge traten zum Vorschein. Sanft drückte Kramer mit seinem Daumen auf die kleine zartviolette Erhebung. Der Arm erzitterte unter der schwachen Berührung. Ein klammer Film Angstschweiß hatte sich darauf gebildet.

„Sie haben schöne pralle Venen", stellte Kramer mit einem zufriedenen Tonfall fest. „Ich war schon ein wenig besorgt, dass ich es nicht hinbekomme. Schließlich bin ich kein Profi und konnte nur an mir selbst üben." Kramer schlug den Ärmel seines linken Armes nach oben. Grüne und braune Flecken waren die letzten Überbleibsel eines massiven Hämatoms in Kramers Armbeuge. „Ich habe bei Weitem nicht so schöne pralle Venen wie Sie und habe es bei mir trotzdem geschafft." Kramer zog den Ärmel wieder nach unten und verbarg die Ergebnisse seiner Selbstversuche. Er lief zum Tisch zurück und holte einen kleinen, undurchsichtigen Plastikbeutel, den er neben Oswald auf den Boden stellte. Mit einer schnellen Bewegung leerte Kramer den Inhalt auf dem Boden aus. Kanülen und Spritzen verteilten sich auf dem dreckigen Betonboden. Kramer wählte eine kleine in Folie eingepackte Venenverweilkanüle aus, hob sie vom Boden auf und riss die Verpackungsfolie weg. Wortlos zog er die Plastikhülse von dem spitzen Ende der Nadel und nahm sie zwischen Daumen und Zeigefinger. Ein letzter prüfender Druck auf die ausgebeulte Vene und Kramer setzte die Kanüle an. Eine sanfte Berührung. Oswald verkrampfte, als die Nadel sich durch die Haut bohrte. Mit einer einzelnen gleitenden Bewegung überwand die Kanüle den Widerstand der Haut, trat flach in das Gewebe der Armbeuge ein und bohrte sich in die Vene. Blut schwappte in regelmäßigen Schüben aus dem offenen Ende der Kanüle. Mit ein paar eingeübten Handgriffen fixierte Kramer sie in der Armbeuge mit Klebeband und unterbrach den Blutstrom.

„So." Er betrachtete sein Werk. „Das hat besser geklappt, als ich gedacht habe. Dann kann es ja losgehen." Kramer klatschte anfeuernd in die Hände. „Wir haben noch so viel vor und so wenig Zeit." Oswald war nun endgültig gebrochen. Kein Schreien, kein Fluchen, kein Betteln oder Flehen, er blieb stumm, ruhig und ausdruckslos. „Dachten Sie eigentlich, dass Sie für immer und ewig ungestraft davonkommen? All die Versuche, Testreihen und Experimente über die Jahre sind nicht folgenlos geblieben. Mit jeder Pille und jeder Spritze steigt die Gefahr aufzufliegen. Das mussten Sie doch wissen, oder sind Sie ein verblendeter Narr?" Kramer hatte von Oswald abgelassen und setzte seine Vorbereitungen fort. „Fangen wir mit unserem Freund NeoRecormon an. Ich habe noch etwas davon dabei." Kramer durchsuchte eine der Pappschachteln und holte eine weitere Stechampulle aus Braunglas hervor. „Auf dem Beipackzettel stehen als Nebenwirkungen übrigens Kopfschmerzen, Fieber und Schüttelfrost. In seltenen

Fällen kann es zu Atemproblemen durch Schwellungen der Zunge und epileptischen Anfällen kommen." Kramer verzog das Gesicht und warf den Zettel zu Boden. „Das klingt echt böse, aber seien Sie beruhigt, davon werden Sie nicht sterben." Kramer durchstach den Aluminiumdeckel der Ampulle und zog die Spritze auf.

Oswald begann leise zu wimmern.

„Pssst." Kramer legte seinen Zeigefinger auf die Lippe seines Delinquenten. „Seien Sie ganz ruhig, es wird nicht wehtun." Mit diesen Worten steckte er die Spritze auf die Venenverweilkanüle und entleerte sie in Oswalds Blutkreislauf.

„Wie fühlen Sie sich?" Kramer zog die Spritze ab und warf sie zu Boden. Oswald schwieg. „Ich kann Ihnen sagen, wie Sie sich fühlen. Sie fühlen nichts. Nichts Besonderes. Kein Herzrasen wie von zu viel Kaffee oder einen leichten Kopf vom Alkohol. Aber wir wollen ja auch zum Anfang nicht übertreiben."

Kramer ging zurück zum Tisch und durchsuchte die Pappschachteln. Er ergriff ein weiteres Gläschen und drehte sich zu dem immer noch schweigenden Oswald um. „Sie sind ein verdammter Langweiler, Oswald. Wollen Sie jetzt schweigen, bis Sie sterben?" Wie ein Raubtier schritt er einen Kreis um seine Beute ab. „Mit Rokko hatte ich mehr Spaß. Der hat sich wenigstens bis zum Ende gewehrt." Kramer spuckte Oswald ins Gesicht. „Rokko hat mir noch mit dem Tod gedroht, als ich ihm den Schädel einschlug." Blitzschnell griff Kramer zu und drückte dem immer noch schweigenden Oswald den Hals ab. Dieser zuckte zusammen, sein Gesicht lief rot an und er prustete. Kramer drückte immer fester zu, als er sich langsam zu Oswald hinunterbeugte. Der versuchte, sich Kramers Griff zu entwinden.

„Hören Sie verdammt noch mal auf, mir meinen Spaß zu verderben." Ihre Blicke trafen sich. Kramers Blick war starr und hasserfüllt. Oswalds Augen traten unkontrolliert aus den Höhlen hervor und rasten wild hin und her. Der heiße Atem seines Henkers auf der Haut ließ seine Haare zu Berge stehen. Kramer löste den Griff und ließ von seinem wild zappelnden Opfer ab. Oswald japste und schüttelte sich, während Kramer ungerührt mit seiner Arbeit fortfuhr.

„Hier haben wir das nächste Präparat aus Rokkos Hausapotheke." In Kramers geöffneter Hand lag ein schlichtes, durchsichtiges Fläschchen mit einem blauen Verschluss. Bei jeder Bewegung waberte die klare Flüssigkeit in der Flasche hin und her. „Nandrolon, für alle, die etwas schwach auf der Brust sind, nicht wahr?" Ohne eine Antwort zu erwarten, fuhr Kramer fort. „Aber Athletik ist ja erwünscht. Mit Kraft in die Zweikämpfe und die Kopfballduelle." Während er redete, präparierte er eine weitere Spritze. „Was erwarten wir denn von Anabolika? Frauen wachsen Bärte, Männer wachsen Titten, alle bekommen Akne und mit spätestens Mitte vierzig kneifen sie den Arsch zu. Aber das wissen Sie ja." Mit einer aufkommenden Welle von Wut stach Kramer so wuchtvoll durch den Deckel der Ampulle, dass sich die Kanüle verbog. Mit zittrigen Fingern zog er die Flüssigkeit auf und setzte die Spritze erneut am Unterarm an. Die Spritze rastete in der Verweilkanüle ein. Oswald verkrampfte sich, während Kramer den Kolben nach unten drückte und die Spritze entleerte.

„Seien Sie unbesorgt." Fast zärtlich entfernte er die Spritze und legte sie auf den Boden neben den Stuhl. „Davon werden Sie auch nicht sterben. Ich kenne Menschen, die haben sich das Zeug jahrelang fast täglich in die Venen gejagt und leben noch, einigermaßen." Kramer zuckte mit den Achseln. „Das Problem sind ja nicht die Nebenwirkungen der einzelnen Präparate, sondern die Wechselwirkungen der Präparate untereinander.

Das ist aber auch nicht neu für Sie, oder?" Er ging in dem kleinen Raum auf und ab. „Keine Testreihen, keine Studien, kein Wissen über Wechselwirkungen mit anderen Wirkstoffen oder biochemische Mechanismen. Oder können Sie mir sagen, was die Nebenwirkungen von diesem Zeug bei pubertierenden Kindern sind?" Er zog wahllos eine Ampulle aus einem der Pappkartons und warf sie vor Oswald auf den Boden. Sie zersprang mit einem hellen Klirren und ihr Inhalt wurde von dem grobporigen Betonboden aufgesaugt.

„Aber die Fakten sind uns ja bekannt. Lassen Sie uns also weitermachen." Kramer nahm das Butterflymesser vom Tisch und ließ es aufschnappen, ging in die Hocke und wühlte wieder in seinem Rucksack. „Bleiben Sie ganz ruhig, Oswald. Nicht alles in dem Rucksack ist für Sie bestimmt." Er griff sich einen Beutel mit weißem Pulver und zerrte ihn an die Oberfläche. Ohne den Beutel aus dem Rucksack zu nehmen, durchstach er mit der Spitze seines Butterflys das Plastik und schnitt es zwei fingerbreit ein. Ein Teil des Inhalts rieselte neben der Klinge aus dem Beutel in den Rucksack. Kramer nahm das Messer quer und schaufelte etwas von dem Inhalt auf die Klinge, führte sie zu seiner Nase und atmete tief ein. „Wuhhh!" Er schüttelte heftig mit dem Kopf, drückte das rechte Nasenloch zu und schniefte. Kramer ließ das Messer in den Rucksack fallen und stand auf. „Jetzt geht es wieder bergauf. Rokkos Wundermedizin hält, was sie verspricht. Ich komm in letzter Zeit nicht viel zum Schlafen, aber das Kokain hält mich wach und konzentriert. Eins sage ich Ihnen: Wenn die ganze Sache vorbei ist", er fuhr sich mit der Hand über den Stoppelbart, „mach ich erst mal ausgiebig Urlaub, den habe ich mir verdient, schließlich war ich ja fleißig. Nun aber genug geplaudert. Machen wir weiter!" Kramer klatschte in die Hände. „Wir nähern uns dem großen Finale. Leider können wir nicht warten, bis die Langzeitschäden Sie zur Strecke bringen, daher müssen wir einen Zahn zulegen und auch darauf habe ich mich vorbereitet."

Er nahm eine Fünf-Milliliter-Spritze vom Tisch. Die noch eingepackte Spritze wirkte im Vergleich zu den bisher benutzten martialisch groß. Er setzte eine Kanüle darauf, zog eine klare Flüssigkeit aus einer weiteren Ampulle auf und hielt sie ganz knapp vor Oswalds Gesicht. „Ein künstliches Adrenalinpräparat, für den Fallschirmsprung zwischendurch." Kramer lachte. „Wenn wir hier sind", er schnipste mit seinem Zeigefinger gegen den Vier-Milliliter-Strich auf der Spritze, die Lösung schäumte kurz auf und bildete kleine Luftblasen, „werden Sie sich fühlen, als würden Sie Achterbahn fahren. Ein gutes Gefühl, Sie werden sich hellwach und zu allem bereit fühlen." Sein Finger fuhr weiter zum Drei-Milliliter-Strich. „Hier werden sich Ihre Kapillaren kontrahieren und den unbekannten Gast als Angreifer identifizieren. Nun wird es interessant." Sein Finger fuhr langsam immer weiter in Richtung der glänzenden Kanüle und blieb am Zwei-Milliliter-Strich stehen. „Hier wird Ihr Blutdruck steigen, sehr, sehr schnell. Und sobald die ganze Spritze leer ist, bekommen Sie ziemlich sicher einen Herzinfarkt."

Schweiß trat auf Oswalds Stirn, er wackelte auf dem Stuhl hin und her, dann übergab er sich. Mit einem widerwärtig kehligen Geräusch erbrach er einen hellbraunen, wässrigen Strahl auf sein Hemd, auf die Hose, den Boden und Kramers Schuhe.

Dieser stand für einen kurzen Moment still da, bevor er zu lachen begann. „Meine Fresse, Sie beschissenes Weichei. Wollen Sie hier den Hendrix machen? Reißen Sie sich mal zusammen!" Kramer gab seinem Opfer eine schallende Ohrfeige, die ihn samt Stuhl zu Boden schleuderte. „Langsam wird es mir zu blöd mit Ihnen. Ich helfe Ihnen nicht mehr hoch." Der bittere Gestank der Magensäure verbreitete sich in dem kleinen Raum und stieg Kramer in die Nase. Erbärmlich lag Oswald ohne Körperspannung an einen Stuhl gefesselt, gebrochen und vollgekotzt auf dem Boden eines Kellerraums in seinem Palast.

„Mein Blut tut weh", jammerte Oswald. Kramer entfernte die Kanüle von der Spritze und setzte sie auf die Venenverweilkanüle. „Die Fahrt beginnt! Wer will noch mal, wer hat noch nicht!" Kramer begann zu lachen, als er langsam die Spritze in Oswald Arm entlud. Oswald krampfte und zuckte unkontrolliert auf dem Boden hin und her. Kurz bevor er die Spritze ganz entleert hatte, wurde sie von den unkontrollierten Todeszuckungen aus ihrer Halterung geschleudert, aber es war zu spät. Das Zerstörungswerk war schon verrichtet. Es gab keinen Weg mehr zurück.

Kapitel 41

Das Gefühlschaos, das in ihm tobte, war unbeschreiblich. Sein Körper hatte während der gesamten Hinrichtung ebenfalls unentwegt Adrenalin ausgestoßen. Es schoss mit Hochdruck durch seinen Blutkreislauf, selbst die kleinste Kapillare war davon vollständig durchdrungen. Seine Hände, die gerade noch akkurat Kanüle um Kanüle in den Venen seines Delinquenten versenkt hatten, zitterten nun so stark, dass er Probleme hatte, seinen Schlüssel in das Türschloss seines Autos zu stecken. Kramer atmete tief ein, konzentrierte sich und zwang seinen aufgeputschten Körper und vernebelten Geist zu Ruhe und Konzentration. Mit der ruhigen Hand eines Chirurgen steckte er den Schlüssel ins Schloss und öffnete die Tür.

Erschöpft ließ er sich auf den Fahrersitz fallen und hob sein angeschlagenes Bein in den Fußraum. Während die Wirkung des Adrenalins, der Schmerzmittel und des Kokains abklangen, kehrten die Schmerzen zurück. Reflexartig griff er zum Handschuhfach, nahm den Blister mit den Pillen und warf sich eine Handvoll in den Mund. Nach einem letzten kurzen Moment der Ruhe startete er den Wagen und gab Gas. Er war fast am Ziel mit seiner Mission, nun musste er sich nur noch um Fraus kümmern. Das Ziel war so nah.

In Gedanken ging er die letzten Punkte seines Plans durch. Sie würden Oswald erst finden, wenn es zu spät war, um ihn noch aufzuhalten oder zu schnappen. Ein Blick auf die Uhr verriet ihm, dass er noch Zeit hatte, bevor er sich um Fraus kümmern konnte. Sollte er noch einmal zu Steffi fahren? Besser nicht, es würde nur wieder in Streit enden. Erlösen sollte er sie trotzdem noch, dafür musste er jedoch in seine alte Wohnung. Egal, wie die Sache ausgehen würde, die Polizei würde definitiv seine Wohnung durchsuchen, darauf musste er vorbereitet sein.

Immer noch in seinen wirren Gedanken versunken, schoss Kramer aus der Einfahrt des Jungendtrainingszentrums in Richtung der untergehenden Sonne.

Es war nicht viel Brauchbares, das er in seiner Wohnung zurücklassen würde. Aber das bisschen hatte es in sich. So wollte er es auch präsentieren. Ein kleines Geschenk für die, die seinen Spuren folgen würden. Kramer schloss die Tür seiner Wohnung. Egal, was heute Nacht noch passieren würde. Er war sicher zum letzten Mal an diesem Ort gewesen.

Er stieg in sein Auto und setzte seine Reise fort. Es gab immer noch einen Punkt auf der Liste. Der Feierabendverkehr hatte sich schon fast aufgelöst und er verlor keine Zeit auf seinem Weg. Die Arena kam schon in Sicht, als er ein letztes Mal die Schritte seines Plans durchging. Hatte er alles? Das wichtigste war die Chipkarte. Nur mit ihr konnte er Fraus in die Falle locken. Hatte er sie eingepackt? Ein stechender Zweifel schoss in seine Brust. Er musste sich versichern, dass er die Karte bei sich hatte. Kramer griff zum Beifahrersitz hinüber und prüfte seinen Rucksack. Die Karte war da. Erleichtert richtet er sich auf. Gerade noch rechtzeitig, um zu sehen, dass er einem anderen Wagen die Vorfahrt nahm.

Mit voller Wucht rammte Kramer, auf Höhe der Fahrertür, das andere Auto. Glas splitterte, die Karosserie gab ächzend nach und der Geruch von Gummiabrieb erfüllte die Luft. Im nächsten Augenblick wurde das Auto auf die andere Fahrspur katapultiert. Kramer wurde im Sitz hin und her geschleudert.

Quietschend kamen beide Fahrzeuge zum Stehen. Alles war nun wieder still. Glück im Unglück. Im Moment des Aufpralls hatten wie geplant alle Sicherheitsmechanismen gegriffen. Airbag, Gurt und Knautschzone hatten sein Leben gerettet. Trotzdem hatte er den Unfall nicht unbeschadet überstanden. Sein linker Arm schmerzte, ob er gestaucht oder gebrochen war, wusste er nicht, schließlich war er kein Arzt und der Cocktail aus Schmerzmittel und Kokain schob den Schmerz weit weg. Er schnallte sich ab und stieg aus. Anscheinend hatte niemand etwas von dem Unfall mitbekommen. Es waren weder weitere Autos zu sehen noch Schaulustige an den Fenstern der umstehenden Gebäude, was bei der hauptsächlich gewerblichen Nutzung nicht weiter verwunderlich war.

Langsam humpelte Kramer durch Glasscherben und Plastiksplitter zu dem anderen Auto. Immer wieder verschwamm die Welt vor ihm zu konturlosen Formen, verlor ihre Schärfe und die Farben. Er atmete schwer, als er die Fahrertür erreichte. Sie war so verzogen, dass es unmöglich war, sie zu öffnen. Er griff durch das zersplitterte Fenster und fühlte der jungen Frau, der Blut aus Mund und Nase floss, den Puls. Er spürte ein schwaches Pochen und einen leichten Luftzug auf seiner Haut. Lebte sie noch? Oder starb sie? Er konnte es nicht sagen. Auf dem Rücksitz saß in einem Kindersitz ein kleiner Junge, vielleicht fünf Jahre alt. Er war apathisch und klammerte sich weinend an eine Plüschente. Kramer humpelte zurück zu seinem Auto. Griff nach dem Schlüssel im Zündschloss und drehte ihn. Der Motor zuckte einmal kurz und erstarb dann sofort wieder. Auch beim zweiten und dritten Versuch blieb der Motor tot. Verdammt. Die letzten Meter musste er wohl zu Fuß zurücklegen.

Kapitel 42

Es war nicht mehr so wie früher. Nicht mehr so unbeschwert und ohne jedwedes Kribbeln. Das hatte Esch schon beim letzten Treffen gemerkt, aber dieses Mal war es noch intensiver. Ein gehauchtes: „Hallo", eine flüchtige Umarmung. Kein Kuss, nicht einmal auf die Wange. Die Gespräche zwischen ihnen waren gequält, hatten keinen Esprit und nicht dieses unterschwellige sexuelle Knistern.

„Wie geht es den Kindern?"

„Gut, mein Sohn war die Woche krank, aber jetzt geht es wieder. Die Noten werden auch wieder besser, nachdem die Klasse einen neuen Deutschlehrer bekommen hat."

Belangloser Small Talk zwischen zwei Menschen, die sich noch vor wenigen Monate so nah gewesen waren, dass sie sich das Bett geteilt hatten. Jetzt stand etwas zwischen ihnen, doch keiner wagte, es anzusprechen. So hatte sich Esch den Abend nicht vorgestellt. In erster Linie hatte er gehofft, in Maryanne eine Verbündete zu gewinnen. Jemand, der die Dinge genauso sah wie er. Der zweite Punkt war Sex. Keinen der beiden Punkte konnte er nach diesem Essen als erledigt betrachten. Maryanne hatte ihn warten lassen. Sie kam zehn Minuten zu spät. Damit hatte Esch gerechnet, er hatte Maryanne in den letzten Monaten kennengelernt. Zwar bemühte sie sich darum, pünktlich zu sein, Kinder und Job kosteten aber oft mehr Zeit als geplant. Esch wurde schmerzlich bewusst, dass er zwar wieder einen Job hatte, aber seine Tochter immer noch unerreichbar war.

Während des Essens sprachen er und Maryanne kaum ein Wort. Sie wirkte abwesend und nachdenklich.

„Was ist los?" Esch durchbrach die Stille, nachdem der Kellner Maryannes Teller abgeräumt hatte. „Ich weiß, dass da was ist."

Maryanne stellte ihr Glas auf den Tisch. „Ja, da gibt es was."

„Geht es um die Sache mit der Arbeit?", fragte Esch vorsichtig, obwohl er wusste, woher der Wind wehte. „Es tut mir leid, dass ich mich wegen des Zeugen gleich an die Chefin gewandt habe. Ich hätte erst zu euch kommen sollen. Schließlich ist es euer Fall. Ich wollte euch nicht ausstechen. Es ist nur so, du weißt, dass Gusenberg und ich nicht das beste Verhältnis haben. Ich wollte nur, dass Frau Weber sieht, dass sie auf mich zählen kann. Dass ich solide und belastbar bin." Esch griff nach Maryannes Hand. Sie zog sie weg. „Du kannst mich doch sicher verstehen, du warst doch auch in so einer Situation. Dein Ex-Mann wollte dich für unzurechnungsfähig erklären lassen."

„Darum geht es nicht!", fauchte Maryanne.

„Traust du mir nicht?" Esch saß nun aufrecht an dem kleinen Restauranttisch. Er sprach ruhig, konnte seine Aufregung aber nicht verbergen.

„Du musst zugeben, dass es ein seltsamer Zufall ist", sagte Maryanne trocken. „Mit jedem Schritt, den Emil und ich machen, wird die ganze Sache verworrener, dann kommst du wie der weiße Ritter und klärst scheinbar alle Fragen auf."

„Die Arbeit mit Gusenberg bekommt dir nicht! Du wirst schon genauso paranoid wie er." Esch winkte ab. „Ich habe nur versucht, meinen Job wiederzubekommen. Ich will meine Tochter nicht verlieren!" Eschs Gesicht färbte sich rot. „Ich wollte einfach gut dastehen, ich gebe es zu. Es war egoistisch, aber ich würde es wieder tun. Ohne festes Einkommen und mit einem Verfahren am Hals, ist es unmöglich, das Sorgerecht für ein Kind zu bekommen."

„Emil hat mir heute Nachmittag eine SMS geschickt." Maryanne zog ihr Handy aus der Hosentasche, wählte die Textnachricht aus und hielt sie Esch hin.

Moin. Ich habe mit der Stadtverwaltung telefoniert. Am Tag des Unfalls war der Hang, von dem Eschs Zeuge den Unfall gesehen haben will, noch nicht gerodet. Ich war gestern Abend noch einmal da. Es ist unmöglich, durch das Dickicht was zu sehen. Esch lügt. Ich weiß nicht warum, werde es aber rausfinden.

Esch wollte nach dem Handy greifen. Maryanne zog es zurück und hielt es fest umklammert. Ihr Daumen hatte einen Fleck auf dem Display hinterlassen. „Hat Emil recht?", fragte sie mit ernster Stimme. „Lügst du uns an?" Esch schwieg.

Maryanne legte zwei Zwanzigeuroscheine auf den Tisch. „Lügst du uns an?", fragte sie erneut. Ganz in der Rolle der Mutter, die wollte, dass ihr Kind etwas zugab, was sie schon längst wusste. Esch stützte seinen Kopf auf die Hände und schlug die Handflächen vor dem Gesicht zusammen. „Ich will meine Tochter nicht verlieren. Das musst du doch verstehen. Gerade du. Du warst doch selbst in meiner Situation."

Maryanne legte ihre Hand auf Eschs Schulter. „Ich verstehe dich, Paul. Das ist jedoch keine Entschuldigung für das, was du getan hast. Du musst mich nicht nach Hause fahren, ich nehme ein Taxi." Auf dem Weg nach draußen ließ sie ihr Handy zurück in ihre Tasche gleiten.

Kapitel 43

Verdammt! Gusenberg erschrak. Für einen Augenblick war er sich nicht sicher, woher der Lärm kam, der die Stille zerriss. War Esch zurück? Hatten sie sich doch für dieses Nachtlager entschieden? Wenn er ihn hier erwischen würde dann … Daran wollte er nicht einmal denken. Reflexartig schaute Gusenberg sich nach einem Versteck um. Da! Da war das Geräusch wieder, diesmal näher. Nun war ihm alles klar. Es war sein Handy. Er war ein miserabler Einbrecher, er hatte nicht einmal daran gedacht, sein Handy lautlos zu stellen. Er blickte auf das Display. Die Arbeit, ausgerechnet jetzt.

Gusenberg nahm das Gespräch an. „Ja. Was gibt es? Ich bin gerade beschäftigt", sagte er barsch, um das Gespräch möglichst kurz zu halten.

„Wir haben hier etwas, was Sie interessieren könnte, Herr Doktor. Sie hatten doch gefragt, ob wir etwas über einen Malte Kramer hätten." Gusenberg brummte zustimmend, während er, mit dem Handy ans Ohr geklemmt, die Sockenschublade zurückschob und die Schranktür schloss. „Ein Fahrzeug, das auf einen Malte Kramer, wohnhaft Eisenstraße 13, Westheim-Meesungen zugelassen ist, war in einen Unfall mit Todesfolge verwickelt."

Der Ermittler hatte sich aus seiner anfänglichen Schockstarre gelöst und war ins Treppenhaus gegangen. „Kramer ist tot?" Ein Lichtblitz erhellte das Treppenhaus. Die Lampen waren angegangen. Jemand hatte das Haus betreten. Schritte klangen vom Treppenabsatz her nach oben.

Verdammt, wenn das Esch ist, schoss es dem Ermittler durch den Kopf. Er schirmte mit seinem Daumen das Mikro des Handys ab und eilte die Treppen nach oben. Diesen Trick hatte er sich von Rokko abgeschaut. Auf dem nächsten Treppenabsatz blieb er stehen und spähte nach unten, während der junge Polizist immer noch pflichtbewusst die Fragen des Ermittlers beantwortet.

„Nein, bei der Toten handelt es sich um eine junge Frau. Der Fahrer des anderen Wagens war nicht mehr vor Ort, als die Rettungskräfte eintrafen." Esch kam die Treppe nach oben geschlurft. Er ließ die Schultern hängen, Gusenberg presste sein Handy gegen die Brust, weinte er? Er konzentrierte sich, darauf bedacht, kein Geräusch zu machen. Esch zog die Nase hoch. Tatsächlich, er weinte. Das Licht im Treppenhaus erlosch. Esch schloss die Wohnungstür auf und verschwand im Inneren.

Gusenberg stürzte die Treppe nach unten. „Tut mir leid, gerade war das Netz weg, können Sie den letzten Teil noch einmal wiederholen?" Gusenberg stieß die schwere Eingangspforte auf und atmete erleichtert die klare Luft ein.

„Ich hatte gesagt, dass von dem Fahrer des Unfallwagens jede Spur fehlt."

„Wo hat sich der Unfall ereignet?", unterbrach Gusenberg die Ausführungen des Streifenpolizisten.

„Wie bitte?"

„Wo sich der Unfall ereignet hat, habe ich gefragt."

„In der Nähe der DGB-Arena."

„Okay. Hören Sie mir jetzt genau zu. Versuchen Sie, Rainer Fraus zu erreichen. Finden Sie ihn und stellen Sie ihn unter Polizeischutz. Und dann schicken Sie ein Einsatzkommando zur Meldeadresse von Malte Kramer, und zwar pronto."

Gusenberg hastete die Straße entlang. Er musste zum Stadion, wenn Fraus irgendwo war, dann dort. Es war kein Geheimnis, dass der als Workaholic verschriene Fraus oft bis in die Nacht im Büro war. Hatte er das nicht selbst einmal in einem Interview erwähnt? Dieser Kramer hatte Rokko getötet, das würde passen. Warum er jetzt hinter Fraus her war, wusste Gusenberg nicht. Noch nicht.

Gusenberg rannte weiter die Straße nach unten zum nächsten Taxistand. Es war ihm egal, wenn ihn jemand fragte, warum er um diese Zeit in der Nähe von Eschs Wohnung war. Er hatte keine Zeit für Ausreden, wenn heute Nacht nicht noch mehr Menschen sterben sollten. Der ältere Mann, der am Steuer des Taxis eine Zeitung las, fuhr erschrocken zusammen, als Gusenberg die Beifahrertür aufriss.

„Ich habe kein Geld dabei", rief der Taxifahrer erschrocken.

„Das ist kein Überfall, das ist ein Notfall!" Gusenberg sprang in das Taxi. „Zur DGB-Arena, schnell."

Kapitel 44

„Hallo! Herr Fraus, wo sind Sie?“ Die Stimme am Telefon klang gehetzt.

„Ich bin im Stadion, in meinem Büro“, gab Fraus verdutzt zurück. „Wer sind Sie? Und woher haben Sie diese Nummer?“ Fraus hatte nicht lange gebraucht, um sich von dem telefonischen Überfall zu erholen. Seine Stimme war fest, seine Fragen direkt.

„Mein Name ist Martin Sondermann, ich bin Polizist, bitte bleiben Sie, wo Sie sind. Wir schicken einen Streifenwagen. Sie sind in Lebensgefahr.“

Ein Wirkungstreffer, der Fraus erneut aus dem Konzept brachte. „Was soll das heißen: Lebensgefahr?“

„Sagt Ihnen der Name Malte Kramer etwas?“, fragte der Polizist nun ruhiger. Fraus presste ein leises: „Ja“, heraus.

„Dieser Mann hat gerade Dr. Oswald ermordet und ist nun auf dem Weg zu Ihnen. Bleiben Sie, wo Sie sind. Die Kollegen sind schon auf dem Weg zu Ihnen. Ist sonst noch jemand bei Ihnen? Ist sonst noch jemand in dem Gebäude?“, wiederholte der Polizist die Frage, diesmal eindringlicher.

„Ich glaube, einer der Hausmeister ist noch im Stadion, der Nachtwächter kommt erst in einer Stunde“, sagte Fraus geistesabwesend.

„Gut. Schicken Sie ihn runter zum Parkplatz, damit er die Kollegen hereinlassen kann. Sie sind gleich da. Können Sie sich in Ihrem Büro verbarrikadieren?“

„Ich ... ich weiß nicht. Das ist eine einfache Sperrholztür, ich kann sie von innen verriegeln.“

„Das wird nicht reichen", schallte es kriegerisch aus dem Handy. „Haben Sie nichts anderes, etwas mit einer Metalltür?"

Fraus hielt inne. „Ich könnte in meine VIP-Lounge, die besitzt eine feuerfeste Metalltür."

„Tun Sie das. Dort sind Sie sicher. Wir sind auf dem Weg. Halten Sie durch, es ist bald vorbei."

***

Kramer legte auf und warf sowohl sein Prepaidhandy als auch Oswalds Handy in einen Mülleimer in der Nähe des Stadioneingangs. Nun hatte er Fraus genau dort, wo er ihn haben wollte. Er saß in einer Falle, die seinen Namen trug.

So schnell es sein verletztes Bein mitmachte, lief er zu der Stelle, an der der Parkplatz in einen Vorplatz mündete. Kramer zog die Kapuze seines Pullovers tiefer ins Gesicht, stellte sich neben den Mülleimer, der dem Eingang am nächsten war und wühlte darin herum, den verletzten Arm fest an den Körper gedrückt. Er wusste immer noch nicht, ob er gebrochen war oder nicht. Das Einzige, was er wusste, war, dass es verdammt wehtat, wenn er den Arm belastete. Solange es möglich war, würde er seine Mission mit dem gesunden Arm bestreiten. Kramer zog eine Pfandflasche aus dem Mülleimer hervor und verteilte dabei möglichst viel von dem anderen Müll auf dem Boden.

„Hey! Du da. Was machst du hier?"

Kramer zuckte unmerklich zusammen, als er die Stimme hinter sich hörte.

„Lass das! Was soll der Scheiß?"

Kramer wühlte weiter, immer mehr Essensverpackungen, Dosen und alte Zeitungen landeten auf dem Boden.

„Hau gefälligst ab!" Die Stimme, die dem Hausmeister gehörte, war nun laut und gereizt. Kramer hörte, wie das Metalltor im Zaun erst aufgeschlossen, dann aufgedrückt wurde.

„Sprichst du kein Deutsch, oder was? Hau schon ab, du Penner!"

Kramer drehte sich langsam um, immer noch die Pfandflasche in der Hand des verletzten Arms. Der Hausmeister lief energisch auf ihn zu und versuchte, ihn mit hektischen Armbewegungen zu vertreiben. Kurz bevor er bei Kramer war, der Hausmeister streckte schon den Arm nach ihm aus, um ihn am Kragen zu packen, zog Kramer den Teleskopschlagstock, der ihm bei Rokko so gute Dienste erwiesen hatte, aus seiner Bauchtasche – und schlug zu. Der polierte Stahl glänzte im Licht der Straßenlaterne. Er traf den Hausmeister mit einem satten Hieb an der Schläfe, ein hässliches Knacken durchdrang die Stille der Nacht. Der Schlag schleuderte den Hausmeister zu Boden. Ein feiner Blutregen folgte dem Aufschlag des Körpers.

Kramer beugte sich über den nur noch schwach atmenden Mann und zog ihm den Schlüsselbund vom Gürtel. Dieser Mann wusste es nicht, aber heute hatte er mehr Glück als Verstand. Drohend hob er den Schlagstock, bereit, den wehrlosen Mann ins nächste Leben zu befördern, sollte er auch nur versuchen, Widerstand zu leisten. Doch der Mann regte sich nicht. Kramer ließ den Arm sinken und verstaute den Schlagstock wieder in seiner Bauchtasche. Er würde ihn nicht töten. Es war nicht nötig. Das Gefühl absoluter Macht erfüllte Kramer. Vielleicht kämen die Rettungskräfte rechtzeitig, vielleicht starb er auch vorher an seinen Verletzungen.

Es war Kramer egal, er hatte noch etwas zu erledigen und konnte sich nicht mit solchen Nebensächlichkeiten befassen. Er huschte durch das Tor und machte sich auf den Weg. Es kam ihm wie eine Ewigkeit vor, seit dem Tag, an dem er mit den Journalisten durch das Tor gegangen war. Heute stand dort kein Wachmann und Kramer kroch einfach unter der Absperrung hindurch.

Er brauchte nicht lange, um den Weg hinter sich zu bringen. Kurz vor dem Ziel verlangsamte er seine Schritte und schlich die letzten Meter zur Tür der VIP-Lounge.

Dort atmete er ein letztes Mal tief durch und zog die Chipkarte und eine Pistole aus dem Rucksack. Er legte die Karte auf den Transponder und das grüne Licht flammte auf. Er ließ die Karte fallen und drückte schwungvoll die Tür auf.

„Überraschung! So sehen wir uns endlich wieder, Rainer.“

Kramer bleckte die Zähne und zielte mit der Pistole auf den Kopf des Mannes, der angsterfüllt in seinem Sessel saß. Ihre Blicke trafen sich, dann schrie Fraus so laut und schrill, wie es Kramer noch nie in seinem Leben gehört hatte. Es war Musik in seinen Ohren. Wie sehr er sich diesen Moment herbeigesehnt hatte. Tausendfach hatte er sich Fraus’ von Angst verzerrte Visage vorgestellt, die Panik in den Augen. Die Erkenntnis, dass ihn weder Geld noch Macht schützen konnten. Dennoch wurde keine seiner Vorstellungen der Realität gerecht.

Fraus wollte sich erheben, um vor Kramer zu fliehen.

„Eine Bewegung und Sie sind tot.“

„Was willst du von mir?“ Fraus’ Schreien ging in ein stotterndes Wimmern über. „Was willst du?! Lass mich in Ruhe. Hau ab! Verdammt, verpiss dich! Du hast hier nichts zu suchen!“ Von Erkenntnis genährte Todesangst spiegelte sich in Fraus’ Augen.

„Sie hätten Ihren Hausmeister warnen sollen. Dann wären Sie jetzt nicht in dieser Situation. Aber Leute vor Gefahren warnen, war ja nie Ihre Art.“ Kramer ging langsam auf den noch immer im Sessel kauernden Fraus zu. „Sie haben ihm nichts gesagt, weil er dann vielleicht Fragen gestellt hätte oder? Er hätte Antworten gewollt und die wollten Sie dem armen Kerl nicht geben. Nun liegt er in seinem eigenen Blut auf dem Parkplatz und stirbt vor sich hin. Und Sie sind der Nächste. Jeder bekommt, was er verdient. Man kann seinem Schicksal nicht entkommen." Kramer ließ geräuschvoll den Schlitten der Pistole nach hinten gleiten und zielte Fraus genau zwischen die Augen.

Kapitel 45

Maryanne war weg. Sie war aufgestanden, hatte verächtlich etwas Geld auf den Tisch geworfen und war wortlos gegangen. Esch saß wie betäubt vor den Scherben seiner Existenz. Was war schiefgelaufen? Auf diese simple Frage kam er stetig zurück.

Er stocherte in seinem Essen herum, ohne die Gabel zum Mund zu führen. Wie war es so weit gekommen? Erst die Scheidung, dann das Fiasko mit dem Doppelmord an den Dynkin-Brüdern, die auf einem Autobahnrastplatz vor der Stadt erschossen worden waren. Er hatte sein Bestes gegeben. Es gab einfach Fälle, die konnten nicht gelöst werden. Jack the Ripper, der Zodiac-Killer, das Verschwinden der kleinen Klara Schneider. Fünfzehn Jahre nach dem Verschwinden des kleinen Mädchens war noch nicht einmal die Leiche aufgetaucht, man hatte ihre Schultasche gefunden und ihr Fahrrad, mehr nicht. Es war nie jemand verhaftet worden, es gab noch nicht einmal einen richtigen Verdächtigen.

Der Doppelmord an Zlatan und Yuri Dynkin war nur eine Fußnote in einer fast unendlichen Reihe von ungelösten Tötungsdelikten, nicht nur in Westheim, sondern überall auf der Welt. Esch ließ scheppernd die Gabel fallen, er hatte keine Kraft mehr. Kellner und Gäste blickten immer wieder verstohlen in Eschs Richtung, wandten ihren Blick ab und tuschelten. Seit Maryanne gegangen war, hatte kein Kellner sich getraut, an den Tisch mit dem einsamen Mann zu treten.

***

Yuri und Zlatan waren aus nächster Nähe mit derselben Waffe getötet worden. Insgesamt waren sechs Schüsse gefallen, die Hälfte davon sofort tödlich. Das professionelle Auftreten des Täters ließ nur einen Schluss zu: Es musste sich um einen eiskalten Profi handeln. Einen Menschen, der für das Töten anderer bezahlt wurde.

Niemand hatte etwas gesehen oder gehört. Trotz einer groß angelegten Suche über die sozialen Netzwerke und die Medien hatte sich niemand gemeldet. Eine nicht registrierte Waffe, zwei tote, international agierende Drogendealer, keine Zeugen, ein Auftragsmörder, der vermutlich schon längst über alle Berge war. Nicht einmal Sherlock Holmes hätte diesen Fall lösen können. Esch war damals kurz davor gewesen, die Akte zu schließen und auf einen glücklichen Zufall zu warten; das Auftauchen der Waffe bei einer Hausdurchsuchung oder einer Festnahme, ein weiterer Mord nach demselben Muster, irgendetwas, das neue Hinweise liefern würde.

Was er zu nicht gewusst hatte, war, dass in der Ferne ein Unwetter aufzog. In den Hinterzimmern der Amtsstuben hatte sich etwas zusammengebraut, was sein Leben für immer verändern würde. Der Wahlkampf hatte gerade begonnen und es deutete sich nach über zehn Jahren ein Machtwechsel im Westheimer Rathaus an. Die Herausforderin hatte sich auf das Thema Sicherheit und Kriminalitätsbekämpfung gestürzt. Westheim hatte es geschafft, sich über die Jahre auf der Kriminalitätsstatistik immer weiter nach oben zu schieben. Dieses Jahr hatte die Stadt hinter Frankfurt am Main und Köln die unrühmliche Bronzemedaille geholt. Berlin hatte Westheim schon vor zwei Jahren überholt.

Eine Goldgrube für jeden aufstrebenden Lokalpolitiker. In Interviews hatte die Herausforderin regelmäßig behauptet, dass das organisierte Verbrechen die Stadt fest im Griff hätte. Geldwäsche, Drogenhandel, Zwangsprostitution. Wenn sie Bürgermeisterin wäre, würde sie mit harter Hand gegen die kriminellen Subjekte vorgehen. An dem Tag, als durchgesickert war, dass im Mordfall der Dynkin-Brüder das organisierte Verbrechen verstrickt war, hatte Esch die Presse im Nacken gehabt. Er selbst hatte den Fokus auf ein Motiv im Drogenmilieu und die organisierte Kriminalität gelegt. Ein Streit unter Dealern, ein verpatzter Deal, ein Racheakt in der Szene oder ein Exempel zur Abschreckung, alles war möglich. In den nächsten Wochen war der Doppelmord an der Tagesordnung geblieben, auch weil die Herausforderin nicht müde wurde, den Fall als Beispiel anzuführen, um die Unfähigkeit des Bürgermeisters und der Polizei zu unterstreichen. Sie hatte dem Kurier ein Interview gegeben und am selben Tag hatte Esch zum Rapport gemusst. Ohne Zeugen, Spuren oder Erkenntnisse. Bei diesem Gespräch hatte Esch erfahren, dass Scheiße immer nach unten fällt. Er war danach alles noch einmal durchgegangen. Hatte den Weg der Dynkin-Brüder zurück bis zu einer Adresse in Sofia verfolgt. Er hatte Mietwagen, Kreditkarten und Telefondaten gecheckt, ohne jede Spur. Er hatte sechsunddreißig Stunden am Stück gearbeitet, am Ende hatte es ihn seine Marke gekostet.

Einer seiner Kollegen hatte Esch nach diesem Marathon den Kurier auf den Tisch gelegt. Er hatte es auf Seite drei gebracht, mit einem Foto, das ihn am Pool eines Hotels zeigte. „Hier macht die Polizei Urlaub, während der Rastplatzmörder frei herumläuft." Esch hatte den Artikel darunter nicht lesen müssen, um zu wissen, worum es ging. Er hatte die Zeitung zusammengeknüllt und war aus dem Büro gestürmt. Wie in Trance war er zum Redaktionsgebäude des Kuriers gefahren. Das Nächste, an das sich Esch erinnerte, war, dass er den

Chefredakteur vom Stuhl gerissen und immer wieder auf ihn eingeschlagen hatte.

„Es war ihr Geburtstag!", hatte Esch gebrüllte, als er immer wieder seine Faust auf den Kopf des Redakteurs hatte niederfahren lassen. Vier Männer waren nötig gewesen, um ihn zu überwältigen. Er wurde suspendiert, der Kurier hatte auf eine Anzeige verzichtet.

***

Esch trank sein Glas leer, legte seinen Teil der Rechnung zu dem Geld, das Maryanne zurückgelassen hatte und verließ das Lokal. Niemand hielt ihn auf, keiner der Kellner prüfte, ob das Geld reichte, um die Rechnung zu begleichen.

***

Mit Tränen in den Augen setzte er sich auf die Kante seines Bettes. Mit der einen Hand wischte er sich die Tränen aus dem Auge, mit der anderen hielt er den Hals einer Wodkaflasche umklammert. Sie würden alles rausfinden. Dieser arrogante Wichser Gusenberg und Frau Immer-nach-Vorschrift-Schröder.

Er nahm einen großen Schluck aus der Flasche. So hilflos hatte er sich nicht mehr gefühlt seit dem Tag, als er herausgefunden hatte, dass seine Frau einen anderen liebte. Mit zwei weiteren Zügen war die Flasche halb leer. Esch erhob sich und machte sich mit zitternden Händen am Kleiderschrank zu schaffen. Er schleuderte die Wäsche auf den Boden und legte einen kleinen Tresor frei. 27-06-75, der Geburtstag seiner Ex-Frau. Die Tresortür öffnete sich. In dem kleinen Sicherheitsschrank befand sich nur ein Gegenstand. Eine vollkommen schwarze Jarygin PJa Pistole der russischen Armee.

Eschs griff zögerlich nach dem mattschwarzen Objekt. Die Oberfläche war kalt und rau. Seine Finger

358

umspielten den Griff, den er erst zögerlich, dann energisch umschloss. Mit einer fließenden Bewegung zog er die Waffe aus ihrem Versteck und den Schlitten zurück. Er prüfte das Magazin. Sie war geladen. Mit einer schnellen Bewegung seines Daumens löste er den Sicherungshebel. Mit der Pistole in der rechten Hand und der Schnapsflasche in der linken ließ er sich zurück auf das Bett fallen. Ein Teil des Wodkas lief aus und tropfte auf das Bett. Er nahm einen weiteren Schluck. Eschs Hand krampfte sich um den Griff der Pistole. Es schien fast so, als würden ihm seine eigenen Finger nicht mehr gehorchen. Jeder Zentimeter, den er die Waffe weiter hob, war ein Kampf, den er erst gewonnen hatte, als die Mündung auf seiner Schläfe aufsetzte. Esch schloss die Augen. Sein Zeigefinger krümmte sich um den Abzug. Er wollte es tun.

Nein!

Er konnte das nicht. Das konnte er seiner Tochter nicht antun. Ihr Lächeln erschien vor seinem inneren Auge. Die glücklichen Stunden an ihrem Geburtstag. Dem letzten Geburtstag, den sie noch als Familie verbracht hatten. Esch ließ die Waffe aufs Bett fallen. Er hatte sein Leben verloren, ohne zu sterben.

Zug um Zug leerte er die Flasche. Mit jedem Schluck fiel das Selbstmitleid von ihm ab. Er wurde trotziger, aggressiver. Er würde es ihnen zeigen. Er würde es allen zeigen. Das war nicht das letzte Mal, dass sie von ihm gehört hatten. Das könnte denen so passen, dass er sich hier die Birne wegschoss. Esch sicherte die Waffe, steckte sie in seinen Hosenbund und erhob sich schwankend. Vom Alkohol benebelt, torkelte er durch die Wohnung. Er stützte sich an den Wänden ab, stieß Lampen um und riss Bilder zu Boden. Trotz allem war er so klar im Kopf wie schon lange nicht mehr. In diesem Moment wusste er, was zu tun war, er sah die

Zukunft, die vor ein paar Minuten noch ein schwarzer Abgrund gewesen war.

Esch holte seine Sporttasche aus dem Wohnzimmer, stopfte Kleidung, Hygieneartikel, das Geld aus der Sockenschublade und die Pistole in die Tasche und machte sich auf den Weg. Er blickte nicht zurück, als er die Treppe hinuntertorkelte. Leider war seine Nachbarin zu so später Stunde schon im Bett, er hätte ihr gerne seine Meinung gesagt. Esch trat hinaus in die Nacht, warf den Rest seines Lebens in den Kofferraum seines Autos und verschwand in der Dunkelheit.

Kapitel 46

So leise, wie es die schweren Stiefel erlaubten, näherten sich die vier Männer ihrem Ziel. Das gepanzerte Fahrzeug hatten sie zurückgelassen, um sich im Schutz der Dunkelheit zu nähern. Wie an einer Schnur aufgereiht, drückten sich die Männer gegen die fensterlose Wand und verschmolzen mit der Einsamkeit der Nacht. Eine weitere Tür wurde überwunden, kurz darauf signalisierte der Gruppenführer mit einem Handzeichen, dass sie ihr Ziel erreicht hatten. Er näherte sich der Tür, prüfte die Lage und machte Platz für einen seiner Kampfgefährten, der sich breitbeinig vor der Tür in Position brachte, einen stählernen Rammbock fest umschlossen. Der Anführer zählte mit den Fingern herunter.

Drei.

Zwei.

Eins.

Die Hand schloss sich zur Faust, der Rammbock fuhr herab und schlug mit einem ohrenbetäubenden Knall gegen die Tür.

***

Steffi hatte Rouge, Wimperntusche und Lidschatten aufgelegt, gerne hätte sie sich noch etwas schicker gemacht, aber es ging nicht. Sie musste mit dem zufrieden sein, was sie der misslichen Lage abgetrotzt hatte, ein Glück war es bald vorbei. Sie war ein Profi, was das Schminken anbelangte, so wie Yannick ein Profi gewesen war, was den Fußball anbelangte. Schminken war eine hohe Kunst, auch wenn Yannick es nie begriffen hatte. Ein einzelner Tupfer hier, ein dezenter Strich da konnten Effekte erzielen, die atemberaubend und gleichzeitig subtil waren. In ihrer Handtasche befand sich immer eine Grundausstattung an Kosmetika, die ihr auch hier gute Dienste geleistet hatten. Der einzige Spiegel in ihrer schäbigen Unterkunft war klein und beschlagen, das Licht schlecht und ihr Gesicht nicht gewaschen. Für diese Bedingungen konnte sich das Ergebnis jedoch sehen lassen. Ihre Haare nervten sie. Seit sie in dieser Hütte vegetierte, hatte sie nicht mehr duschen können. Ihre Haare hatten stark darunter gelitten, sie waren fettig und stumpf. Steffi hätte sich gerne frisiert, ihre Locken geglättet und einen Zopf geflochten. Keinen Zopf, wie ihn sechsjährige Mädchen trugen, grob geflochten und mit einem Blumenkranz verziert. Nein, eine elegante, aufwändige Flechtfrisur, die eines roten Teppichs würdig wäre. Leider hatte sie weder ein Glätteisen noch einen Föhn, um dieses Vorhaben in die Tat umzusetzen. Am Ende hatte sie sich für einen Zopf entscheiden müssen. Von den drei Varianten: offen, Dutt, Zopf, war er die am wenigsten hässliche Lösung.

***

Der Rammbock traf die Tür satt neben dem Schloss, die Tür sprang auf, der Rammbock federte zurück, die Tür war offen. Die SEK-Beamten strömten in die Wohnung und sicherten in einer einstudierten Routine die Räume.

„Sauber!", erklang es dreimal laut aus Küche, Bad und der kleinen Wohnstube. Niemand war hier. Alles, was die Männer vorfanden, war eine verwahrloste Einzimmerwohnung.

Eine verwahrloste Einzimmerwohnung, die zwei Überraschungen bereithielt. Auf dem Sofa, inmitten der zerwühlten Bettwäsche, lag ein kleiner Kasten.

Unscheinbar, schwarz glänzend. Nichts Besonderes, wäre da nicht die rote Schleife aus Samt, die darum gewickelt war. Jemand hatte sich die Mühe gemacht, den Laptop wie ein Geschenk aus einem Disneyfilm herzurichten, sogar an das kleine Schild mit dem Namen des Empfängers hatte er gedacht. *Von Malte für Justitia.* Die zweite Überraschung, die die SEK-Beamten in Malte Kramers Wohnung vorfanden, löste eine Kettenreaktion aus.

Schnell und nachdrücklich, aber klar verständlich sprach der Einsatzleiter in sein Funkgerät. Er diktierte eine Reihe von Zahlen, die mit schwarzem Filzstift auf die ehemals weiße Tapete über der Couch geschrieben waren. Zwei Zahlenkolonnen, je sechs Ziffern lang, ein Komma trennte die Zehnerstelle und ein Kreis die beiden Zahlen. Darunter stand in krakeliger Handschrift: „Sie hat mit allem nichts zu tun. Es ist alles meine Schuld."

***

Steffi weinte nicht. Sie hatte sich mit ihrer Situation abgefunden, war sich ihrer Schuld bewusst und würde die Verantwortung dafür übernehmen. Das Einzige, was sie störte, war, dass sie kein Kleid oder Kostüm hatte, das dem Anlass würdig war. Sie wollte nicht aussehen wie eine heruntergekommene Obdachlose, wenn die Polizei sie hier fand. Dass die Polizei kommen würde, war klar. Heute oder morgen, wann genau war nicht wichtig. Nur, dass sie kommen würden, war von Bedeutung. Die Polizei würde wegen ihr kommen, wegen allem, was sie getan und nicht getan hatte. Es ging um sie, nicht um Yannick oder die schlimmen Dinge, die ihr Bruder in den letzten Tagen getan hatte. Sie dachte an das Blut an seiner Kleidung. Sie war auch in der Verantwortung, hatte Schuld auf sich geladen. Die gefälschten Drohbriefe, die sie Yannick geschickt hatte, damit er endlich über einen Wechsel nachdachte. Sie hatte doch nur das Beste gewollt, sie hatte doch gesehen, dass er unglücklich war, dass er litt und etwas verbarg. Warum hatte Yannick sich ihr nicht offenbart, was hatte ihn davon abgehalten? Diese letzte Frage blieb unbeantwortet. Sie wusste es nicht und würde es nie herausfinden.

Steffi musste an ihren Bruder denken, sie wusste nicht, wo er war oder was er tat, aber es war sicher etwas Schlechtes. Malte würde nicht aufhören, bis er tot oder verhaftet war und sie hatte es geschehen lassen. Sie würde sich auch für die Morde mitverantworten müssen, auch wenn er es nicht zugegeben hatte, sie wusste es. Malte war zum Mörder geworden. Steffi erhob sich von ihrem Stuhl, auf dem sie die letzten Minuten schweigend verbracht hatte und betrachtete sich im Spiegel. Es war in Ordnung. Sie sah so gut aus, wie sie konnte. Es würde reichen.

Mit einem Knall wurde die Tür der Gartenlaube aufgeschleudert. Zwei schwarz gekleidete Männer mit Sturmhauben und gezogenen Pistolen stürmten die kleine Hütte.

Sie hatten sie gefunden.

Steffi zeigte keine Reaktion. Weder erschrak sie von dem Knall, noch vor den Männern des SEKs. Sie blieb ganz ruhig, alles war in Ordnung. Sie hatte mit dieser Welt abgeschlossen.

„Kontakt", rief einer der Männer in sein Funkgerät, steckte die Waffe in das Holster und durchquerte mit schnellen Schritten den Raum. Er umschlang Steffis Beine, während der zweite Mann sein Kampfmesser zückte, auf den Tisch sprang und mit einer fließenden Bewegung den Strick durchtrennte, der vom First der Hütte bis um Steffis Hals reichte. Ein dunkler Striemen hatte sich dort gebildet, wo der Strick sich in die Haut gegraben hatte. Unter ihr lag ein umgestürzter Stuhl.

Das Messer löste die Spannung, Steffis lebloser Körper klappte dem SEK-Beamten über die Schulter. „Raum gesichert. Keine Spur der Zielperson. Haben Kontakt, eine junge Frau. Sie ist nicht bei Bewusstsein. Bringen sie raus.“

Kapitel 47

Gusenberg entdeckte den leblosen Körper schon aus dem Taxi. Im Licht der Laterne lag ein Mann, nicht mehr als ein Schemen in der Dunkelheit, umringt von Müll, drapiert wie eine Grabbeigabe. „Halten sie an!" Gusenberg löste den Sicherheitsgurt. Der Taxifahrer trat abrupt auf die Bremse.

Der Ermittler sprang aus dem Auto und spurtete zu dem leblosen Körper hinüber. Er beugte sich über den Hausmeister, sein Gesicht war fahl und ausdruckslos, die offenen Augen starrten ins Leere. Die Schläfe war blutverkrustet, der Asphalt besudelt mit Pfützen und Spritzern. Gusenberg fühlte den Puls und prüfte die Atmung. Nichts. Es kam jede Hilfe zu spät, der Mann war tot.

Gusenberg ließ seinen Blick schweifen, er sondierte die Lage, verschaffte sich einen Überblick. Ein Gatter im Zaun, der das Stadion umgab, stand weit offen. *Wenn die Maus weiß, dass es eine Falle ist und trotzdem den Käse holt, ist es keine Falle mehr*, dachte Gusenberg bei sich, als er die weiteren Optionen durchging.

„Sie bleiben hier!" Gusenberg drehte sich zu dem Taxifahrer um, der alles vom Auto aus verfolgt hatte. Der Mann hatte die Hände um das Lenkrad geklammert und saß senkrecht auf dem Fahrersitz. Die Beifahrertür des Taxis stand offen, die Warnblinkanlage warf gespenstisches Licht auf den Asphalt. „Das ist ein Befehl." Der Taxifahrer war kreidebleich. „Ist das klar?", fragte Gusenberg noch einmal mit Nachdruck, da der Taxifahrer nicht reagierte. „Sie bleiben hier und informieren die Kollegen, dass ich da drin bin." Gusenberg zeigte auf das Stadion, der Taxifahrer nickte gequält, sein Blick wanderte von dem Ermittler zur Leiche und zurück, dann beugte er sich über den Beifahrersitz, zog die Tür zu und betätigte den Knopf der Zentralverriegelung.

Gusenberg zog seinen Revolver aus dem Schulterhalfter, prüfte die Kammer und steckte ihn zurück. Hoffentlich würde er ihn heute nicht brauchen. Er hatte keine Zeit, auf die Verstärkung zu warten. Wenn Fraus starb, starb auch die Wahrheit.

Er rannte zu dem Seiteneingang, an dem er am letzten Samstag die Arena zum Spitzenspiel betreten hatte. Jetzt waren weder Karo noch der grimmig dreinschauende Securitymann da, Letzterer wäre dieses Mal sogar von Nutzen gewesen.

Wo war Fraus? Wo war Kramer? Was zur Hölle wurde hier gespielt? Gusenberg schossen unzählige Fragen durch den Kopf, während er durch die nächtliche Arena rannte. Die Orientierung fiel ihm schwer, die Spur aus Brotkrumen war kurz nach dem Eingang abgerissen. Er wusste nicht, ob Fraus und Kramer hier waren, ob Fraus noch lebte und ob Kramer ihn erwartete. Alles war auf bizarre Art und Weise gleichzeitig klar und surreal. Kramer spielte ein Spiel mit der Polizei und dem SFC und hier und heute war das große Finale. Es gab nur einen Ort, der dafür infrage kam.

Gusenbergs schnelle Schritte hallten von den Wänden wider. Er meinte, sich daran zu erinnern, dass er vor ein paar Tagen hier entlanggegangen war. Er durchbrach die Dunkelheit und bog auf einen Gang ein, dessen Beleuchtung eingeschaltet war. Schwer atmend kam der Ermittler zum Stehen. Sein Blick fiel auf einen Wegweiser. Ein Schild, je ein Pfeil für die beiden möglichen Wege. Dazwischen befand sich eine Karte. Der orangefarbene Punkt verriet ihm, dass er fast da war.

Im Spagat zwischen schnell und leise brachte der Ermittler den Rest der Strecke hinter sich, bis er an dem Punkt war, an dem er noch vor Kurzem Fraus und den Trainer belauscht hatte.

Gusenberg zog den Revolver und atmete tief durch; außer seinem eigenen Herzschlag konnte er nichts hören.

Seine Augen wanderten unruhig hin und her, während er durch den vollständig beleuchteten Gang zur angelehnten Tür der VIP-Lounge schlich.

Es war das Ende des Weges. Hier waren Fraus und Kramer, da war sich der Ermittler sicher und mit noch etwas war sich Gusenberg sicher. Kramer wollte gefunden werden, er hatte seinen ganzen Plan darauf ausgelegt, jetzt und heute hier zu sein. Mit Fraus, mit Gusenberg, mit einer Waffe und einem klaren Ziel. Alle anderen zu Statisten degradiert, die ihre Rolle zu spielen hatte.

Die Vorstellung, an den Fäden eines Puppenspielers zu hängen, behagte Gusenberg nicht. Was waren die Alternativen? Auf Verstärkung warten? Das SEK sollte in einer halben Stunde da sein und Fraus konnte dann schon eine halbe Stunde tot sein. Kramer wäre eine halbe Minute nach dem Eintreffen der Spezialeinheit ebenfalls tot. Beides schlechtere Optionen, als ein paar Minuten eine Puppe zu sein.

Gusenberg stoppte. Mit der Waffe im Anschlag näherte er sich der Tür, hinter der es dunkel war. Ruhig und konzentriert, auf eine gleichmäßige Atmung bedacht. Sein Körper war vom Sprint noch immer aufgewühlt. Sein Puls schlug schneller, als ihm lieb war, das Blut rauschte in seinen Ohren und verwandelte die Stille in ein Getöse, das einem Hurrikan gleichkam. Mit der Waffe voraus betrat Gusenberg den Raum. Ohne Geschrei oder aggressiven Bewegungen. Ganz am Ende des Raums stand eine Person, nicht mehr als ein Schatten.

„Schön, dass sich das Gesetz doch noch blicken lässt, dann sind wir ja endlich vollzählig. Ich hatte schon Angst, dass niemand kommen würde und ich improvisieren müsste." Ein Lichtblitz erhellte den Raum, als die spärliche Beleuchtung vervielfacht wurde.

Gusenberg war für einen Augenblick geblendet, schirmte seine Augen mit der freien Hand ab, den Blick weiter auf die Personen am Ende des Raums gerichtet.

Er hatte sie gefunden.

***

Kramer warf die Fernbedienung, mit der er die Beleuchtung geregelt hatte, auf einen der cremefarbenen Sessel. Sie prallte von der weichen Polsterung ab und fiel zu Boden.

„Ich weiß, ich habe es Ihnen nicht leicht gemacht, aber ich wollte nicht, dass hier jeder beliebige Kaufhausdetektiv auftaucht. Aber auch für den Fall, dass Sie es verbockt hätten, hatte ich vorgesorgt." Mit einer Kopfbewegung deutete Kramer auf eine Kamera, die auf dem Tresen der Bar lag. Kramer war abgehalftert. Seine Haare verstrubbelt, das Gesicht dreckig, die Augen glasig. Er war dünn und ausgezehrt, als hätte er tagelang weder gegessen noch geschlafen. In seiner rechten Hand hatte er eine Pistole, deren Mündung sich hart in Fraus' speckigen Hals bohrte. Fraus kauerte vor Kramer auf dem Boden, halb hockend, halb kniend, als hätte Kramer ihn gerade erst in diese Position gezwungen. Seine Hände waren hinter seinem Rücken gefesselt, sein Mund war mit silbernem Klebeband überklebt. Kramer hatte ihm Jackett, Krawatte und Schuhe ausgezogen. Unter den Armen hatten sich Schweißflecken gebildet, obwohl der Raum klimatisiert war.

„Ich gebe zu, das Ende war komplizierter als geplant, ich musste mich beeilen, ansonsten hätte ich Fraus nicht mehr bekommen." Bei der Nennung des Namens drückte Kramer die Pistole noch fester in das Genick seiner Geisel. Fraus stöhnte gequält, mehr ließ seine gegenwärtige Situation nicht zu.

„Das ist jetzt aber egal, schließlich sind Sie hier, Herr Polizist. Würde es Ihnen etwas ausmachen, sich vorzustellen?"

„Lassen Sie ihn gehen. Es hat keinen Zweck, egal, was Sie geplant haben, es ist gescheitert", sagte Gusenberg im Befehlston.

„Netter Versuch. Wir wissen beide, dass ich das nicht tun werde." Kramer spuckte aus. „Sie bekommen ihn noch früh genug und wenn sich alle an meine Regeln halten, bekommen Sie ihn sogar in einem Stück. Also halten Sie die Füße still und lassen Sie mich machen."

Kramer löste den Druck auf Fraus' Hals, die Mündung der Waffe wanderte nach oben und zielte nun genau auf dessen Hinterkopf. „Auf die Knie!", befahl er barsch. Fraus drückte sich mühsam aus seiner kauernden Haltung vom Boden hoch, als er es gerade geschafft hatte, sein zweites Bein anzuwinkeln, riss Kramer seinen Kopf an den Haaren nach hinten. Fraus schrie, als sein Kopf auf die Mündung der Pistole krachte. Ob aus Schmerz oder Angst vermochte Gusenberg nicht zu sagen. Kramer ließ die Haare los, Fraus Kopf klappte auf die Brust, mit einer schwungvollen Bewegung zog Kramer einen kleinen schwarzen Gegenstand aus seiner Tasche. Das leise Surren war in der Stille gut zu hören, eine glänzende Klinge schoss aus Kramer Faust, mit zwei Fingern wiegte er das Springmesser sanft hin und her. Kramer richtete die Klinge auf Gusenberg, der der ganzen Show äußerlich ruhig folgte. Der Ermittler war sich immer noch nicht sicher, was Kramer bezwecken wollte, ließ ihn aber gewähren. Jede Minute, die er seine Show abzog spielte ihm in die Hände. Seine Finger ballten sich um den Griff seines Revolvers, der Zeigefinger ruhte entspannt parallel neben dem Abzug.

Die Klinge stieß wie ein Raubvogel auf Fraus herab, kurz vor dem tödlichen Kontakt bremste sie ab und landete sanft wie eine Feder auf der Haut seines Halses. „Eine falsche Bewegung und der Fettsack ist tot. Das gilt immer noch, nur ab jetzt fließt dabei viel mehr Blut." Kramers Blick wanderte von Gusenberg zu Fraus und wieder zurück. Mit einer schnellen Bewegung schleuderte Kramer die Pistole von sich weg. In hohem Bogen flog sie gegen ein Regal hinter dem Bartresen, zerschlug ein paar Gläser und riss Flaschen zu Boden.

Gusenbergs Finger zuckte keinen Millimeter. „Das Teil brauche ich nicht mehr, war ohnehin nicht mehr geladen. Rokko hatte nur ein Magazin für die Pistole und das habe ich schon verschossen." Kramer lachte. Mit starrem Blick auf Gusenberg fixiert, tastete Kramer Fraus' Gesicht ab, fand eine Ecke des Klebebands und riss es ab. Fraus zuckte unter dem Schmerz zusammen, das Messer küsste seinen Hals, Blut quoll aus der Wunde und wurde vom Kragen seines weißen Hemdes aufgesaugt. Dann kam der Schrei. Es war kein gedämpftes Stöhnen wie zuvor, es war ein lauter, heller Schrei gemischt aus Schmerz und Angst. All die aufgestauten Emotionen entluden sich in diesem Moment. Kramer lachte triumphierend. „Stellen Sie sich nicht so an, Sie Weichei. Sie haben ja noch nicht mal einen Bart", höhnte er, als der Schrei verklungen war. Bisher hatte Fraus Blickkontakt vermieden, nun blickte er Gusenberg zum ersten Mal direkt an. Seine Lippen bebten, öffneten sich, schlossen sich, formten leise flehende Worte. „Bitte, bitte, beenden Sie es, töten Sie diesen Wahnsinnigen. Bevor er mich tötet."

Gusenberg wandte seinen Blick nicht ab, sein rechter Arm war ausgestreckt, den Revolver fest umschlossen, die Mündung auf Kramers Kopf gerichtet. Kramer legte seine freie Hand auf Fraus Schulter und drückte kraftvoll auf den dort verlaufenden Nervenstrang. „Sie. Reden. Nur. Wenn. Ich. Das. Will." Fraus zuckte stöhnend zusammen. Kramer lockerte den Griff, Fraus' Körper erschlaffte wieder. Kramer hatte Fraus, den stolzen Alleinherrscher, in einen zitternden formlosen Haufen verwandelt.

„Was soll diese ganze Show, Kramer? Was wollen Sie? Wenn es Ihnen darum ging, Fraus zu töten, hätten Sie es schon längst tun können." Er hatte Kramer genug Zeit gegeben, um ihm die Illusion von Kontrolle zu suggerieren, nun würde er ihn locken und am Ende wartete die Wahrheit.

„Wenn Sie schon meinen Namen kennen, dann können Sie sich ja denken, worum es geht oder haben Sie Ihre Hausaufgaben nicht ordentlich gemacht?"

„Ordentlich genug, um hierherzufinden, das muss reichen", gab Gusenberg zurück. Seine Hand krampfte sich um den Griff seines Revolvers, einer Welle gleich löste er seine Finger, entspannte sie und schloss sie wieder fest um den Griff. „Sag mir einfach, was du willst", forderte der Ermittler Kramer auf.

„Was ich will?" Kramers Augen verengten sich zu Schlitzen. „Ich will, dass die Welt die Wahrheit erfährt. Ich will, dass Fraus alles gesteht, so wie es die anderen auch getan haben, Rokko und Oswald."

„Dann lass das Messer fallen und komm mit. Wir werden alles herausfinden."

„Glauben Sie wirklich an das, was Sie da von sich geben?", unterbrach ihn Kramer barsch. „Sind Sie ein idealistischer Spinner oder einfach nur bescheuert? Die Kleinen hängt man und die Großen lässt man laufen. So läuft das hier. Ich sehe schon die Schlagzeilen: *Verwirrter Stalker attackiert Fußballmanager mit Messer.*" Kramer beschrieb mit seiner freien Hand einen Bogen.

„Klingt das nicht nach einer super Schlagzeile für den Kurier?“ Kramers Stimme wurde eiskalt. „Fraus geht über Leichen, sei es meine oder Ihre. Nein! Wir bringen das zu Ende! Hier und heute. Nach meinen Regeln. Ich habe es satt, mich immer nach anderen richten zu müssen.“

Fraus wollte etwas sagen, wurde jedoch durch eine schnelle Bewegung des Messers zum Schweigen gebracht. Kramer zog die Klinge sanft wie eine Feder über Fraus Hals. Jede noch so schwache Berührung hinterließ deutlich sichtbare rote Striemen.

„Okay!“ Gusenberg wehrte ab. „Es läuft nach deinen Regeln.“ Seine Position war nicht optimal, trotzdem war das Spiel noch nicht verloren.

„Da Sie es bis hierher geschafft haben, Herr Polizist, gehe ich davon aus, dass Sie nicht total bescheuert sind. Also erklären Sie mir, was wir hier machen. Sie haben sicher eine Idee, worum es geht.“ Kramer machte eine fordernde Handbewegung.

Gusenberg kam der Aufforderung nach. „Ich weiß, dass Yannicks Tod kein Unfall war, es war Mord.“ Gusenberg warf Fraus bei dem Wort Mord einen schnellen Blick zu. Er konnte jedoch nichts erkennen. Jede mögliche Reaktion war durch die Fratze der Angst verdeckt.

„Sehr richtig, ich würde klatschen, habe aber keine Hand frei. Ich muss zugeben, das Wie und das Warum sind nicht so offensichtlich, ich bin aber guter Dinge, dass Sie auch das herausfinden werden. Ich selbst musste Rokko fast totprügeln, bis er es mir verraten hat. Aber ich will Sie nicht unterbrechen.“

„Yannick musste sterben, weil er nicht mehr zu kontrollieren war. Er hatte sich heimlich mit Dr. Arthur Tampling getroffen. Habe ich recht?“, fuhr Gusenberg fort.

„Was fragen Sie mich das?“ Kramer verzog keine Miene. „Fragen Sie ihn.“ Kramer tätschelte Fraus’ Schulter, dieser reagierte nicht. Kramer trat Fraus auf die Wade. Der leichte Druck reichte, um einen stechenden Schmerz durch den Körper seiner Geisel zu treiben. Fraus stöhnte. „Der nette Herr Polizist hat Ihnen eine Frage gestellt. Seien Sie so lieb und antworten.“

„Ja. Argh. Ja, Sie haben recht. Yannick wurde von Rokko ermordet, weil er wegwollte, aber ich habe damit nichts zu tun. Rokko war verrückt, das haben Sie doch selbst erlebt. Wir haben es vertuscht – für den Ruf des Vereins.“ Fraus presste jedes der Worte unter Schmerzen hervor.

„Sie sind ein schlechter Lügner“, spottete Kramer. „Sie sollten reinen Tisch machen, Fraus, Lügner kommen in die Hölle.“

Für einen Moment gelang es Gusenberg, hinter Fraus’ Maske zu blicken. Er konnte einen Mann erkennen, der zwischen seinem Leben und seinem Lebenswerk entscheiden musste und trotzdem versuchte, beides zu retten. Ein unmögliches Unterfangen.

„Hören Sie nicht auf diesen Verrückten. Erschießen Sie ihn endlich“, schrie Fraus, Zorn, Angst und Schmerz in der Stimme vereint.

„Sie sagen, Rokko hat Yannick getötet?“, fragte Gusenberg ruhig. Fraus nickte.

„Wieso musste dann Arthur Tampling sterben?“ Fraus schwieg und wandte seinen Blick ab. „Ich werde dafür sorgen, dass seine Leiche exhumiert wird. Wir werden bestimmt etwas finden. Ein Einstichloch im Arm oder eine erhöhte Kaliumkonzentration in der Leiche. Mit diesem Mord kommen Sie nicht durch. Keiner von euch beiden kommt mit irgendetwas durch.“ Es war eine gewagte Theorie, aber sie passte ins Bild. Selbst wenn ein mögliches Einstichloch kein Beweis war.

Fraus wimmerte. „Ich sage alles, alles, was Sie wissen wollen. Aber bitte erschießen Sie diesen Verrückten."

Kramers Klinge schoss nach vorn und legte sich mit Druck auf Fraus Halsschlagader. „Wenn der Herr Polizist auf mich schießt, bring ich Sie um", fauchte Kramer. „Nur, wenn Sie reden, bleiben Sie am Leben. Fangen Sie endlich an! Wieso haben Sie Yannick getötet?", wiederholte Kramer die Frage, um die sich alles drehte.

„Schießen Sie, Gusenberg!" Fraus' verzweifelter Schrei hallte von den Wänden der VIP-Lounge wider.

Kramer drückte das Messer fester an Fraus Hals. Blut quoll an den Stellen hervor, wo die Klinge in das Fleisch schnitt. „Reden Sie!" Kramer schrie nun, auch sein Gesicht war rot angelaufen und von Wut verzerrt. Adern traten auf seiner Stirn und an seinem Hals hervor.

„Weil er alles kaputt gemacht hat!", schrie Fraus, dem inzwischen die Tränen in die Augen geschossen waren. „Weil er den gesamten Verein gefährdet hat! Weil er mein Lebenswerk gefährdet hat!"

„Da haben Sie Ihre Antwort." Kramer lächelte böswillig und fuhr dann in ruhigem, fast sachlichem Tonfall fort. „Sie fragen sich sicher, wieso ein einzelner Mensch eine Gefahr für den Verein sein kann. Weil alles hier nur aus Lügen und Gewalt besteht."

„Hören Sie nicht auf ihn, er ist wahnsinnig! Hier geht alles mit rechten Dingen zu."

„Halten Sie den Mund, Fraus." Gusenberg konnte nicht glauben, dass er das gerade gesagt hatte. „Reden sie weiter, Malte."

„Fraus ist vom Ehrgeiz zerfressen, er würde alles tun, um zu gewinnen, und er *hat* alles getan. Die Spieler werden mit Drogen vollgepumpt, die noch auf keiner Liste zu finden sind. Präparate aus den Giftküchen in Osteuropa. An willigen Jugendspielern werden Experimente durchgeführt, um zu sehen, ob die Mittel wirken. Dieser ganze Laden ist nicht mehr als ein riesiges

Versuchslabor und wir", Kramer presste sich seinen Zeigefinger auf die Brust. „Wir waren die Versuchskaninchen."

„Yannick wusste davon und wollte weg", hakte Gusenberg ein.

„Er wusste nicht nur davon, er war Teil einer solchen Studie. Er wollte weg, weil die Nebenwirkungen ihn verrückt gemacht haben."

Gusenberg fielen Steffis Worte ein, dass Yannick sich in letzter Zeit verändert hatte.

„Tampling hat Wind davon bekommen und wurde getötet und dafür haben sie bezahlt. Jeder von ihnen war ein Zahnrad in Fraus' wahnsinniger Maschinerie. Oswald hat die Drogen organisiert, dosiert und verabreicht. Rokkos Ultras waren für die Drecksarbeit zuständig. Leute auf Linie bringen, Geldwäsche, Kurierdienste. Sie alle haben Schuld auf sich geladen", sagte Kramer nun wieder gelassen.

„Was ist mit der jungen Mutter, die sie getötet haben? Was hat sie gemacht? Was ist mit dem Hausmeister? Was hat Denize falsch gemacht?", warf Gusenberg ein.

„Sie hatten einfach Pech!" Kramer spuckte auf den Teppich. „Wieso soll das Leben nur zu mir ungerecht sein?" Er zuckte mit den Schultern. „Fraus ist an allem schuld. Er ist von Ehrgeiz zerfressen. Er würde alles tun, um Erfolg zu haben. Er opfert Menschen! Nicht ich!" Kramers Stimme schwoll an. „Er riskiert die Gesundheit der jungen Spieler, nur um am Ende der Saison ein paar Punkte mehr auf dem Konto zu haben. Sie sind ein Monster, Fraus! Sie haben nicht nur mein Leben zerstört, sondern auch das Leben von meinem Freund Yannick, meiner Familie und vielen anderen." Kramer Wut flammte neu auf. Zügellos vor Hass trat er zu. Mit voller Wucht traf der schwere Stiefel auf Fraus Wade auf.

Gusenberg konnte es knacken hören, Fraus schrie und drohte, nach vorn über zu fallen, Kramer riss ihn an seinen Haaren zurück in Position und presste das Messer noch fester an seinen Hals. Kramer beruhigte sich so schnell wieder, wie er explodiert war. Er atmete tief ein und aus. „Die Sache mit Rokko war eine persönliche Rechnung. Er war bei Weitem nicht so wichtig, wie er dachte. Er hat mir das", Kramer deutete auf sein Bein, „angetan. Dafür musste ich ihn bestrafen."

In diesem einen Punkt konnte Gusenberg Kramer verstehen. Er langte sich mit seiner freien Hand an die Nase. Die Schwellungen waren verschwunden, der Schorf wurde von Tag zu Tag weniger.

„Rokko war so fanatisch, dass er Spieler, die in seinen Augen keine Leistung brachten, persönlich bestraft hat." Ein Anflug von Trauer und Resignation legte sich auf Kramers Gesicht. „Er hat mir mein Knie zerschmettert, weil ich damals einen Elfmeter verschossen habe. Wir haben damals das Spiel verloren und Rokko hat mich fertiggemacht." Kramer schüttelte den Kopf. „Ein schwerer Trainingsunfall, Probleme bei der OP, die zum Karriereende geführt haben. War die Version für die Medien. Niemand hat mir geglaubt. Fraus hatte immer den Finger drauf, wenn es darum ging, das Image des Vereins zu wahren, und bis heute ist er damit durchgekommen. Die, die etwas wussten, wurden gekauft oder eingeschüchtert. Die hartnäckigen wurden getötet."

Gusenberg pfiff unhörbar durch die Zähne. In was für ein Hornissennest hatte er da nur hineingestochen?

„Dieses eine Mal darf Fraus seiner Strafe nicht entkommen! Wissen Sie", Kramer sprach nun wieder Gusenberg direkt an. „Es gibt Schicksale, die sind schlimmer als der Tod. Für den Rest seines Lebens gezeichnet zu sein, ist eines davon. Rokko hat nicht nur meine Fußballkarriere zerstört, er hat auch mein Leben zerstört. Ich bin danach nie wieder auf die Beine gekommen. Ich werde bis zum Ende ein Krüppel sein.“

Fraus wimmerte wie ein getretener Hund.

Kramer atmete tief durch, bevor er mit fester Stimme weitersprach. „Haben Sie noch Fragen, Herr Inspektor?“

Gusenberg schüttelte unmerklich den Kopf, während er weiter stur seine Waffe auf Kramer richtete. Er wusste nun alles, was er wissen musste, den Rest würde nur die Zeit an die Oberfläche bringen.

„Wenn alles geklärt ist, bringen wir es zu Ende.“

„Halt!“ Gusenbergs Ruf verhallte ungehört. Mit einem Ruck zog Kramer Fraus die Klinge über den Hals. Blut schoss aus dem Schnitt, der über den kompletten Hals verlief. Fraus’ Schrei kam einem erstickten Gurgeln gleich. Kramer trat den schwankenden Fraus zu Boden, der mit beiden Händen seinen Hals umklammerte. Blut spritzte zwischen seinen Fingern hervor und tropfte auf den teuren Designerteppich. Kramer riss seine Klinge nach oben, sprang über den sich windenden Fraus, stürzte auf Gusenberg zu und wurde aus vollem Lauf von einer Kugel zu Boden geschleudert. Kramer blieb stumm. Kein Schrei, nur der Knall des Schusses, der von den Wänden widerhallte.

Gusenbergs Revolver war von wabernden Pulverschwaden umgeben, die im Licht schimmerten. Für einen Moment war alles still. Der Schuss war verhallt. Die beiden Männer lagen auf dem Boden. Regungslos, lautlos wie tot. Kramer war es, der die Stille unterbrach. Er lachte. Kramer lachte. Blut färbte seine Hose dunkel an der Stelle, an der die Kugel seinen Oberschenkel durchschlagen hatte. Er versuchte nicht, sich aufzuraffen, er griff nicht nach dem Messer, er drückte nicht die immer stärker blutende Wunde ab. Er saß nur da und lachte.

Fraus bewegte sich nicht mehr. Seine Hände umschlossen seinen Hals im verzweifelten Versuch, den Blutfluss zu stoppen. Die Lache um seinen Oberkörper wurde stetig größer.

Auf der Treppe waren Schritte und undeutliches Stimmengewirr zu hören. Über diesem Gewirr flog ein Wort das Gusenberg verstand.

„Emil?!"

„Ich bin hier. Ich bin okay!", rief der Ermittler im Bann dessen, was sich gerade ereignet hatte. Männer des SEKs stürmten mit erhobenen Maschinenpistolen herein und sicherten den Raum. Kurz hinter ihnen folgte Maryanne, geschminkt, frisiert, in einem schwarzen Kleid. Ihre Pistole im Anschlag. Der Duft ihres Parfüms füllte den Raum und erinnerte Gusenberg an eine vergessene Vergangenheit.

Kapitel 48

Wo tagsüber der Verkehr zäh wie Honig floss, wurden jetzt nur noch wenige Verkehrsteilnehmer von Blaulicht und Martinshorn an den Rand der Straße gedrängt. Wie Rennautos lieferten sich die beiden Krankenwagen einen Wettkampf um Leben und Tod. Während die Fahrer sich über die Straßenverkehrsordnung hinwegsetzten, versuchten die Sanitäter und der Notarzt, den Tod höchstpersönlich auszutricksen.

Kramers Klinge hatte ganze Arbeit geleistet. Überall war Blut. Fraus hatte fast genauso viel davon verloren, wie er geschluckt hatte. Der Druckverband, die Latexhandschuhe, der Inkubationsbeutel, alles war mit blutigen Schlieren und verwischten Fingerabdrücken übersät. Die Sanitäter griffen tief in die Trickkiste, legten Infusionen, um den Blutverlust auszugleichen und versuchten, die aufgerissenen Blutgefäße notdürftig zu verschließen. Die Zeit wurde knapp für Fraus.

***

Die Kugel aus Gusenbergs Revolver hatte auf die kurze Distanz eine verheerende Wirkung entfacht. Kurz nachdem das nicht mal zehn Gramm schwere, mit Kupfer ummantelte Stück Blei durch die ersten Gewebeschichten gedrungen war, hatte es sich gedreht und alles zerfetzt, was seinen Weg kreuzte. Vom ersten Kontakt mit der verschwitzten Kleidung bis zu dem Zeitpunkt, an dem das Geschoss auf der Rückseite des Oberschenkels austrat, waren nur Nanosekunden vergangen. Ein Sturzbach aus Blut war aus der Wunde ausgetreten, dünn und rot hatte er sich auf alles in

Kramers Nähe verteilt. Kramer hatte nicht reagiert, hatte nur gelacht und war dann in die Besinnungslosigkeit gedriftet. Zwei Männer im Fond des Krankenwagens kämpften nun darum, dass er noch einmal aufwachen würde.

Gusenberg hatte gut gezielt, er hatte es geschafft die Schlagader im Bein nicht zu verletzen, dennoch blutete Kramer wie ein Schwein. Weder die Sanitäter noch der Notarzt vermochten die Blutung zu stoppen, sie konnten nur versuchen, so viel Zeit zu schinden, bis sie endlich die Klinik erreichen würden. Vergeblich.

Der Krankenwagen rollte auf halbem Weg zur letzten Hoffnung aus, blieb am Straßenrand stehen und schaltete das Blaulicht aus. 22:59 Uhr. Der Kampf war verloren. Malte Kramer war tot. Verblutet.

Schwestern, Pfleger, Ärzte, alle waren im Einsatz, der Operationssaal war vorbereitet und harrte der Dinge, die noch kommen sollten. Zwei Männer mit einer Trage standen in der Notaufnahme bereit und starrten in die Dunkelheit. Fraus konnte es schaffen, wenn er noch ein bisschen länger durchhielt. Der nächste Infusionsbeutel wurde angeschlossen. Fraus hatte noch am Tatort das Bewusstsein verloren.

Der Rettungswagen schoss auf das Gelände der Klinik. Fraus' Kreislauf kollabierte, sein Gesicht war bleich, sein Körper zitterte von der Kälte der Kochsalzlösung. Ein letztes Aufbäumen, ein Schlag, noch einer, dann nichts mehr. Als letztes Organ versagte das Herz. Die Tür des Krankenwagens wurde aufgerissen, Hände griffen nach der Trage und zogen sie heraus.

„Wiederbelebung einleiten!", rief einer der Männer im Krankenwagen. Im Sekundentakt pressten blutverschmierte Hände auf den Brustkorb des korpulenten Mannes. 28, 29, 30. Beatmung. Diese Schlacht war noch nicht verloren.

Kramer und Gusenberg, beide hatten Blut an den Händen. Dennoch war es nicht dasselbe. Gusenberg hatte alles richtig gemacht, als er den Abzug seines Revolvers durchgezogen hatte. Er hatte auf Kramers Bein gezielt, nicht auf den Kopf oder die Brust, es waren genug Menschen getötet worden. Ein einziger sauberer Treffer hatte Kramer im vollen Lauf zu Boden gerissen und dem Wahnsinn ein Ende gesetzt. Trotzdem waren Recht und Gerechtigkeit noch nie weiter voneinander entfernt gewesen als hier und heute im Stadion SFCs.

Gusenberg hatte sich nicht gewehrt, als man auch ihn ins Krankenhaus mitgenommen hatte. Er hatte seine Waffe abgegeben und war in ein Auto gestiegen.

Er hatte sich auf einen der unbequemen Stühle im OP-Bereich gesetzt und gewartet. Worauf genau, konnte er nicht sagen. Ein Arzt informierte ihn darüber, dass Kramer es nicht geschafft hatte. Obwohl keine lebenswichtigen Blutgefäße verletzt worden waren, war der Blutfluss nicht zu stoppen gewesen. Das sei sehr ungewöhnlich, hatte der Arzt gesagt und auf die Autopsie verwiesen, die vielleicht Licht ins Dunkel bringen würde. Ein schwacher Trost für Gusenberg, Kramer war tot. Ein paar Augenblicke später setzte sich Maryanne neben ihn. Dankenswerterweise schwieg sie, sicher brannten ihr genauso viele Fragen unter den Nägeln wie Gusenberg selbst. Aber es war weder der richtige Zeitpunkt noch der richtige Ort, um über alles zu reden, was passiert war und zwischen ihnen stand.

Quälend langsam verstrichen die Minuten. Gusenberg war zu aufgewühlt, um zu schlafen, und zu müde, um sich aufzuraffen. Er müsste seine Chefin anrufen, sich beim Polizeipsychiater melden und den Papierkram für den Waffeneinsatz ausfüllen. Es würde nicht mehr lange dauern und sein Handy würde unentwegt klingeln. Doch noch war alles ruhig, kaum jemand wusste bisher, was vorgefallen war. Und noch weniger Menschen wussten, dass er hier im Krankenhaus saß.

Fraus hatte die Operation überlebt. Fünf Stunden hatten zwei Ärzte und ein halbes Dutzend Pflegekräfte um ihn gekämpft, hatten ihr ganzes Können in die Waagschale geworfen und gesiegt. Nun fielen die ersten Sonnenstrahlen durch die halb geschlossen Rollläden des Aufwachraums. Sie fielen auf das Bett eines alten, geschundenen Mannes, der obwohl er sein Leben gewonnen hatte, fast alles verloren hatte. Die Schnittwunde am Hals war mit knapp fünfzig Stichen genäht worden und dick bandagiert. Ein Tropf stand neben dem Bett und nur das monotone Piepen des EKGs erfüllte den Raum.

Der Morgen brachte das Leben zurück ins Krankenhaus, immer mehr Menschen tummelten sich auf den Gängen, Besucher, Patienten, Personal. In diesem Trubel fiel die junge Frau mit den kastanienbraunen Haaren niemandem auf. Niemand fragte sie, wohin sie wollte, niemand zweifelte daran, dass es sich bei ihr um Dr. Petra Rimpert handelte. Lächelnd grüßte sie Gusenberg, als sie sich auf dem Gang trafen. Der Ermittler hatte sich einen Saft am Automaten geholt. Maryannes Platz war leer. Sicheren Schrittes steuerte die junge Frau auf den OP-Bereich zu. Sie schlüpfte, ohne aufzufallen, zuerst durch die zweiflüglige Glastür, die den Trakt vom Rest des Krankenhauses trennte, dann durch die weiße Sperrholztür des Aufwachraums. Leise, wie eine Mutter, die nachts in das Zimmer ihres Kindes schaute, schloss sie hinter sich die Tür.

Sie zog den weißen Baumwollmantel aus und warf ihn auf einen Stuhl neben dem Bett. Unter dem Kittel trug sie einen weißen Pullover mit einem roten Kreuz und dem Schriftzug *Rettungsassistent* in Großbuchstaben. Sie strich sich die hochgekrempelte orangefarbene Hose nach unten und näherte sich behutsam dem einzigen belegten Bett im Raum.

Fraus war immer noch nicht wach. Das EKG piepste. Die Vitalfunktionen waren schwach, aber stabil. Zärtlich strich die junge Frau Fraus über den Kopf, verstrubbelte ihm die fettigen Haare. Sie wischte ihm eine Strähne aus dem Gesicht, beugte sich über ihn und küsste ihn auf die Stirn. Liebevoll und selbst in der totalen Stille des Raumes unhörbar flüsterte sie: „Ich bin da, Papa. Theo und ich holen dich hier raus. Wir lassen dich nicht im Stich, nicht nach all dem, was du für uns getan hast." Sie klemmte den Tropf ab, schaltete das EKG aus und löste die Bremsen des Bettes. Vorsichtig, aber bestimmt schob sie das Bett aus dem Aufwachraum. Der Flur war bis auf eine Schwester, die mit dem Rücken zu ihr stand, leer. Sobald sie den Aufzug erreicht hatte, könnte niemand mehr so schnell feststellen, woher der Patient kam und wer er war.

Was war das gerade? Dieses Quietschen von Gummi auf Gummi und das Geräusch, wenn Metall auf Metall trifft. Gusenberg rieb sich die schweren Lider. Stimmt, er war im Krankenhaus. Er hatte auf diesen Jungen geschossen, er hatte schießen müssen, aber er wollte nicht, dass er starb. Die Bilder waren wieder da.

Gusenberg war kurz weggenickt. Der Ermittler griff nach dem Trinkpäckchen neben sich und trank. Eine wohltuende Kälte breitete sich in ihm aus und schenkte ihm neue Kraft. In die Komposition der Geräusche reihte sich ein weiteres Geräusch ein. Ein regelmäßiges, dumpfes Klacken. Schuhabsätze, die auf dem Linoleum des Krankenhausflures tanzten. Gusenbergs Blick fiel auf die Schuhe, die die Geräusche verursachten. Braune, knöchelhohe Wildlederstiefel. Sie schob ein Krankenbett aus der OP-Station. Gusenberg erkannte sofort, wer da im Bett lag. Fraus. Er konnte einen Blick auf das ungesund aufgequollene Gesicht werfen.

„Entschuldigung?" Gusenberg stand auf und lief zu der jungen Frau hinüber, die das Bett auf den Flur geschoben hatte.

„Wann können wir mit ihm reden?"

„Der Patient wacht langsam auf, wir bringen ihn auf Station, da das Zimmer gebraucht wird. Ich denke, in einer Stunde ist er ansprechbar, ob er mit Ihnen reden kann, wird sich zeigen. Das Messer hat auch die Stimmbänder verletzt."

„Danke."

Die junge Frau verabschiedete sich kurz und schob das Bett in Richtung Aufzug. Gusenberg setzte sich wieder auf den unbequemen Stuhl. Er drückte den Rücken durch, stützte seine Hände in die Hüfte und streckte sich. Er fühlte sich wie ausgekotzt, er brauchte etwas zu essen, eine Dusche und Schlaf.

Eine Schwester durchschritt die Glastür und betrat den Aufwachraum, sie blieb in der Tür stehen, verzog das Gesicht, blickte auf ein Klemmbrett und wieder in den Raum. Gusenberg beschlich ein ungutes Gefühl. Irgendwas stimmte hier nicht. Diese gesamte Situation war irgendwie falsch. Er beobachtete, wie die Schwester die Tür zum Aufwachraum schloss und dorthin zurücklief, von wo sie gekommen war. Gusenberg fuhr sich mit der Hand durch die Haare. Er kannte diese Frau. Die Frau, die gerade Fraus seelenruhig durch das Krankenhaus geschoben hatte. Es war die Frau, die er bei Steffi Kirchoffs Wohnung getroffen hatte. Sina Kürschner.

Gusenberg sprang auf, stieß dabei das Trinkpäckchen um und rannte los, zur Fahrstuhltür. Keine Chance, die war zu. Er schlug auf den Knopf. Keine Reaktion, der Fahrstuhl war schon auf halben Weg nach unten. Gusenberg rannte zum Treppenhaus, wich dabei zwei älteren Damen aus, die hinter ihm her maulten. Die Müdigkeit war aus seinen Knochen gewichen, als er Stufe um Stufe dem Aufzug hinterher die Treppe hinunterrannte.

Noch zwei Stockwerke. Er war sich sicher, dass sie ins Erdgeschoss wollten. Das Ganze war eine verdammt kreative Rettungsmission. Wieso war ihm das nicht gleich aufgefallen? War die junge Frau nicht gerade noch Ärztin gewesen? Ganz sicher. Dieser Zopf und die dunklen Augen. Er hatte sie am Getränkeautomaten getroffen. Verdammt.

Gusenberg hatte noch ein Stockwerk bis zum Erdgeschoss. Er nahm die letzten drei Stufen mit einem Satz, riss die Glastür auf und stürzte in die Lobby. Der Aufzug war da, offen aber leer. Wo war Fraus? Die angebliche Sanitäterin konnte das Bett nicht aus dem Besuchereingang rausschieben, spätestens da würde es auffallen. Wie wollte sie Fraus überhaupt transportieren? Er war immer noch in einem kritischen Zustand. Ohne medizinische Nachversorgung könnte er immer noch sterben. Klar! Ein Krankenwagen. Transport, Versorgung und Tarnung, alles in einem.

Jeder Krankenwagen hatte unterhalb des Fahrersitzes einen Knopf. Schwarz und unscheinbar, nicht größer als eine Zweieuromünze, damit konnte das Fahrzeug im Notfall kurzgeschlossen werden. Sina schob das Bett die Rampe hinunter, stellte die Bremsen fest und winkte ihrem Bruder zu.

Theo drückte den Knopf und der Motor heulte auf. Sie waren zur Abfahrt bereit. In ein paar Sekunden wären sie weg und würden nur eine Reihe von Fragen zurücklassen. Theo sprang aus dem Führerhaus des Krankenwagens und half seiner Schwester, Fraus' geschundenen Körper auf eine Trage zu heben.

„Stehen bleiben!" Gusenberg atmete schnell und flach, während er langsam auf Fraus und seine vermeintlichen Retter zuging. „Weg von der Trage!" Gusenberg erkannte den Mann, der sich im Heck des Krankenwagens über Fraus beugte. Der Zeuge, den Esch so urplötzlich aus dem Hut gezaubert hatte. Gusenberg verharrte einen Augenblick, in dem er begriff. Im Bruchteil einer Sekunde zog die Frau eine kleine Pistole mit Schalldämpfer aus einem Holster an ihrem Rücken und schoss auf den Ermittler. Der erste Schuss, ungezielt aus der Bewegung, verfehlte Gusenberg knapp, zwang ihn jedoch in die Defensive.

Er sprang hinter einen geparkten Wagen. Was sollte er tun, er hatte seine Waffe abgeben müssen. Kugeln pfiffen durch die Luft. Sie trafen den Wagen und durchschlugen Blech, Plastik und Glas. Splitter regneten auf Gusenberg nieder.

„Los! Fahr!", rief die Frau energisch über die einzelnen Schüsse hinweg. Die Türen des Rettungswagens knallten, der Motor heulte auf.

Mit quietschenden Reifen rasten der falsche Zeuge, die eiskalte Frau und der immer noch bewusstlose Fraus davon. Gusenberg klopfte sich den Staub von der Kleidung. Der Krankenwagen verschwand um eine Kurve und aus Gusenbergs Blickfeld.

Epilog

4 Wochen später

Der Skandal um die Praktiken des SFCs hatte die Bürgermeisterwahl, die die Herausforderin haushoch gewonnen hatte, auf Seite zwei verdrängt. Auch eine mysteriöse Reihe von Selbstmorden in den letzten Tagen konnte sich nicht mehr als eine Fußnote auf der Titelseite erkämpfen. Jeden Tag gab es neue Enthüllungen, die es sogar in die internationale Presse geschafft hatten. Selbst der *Guardian* widmete dem Thema die Titelseite und eine Sonderausgabe im Sportteil. In den einschlägigen Talkrunden wurde das Thema lang und breit besprochen. Ursache, Tatsachen und Folgen. Es wurden Forderungen nach schärferen Kontrollen laut. Die Ethikkommission rief eine Sondersitzung ein. Spieler, Werbepartner, sogar die eigene Liga klagte gegen den SFC, der vorläufig vom Spielbetrieb ausgeschlossen wurde. Ob er je wieder daran teilnehmen würde, war ungewiss. Von mehreren Seiten wurde eine Zwangsauflösung des Vereins gefordert. Alle kommenden Spiele würden mit null zu zwei gegen den SFC gewertet, hatte der Ligapräsident erst gestern in einem Interview verkündet. Die bisher gespielten müssten umfassend geprüft werden.

Die Fans des SFCs waren tief gespalten. Der eine Teil, Gusenberg nannte sie die normalen Menschen, war entsetzt über den langjährigen Betrug. Der andere Teil, Leute vom Schlag Rokkos oder Schellners bombardierte Gusenberg mit Hass-Mails und Todesdrohungen. Mit jedem Tag, der verstrich, kamen immer mehr

Details ans Licht, die belegten, wie gut der gesamte Dopingapparat organisiert war. Von den bulgarischen Hintermännern, die Dopingmittel über den Land- und Schiffsweg nach Deutschland brachten, über die Finanzierung der Mittel durch dubiose Immobiliengeschäfte bis hin zu der Verabreichung an die meist unwissenden Spieler, die nach einem streng einzuhaltenden Zeitplan ablief. Ein Journalist hatte eine Verbindung zu einem offiziellen Dopinglabor des IOCs entdeckt, bei dem Proben untersucht wurden, um neue Mittel unter Wettbewerbsbedingungen testen zu können, wie es in der Reportage hieß. Wie ein Stein, der ins Wasser geworfen wurde, schlug dieser Skandal immer größere Wellen und rief die ganz hohen Tiere auf die Bildfläche. Selbst die Kanzlerin fühlte sich dazu genötigt, über den Pressesprecher ein Statement für Fairplay und gegen Drogenmissbrauch herauszugeben.

Gusenberg und Maryanne hatten eine Belobigung und einen warmen Händedruck bekommen und waren von dem Fall abgezogen worden. So erfuhr Gusenberg erst auf Umwegen die neuesten Ermittlungsergebnisse. Es dauerte mehr als zwei Wochen, bis die endgültigen Berichte zu Yannicks und Kramers jeweiliger Todesursache veröffentlicht wurden. Beide waren eher eine Ansammlung von Indizien als stichhaltige Beweise.

Kramer war, wenig überraschend, verblutet. Nachts, wenn Gusenberg die Augen schloss und versuchte zu schlafen, sah er ihn. Kramer, wie er auf dem Boden der VIP-Lounge saß. Lachend, blutend und wahnsinnig. Die Ärzte hatten die Blutung nicht stoppen können, da Kramer, wissentlich oder unwissentlich, eine größere Menge blutverdünnende Mittel geschluckt hatte. Die Medikamente in Verbindung mit einer Schusswunde waren sein Todesurteil gewesen. Gusenberg war sich sicher, dass Kramer es gewusst hatte. An diesem Abend wollte nur er sterben, er wollte, dass Fraus seinem eigenen Niedergang beiwohnen würde. „Ein Schicksal schlimmer als der Tod."

Gusenberg trat aus seiner Haustür, beobachtete die vorbeifahrenden Autos und dachte an Yannick. Sie hatten es nicht beweisen können, es gab keine stichhaltigen Beweise und alle, die etwas über den Mord wussten, waren tot. Alle, bis auf Stefanie Kirchhoff, die seit dem Tag ihres Auffindens im Koma lag. Ob sie je wieder aufwachen würde, stand in den Sternen. Die Theorie, auf die sich die Mehrheit der Menschen und Medien geeinigt hatten, war, dass sie Yannick vergiftet hatte und anschließend von der Straße gedrängt worden war. Über das Wie, Wann und Wo wurde derweil gestritten. Alle Personen, mit denen Yannick in den letzten vierundzwanzig Stunden vor seinem Tod Kontakt gehabt hatte, waren durchleuchtet worden, jedoch ohne Erfolg. Sie würden erst rausfinden, was wirklich geschehen war, wenn sie Fraus gefasst hatten und dieser auspacken würde.

Gusenberg kramte seinen Schlüssel aus der Hosentasche hervor und öffnete seinen Briefkasten. Nichts als Werbung, aber was hatte er erwartet? Einen Brief von Maria, eine Briefbombe von einem echten SFC Fan? Gusenberg griff in seine Hosentasche und zog einen *Bitte keine Werbung*-Aufkleber heraus. Er pulte die Schutzfolie ab und klebte ihn auf den Briefkasten. Er war nicht ganz grade, aber das war ihm egal. Zwischen einem Supermarktprospekt und dem neuen Angebot eines Lieferdienstes hatte sich ein unscheinbares, weißes Kuvert in seinen Briefkasten verirrt. An: Dr. Emil Gusenberg, Marktgräferlandstraße 24a, 96013 Westheim. Mit Füller geschrieben, in akkuraten Druckbuchstaben.

Gusenberg öffnete den Brief und förderte eine einzige Postkarte hervor. Ein Sonnenaufgang in Feuerrot und

Gelb, davor Wälder, die bis zum Horizont reichten, der im Nebel verschwand. Mehrere altertümliche Tempelbauten durchbrachen die Oberfläche des Waldes und ragten Stolz in den Himmel. Ein Schnappschuss aus dem Paradies. In goldenen Buchstaben in der unteren Ecke stand: „Greetings from Myanmar". Gusenberg drehte die Karte um und las. In derselben ordentlichen Schrift stand da:

Sehr geehrter Herr Dr. Gusenberg,
haben Sie schon das Bild betrachtet? So friedlich und ruhig spiegelt es den Beginn des neuen Tages wider, etwas Großem. Hier geht die Sonne auf, bei Ihnen geht sie unter. Wie fühlt es sich an, in einer Stadt zu leben, die einen hasst? Sie haben sich viele Feinde gemacht. Dabei haben Sie rein gar nichts getan. Und was ist nun mit mir? Dem König im Exil? Malte Kramer hatte recht. Es gibt Schicksale, die schlimmer sind als der Tod. Hilflos zusehen zu müssen, wie alles, was man aufgebaut hat, vernichtet wird, ist eines davon. Der Krieg ist noch nicht vorbei. Fühlen Sie sich nicht zu sicher.
Mit freundlichen Grüßen
Rainer Fraus der Sonnenkönig

Gusenberg betrachtete die Karte eindringlich, die schöne Schrift, die hässlichen Worte und das Panorama auf der Vorderseite. Für viele Menschen ein Traumziel, für Fraus ein ewiges Gefängnis.

Gusenberg ging zurück in die Kneipe, nahm die beiden Stufen zur Theke mit einem Schritt und steuerte auf den Kühlschrank zu. Er zog einen Magneten ab und heftete die Karte damit an.